W0298698

wiener
Auferstehung

Impressum:
ISBN: 978-3-903113-22-0
©2018 echomedia buchverlag/echo medienhaus ges.m.b.h.
Media Quarter Marx 3.2
A-1030 Wien, Maria-Jacobi-Gasse 1
Alle Rechte vorbehalten
Produktion: Ilse Helmreich
Layout: Elisabeth Waidhofer
Umschlagbild: ©ÖNB-Bildarchiv/picturedesk.com
Lektorat: Regina Moshammer
Herstellungsort: Wien

Besuchen Sie uns im Internet:
www.echomedia-buch.at

ANDREAS PITTLER

wiener Auferstehung

Roman

echomedia
BUCHVERLAG

WIENER TRIPTYCHON

II. TEIL: GESTERN

1. Vormittag (1945–1955)

Prolog, Buchenwald, 17. April 1945

Dieses vermaledeite Zittern! Warum hörte es nicht auf? Jetzt, wo die tödliche Gefahr endlich vorbei war! Wickerl Bielohlawek verstand seinen Körper nicht. Da hatte er, tagtäglich jede Sekunde jeder einzelnen Minute der eigenen Ermordung ins Auge blickend, körperliche und seelische Pein sonder Zahl erduldet, und nun, wo der unbeschreibliche Alptraum hinter ihm lag, da schien es, als ob alles in ihm zusammenbreche. Wovor fürchtete er sich jetzt noch? Dass sein geschundener Leib alles überstanden hatte, um dann im Augenblick der Freiheit zu kapitulieren?

Vollkommen erschöpft war er sechs Tage zuvor einfach auf die Erde niedergesunken, als sich die Tore geöffnet hatten. Gerade noch ein Blick auf die draußen wartenden Amerikaner war ihm gelungen, ehe ihn eine umfassende Ohnmacht überwältigte. Wickerl erinnerte sich, dass ihn ein Yankee, als er wieder zu sich gekommen war, gefragt hatte, wie es ihm gehe. Ihm hatten die Worte gefehlt, und das nicht, weil die Frage etwa auf Englisch gekommen war. Der Mann, so zeigte sich, sprach Deutsch, da er selbst ein Emigrant war. Doch was sollte man auf eine solche Frage antworten? Wie in Worte fassen, was hier vorgefallen war? Wickerl dachte an die Bücher, die er über die Hölle gelesen hatte, doch nichts, was er bei Dante, Pellico oder anderen je gefunden hatte, ließ sich auch nur annähernd mit dem vergleichen, was den Gefangenen hier jeden einzelnen Tag, jede einzelne Stunde widerfahren war. Und Wickerl war stumm geblieben.

Am folgenden Tag kam das Zittern. Wickerl war verwirrt, dachte, er habe vielleicht Schüttelfrost. Doch empfand er kein

Frieren. Er fragte sich, ob es der Hunger war, der sich auf diese Weise bemerkbar machte. Denn obwohl die Amerikaner Nahrungsmittel herbeischafften, rieten sie den Befreiten, sie vorerst nicht anzurühren, da ihr Körper zu geschwächt sei, feste Nahrung zu verarbeiten. Stattdessen flößte man ihnen warme Suppe ein und begann ganz langsam, sie wieder aufzupäppeln. Die Vorsicht war wohl begründet. Einige Häftlinge, die sich nicht beherrschen konnten, schlangen in wilder Gier einen ganzen Brotkanten hinunter, um sofort heftigen Durchfall zu bekommen, den einige nicht überlebten, sodass sie, eben erst befreit, doch noch starben.

Die warme Frühlingssonne gab Wickerl neue Kraft. Wenn er einfach nur im Freien saß, die Augen geschlossen und das Gesicht auf die Sonnenscheibe ausgerichtet, dann kehrte für kurze Momente Ruhe in seinen Körper ein. Doch kaum, dass er sich wieder erhoben hatte, fing der Tremor von neuem an. Ein Arzt beruhigte ihn. Das werde sich geben, wenn er erst wieder vollends zu Kräften gekommen sei. Und Wickerl hoffte inständig, der Mediziner würde Recht behalten.

Es war Karl Mantler, ein Wiener Gewerkschafter, den Wickerl schon aus dem Widerstand gegen die Austrofaschisten kannte und der ihm hier im Lager besonders ans Herz gewachsen war, der ihm neuen Mut einflößte. Wickerl lag in der Krankenabteilung, wo Mantler ihn täglich besuchte. Dabei berichtete er ihm von den Aktivitäten der Häftlingskomitees. Alle, so erzählte Mantler, drängte es, ein politisches Manifest zu verfassen, damit die ganze Welt erfahren könne, was hier vorgefallen war und wie man darauf zu reagieren habe. Mantler verschwieg ihm auch nicht, dass es dabei zu Auffassungsunterschieden gekommen war, wollten die einen doch eine scharfe und kompromisslose

Stellungnahme gegen Faschismus, Kapitalismus und Krieg mit der Forderung nach Errichtung eines sozialistischen Weltsystems verbinden, während die anderen eher dafür plädierten, zunächst einmal den Ungeist des Nazi-Faschismus anzuprangern und die Täter für ihre Verbrechen zur Rechenschaft zu ziehen. Wickerl erkannte darin keinen Widerspruch und hoffte, die Protagonisten würden sich auf einen tragfähigen Kompromiss einigen.

Wickerl focht einstweilen seine eigenen Schlachten. Jeder neue Tag brachte kleine Siege. Er brachte es zuwege, die Teetasse zum Mund zu führen, ohne dabei deren Inhalt zu verschütten. Am nächsten Morgen schaffte er es, seine Suppe selbst zu löffeln, und er bemerkte, dass er nur noch zitterte, wenn innere Unruhe sich seiner bemächtigte. Offenbar entging diese Tatsache auch Mantler nicht. „Wirst sehen, in ein paar Tagen geht es ab in die Heimat. Und dann wird alles besser." Wickerl war sich da nicht so sicher. Heimat! Was konnte er nach all den Jahren überhaupt noch eine Heimat nennen? Nach all den Niederlagen in Spanien, den trostlosen Tagen in dem Lager Gurs, die gleichwohl direkt eine Erholung gewesen waren im Vergleich zu dem unbeschreiblichen Horror hier in Buchenwald. Und wer vermochte zu sagen, wie es in Wien aussah? Ob seine Eltern überhaupt noch lebten? Seit Ewigkeiten hatte er nichts mehr von ihnen gehört, und der Umstand, dass Wien von den Amerikanern systematisch bombardiert worden war, hatte zu zahllosen Ziviltoten geführt. Da war es gut möglich, dass ... und schon war das Zittern wieder da. Mantler klopfte Wickerl begütigend auf die Schulter. „Ruh dich aus. Versuche, nur an schöne Dinge zu denken. Und morgen machen wir alle hier im Lager eine Gedenkfeier für die gefallenen Kameraden.

Das sind wir ihnen schuldig. Ich hoffe, du bist dann so weit erholt, dass du dich uns anschließen kannst." Wickerl rang sich ein Lächeln ab und versprach dem Freund, das Totengedenken nicht zu versäumen.

Am folgenden Tag versammelten sich alle, die noch im Lager waren, zu einer Trauerkundgebung für die Toten von Buchenwald. Für diesen Zweck hatten die Befreiten ein Ehrenmal in der Mitte des Appellplatzes errichtet. Wickerl trat aus dem Krankenrevier ins Freie und sah ringsum die Blocks und Baracken mit Fahnen und Transparenten geschmückt. Da eine tschechische, dort eine polnische, hier eine sowjetische Flagge, dazwischen immer wieder rote Banner. Die Standarten unzähliger Nationen wehten friedlich nebeneinander im milden Frühlingswind, und Wickerl empfand diesen Anblick als ungeheuer friedvoll und beinahe schon versöhnlich. In seiner Nähe erklang eine Hymne, und unwillkürlich drehte sich Wickerl in die Richtung der Musik. Die Jugoslawen, die Sowjets, die Tschechen, die Polen, die Ungarn, die Rumänen, die Engländer, Franzosen und Italiener, die Belgier, Spanier und Holländer, die Deutschen und schließlich auch die Österreicher zogen, ihre jeweiligen Nationallieder auf den Lippen, auf dem Platz ein. Wickerl erblickte Karl Mantler, in dessen Gesicht sich Freude und Erleichterung spiegelten, und schloss sich ihm an.

Unter den Klängen der „Internationale" marschierten nun auch die gemischen Blocks auf. 21.000 Menschen versammelten sich, um der verstorbenen Freunde zu gedenken. Vor dem Ehrenmal rammten sie die Flaggen in die Erde, die sich zum letzten Gruße neigten. Vorne kletterten einige Männer auf ein Podest. Einer von ihnen zog seine Mütze und sagte auf Deutsch: „Mit entblößtem Haupt gedenken wir der

Toten!" Einige weitere Männer kamen in Bewegung. Sie positionierten sich vor ihrem jeweiligen Karree und begannen, jeder in seiner Sprache, den Aufruf des Internationalen Komitees zu verlesen. Und Wickerl lauschte aufmerksam. So aufmerksam, dass er gar nicht bemerkte, dass sein Zittern aufgehört hatte.

„Kameraden! Wir Buchenwalder Antifaschisten sind heute angetreten zu Ehren der in Buchenwald und seinen Außenkommandos von der Nazi-Bestie und ihren Helfershelfern ermordeten 51.000 Gefangenen."

Sie brauchten ihre Stimme nicht groß anzustrengen, denn auf dem Platz war es so still, dass man eine Feder hätte fallen hören.

„51.000 erschossen, gehenkt, zertrampelt, erschlagen, erstickt, ersäuft, verhungert, vergiftet. 51.000 Väter, Brüder, Söhne starben einen qualvollen Tod, weil sie Kämpfer gegen das faschistische Mordregime waren. 51.000 Mütter und Frauen und Hunderttausende Kinder klagen an."

Wickerl hielt sein Gesicht in den Himmel und kämpfte mit den Tränen. Er dachte an all die Freunde, die er hier verloren hatte, und wünschte sich so sehr, sie würden gerade jetzt neben ihm stehen.

„Wir leben Gebliebenen, wir Zeugen der nazistischen Bestialität, sahen in ohnmächtiger Wut unsere Kameraden fallen. Wenn uns eines am Leben hielt, dann war es der Gedanke, es kommt der Tag der Rache. Heute sind wir frei."

Wickerl rang nach Luft. Warum, so fragte er sich, während vorne die Männer den Aufruf verlasen, hatte er überlebt, während so viele andere, die es vielleicht wesentlich mehr als er zu leben verdient hätten, hatten sterben müssen. Doch, so spann er den Gedanken weiter, wenn er schon hier statt ihrer auf dem Appellplatz stand, dann war es seine heilige Verpflichtung, ihr Andenken in die Welt zu tragen für alle Zeiten. Nicht weniger war er ihnen schuldig.

„Wir danken den verbündeten Armeen der Amerikaner, Engländer, Sowjets und allen Freiheitsarmeen, die uns und der gesamten Welt den Frieden und das Leben erkämpften." Wickerls Brust entrang sich ein tiefer Seufzer, dem ein zweiter folgte, als der Aufruf Roosevelts gedachte.

„Wir Buchenwalder, Russen, Franzosen, Polen, Tschechen, Slowaken und Deutsche, Spanier, Italiener und Österreicher, Belgier und Holländer, Engländer, Luxemburger, Rumänen, Jugoslawen und Ungarn kämpften gemeinsam gegen die SS, gegen die nazistischen Verbrecher für unsere eigene Befreiung."

Wickerl spürte, wie sich die Männer um ihn durchstreckten, und er tat es ihnen gleich. Ungeahnte Kräfte kehrten in seinen geschundenen Körper zurück. Es schien zu stimmen, man wuchs mit seiner Aufgabe, und die, die vor ihm lag, war noch viel wichtiger als jene, das Grauen zu überleben.

„Uns beseelte eine Idee: Unsere Sache ist gerecht, der Sieg muss unser sein! Wir führten in vielen Sprachen den gleichen harten, erbarmungslosen, opferreichen Kampf, und dieser Kampf ist noch nicht zu Ende. Noch wehen Hitlerfahnen, noch leben die Mörder unserer Kameraden, noch laufen unsere faschistischen Peiniger frei herum. Wir schwören deshalb vor aller Welt auf diesem Appellplatz, an dieser Stätte des faschistischen Grauens: Wir stellen den Kampf erst ein, wenn auch der letzte Schuldige vor den Richtern der Völker steht! Die Vernichtung des Nazismus mit seinen Wurzeln ist unsere Losung. Der Aufbau einer neuen Welt des Friedens und der Freiheit ist unser Ziel. Das sind wir unseren gemordeten Kameraden, ihren Angehörigen schuldig. Zum Zeichen eurer Bereitschaft für diesen Kampf erhebt die Hand zum Schwur und sprecht mir nach: Wir schwören."

21.000 Menschen streckten die Hand zum Himmel und sprachen: „Wir schwören!"

New York, einige Tage zuvor

„Mutti, warum habe ich eigentlich keinen Vati?" Auf diese Frage war Caroline Glickstein nicht vorbereitet gewesen. Sie sah ihre Tochter Mary mit einem seltsamen Blick an und suchte fieberhaft nach einer passenden Antwort. „Mein Häschen", sagte sie dann, „das ist doch aber nichts Ungewöhnliches. Die Betty, die hat doch auch keinen Vater." Mary nickte altklug. „Ja, schon. Aber deren Vati ist ja am Husten gestorben. Das weiß ich." Und nach einer kurzen Pause, in der Mary offenbar ein größerer Zusammenhang gedämmert war: „Ist mein Vati auch tot?"

Caroline legte ihr Nähzeug weg und umarmte das Töchterlein innig. „Nein, mein Schatz. Vati ist in Europa. Das ist …"

„Der Kontinent auf der anderen Seite des Meeres. Ich weiß, Mama. Das hast du mir schon einmal erklärt. Aber warum ist er dort? Warum ist er nicht bei uns?" Weil er nicht einmal weiß, dass es dich gibt, schoss es Caroline durch den Kopf, hütete sich aber, diesen Gedanken laut auszusprechen. Ebenso wenig würde sie Mary erzählen, dass ihr Vater vielleicht tatsächlich tot war. Was wusste man schon von dem tödlichen Ringen, das auf der anderen Seite des Atlantiks im Gange war. Die Nazis hatten die alte Heimat seit über sieben Jahren im Griff, und es hieß, das hätte bereits Millionen Menschen das Leben gekostet. Wer vermochte schon zu sagen, ob da nicht auch Marys Erzeuger darunter war?

Marys Erzeuger! Wie das schon klang! Als ob es erst gestern gewesen wäre, trat vor ihr inneres Auge die Erinnerung an jenen Tag, da sie gemerkt hatte, dass etwas mit ihr nicht stimmte. Die ersten Wochen in Zürich war sie so damit beschäftigt gewesen, für sich selbst eine Bleibe zu finden, während sie pausenlos mit Vaters Bekannten korrespondierte, um diesen endlich aus dem Würgegriff der Nazis zu befreien, dass ihr gar nicht aufgefallen war, dass ihre Regel bereits eine hübsche Weile ausblieb. Und selbst, als sie dieses Umstands endlich gewahr wurde, wollte sie noch daran glauben, dass die Turbulenzen jenes Frühjahrs dafür verantwortlich waren.

Als sie endlich die Tatsache, schwanger zu sein, akzeptiert hatte, fragte sie sich naturgemäß, wer denn der Vater war, denn – und dies hätte die feine Gesellschaft wohl als Skandal empfunden – sie hatte ja nicht nur mit einem Mann intim verkehrt. Ein kurzes Nachrechnen gab ihr Gewissheit. Wenigstens in dieser Hinsicht. Doch das, kehrte Caroline wieder in die Gegenwart zurück, gab ihrer Tochter noch keine Antwort auf ihre Frage.

„Weißt du, mein Spatz. Nicht alle Menschen sind gut. Ich weiß schon, sie sollten es sein. Aber sie sind es nicht. Du kennst das ja von hier. Der dumme Sam in der nächsten Straße, der ist halt geistig ein wenig zurückgeblieben, nicht wahr. So etwas kommt vor, und dafür kann er nichts. Trotzdem wird er von diesen kleinen Rangen rund um Nat, du weißt schon, der Sohn vom Apotheker, immer verspottet. Und so etwas ist sehr, sehr böse. Aber unter den Erwachsenen gibt es Menschen, die sind noch viel böser als Nat. Ja, man könnte sagen, so wie sich ein Kind zu einem Erwachsenen auswächst, so wächst auch dessen Bosheit mit. Und in der Mitte Europas, von wo wir eigentlich herkommen, haben die Bösen vor deiner Geburt die Mehrheit bekommen, das heißt, sie haben bestimmt, was zu geschehen hat."

Caroline sah Mary an, dass sie nicht verstand, was ihre Mutter meinte, also griff Caroline zu einem Beispiel. „Schau, wenn Nat alleine bestimmen könnte, was mit Sam zu geschehen hat, dann würde er ihn wahrscheinlich jeden Tag verprügeln. Zum Glück aber hat Nat nichts zu sagen, und so passiert Sam nichts. In unserer alten Heimat aber haben die Nats das Sagen. Mir ist es gerade noch gelungen, rechtzeitig davonzulaufen, aber deinen Vater, den haben diese bösen Menschen leider in die Finger bekommen, und darum kann er jetzt nicht bei uns sein."

Mary dachte eine Weile über das Gehörte nach: „Warum hilft ihm dann niemand? So, wie du Sam hilfst, meine ich." Caroline drückte ihrer Tochter einen Kuss ins Haar. „Das tun sie ja, die guten Menschen. Unsere neue Heimat hat viele junge Männer nach Europa geschickt, damit sie deinen Vater aus der Macht der Bösen befreien. Du hast sicher schon einmal die Matrosen in ihren schmucken weißen Uniformen gesehen, und die Soldaten in ihrem braunen Gewand. Die fahren alle von New York nach Europa, um Papa zu helfen." Mary sah ernst drein. „Gut, dass du mir das erklärt hast, Mama. Wenn ich das nächste Mal einen Soldaten sehe, werde ich hingehen und mich bei ihm bedanken." Caroline konnte sich ein Schmunzeln nicht verkneifen. Sie tätschelte der Tochter sanft den Hinterkopf. „Wenn er das hört, der Soldat, dann wird er sich gleich doppelt anstrengen. Und dann gewinnen wir den Krieg, weil du dich bei ihm bedankt hast." Die Kleine strahlte angesichts dieser Aussage über das ganze Gesicht und zog, ihr eigentliches Thema anscheinend völlig vergessen habend, wieder ab. Caroline aber blieb zurück, und vergeblich versuchte sie, sich auf ihre Näherei zu konzentrieren.

Was, wenn die Alliierten endlich den Krieg gewannen? Sollte sie trotzdem in Amerika bleiben oder doch nach Wien zurückkehren, um dort nach Marys Vater zu fahnden? Mit Wien würde sie eine Menge schmerzhafter Erinnerungen verbinden, aber irgendwie war sie es wohl ihrem Vater schuldig, den Familienbesitz wieder an sich zu nehmen. Und wenn sie ihre finanzielle Lage bedachte, mochte das sogar die einzige Lösung sein, denn ihre Vermögenswerte in den Staaten schwanden unaufhaltsam dahin, während es immer mühsamer wurde, Geld aus der Schweiz nach New York zu transferieren. Caroline gestand sich ein, schon eine ganze Weile nicht mehr an Wien gedacht zu haben, und dies wohl auch deshalb, weil ihr bewusst war, dass sie im Fall des Falles Entscheidungen von großer Tragweite zu treffen hatte. Das Leben in New York war weit davon entfernt, glamourös zu sein, aber es war in seiner Eintönigkeit sicher und berechenbar, während niemand zu sagen vermochte, wie es da drüben in Wien aussehen würde.

Caroline sah auf die Uhr und befand, dass es Zeit war, Mary ins Bett zu bringen. Der Tag war bereits weit fortgeschritten und für die Kleine ohnehin schon viel zu lang. Natürlich würde sie wie stets protestieren und dann wenigstens eine Geschichte als Preis für ihre Folgsamkeit verlangen. Aber Geschichten wusste Caroline genug, die gingen ihr – im Gegensatz zu ihren Finanzmitteln – nicht aus. Und tatsächlich saß Caroline 20 Minuten später an Marys Bettkante und erzählte ihr von dem tapferen Knecht, der seinem Meister ohne zu zögern zu Hilfe kam, als dieser von einem Bären angefallen worden war. Mit offenem Mund lauschte Mary bis zum letzten Wort, und ihr schien das Ende der Sage, wonach der tapfere Knecht für seine selbstlose Tat eine Mühle geschenkt bekam, die seitdem den Namen Bärenmühle trug, zu gefallen. Caroline drückte ihr noch einen Kuss auf die

Stirn. „Und jetzt schlaf schön, mein Goldstück." Wie stets ließ sie die Tür zum Vorzimmer einen Spalt breit offen, sodass von dort das Licht in Marys Zimmer strömen konnte. Caroline aber ging zu ihrem schmalen Bücherbord und griff zielsicher nach Peter Altenbergs „Was der Tag mir zuträgt" und fand, dies sei die für ihre Lage adäquate Lektüre.

Wien, zur selben Zeit

„So einen trostlosen Ostersonntag haben wir ja noch nie erlebt!“ Schnaufend kam Fini neben Fanny zum Stehen. Der Fußmarsch von Hernals über den Tulbinger Kogel nach Königstetten war eine wahre Tortur gewesen. Dies umso mehr, als beiden der Magen in Permanenz geknurrt hatte. Doch die Nachricht, in Königstetten gäbe es Erdäpfel, war dazu angetan gewesen, in ihnen die letzten Kräfte zu mobilisieren. Noch vor Tagesanbruch hatten sie sich auf den Weg gemacht und dabei sogar die nächtliche Ausgangssperre ignoriert. Doch wer, so sagten sie sich, kümmerte sich noch um diese Vorschrift – oder überhaupt um irgendeine Verordnung. Der Russe stand schon tief im Niederösterreichischen und näherte sich mit höchster Geschwindigkeit der Stadt, was vermochten die Nazis da noch groß auszurichten. Es hieß, sie mobilisierten nun schon Kinder und hinfällige Greise, die sie buchstäblich in der Straßenbahn an die Front verfrachteten. „Ein paar Tage noch, dann ist der Spuk vorbei“, antwortete Fanny daher mit einem gerüttelt Maß an Zweckoptimismus in ihrer Stimme.

„Aber in die paar Tag können wir immer noch draufgehen. Vergiss das nicht“, hielt Fini dem entgegen. „Und was man so hört, ist der Iwan a ka Honigschlecken!“ Fanny sah die Nachbarin fragend an. „Na ja“, zuckte diese mit den Schultern, „im Burgenland drunten soll s’ massenweis Frauen vergewaltigen. Und wer ihnen wie ein Nazi ausschaut, den schießen s’ einfach so übern Haufen.“

„Hast das vom Hermann?“, wollte Fanny wissen. „Na, von dein Fritzl sicher ned. Der glaubt ja immer noch, dass der Russ uns befreit.“ Fanny wollte einen Streit vermeiden.

Sie waren nach sieben Stunden des Marschierens beide vollkommen erschöpft, da brauchte es nicht auch noch eine sinnlose Auseinandersetzung. „Uns wird er jedenfalls ned anschauen, der Russ", statuierte sie daher und sah demonstrativ an ihrem Körper abwärts. Es war Fini anzumerken, wie sehr sie sich das Lachen zu verbeißen suchte, doch dann hielt sie es nicht länger aus und prustete los. „Ja, als Mannequin nehmen s' uns zwei nimmer."

Fanny gab sich einen Ruck und nahm die Treppe in Angriff, die zu ihren Wohnungen führte. Noch ehe sie die Tür erreicht hatte, drang der keuchende Husten von Fritz nach draußen. „Na servas", entfuhr es Fini, die darob prompt wieder ernst wurde, „der Tuberer klingt ned sauber. Der Fritzl ghörert ins Spital, und das stante pede."

„Geh bitte, als ob s' dort noch jemanden aufnehmen täten. Die sind doch voll bis obenhin mit Verwundeten. Da kommst höchstens noch als Goldfasan unter." Mittlerweile waren die Frauen in die Bielohlawek'sche Wohnung eingetreten. „Fritzl, wir sind wieder da", rief Fanny und erntete ein gurgelndes Röcheln als Antwort.

„Der Sud von einem Gselchten warat guat", ließ sich Fini vernehmen. Fanny sandte ihr einen vernichtenden Blick: „Wann, bitte, hast du zuletzt ein Gselchtes gsehn. Oder auch nur ghört davon, ha?" Fini sah schuldbewusst zu Boden. „Ich hab ja nur gmeint..." Eilig wechselte Fanny den Halswickel ihres Mannes und legte ihm ein feuchtes Tuch auf die Stirn. „Es is zum Narrischwerden", stöhnte sie, „Tee hamma keinen, Kräuter gibt's keine, ned amoi a Suppn kann i eam mochn. Des is jo ollas a Irrsinn."

Gegen Fannys Willen kämpfte sich Fritz in eine sitzende Position hoch. „Die Spinaterer waren wieder da", brachte er, unterbrochen von Hustenanfällen, mühsam hervor. „Die ham echt gmant, i simulier." Ermattet sank er wieder auf sein Lager zurück. Fanny wendete sich von ihrem Gatten ab und der Nachbarin zu. „Stell dir vor, diese Trotteln wolln eam echt no einruckn lossn. I maan, segn de ned, dass der Fritz ned amoi sitzn kann?"

„Alles für den Endsieg", replizierte Fini mit gallenbitterer Miene. „Ned amoi der Hermann glaubt noch, dass wir des no gwinnen", schickte sie hinterher.

„Wo ist der überhaupt, der Hermann?", wollte Fanny plötzlich wissen. „Ist der vielleicht goa scho palessiert?" Fini schnaubte. „Wie kommst denn auf so was! Der Hermann is vü, oba Feigling is er kaner! Der ist unt am Gürtel drunt. Da bauen s' Panzersperren, damit der Russ, wenn er einmal da is, ned weiterkommt."

Fanny verzichtete auf einen Kommentar. Stattdessen stellte sie behände Wasser auf und brachte es zum Kochen. Sie gab ein paar der mühsam erstandenen Erdäpfel in den Topf. „Ich hoff nur, er isst mir des", flüsterte sie, „weil so geht das ned weiter." Fini wollte eben etwas erwidern, als sie dumpfes Grollen jäh innehalten ließ. Angestrengt lauschten sie. „Die kommen vom Westen", konstatierte Fanny, „des miassn Amis sein." Fini stand der Schrecken deutlich ins Gesicht geschrieben. „Ned scho wieder Bomben", flüsterte sie. Das bedrohliche Dröhnen nahm zu. „Gleich wer ma's wissen", sagte Fanny und konzentrierte sich weiter auf den Flugzeuglärm. „Sollt ma ned wenigstens in Hof", schlug Fini ängstlich vor. Ihr Gegenüber winkte ab. „Des nutzert aa nix. Weißt eh, du kannst nie sagen, wo die einschlagen. Mir san so oder so petschiert, wann's is." Mit Schrecken erinnerte sie sich an die Tragödie beim Philipphof, wo drei

Wochen zuvor an die 300 Menschen ums Leben gekommen waren, die sich in den unter dem Gebäude befindlichen Luftschutzkeller geflüchtet hatten. Der Bombenhagel war so verheerend gewesen, dass das ganze Gebäude in sich zusammengestürzt war, sodass die Menschen lebendig begraben worden waren. Wen die Mauerteile nicht erschlagen oder die aufflammenden Feuer verbrannt hatten, der war in der Folge elendiglich erstickt. Doch auch im Freien war man, so wusste Fanny, nicht sicher. Ihr fiel die alte Pellmann ein, die mitten auf der Hernalser Hauptstraße von einem Bombenangriff überrascht worden war. Die Scherbe eines zersplitterten Fensters hatte der Alten glatt die Halsschlagader durchtrennt. „Wie's kommt, so kommt's", schob Fanny daher nach, innerlich immer noch auf den Knall der ersten Explosionen wartend.

Doch alles blieb still. Das Motorengeräusch begann langsam abzuebben. „Vielleicht irgendwelche Versorgungsflieger", mutmaßte Fanny schließlich, um sich wieder ihren Erdäpfeln zuzuwenden. Fini stand noch einen Moment ratlos im Raum, dann wandte sie sich zur Tür. „Ich geh dann mal. Ich glaub, ich muss mich niederlegen. Wennst was brauchst, dann klopf einfach, ja?" Fanny nickte nur.

Einige Augenblicke später saß sie am Bettrand und bemühte sich, Fritz mit Kartoffelbrei zu füttern. „Ich weiß, mit Milch tät's besser schmecken", seufzte sie, „aber Milch gibt's halt auch keine mehr." Fritz beschränkte sich auf ein Röcheln. „Fritz! Du musst essen. Sonst stehst d' mir das nicht durch. Also iss! Bitte, iss!" Fritz öffnete die Augen und sah seine Frau dankbar an.

Fanny hatte die Erdäpfel in ganz kleine Teile geschnitten, die dann mit einer Gabel zu einer Art Brei zerdrückt worden waren. Auf diese Weise, so hoffte sie, würde es Fritz leichter fallen, sie zu sich zu nehmen. Tatsächlich ließ dieser sich ein wenig von der Nahrung in den Mund schieben. Eine kleine Weile sah es so aus, als lutsche er an einem Zuckerl, doch dann kam endlich die Schluckbewegung, die Fanny mit großer Erleichterung registrierte. „Hast vielleicht ein Wasser?", krächzte Fritz leise, und Fanny stellte eilig den Teller ab, um ein Glas zu holen.

Später konnte sie sich nicht mehr daran erinnern, wie lange Fritz gebraucht hatte, um zwei Erdäpfel zu verspeisen, eine Menge, die er normalerweise mit vier Bissen vertilgte. Doch es war ihr ein gutes Zeichen, dass er sie bei sich behielt. Mit etwas Glück, so sagte sie sich, war er endlich über den Berg. „Wenn nur dieser depperte Krieg endlich aus wär", seufzte sie, „dann wär alles leichter."

Aus der Ferne war Sperrfeuer zu hören, doch Fanny konnte nicht sagen, ob dieses vom Gürtel oder vom Wienerwald kam. Doch der Intensität entnahm sie, dass der Russe nun in Wien eingetroffen war. Mitfühlend sah sie auf ihren Mann, der wieder in einen unruhigen Schlummer gesunken war. „Weißt, Fritzl, was immer jetzt kommt, es kann nur besser sein als das, was war!" Abrupt wandte sie ihr Gesicht ab, damit Fritz, falls er plötzlich doch wieder aufwachen sollte, ihre Tränen nicht sah. Der Mann schwer krank, vom Sohn keine Nachricht, wer sollte das ertragen?

Fritzens schwerer Atem beunruhigte sie noch mehr. Wenn sie nur von irgendwoher Arznei auftreiben könnte! Automatisch legte sie ihre Hand auf seine Stirn. Fieber! Es war wiedergekommen. Ob sie noch einmal Wickel machen sollte? Fanny kam nicht dazu, den Gedanken zu Ende zu bringen, als die Fensterscheiben zu klirren begannen. Irgendwo war eine Bombe hochgegangen. „Wann hat der Wahnsinn ein Ende?“ Fanny wischte Fritz den Schweiß von der Stirn, dann legte sie sich neben ihn und schloss die Augen. „Wie's kommt, so kommt's“, murmelte sie und hoffte dabei, die einsetzende Dämmerung würde ihr zu etwas Schlaf verhelfen. Schlaf, der sie wenigstens für kurze Zeit die trostlose Wirklichkeit vergessen ließ.

Stockerau, zur selben Zeit

Turl fluchte. Seit er von der Wehrmacht eingezogen worden war, hatte es immer nur eine einzige Richtung gegeben. Zurück. Im Sommer 1942 war ihm zusammen mit seiner Urkunde als Diplomingenieur gleich der Einberufungsbefehl überreicht worden, und keine sechs Wochen später lag er schon in einem Schützengraben nahe des Don und hörte die Offiziere davon reden, dass sie in wenigen Tagen Stalingrad überrennen würden. Im Nachhinein betrachtet war es ein unvergleichliches Glück gewesen, dass er gleich bei seinem ersten Fronteinsatz bei der Überquerung des Don einen Schultersteckschuss abbekommen hatte. Sein Aufenthalt im Lazarett hatte lange genug gedauert, um zu verhindern, dass er noch nach Stalingrad kam. Sonst, das wusste Turl genau, wäre er wahrscheinlich damals schon verreckt.

So aber hatte er wohl zwei Jahre lang den Rückzug mitgemacht. Quer durch die gesamte Ukraine nach Ungarn und immer weiter, bis er sich irgendwann vor etwa zwei Monaten im Burgenland wiedergefunden hatte. Dabei grenzte es an ein Wunder, dass er kein weiteres Mal verwundet worden war, denn aus jener Einheit, der er Anfang 1943 zugeteilt worden war, hatte außer ihm niemand überlebt.

Dass der Krieg unwiderruflich verloren war, das wusste er schon seit längerem, und umso zynischer wäre es, sagte er sich, wenn er sich jetzt auf den letzten Metern doch noch eine Kugel einfangen sollte. Er schalt sich innerlich einen Trottel, die Zeit in Wien nicht dazu genützt zu haben, sich abzusetzen. Aber die Angst, erwischt und wegen Desertion exekutiert zu werden, hatte letztlich doch überwogen. Und so war er mit der Kompanie nicht nur in Wien eingerückt, sondern hatte die Stadt mit der Kompanie auch wieder verlassen. Mit Schrecken erinnerte er sich an die drei Offiziere, die erst vor wenigen Tagen in Floridsdorf gehenkt worden waren, weil sie, wie es hieß, mit dem Feind paktiert hatten. Dabei hatten die drei nur laut ausgesprochen, was der Oberkommandierende, General von Bünau, selbst dachte, und nur der kranke Fanatismus der Totenkopf-Einheiten unter dem gefürchteten Sepp Dietrich sorgte dafür, dass man immer noch nicht kapituliert hatte.

Keine Frage, die Offiziere wollten sich nach Deutschland durchschlagen. Oder wenigstens den Westmächten in die Arme laufen, versprachen sie sich doch von den Amerikanern eine schonendere Behandlung, als sie von den Sowjets zu erwarten war. Doch die Rote Armee rückte mit einer derartigen Geschwindigkeit vor, dass es nur noch eine Frage von Stunden war, bis die versprengten Reste der Wehrmacht überrannt sein würden.

Tatsächlich tobten die Kämpfe um Wien mit unerwarteter Heftigkeit. Turl erstaunte es, mit welcher Vehemenz sich Greise und halbe Kinder den schlachtenerprobten Sowjets entgegenstellten, und er kam zu dem Schluss, dass wenigstens die deutsche Propaganda erfolgreich gewesen war, denn ganz offensichtlich fürchteten sich die Menschen davor, vom „Iwan" massakriert zu werden, wenn man ihm sich ergab.

Turl war das Kommando über sechs abgekämpfte Landser übertragen worden, zu denen sich eine Handvoll Volkssturm-Männer gesellt hatten. Er hieß die Alten, mit den letzten verfügbaren Panzerfäusten den Vorstoß der T 34 aufzuhalten, und wusste dabei schon, dass dieser Befehl vollkommen sinnlos war. Im besten Fall würde es gelingen, den ersten Tank zum Stehen zu bringen, der daraufhin die anderen blockieren würde. Doch die begleitenden Infanteristen würden einfach weiterstürmen und ihn samt seinem kleinen Haufen überrennen. Er verschanzte sich im Erdgeschoß eines windschiefen Gebäudes und befahl seinen Männern, sich in die oberen Stockwerke zu begeben, um die Sowjets aus erhöhter Position unter Feuer zu nehmen.

Und wieder war da diese nagende Frage: Wozu tat er das alles? Der Krieg war verloren. Vor allem: Es war ja nicht einmal sein Krieg. Nie gewesen! Er hatte rein gar nichts gegen Russen. Und weshalb er irgendwo bei Kursk sein Vaterland verteidigte, hatte ihm schon 1942 nicht eingeleuchtet. Wenn er sich jetzt einfach aus dem Staub machte, dann konnte er sich vielleicht nach Hernals durchschlagen und dort bei seinen Leuten Unterschlupf finden. Die Eisenbeißer von der Gestapo und der SS würden sicher Wichtigeres zu tun haben, als einem einzelnen Gefreiten hinterherzujagen. Die drei, die in Floridsdorf gehenkt worden waren, das waren ja immerhin Offiziere gewesen. Noch dazu welche, die offenbar wirklich mit dem Feind fraternisiert hatten. Turl war von einer „Operation Radetzky" berichtet worden, in deren Zuge Wien kampflos den Sowjets hätte übergeben werden sollen. Dass so ein Plan einem Sepp Dietrich nicht schmeckte, war naheliegend. Aber wenn ein einzelner Soldat plötzlich abgängig war, würde kaum ein eigener Suchtrupp zusammengestellt werden, zumal angesichts der verheerenden Lage, in der die Landser starben wie die Fliegen.

Der Boden begann merkbar zu vibrieren, und das dumpfe Dröhnen, das an Turls Ohren drang, ließ keinen Zweifel aufkommen. Die Panzer näherten sich seinem Unterstand. Er riskierte einen schnellen Blick auf die Straße und sah die drei Greise mit zittrigen Händen die Panzerfäuste in die Richtung des Lärms ausrichten. Keine Frage, die Männer schlotterten vor Angst. In diesem Zustand würden sie ihre Waffe viel zu früh abfeuern, sodass sie keinerlei Schaden anrichten würden. Turl spähte die Straße abwärts und sah nun den ersten Tank auf sich zurollen. Er schätzte die Entfernung auf 100, vielleicht 150 Meter. Ohne lang nachzudenken, traf er eine Entscheidung. Er hastete aus dem Hausflur und rannte in geduckter Haltung quer über die Straße in das gegenüberliegende Haus. Dort angekommen, sah er zurück zu seinem ehemaligen Aufenthaltsort. Offenkundig hatte niemand von seinen Männern seinen Stellungswechsel bemerkt. Turl atmete erleichtert auf. Wenn diese Idioten dumm genug waren, sich einen Kampf zu liefern, er aber ganz still blieb, dann mochte die Woge des Angriffs einfach an ihm vorbeibrausen. Er war dann von der Front überrollt und tatsächlich sich selbst überlassen. Wer mochte ihm da noch einen Vorwurf machen?

Der Panzer war bis auf wenige Meter an die Volkssturm-Männer herangekommen. Wie von Turl erwartet, schossen diese viel zu hektisch. Die ersten beiden verfehlten ihr Ziel, und noch bevor der dritte abdrücken konnte, war er von einem russischen Soldaten getroffen worden. Wortlos kippte der Alte nach hinten und rührte sich nicht mehr. Die anderen beiden waren einen Augenblick schreckensstarr, dann rannten sie panisch kreischend die Straße hinunter, um nach nur wenigen Metern von sowjetischen Kugeln eingeholt und gefällt zu werden.

Das war nun offenbar das Signal für die regulären Wehrmachtssoldaten, das Feuer zu eröffnen. Sie schossen wie wild um sich, trafen aber rein gar nichts. Der erste Panzer drehte seinen Turm, kurz bebte das Gefährt auf, dann sah Turl schon den gelblich-orangen Feuerstoß. Mit einem ohrenbetäubendem Krach schlug die Granate in das Haus ein. Fenster barsten, einer der Soldaten verlor dadurch den Halt und stürzte aus dem zweiten Stock direkt in den Tod. Ein zweiter hatte sich ob der Explosion zu sehr aus der Deckung gewagt und wurde von der Kugel eines russischen Scharfschützen durchbohrt. Ein sowjetischer Soldat lief behände ins Stiegenhaus und warf eine Handgranate. Die gurgelnden Laute überzeugten Turl davon, dass nun auch der letzte Rest seiner Truppe erledigt war. In der Tat taumelte ein blutverschmierter Landser aus der Ruine auf die Straße, hob die Hände, um sich zu ergeben, brach jedoch nach wenigen Schritten zusammen. Er zuckte noch ein wenig, dann war kein Leben mehr in ihm. Und die Sowjets setzten ihren Vormarsch fort.

Turl hockte immer noch in seinem Versteck und wog seine Optionen ab. Er musste unbedingt seine Wehrmachtsuniform und seinen Wehrpass loswerden. Allerdings brauchte er stattdessen andere Dokumente, denn wenn er einer deutschen Patrouille in die Arme lief und sich nicht ausweisen konnte, war er so tot wie die Kameraden auf der anderen Straßenseite. Er konnte sich natürlich auch einfach den Sowjets ergeben. Dann hätte er zwar für den Moment sein Leben gerettet, doch die Gefahr, in der Folge nach Sibirien verschleppt zu werden, wo er mit großer Wahrscheinlichkeit verhungern würde, ließ ihn von dieser Option schnell abkommen. Turl sah, wie russische Truppen gemessenen Schritts die Straße abwärts marschierten. Ob er sich als Ausgebombter präsentieren konnte, der alle seine Dokumente verloren hatte? Kaum, denn dann würden die Deutschen sofort wissen wollen, aus welchem Haus er stammte, und wenn er dann die falsche Adresse nannte, endete sein Leben wiederum recht schnell.

Langsam sah er sich um. Der Eingangsbereich des Hauses, in dem er sich versteckt hatte, schien intakt zu sein. So leise wie möglich erhob er sich und schlich sich nach hinten. Am Ende des Ganges befand sich die Tür zum Innenhof. Turl hielt inne, lauschte. Nichts rührte sich. Sachte öffnete er die Pforte. Sofort atmete er auf. Keine zwei Meter von ihm entfernt befand sich eine kleine Trennmauer, die er leicht überwinden konnte. Auf der anderen Seite, so mutmaßte er, würde sich ebenfalls ein kleiner Innenhof anschließen, und mit etwas Glück gelangte er so durch das Haupttor des angrenzenden Hauses in die Nebenstraße, über die er sich weiter von den russischen Truppen würde absetzen können. Er nahm Schwung auf und schwang sich über die Mauer. Die Tatsache, dass die Tür zum Stiegenhaus des anderen Gebäudes versperrt war, irritierte ihn nur kurz. Mit dem Ellenbogen schlug er das Glasfenster ein, drehte dann den Schlüssel, der im Schloss steckte, um und war auch schon im Gangtrakt angelangt.

Wieder auf der Straße, musste er sich kurz orientieren. Er lief geduckt Richtung Stadtzentrum und hielt erst inne, als die Schüsse nur noch aus weiter Ferne vernehmbar waren. Während er verschnaufte, kam ihm ein gewagter Gedanke. Zu seinem Elternhaus waren es kaum mehr als vier, fünf Kilometer. Wenn er es schaffte, sich bis dorthin durchzuschlagen, dann konnte er sich mit zivilen Kleidern versorgen und sich verstecken, bis die Kämpfe endlich zu einem Ende gekommen waren.

Doch sein Enthusiasmus wurde jäh gedämpft. Der direkte Weg zu seinen Eltern war die Neuwaldegger Straße und anschließend die Dornbacher Straße und schließlich die Hernalser Hauptstraße. Genau diese Route würden die Sowjets auch nehmen. Und die trieben die Reste der Wehrmacht vor sich her. Er würde also einen anderen Weg finden müssen. Ob er es riskieren sollte, sich durch den Wald zum Wilhelminenberg durchzuschlagen? Instinktiv blickte er auf seine Armbanduhr, um abschätzen zu können, wie lange es noch hell sein würde. Denn brach die Dunkelheit über ihn herein, bevor er den Wald hinter sich gelassen hatte, dann würde er sich rettungslos verirren und angesichts der Temperaturen möglicherweise sogar erfrieren.

Zwei Stunden, so befand er, mochte es noch hell sein. Er atmete tief durch. Kurz orientierte er sich, peilte zielsicher die einzuschlagende Richtung an und schlug sich dann entschlossen in die Wälder.

Wien, ein wenig später

Der alte Strecha hatte naturgemäß nicht die geringste Ahnung, dass sich sein Sohn keine drei Kilometer von ihm entfernt einen Weg zu just jenem Ort bahnte, an dem er eilig Papiere in einen mickrigen Kanonenofen stopfte. Ob seines vorgerückten Alters war es ihm gelungen, der Beorderung zur kämpfenden Truppe des Volkssturms zu entgehen. Er hatte sich selbst erbötig gemacht, im Schloss Wilhelminenberg, in welchem ein provisorisches Lazarett eingerichtet worden war, Wachfunktionen zu übernehmen. Nun, da die sowjetischen Truppen bis auf zwei Kilometer an das Schloss herangekommen waren, schien es Strecha geboten, alle Indizien zu vernichten, die darauf hindeuten konnten, dass er ein Nazi gewesen war. Was kümmerten ihn die Lahmen und die Leidenden, die nebenan mit dem Tode rangen, jetzt galt es, die eigene Haut zu retten. Fieberhaft überlegte er, wie er den Kopf aus der Schlinge ziehen konnte.

Eben warf er seinen SA-Ausweis in die Flammen und wunderte sich dabei, in wie vielen Organisationen der Nazis er Mitglied gewesen war. Winterhilfswerk, SA, Arbeitsfront, Kriegsopferversorgung. Die Nazis hatten ein ähnlich flächendeckendes Organisationsnetz aufgezogen wie seinerzeit die Sozialdemokraten, kam es ihm in den Sinn. Sozialdemokraten! Na klar! Er klatschte sich mit der flachen Hand auf die Stirn. Dass ihm diese Idee nicht sofort gekommen war! Alles, was er brauchte, war ein Genosse von früher, der nicht mitbekommen hatte, welchen Weg er ab Mitte der 30er Jahre eingeschlagen hatte.

Das war nicht so leicht. In Hernals wussten sicherlich alle davon, dass er ein Abtrünniger, ein Verräter war. Und außerhalb seiner ehemaligen Bezirksorganisation hatte kaum jemand von ihm Notiz genommen. Strecha warf die letzten Dokumente, die er noch bei sich führte, in den Ofen und stopfte das Parteibuch der NSDAP hinterher. Zehn Jahre Beiträge für nichts, dachte er voll Bitterkeit, um sich aber sogleich wieder die Frage zu stellen, an wen er sich wenden könnte.

Der WAT fiel ihm ein, der Wiener Arbeiter-Turnverein. Dort war er Anfang der 20er Jahre aktiv gewesen, und zwar im benachbarten Ottakring, weil er es vermeiden wollte, vor den eigenen Genossen eventuell eine schlechte Figur zu machen. Wie hatte der Obmann noch gleich geheißen? Richtig, Jokl! Und der hatte im Luxemburg-Hof gewohnt, und dorthin waren es höchstens zwei Kilometer. Wie war der Nachname von Jokl gewesen? Und auf welcher Stiege hatte er gewohnt? Gleichviel. Wenn er erst einmal bei dem Gemeindebau angelangt war, konnte er sich sicher zu Jokl durchfragen, denn die Funktionäre kannte jeder im Bau.

Er hetzte, so schnell es ihm sein Alter erlaubte, die Wilhelminenstraße abwärts, ohne sich auch nur ein einziges Mal umzudrehen. Wer hätte ihn auch schon verfolgen können? Die Kopfschüssler aus dem Krankensaal vielleicht? Egal, um die sollte sich der Iwan kümmern. Schon tauchten die Umrisse der Gemeindebauanlage in Sandleiten vor ihm auf. Als er zwischen zwei Wohnblöcken verschwinden konnte, war ihm wohler. Wenn er nun noch Jokl fand, dann war er in Sicherheit.

Allerdings stellte er fest, dass es gar nicht so leicht war, mit irgendjemandem Kontakt aufzunehmen. Klar, die Bewohner des Baus hatten sich in ihre Wohnungen verkrochen, denn sie verspürten nicht die geringste Lust, sich so kurz vor Kriegsende noch irgendeiner Gefahr auszusetzen. Wo immer Strecha auch anklopfte, nirgendwo erntete er eine Reaktion. In seiner Verzweiflung nahm er alle Kraft, über die er noch verfügte, zusammen und schrie, so laut er konnte: „Jokl!"

Er wiederholte den Ruf mehrere Male, bis endlich in seiner Nähe ein Fenster aufging. „Was schreist denn goa a so! Bist hirngschlagelt oder wos?", fauchte ihn ein alter Mann an. „Den Jokl such i, den Jokl vom WAT", gab Strecha treuherzig zurück. „Der wohnt auf der 5er Stiegn", kam es patzig zurück, ehe das Fenster auch schon wieder geschlossen wurde. Strecha blieb noch einen Moment wie angewurzelt stehen, dann lief er weiter, um erst wieder innezuhalten, als er die riesige weiße „5" sah, die ihm signalisierte, dass er sein Ziel erreicht hatte.

Eilig betrat Strecha die Stiege und klopfte an die Tür der Hausmeisterwohnung. Nichts rührte sich. Er wiederholte sein Tun, unterstrich es nun aber mit lautem Rufen. „I brauch den Jokl vom WAT, wo wohnt der?" Dennoch blieb es hinter der Tür still. „Is do kaner? I brauch den Jokl!", bellte er mit aufsteigendem Groll.

„Wer braucht mi?" Die Stimme war von oben gekommen. Strecha trat einen Schritt zurück und linste das Stiegenhaus aufwärts. Aus dem zweiten Stock blickte ihm ein grauhaariger Mann entgegen. „Jokl? Bist des du?"

„Na, i bin des Christkindl", kam es unwillig zurück, „wer soll i sonst sei als der Jokl? Und wer bist du, dass du da so an Heidenlärm machst?"

„Der Hermann bin i. Erinnerst di no an mi? I woa bei dir im WAT, bevor i umzogen bin", log Strecha. „Bei mir waren viele", kam es unwirsch zurück, „da kann i mi ned on an jedn erinnern." Strecha bemühte sich um ein Lächeln. „Aber sicher! Der Hermann. Der Alte von der Fini. I hab in der Brauerei ghackelt. Kennst mi nimmer? Wehrturner und so weiter."

Jokl wiegte abschätzend den Kopf hin und her. „Kumm amoi auffe do, mia miassn jo ned des ganze Haus zsammschrein." Strecha ließ sich das nicht zweimal sagen und eilte flugs die beiden Treppen aufwärts. Bei Jokl angekommen, ließ er diesem Zeit, ihn zu mustern. „Und wos wüllst nachher von mir?", fragte der schließlich. „Mi hom s' eizogn zum Volkssturm, ned! Und i bin denen oba palessiert. Und jetzt brauch i hoid wem, der ma hülft, bis des do ollas vorbei is."

Jokl stemmte die Fäuste in die Hüften: „Und warum gehst dann ned zu deiner Fini?" Hermann Strecha tat entrüstet: „Bist wahnsinnig! Durt suachen s' jo zerst nach mir. Und waun s' mi durt finden, daun drahen s' ned nua mi ham, sondern die Fini glei mit." Strecha machte einen unscheinbaren Schritt auf Jokl zu. „Drum bin i aa ned zu die Genossen aus 'm Bezirk gangen, weu de hom die Nazis jo zerst im Visier. Und bei dir, hob i ma denkt, suacht mi kaner."

Es war Jokl deutlich anzusehen, dass er immer noch nicht überzeugt war. Strechas Kiefer mahlten unaufhörlich, verzweifelt suchte er nach dem entscheidenden Argument, mit dem er Jokls Widerstand brechen konnte.

„Mei Bua", platzte es plötzlich aus Strecha heraus, „den kennst sicher. Der war im 34er Jahr da und hot gegen die Dollfuß-Partie kämpft. Mit seine Hawara von der SAJ. Turl haaßt er."

Jokl kratzte sich am Kopf. „Da dämmert mir was. Des waren so drei, vier Leit damois, mit so an Spanenlangen, der wos ganz gschnecklate Haar ghobt hot." Eifrig nickte

Strecha. „Da Schurli, ja! Des woa ana von den Spezi von mein Buam."

Endlich schien das entscheidende Wort gefallen zu sein. Jokl kramte nach seinem Wohnungsschlüssel, öffnete seine Tür und bedeutete Strecha, ihm zu folgen.

Buchenwald, 2. Mai 1945

Hustend und stotternd sprangen die Motoren der Lastwägen an. Sofort trat Wickerl der beißende Gestank des Benzins in die Nase und verursachte ihm Brechreiz. Unweigerlich biss er die Zähne zusammen und wandte sich ab. Inständig hoffte er, der Fahrtwind mochte den penetranten Geruch übertünchen, wenn sie erst einmal auf dem Weg waren.

Seit drei Wochen war er formal ein freier Mann, doch immer noch saßen sie im Lager fest. Teils, weil in manchen Gegenden immer noch gekämpft wurde, teils aber auch, weil die Sammeltrupps noch nicht zusammengestellt waren, welche die einzelnen Häftlingsgruppen zurück in ihre Heimatländer bringen sollten. Wickerl dankte es dem führenden Sozialdemokraten Hermann Brill, vor allem aber Karl Mantler, dass er schon für den ersten Transport nach Österreich eingeteilt worden war. Der, ein Mann von Mitte 50, sah so gar nicht nach einem Hünen aus, was Wickerl von jemandem, der jahrzehntelang als Fleischhauer gearbeitet hatte, eigentlich erwartete. Im Gegenteil, Mantler wirkte zierlich und beinahe ein wenig fragil, was aber auch dem Umstand geschuldet sein mochte, dass Mantler die letzten neun Jahre praktisch durchwegs in Kerkern und Lagern verbracht hatte. Den gesamten Krieg über war er Häftling in Buchenwald gewesen, und umso erstaunlicher erschien es Wickerl, dass der Mann immer noch vor Optimismus strotzte. Aber vielleicht war es gerade diese ungebrochene Zuversicht, die es Mantler ermöglicht hatte, all diesen Terror zu überstehen. Nun schlenderte der altgediente Gewerkschafter langsam über den Platz und schenkte Wickerl ein Lächeln. „In ein paar Tagen samma in Wien“, verkündete er. „Dort haben s’ schon eine Regierung gebildet, hab ich ghört", fuhr Mantler fort, „der Renner macht wieder den Kanzler, und der Teddy ist Bürgermeister." Mantlers Gesichtsausdruck versprühte tiefe Zufriedenheit. „Was soll da noch schiefgehen?"

Wickerl aber vermochte sich nicht zu freuen. Sie hatten also in Wien schon Nägel mit Köpfen gemacht. Bis er endlich wieder in seiner Heimatstadt eingetroffen sein würde, wären also die wesentlichen Probleme bereits gelöst. Er, Wickerl, käme ein weiteres Mal zu spät. Und das, so schien ihm, war überhaupt die Grundcharakteristik seines Lebens. Immer und überall kam er zu spät.

Das hatte schon im „Roten Wien" begonnen. Die soziale Revolution, die unmittelbar nach dem ersten Krieg vieles hatte besser werden lassen, nahm er als Kleinkind nicht bewusst wahr. Und als er endlich selbst politisch aktiv hatte werden können, da stand die Arbeiterbewegung bereits mit dem Rücken zur Wand. Erst war das Parlament ausgeschaltet worden, dann hatten die Austrofaschisten die Partei in den Untergrund gedrängt, und schließlich war Österreich ohne einen einzigen Schuss von den Nazis erobert worden.

Wickerl schluckte. Ganz unvermittelt stand das Bild von Caroline vor seinem geistigen Auge. So, als wäre es eben erst geschehen, sah er sie in den Zug einsteigen, während er ihr mit Tränen in den Augen nachwinkte. Damals, vor nunmehr über sieben Jahren, hatte ihn gar nichts mehr in Wien gehalten. Jeder Widerstand gegen die Nazis in ihrem Siegestaumel war, so wusste er, sinnlos. Wenn er den Faschismus bekämpfen wollte, dann musste er dorthin gehen, wo dieses Ringen noch nicht entschieden war. Wickerl machte sich auf die Suche nach jemandem, der ihn nach Spanien expedieren konnte.

Das erwies sich als überaus schwierig. Die Strukturen, die Österreicher und andere Freiwillige auf die Iberische Halbinsel gebracht hatten, waren mehr oder weniger zusammengebrochen. Ein alter Kommunist hatte ihm schließlich den Rat gegeben, sich auf eigene Faust in die Schweiz durchzuschlagen, denn von Zürich aus gäbe es noch Möglichkeiten, sich den „Internationalen Brigaden" anzuschließen.

An jenem Abend hatte Wickerl über seinem alten Schulatlas gebrütet und war dabei zu dem Schluss gekommen, es wäre leichter, als vermeintlicher Nazi nach Genua zu kommen, denn illegal die Schweizer Grenze zu passieren. Doch von dort, so ahnte er, würde er sich erst einmal nach Frankreich durchschlagen müssen, und selbst dann war noch keinesfalls gewährleistet, dass ihn die Franzosen so einfach in das südliche Nachbarland weiterreisen lassen würden.

Irgendwie fühlte er sich damals an das 34er Jahr erinnert. Auch im Februar jenes Jahres war er wild entschlossen gewesen, dem Faschismus die Stirn zu bieten. Und dann war er sinnlos zwischen den Gemeindebauten herumgeirrt und hatte am Ende des Tages einfach den Rückzug angetreten, ohne auch nur ein Gewehr in der Hand gehalten zu haben.

„Na, was schaust denn gar so betroppezt? Man könnt glatt glauben, du freust dich gar nicht!" Wickerl wurde jäh aus seinen Gedanken gerissen und bemerkte nun erst, dass Mantler immer noch vor ihm stand. „Doch, doch", beeilte er sich daher zu sagen, „es ist nur so, dass ich grad an Spanien hab denken müssen."

„Ah ja. Ich erinner mich dunkel. Da bist z' spät kommen, gell?" Unwillkürlich musste Wickerl auflachen. Selbst Mantler hatte das zentrale Unbill in Wickerls Leben schon erkannt. „Du hast mir das irgendwann schon einmal erzählt, erinner ich mich. Bist du ned genau an dem Tag in Spanien ankommen, wo die Francisten ans Mittelmeer durchbrochen sind?"

Wickerl nickte. Genau so konnte man die Dinge auf den Punkt bringen. Einen ganzen Monat war er unterwegs gewesen, hatte sich zu Fuß nach Kärnten durchgeschlagen, war dann mit einigen Hirten ins Südtirolerische hinübermarschiert, wo er mit seinem letzten Geld ein Zugticket nach Ventimiglia erworben hatte. Endlich dort angekommen, war es ihm gelungen, einen alten Garibaldiner dazu zu überreden, ihn mit seinem Boot mitzunehmen. Beinahe zehn Tage hatte es gedauert, bis ihn der Alte südlich von Perpignan an Land gehen ließ. Und weitere zwei Tage, bis er endlich auf Truppen der Republik gestoßen war.

Zu seinem Übel hielten die ihn für einen deutschen Spion und wollten ihn schon füsilieren, als im letzten Augenblick der Hackl Ferdinand des Weges kam, den Wickerl noch aus der Sozialistischen Arbeiterjugend kannte. Deutlich stand Hackls freundliches Gesicht vor ihm.

„Ohne den Hackl Ferdl warat i jetzt wahrscheinlich schon tot", sagte er unvermittelt, was Mantler ein ratloses Gesicht machen ließ. „Na ja", begann Wickerl unbeholfen, doch Mantler winkte nur ab. „Das erzählst mir, wenn wir auf Transport sind. Jetzt schau, dass du auf den Wagen kommst. Wir fahren jeden Moment los."

Einmal noch ließ Wickerl seinen Blick über die trostlosen Baracken des Lagers schweifen, das ihm vier Jahre lang Gefängnis gewesen war. Wie unwirklich hatte ihm all diese Zeit die Freiheit gewirkt, und wie unwirklich erschien sie ihm jetzt. Er lehnte sich an die Rückwand der Fahrerkabine und schloss die Augen.

Wien, 14. April 1945

Eine kleine Weile hatte Turl mit aufsteigender Panik zu kämpfen gehabt, denn der Tag war mehr und mehr in der Dämmerung versunken, ohne dass er einen Weg aus dem Wald gefunden hatte. Egal, wo er hinsah, nirgendwo hatte er den Eindruck, dass der Baumbestand lichter würde. Immer wieder sah er auf seine Armbanduhr und versuchte, sich selbst Mut zuzusprechen. So groß war dieser Teil des Wienerwaldes nun auch wieder nicht, als dass er sich darin verlieren könnte. Irgendwo würde er schon wieder ins Freie gelangen. Die Frage war nur: Wo?

Gefühlsmäßig war er die ganze Zeit über bergauf gegangen, was bedeutete, dass er höchstwahrscheinlich auf den Gallitzinberg zuhielt. Auf dessen Spitze gab es eine kleine Ansiedlung, die rund um ein altes Schloss entstanden war, von dem es hieß, es habe einst einem russischen Fürsten gehört. Später war das Schloss ein Kinderheim gewesen, ehe es im 38er Jahr von den Nazis konfisziert worden war. So gesehen war es vielleicht nicht ganz so günstig, ausgerechnet dort wieder aus dem Wald zu kommen, doch bei nüchterner Betrachtung konnte man durchaus davon ausgehen, dass auch dort schon alle Goldfasane längst das Weite gesucht hatten. Und wenn er sich recht erinnerte, gab es direkt neben dem Schloss eine kleine Schenke, bei der er vielleicht etwas zu trinken und, wenn er viel Glück hatte, sogar etwas zu essen bekam. Turl blickte die Bäume aufwärts in den Himmel. Eine halbe Stunde mochte es noch Tageslicht geben, und genau das galt es zu nutzen. Entschlossen schritt er weiter.

Als sich in ihm erstmals so etwas wie Erschöpfung breitmachte, meinte er zu erkennen, dass die Bäume tatsächlich mehr und mehr Licht durchließen. Er nahm noch einmal alle seine Kräfte zusammen und war sich bald sicher, dass er in einiger Entfernung einen Weg wahrnahm. Er stolperte vorwärts und registrierte mit aufkeimender Freude, dass er den Wald tatsächlich hinter sich gelassen hatte. Am Wegesrand gestattete er sich eine Pause und hockte sich auf einen Baumstumpf, um ein wenig zu verschnaufen. Er kramte in seinen Taschen, fand überraschenderweise noch eine Zigarette, die er sich mit einem Streichholz anzündete, um den Rauch dann gierig in seine Lungen zu saugen.

Einige Minuten später hatte er sich so weit wieder gefasst, dass er sich erhob und sich neu orientierte. In einiger Entfernung machte er ein wuchtiges Gebäude aus, von dem er sicher war, es handelte sich dabei um das Schloss Wilhelminenberg. Dementsprechend musste das kleine Häuschen, dessen Dach er gerade noch erkennen konnte, die Schenke sein, von der er sich Labung erhoffte. Er atmete noch einmal tief durch, dann hielt er auf das Schloss zu, sich dabei immer wieder nach allen Seiten umblickend, um solcherart festzustellen, ob von irgendwo vielleicht Gefahr drohte.

Als er die Gastwirtschaft erreicht hatte, fand er sie geschlossen vor. Er rüttelte heftig an der Tür, doch diese gab nicht nach. Also trat er einen Schritt beiseite, legte die Handflächen wie Scheuklappen an sein Gesicht und spähte durch das schmutzstarrende Fenster ins Innere. Ganz offensichtlich war das Haus verwaist. Turl sah sich nach einem Stein um, mit dem er das Fenster einschlagen konnte, um derart doch noch ins Innere gelangen zu können.

„Hallo, Kamerad! Komm schnell her!“

Turl erschrak bis ins Mark. Offensichtlich war er so kurz vor seinem Ziel doch noch zu unvorsichtig gewesen. Langsam drehte er sich um und blickte in das Gesicht eines Landsers, dessen rechte Hand einen Karabiner hielt. „Wo kommst du denn her?" Turl schluckte. „Ich war unten auf der Höhenstraße mit meinem Zug. Hab gegen den Iwan gekämpft. Der hat uns einfach überrollt. Die allermeisten hat's erwischt, ich bin ohnmächtig gewesen, weil mir irgendein Gebäudeteil auf den Schädel gefallen ist. Und wie ich wieder zu mir gekommen bin, war alles leer. Kein Russ mehr und auch kein Kamerad. Hab ich mich hierher durchgeschlagen." Dabei bemühte er sich um einen treuherzigen Blick.

Der Soldat schien kurz zu überlegen, ob Turls Geschichte plausibel war, kam dann aber zu dem Schluss, dass dies letztlich ohne Belang war. „Wir haben da drüben einige dutzend Kameraden, die dringend Hilfe brauchen", sagte er knapp, „also komm mit." Turl schickte sich ins Unvermeidliche.

Widerwillig folgte er dem Uniformierten ins Schloss. Dieser redete über die Schulter weiter: „Wir haben ein paar Goldfasane dagehabt, die sich eigentlich um die Kameraden hätten kümmern sollen. Aber die sind alle ausgebüchst. Und man kann doch die Verwundeten nicht einfach sich selbst überlassen! Das ist ganz und gar undeutsch!"

Turl verkniff sich einen Kommentar und sah sich um. Gleich hinter dem Entree erstreckte sich ein länglicher Saal, der wohl einst für Empfänge gedacht gewesen war. Jetzt standen da rund 20 Betten an jeder Wand, und darinnen lagen Männer unterschiedlichsten Alters, die, jeder für sich, wimmerten und teilweise wohl auch schon delirierten. „Wir haben keine Medikamente mehr für sie. Von Verpflegung ganz zu schweigen. Alles, was wir für sie tun können, ist, ihnen gut zuzureden", erläuterte der Landser.

Turl schüttelte den Kopf. Nichts zu essen und stattdessen abermals in den Fängen der Wehrmacht. Den Gewaltmarsch durch den Wald hätte er sich sparen können. Aber wenigstens schien er hier in Sicherheit. Die Russen würden Sanitätspersonal nicht drangsalieren. Und wer weiß, vielleicht gelang es ihm ja, sich auch hier im richtigen Augenblick aus dem Staub zu machen.

Er war im Krankensaal angekommen und sah den Soldaten erwartungsvoll an. „Und was soll ich jetzt deiner Meinung nach machen?" Der Uniformträger nickte in die linke Ecke. „Der dort hat noch eine Chance. Das heißt, wenn sein Fieber endlich sinkt. Mach ihm Mut und kalte Umschläge." Turl blickte um sich. „Und womit?" Der Soldat zeigte auf einen metallenen Kübel. „Da ist halbwegs brauchbares Wasser drinnen. Nimm einen Polsterüberzug, mach ihn nass und leg ihn dem Kameraden auf die Stirn. Mehr können wir hier ohnehin nicht mehr ausrichten."

„Apropos halbwegs brauchbares Wasser. Ich habe mörderischen Durst. Kann man das trinken?"

„Das würde ich lassen. Es sei denn, du willst fünf vor zwölf noch an der Ruhr krepieren. Aber irgendwo oben im ersten Stock gibt es ein paar Bierflaschen. Nimm dir eine, und dann tu, was ich dir gesagt habe."

Turl flitzte nach oben, suchte die Räumlichkeiten systematisch ab und fand schließlich, was ihm avisiert worden war. In der Ecke stand ein Kasten mit Bierflaschen.

Eilig griff er sich eine und hielt inne. „Hernalser Helles" las er auf dem Etikett. Unweigerlich musste er schmunzeln. Da war es also wieder. Das Bier, das die Geschichte seiner Familie geprägt hatte. Und das ihn jetzt vor dem Verdursten rettete.

Ohne, dass er es gemerkt hatte – schon wieder –, stand der Landser ein zweites Mal hinter ihm. „Das Zeug hat einer von denen gebracht, die hier eigentlich hätten Dienst tun sollen", erklärte er.

„Mein Vater arbeitet in dieser Brauerei", replizierte Turl. „Der, der abgehauen ist, auch, glaub ich", kam es aus dem Munde des Soldaten. Für einen Augenblick verengten sich Turls Augen zu schmalen Schlitzen. Nein. Unmöglich. Das war einfach zu unwahrscheinlich. Und doch ging ihm die Frage nicht aus dem Kopf, ob der Mann, der sich abgesetzt hatte, nicht vielleicht doch sein Vater gewesen war. Turl überlegte, ob er den Landser nach einer Beschreibung des Mannes fragen sollte, doch kam er zu dem Schluss, dass er es letztlich doch nicht so genau wissen wollte. Was hätte er davon? Nichts! Also trank er einfach das Bier aus, nachdem er seinem Gegenüber ebenfalls eine Flasche gereicht hatte, und begab sich dann nach unten in den Krankensaal, um wie angeordnet zu verfahren. Auf dem Weg durch das Treppenhaus registrierte er, dass es mittlerweile vollkommen dunkel geworden war, weshalb es ohnehin nicht ratsam erschien, sich noch einmal im Freien blicken zu lassen. Für die Nacht schien er halbwegs sicher, und was der nächste Tag brachte, das war im Moment ohnehin nicht abzusehen.

New York, etwa zur selben Zeit

„Roosevelt ist tot!" Caroline riss die Augen weit auf. „Was sagst du da?" Ihr Gegenüber nickte zur Bestätigung seiner Aussage. „Ja. Es ist wahr. Sie haben es eben im Radio gebracht." Für einen Augenblick stand Caroline nur stumm da und wusste nicht, wie sie reagieren sollte. „Ist das nicht eine Tragödie", hörte sie ihren Gesprächspartner sagen, „so knapp vor dem Sieg muss er das Zeitliche segnen. Ein Jammer."

Roosevelt war tot. Mit bleierner Langsamkeit sickerte diese Erkenntnis in Carolines Bewusstsein. So nachhaltig, dass sie gar nicht mehr hörte, was der andere weiter zu ihr sagte. Roosevelt. Seit sie denken konnte, war der Mann Präsident der Vereinigten Staaten gewesen. Selbst schon zu einer Zeit, da sie noch eine unbeschwerte Jugend in Wien genossen und nicht einmal im schlimmsten Alptraum daran gedacht hatte, einmal nicht mehr in der wunderbaren Villa ihrer Vorfahren ein und aus gehen zu können. Eine wahre Bilderflut strömte auf sie ein. All die verdrängten Augenblicke der letzten sieben Jahre brachen sich mit einem Mal in ihr Bahn, sodass ihr schwindelte und sie Mühe hatte, sich aufrecht zu halten. Ihr Vater fiel ihr ein, an den sie schon eine hübsche Weile nicht mehr gedacht hatte. Wie trostlos und wie empörend war sein Tod gewesen. Damals Ende 39 in Zürich.

Sie nahm wie in Trance ihre Einkäufe entgegen, nickte dem Mann hinter dem Tresen noch einmal wortlos zu und verließ grußlos den Laden, den Verkäufer irritiert zurücklassend. Mit etwas Glück mochte er denken, sie stünde unter Schock, und das war auch nicht sehr weit von der Wahrheit entfernt. Einer Schlafwandlerin gleich schlich sie die belebte Straße in Brooklyn entlang und wusste instinktiv, dass sie in diesem Zustand kaum zu Mary gehen konnte, denn das arme Kind würde nie verstehen, was seine Mutter so nachhaltig aufwühlte.

Also war es klüger, einen Zwischenstopp in einem Diner einzulegen, wo sie sich bei einer Tasse Kaffee – was die Amerikaner halt unter Kaffee verstanden – sammeln konnte. Augenblicklich setzte sie ihre Idee in die Tat um und betrat ein kleines Lokal, in dem sie sich direkt ans Fenster setzen konnte. Die Bedienung goss ihr automatisch schwarzen Kaffee in die Tasse und erkundigte sich dann, ob sie zusätzlich etwas wünsche. Caroline fragte, sie wusste selbst nicht, warum, nach einem Funnel Cake und bekam auch einen solchen. Während sie gedankenverloren in dem Süßwerk stocherte, musste sie erneut an ihren Vater denken.

Wie glücklich war sie gewesen, als sie die Nachricht erreichte, dass die Nazis ihren Vater ausreisen ließen. Monatelang hatte sie in Zürich allein ausgeharrt, nicht wissend, was sie mit der vielen Zeit anfangen sollte. Regelmäßig war sie in der Confiserie „Sprüngli" eingekehrt, und so schien es ihr nur allzu logisch, dass all die herrlichen Süßigkeiten, die ihr dort über die Tage halfen, ihr ein nennenswertes Bäuchlein beschert hatten. Doch nach einigen Wochen war auch ihr klargeworden, dass die markante Rundung unterhalb ihres Busens nicht nur von Schokoladentrüffeln kommen konnte. Sie war daher, von wachsender Besorgnis getrieben, zu einem Arzt in der Spiegelgasse gegangen, den ihr Vermieter ihr empfohlen hatte, und dessen breites Lächeln war ihr immer noch gegenwärtig: „Gnädiges Fräulein, Sie haben Grund zur Freude, oder! Da ist was Kleines unterwegs!"

Wie betäubt war sie damals zurück in ihre Bleibe gegangen. Schwanger? Und das im Exil! Und sie wusste noch nicht einmal, wie es überhaupt dazu gekommen war! Gut. Das wusste sie natürlich schon, aber sie hätte im Leben nie damit gerechnet, dass ihre Tändelei solche Folgen nach sich ziehen würde.

Einige Tage waren ins Land gezogen, bis sie sich wieder halbwegs gefangen hatte. Sie war schließlich zu der Entscheidung gelangt, weder ihrem Vater noch dem Vater des Kindes etwas von ihrem Zustand zu sagen. Zumindest nicht, bis das Kind auf der Welt war. Doch als die kleine Mary am 21. November jenes Jahres ihre ersten Schreie tat, sah sich Caroline immer noch nicht veranlasst, irgendjemanden darüber zu informieren, dass sie Mutter geworden war. Marys Erzeuger hätte sie ohnehin keine Nachricht zukommen lassen können, denn sie hatte nicht die geringste Ahnung, wo der sich überhaupt befand, und der frischgebackene Großvater hatte mutmaßlich ganz andere Sorgen, sodass sie diesen nicht zusätzlich belasten wollte.

Überhaupt waren von ihrem Vater zunächst kaum Nachrichten zu ihr gedrungen. Erst Anfang Mai hatte ihr jemand, der eben erst aus Wien geflohen war, berichtet, dass die Gestapo ihren Vater in, wie es hieß, Schutzhaft genommen hatte. Später erhielt sie eine Postkarte von Senatsrat Ehrlichmann, der sich in die Tschechoslowakei durchgeschlagen hatte und der ihr schrieb, die Nazis hätten den gesamten Besitz des Vaters beschlagnahmt. Er sei zwar wieder auf freiem Fuß, doch müsse er bei Freunden nächtigen, da ihm die Nazis sogar die private Villa genommen hätten. Zudem, so teilte Ehrlichmann weiter mit, dürfe der alte Herr Baron das Land erst verlassen, wenn er den Nazis alle seine Auslandskonten bekanntgegeben habe. Diese Nachricht hatte sie wie ein Schlag getroffen, da sie sich nicht nur um den Vater ängstigte, sondern nunmehr auch um ihr Ungeborenes, dessen Existenz gleichfalls auf dem Spiel stand.

Schließlich war es ausgerechnet der alte Rothschild gewesen, der den Vater gerettet hatte. Über seine Verbindungen nach Frankreich ließ Louis Rothschild, der sich gleich Glickstein in Gestapo-Haft befand, ein ordentliches Lösegeld anweisen, welches schließlich nicht nur ihm selbst, sondern auch Glickstein das Verlassen des Landes ermöglichte.

Und so war es gekommen, dass der alte Baron an einem nasskalten Märzmorgen des Jahres 1939 die Züricher Bahnhofstraße entlangblickte und nach seiner Tochter Ausschau hielt. Wie groß musste seine Überraschung gewesen sein, als diese sich ihm mit einem Kinderwagen näherte. Caroline erinnerte sich lebhaft daran, wie der Vater sie gefragt hatte, ob seine Mittel nicht mehr ausreichend waren, sodass sie einen Posten als Gouvernante habe annehmen müssen, und ihre Antwort, dass dies sein Enkelkind sei, hatte ihm beinahe die Fassung geraubt. Die Szene war so lebendig in ihr Gedächtnis gebrannt, dass sie den gesamten Dialog immer noch jederzeit wiedergeben konnte.

„Um Himmels willen, meine Tochter, wie konnte denn das geschehen?“

„Na ja, Papa, wie solche Dinge eben geschehen …“

„Aber du bist doch nicht verheiratet! Oder am Ende doch?“

„Nein, Vater, bin ich nicht.“

„Oh Grundgütiger! Was für ein Skandal! Was für eine Schande! So bringen wir dich doch nie mehr unter die Haube. … Ich glaube, mir wird schlecht.“

Tatsächlich hatte sie den Vater stützen müssen, da er wankend geworden war und mitten auf der Straße zusammenzubrechen drohte. Als einziger Ausweg war ihr erschienen, ihn zu „Sprüngli“ zu führen, damit er sich bei einer heißen Schokolade ein wenig beruhigen mochte.

Immer und immer wieder musste sie in den damals folgenden Tagen dem Vater Rede und Antwort stehen, und nichts, was sie sagte, konnte diesen davon überzeugen, dass sein eigenes Unglück auch nur annähernd so groß gewesen war wie jenes, mit dem seine Tochter geschlagen war. Bis zuletzt vermochte er Mary nicht als glückliche Fügung zu sehen, sondern er erkannte in seinem Enkelkind das Kainsmal, von dem sich seine Familie niemals würde reinwaschen können.

Und wenn Caroline zu sich selbst ehrlich war, dann musste sie sich eingestehen, dass sie tief in ihrem Inneren davon überzeugt war, dass nicht die Behandlung durch die Nazis, nicht die lange Haft, die Demütigungen, der tiefe Fall ins Nichts ihrem Vater den Lebenswillen genommen hatten, sondern allein die Gewissheit, dass seine Tochter einem Bastard das Leben geschenkt und so ihr eigenes Leben weggeworfen hatte.

Wien, 15. April 1945

Hermann Schulz zog langsam seine goldene Taschenuhr aus seiner Weste und blickte versonnen auf deren Zifferblatt. Er saß in dem dunklen, holzgetäfelten Büro, von dem er wusste, dass es einst das Zentrum des Glickstein'schen Imperiums gewesen war. Nun residierte er fast auf den Tag genau sieben Jahre in diesem Raum, doch konnte keinerlei Zweifel daran bestehen, dass es kein achtes Jahr mehr geben würde. Ein langer Seufzer entrang sich ihm, dann läutete er seiner Sekretärin.

Die kam angstschlotternd zur Tür herein. „Aber was haben Sie denn, Fräulein Schuchter?“ Die so Angesprochene rang sichtlich mit sich, kam dann aber offenbar zu dem Schluss, mit der Wahrheit nicht hinter dem Berg halten zu müssen. „Der Russ, Herr Direktor! Er ist überall. Bald wird der Iwan auch da sein. Und was wird dann aus uns? Was wird aus mir?“ Schulz sah sie verständnislos an, was sie als Aufforderung wertete, sich näher zu erklären. „Na sehen S' das nicht, Herr Direktor? Sie kommen nach Sibirien, und mich vergewaltigen diese Tiere, bis ich tot bin. Ich …“ Der Schuchter versagte die Stimme. Sie schlug eilig die Hände vors Gesicht, und ihr Körper erbebte vor kaum zu unterdrückendem Schluchzen. „Na, na, na, Fräulein Schuchter! Jetzt malen Sie mal nicht gleich den Teufel an die Wand, ja! Nichts wird so heiß gegessen, wie es gekocht wird. Wir sind ja hier nicht die Gestapo! Wir brauen Bier. Und ich bin mir sicher, das wissen sogar die Genossen zu schätzen. Machen Sie sich mal keine Sorgen, Fräulein Schuchter. Das kriegen wir schon hin. Und vor allem“, an dieser Stelle machte Schulz eine bedeutungsschwangere Pause, während er aufmerksamkeitsheischend den rechten Zeigefinger hob, „noch ist er ja nicht da, der Iwan. Also heißt es, sich zu wappnen und dem Bösen mit einer ausgebufften Strategie zu begegnen." Auf seinem Gesicht zeigte sich der Anflug eines Lächelns, das tatsächlich dazu angetan schien, die Schuchter ein wenig zu beruhigen. „Und daher holen Sie mir jetzt den Mertens, den Johst und den Krieger. Es gilt, Lösungen für unser kleines Problem zu finden." Die Schuchter rang sich ein Nicken ab und verließ dann wieder den Raum. Schulz war trotz der Lage zufrieden mit sich, zuckte aber dennoch zusammen, als draußen das Geschützfeuer wieder an Stärke zunahm.

Wozu diese Idioten sich noch sinnlos opferten, fragte er sich. Es konnte nicht der geringste Zweifel daran bestehen, dass Deutschland den Krieg verloren hatte. Und bei einem Krieg war es wie beim Geschäft. Wenn eine Investition verloren war, dann musste man um Schadensbegrenzung bemüht sein, musste die Verluste ausgleichen, indem man eine neue Taktik einschlug. Selbstaufopferung bis zum Untergang war noch nie eine weise Haltung gewesen. Was, so dachte Schulz, brachte es, wenn man in Schönheit starb? Am Ende war man trotzdem tot, und der Gegner beerbte einen auch noch. Nein, mochte das Dritte Reich auch gen Hades sinken, für ihn, Schulz, begann der Krieg eben erst.

„Herr Direktor", fast flüsternd drang Schuchters Stimme an sein Ohr, „die Herren Johst und Krieger wären jetzt da. Wo der Herr Mertens ist, weiß ich nicht. Er ist heute offenbar nicht zum Dienst erschienen."

Innerlich musste Schulz schmunzeln. Das war wieder typisch für diesen Parade-Nazi. Wahrscheinlich verkroch er sich gerade in irgendeinem Loch, schiss sich die Hosen voll und verbrannte mit zitternden Fingern seinen Parteimitgliedsausweis. Aber gleichviel, mit diesem Trottel hatte man noch nie eine vernünftige Aktion durchführen können. Solange Johst und Krieger da waren, solange war man handlungsfähig.

Wie aufs Stichwort setzten sich die beiden an den langen Besprechungstisch aus massivem Eichenholz. Schulz ließ für einen Moment seinen Blick auf ihnen ruhen, dann steckte er seine Taschenuhr ein und richtete sich in seinem Stuhl auf. „Meine Herren, ich muss Ihnen wohl nicht verdeutlichen, wie ernst die Lage ist. Jeden Augenblick können Vertreter der Roten Armee durch diese Tür kommen, und nur der liebe Herrgott weiß, was die dann hier veranstalten. Dass sie uns kaum überschwänglich begrüßen werden, versteht sich von selbst, aber ich denke, wir können, das richtige Tun vorausgesetzt, den Grad ihrer Aggression beeinflussen."

Johst und Krieger tauschten einen Blick aus, dann sahen sie Schulz an. „Was schlagen Sie vor, Herr Direktor?"

Dieser ließ sich mit seiner Antwort einige Sekunden Zeit. „Nun, zuerst müssen wir hier einmal klar Schiff machen. Alles, was darauf hindeuten könnte, dass wir mit der Partei enger verbandelt waren, als es uns guttut, muss verschwinden."

Johst riss die Augen auf. „Aber, bei allem Respekt, Herr Direktor, das grenzt an Hochverrat."

„Papperlapapp! Der Krieg ist verloren. Das wissen Sie so gut wie ich. Ab jetzt gilt es, das eigene Leben zu retten. Und das, nebenbei bemerkt, so profitabel wie möglich." Erwartungsvoll sah Schulz die beiden Männer an. „Ich erwarte Ihre Vorschläge."

„Vielleicht eine weiße Fahne am Tor“, wagte sich Krieger aus der Deckung. Schulz schnalzte enttäuscht mit der Zunge. „Keine Kinkerlitzchen, meine Herren. Hier geht es um mehr! Wie stellen wir sicher, dass die Roten uns nicht einfach an die Wand stellen und den Betrieb übernehmen? Wir müssen einen Weg finden, der den Russen glauben macht, wir seien ohnehin auf seiner Seite.“

Angestrengtes Nachdenken hob an, unterbrochen nur vom dumpfen Grollen einiger Kanonen, das vom Wilhelminenberg zur Brauerei herübergetragen wurde. „Also, eines ist klar, meine Herren. Ich werde bei denen kaum als akzeptabler Direktor durchgehen. Ich bin Reichsdeutscher, und das riechen die 100 Kilometer gegen den Wind. Sie, meine Herren, scheiden auch aus. Wir brauchen jemand, der glaubwürdig den Antifaschisten geben kann, den wir aber gleichzeitig insgeheim kontrollieren.“

Das Gesicht von Johst erhellte sich. „Was ist mit dem ehemaligen Prokuristen da, diesem … wie hieß er noch gleich?“ „Strecha“, half ihm Krieger aus. „Strecha! Genau! Der ist doch von hier, oder etwa nicht?“

Krieger wiegte skeptisch den Kopf. „Der hat doch damals dem alten Besitzer übel mitgespielt. Wollte sich den Betrieb unter den Nagel reißen. Und es heißt, er habe, bis wir hier eingetroffen sind, gewütet wie die Axt im Walde. Ich glaube nicht, dass die Leute das schon vergessen haben. Vor allem die Arbeiter nicht. Nein, an den würde ich gerade jetzt besser nicht anstreifen.“

„Da haben Sie natürlich vollkommen Recht, Krieger. Der Strecha ist unmöglich. Mit dem kommen wir höchstens vors Kriegsgericht, aber sicher nicht wirtschaftlich wieder auf die Beine. Nein, wir brauchen jemanden, der vollkommen unvorbelastet ist. Besser noch jemanden, dem die Russen den Widerständler abnehmen. Aber auch jemanden, der keine Ahnung vom Führen eines Geschäfts hat, sodass er von Anfang an auf uns angewiesen ist. Ich glaube, mir kommt da auch schon die passende Idee."

Eindringlich sah der Direktor seine Mitarbeiter an. Seine Kiefer mahlten angestrengt, während er versuchte, sich eines bestimmten Namens zu erinnern. „Wie hieß denn dieser rote Unruhestifter da, den wir gleich zu Beginn rausgeworfen haben? Der war doch da einmal Betriebsrat oder wie immer die das hier nannten. Krieger, Sie müssten doch noch wissen, wie dieser Mann hieß! Lebt der überhaupt noch?"

Krieger nickte. „Ich weiß schon, wen Sie meinen. Der hatte so einen slawischen Namen. Und er war der Erzfeind vom Strecha, obwohl die sogar irgendwann einmal miteinander verbandelt waren, wie man hier so schön sagt. Es heißt, die wohnen sogar im selben Haus. Aber ich komm und komm nicht auf den Namen."

„Fräulein Schuchter", rief Schulz, „wie hieß noch einmal dieser alte Störenfried da …?" Die Sekretärin erschien verweint in der Tür und wischte sich eilig eine Träne aus dem Augenwinkel. „Sie meinen den Herrn Bielohlawek?" Schulz klopfte sich auf den Schenkel. „Genau! So hieß der Kerl. Wissen Sie, ob der noch lebt?" Schuchter bemühte sich, ihren Atem unter Kontrolle zu bekommen. „Das müsste ich erst … ich könnte … was ich weiß, wohnt der ganz in der Nähe … soll ich?"

„Ja, Fräulein Schuchter, tun S' das. Suchen S' den seine Adresse raus, und gehen S' hin zu ihm. Und wenn S' ihn gefunden haben, dann bringen S' ihn her. Genau den Kerl brauchen wir jetzt."

Wien, am selben Tag

Turl überlegte immer noch fieberhaft, wie er aus dem Schloss palessieren konnte. Während das Gewehrfeuer immer näher kam, ließen ihn die Landser nicht aus den Augen. Ernsthaft hatte er erwogen, mit dem Anführer der Truppe ein offenes Wort zu wechseln. Doch dem stand der Fanatiker nur allzu deutlich ins Gesicht geschrieben. Dem also vorzuschlagen, Fersengeld zu geben, war gleichbedeutend mit dem Unterzeichnen des eigenen Todesurteils. Turl unterdrückte seinen Zorn und nahm sich ein weiteres Bier. Es war doch wirklich zu lächerlich. Da hatte man all diese grauenhaften Jahre irgendwie überlebt, und dann krepierte man vielleicht keine 500 Meter von der eigenen Wohnung, bloß weil ein paar unbelehrbare Nazi-Buben im letzten Augenblick noch den Helden spielen mussten.

Tatsächlich schien es ihm, als wären die Schüsse nun schon ganz nahe. Zu nahe, um genau zu sein. Er stellte sich an die Wand und linste seitlich aus dem Fenster. Sofort erkannte er die mehlfarbenen Uniformen der Roten Armee vor dem Gebäude vorbeihuschen. Jetzt war es also so weit. Bis Wien war er gekommen, und jetzt landete er doch noch in Sibirien. Wenn nicht gar in der Hölle. Zwei Landser rannten draußen den Korridor entlang. Turl folgte ihnen. „Burschen“, rief er, „wir müssen kapitulieren. Was anderes macht doch gar keinen Sinn mehr!“ Die beiden hörten ihm nicht zu, sondern luden ihre Gewehre durch. „Jetzt seids doch ned deppert. Die da draußen sind viel mehr und viel besser bewaffnet. Wir sind da quasi ein Spital, das respektiert sogar der Iwan.“ Doch die beiden knieten bereits vor einer Fensteröffnung nieder, schlugen mit dem Gewehrlauf die Scheiben ein und eröffneten wahllos das Feuer auf die vor ihnen liegende Gegend.

Unwillkürlich zuckte Turl zusammen, als das Sperrfeuer naher Maschinenpistolen zu vernehmen war. Trotz seiner gebückten Haltung konnte er sehen, wie einer der beiden Männer förmlich zurückgerissen wurde. Auf dem Rücken kam dieser zu liegen, und die blutige Masse, die einmal dessen Gesicht gewesen war, überzeugte Turl davon, dass dieser Soldat keinen Arzt mehr brauchte. Der andere, maßlos erschreckt vom Tod seines Kameraden, sprang in wilder Panik auf und schien jemanden draußen ins Visier zu nehmen, als auch er getroffen wurde. Praktisch zeitgleich hörte Turl russische Stimmen hinter sich, die rasch näher kamen. Zum Überlegen blieb ihm nicht mehr viel Zeit. Er konnte sich breitbeinig in den Korridor stellen, die Arme in die Höhe reißen und so laut als möglich „Mir" rufen, darauf vertrauend, dass die Russen ihn dann gefangen nehmen würden, oder er konnte sein Glück herausfordern und sich verstecken, Letzteres in der Hoffnung, dass der Iwan hier bei lauter Maroden nicht Quartier nehmen, sondern einfach weiter in die Innenstadt ziehen würde.

Turl wusste, er hatte keine Lust auf Birkenrinde in Irkutsk. Blitzschnell hastete er zu den beiden Leichen, betrachtete sie und fasste dann einen gewagten Plan. Mit verzogenem Mund tunkte er seine nackten Hände in die Blutlachen der Toten und schmierte sich die klebrige Masse auf seine Wange und auf die linke Brust. Dann legte er sich neben die Toten und bemühte sich dabei, seine obere Gesichtshälfte unter das Knie des neben ihm liegenden Landsers zu bekommen. Er war eben in eine ruhende Position gekommen, als auch schon zwei Rotarmisten mit der Waffe im Anschlag in der Tür standen. Einer schickte eine Salve auf die andere Seite des Raumes, sodass Kalk und Mörtel von der Wand auf Turl spritzten. Der biss die Zähne zusammen und befahl sich, keinesfalls eine Regung zu zeigen. Tatsächlich liefen die beiden Russen weiter. Einige Augenblicke später hörte Strecha noch einmal Gewehrfeuer, dazu ein paar Flüche und Schreie. Dann war es ruhig. Turl versuchte, seinen Atem zu kontrollieren und das Zittern, von dem gerade jetzt sein ganzer Körper befallen worden zu sein schien, so gut wie möglich zu unterdrücken.

Im Hauptsaal des Schlosses gab es offenbar Verhandlungen. Wahrscheinlich, so dachte er, ging es um die Verwundeten. Vermutlich versuchten die Deutschen gerade den Sowjets klarzumachen, dass diese Verwundeten nicht kampf- oder vielleicht auch nicht transportfähig waren. Doch die Russen schienen nicht in der Stimmung zum Debattieren zu sein. So weit es Turl seine Lage erlaubte, konnte er durch die Beine des Toten sehen, wie die Russen die übrigen Landser aus dem Gebäude trieben.

Er verlor jegliches Zeitgefühl und hatte nicht die geringste Ahnung, wie lange er schon auf dem Boden lag. Auch wenn es mittlerweile in dem Gebäude vollkommen ruhig geworden war, traute er dem Frieden immer noch nicht so ganz. Erst, als der Raum fast dunkel war, wagte er es, sich zu bewegen. Seine Glieder waren von der unnatürlichen Lage steif, und er zwang sich, jede einzelne Bewegung so vorsichtig wie möglich zu vollführen. Als er nach einer ganzen Weile in eine sitzende Position gekommen war, drehte er sich nach der Fensteröffnung um und spähte hinaus. Da draußen war weit und breit niemand mehr zu sehen. Anscheinend waren die Russen, so wie er es erhofft hatte, weiter Richtung Stadtzentrum vorgerückt. So leise wie möglich zog er sich an der Fensterbank hoch und beugte sich dann durch die Öffnung nach vorne, um solcherart abschätzen zu können, wie weit es auf der anderen Seite in die Tiefe ging. Zu seiner großen Erleichterung war der Erdboden keine eineinhalb Meter unter ihm zu erkennen. Das bergig unebene Terrain hatte also auch seine Vorteile, dachte Turl sich, da er sich dessen bewusst war, sich eigentlich im ersten Stock des Gebäudes zu befinden. Doch gleichviel. Er öffnete die Fensterflügel, schwang sich auf das Holzbrett, zog seine Beine aus der Öffnung und sprang dann kurzentschlossen in die Tiefe. Auf dem Gras angekommen, blieb er instinktiv in der Hocke und sah dann vorsichtig nach links und nach rechts. Als sich nirgendwo etwas regte, sprintete er, so schnell es ihm sein körperlicher Zustand ermöglichte, los und erlaubte sich erst, als er bei der nächsten Baumgruppe angelangt war, eine Verschnaufpause. Er wusste, dass er sich keine fünf Kilometer von der elterlichen Wohnung entfernt befand, doch nun, nach Einbruch der Dunkelheit, war die Gefahr mutmaßlich noch größer geworden, fremden Soldaten, Marodeuren oder fanatischen Nazis in die Arme zu laufen. Am besten war es wohl, sich über Nacht irgendwo verborgen zu halten, um dann bei Tagesanbruch so weit wie möglich in die Nähe der Eltern zu gelangen.

Geduckt lief Turl den Pfad entlang, solange er diesen noch erkennen konnte. Er bog nach links ab und suchte Deckung in einer schmalen Häuserzeile, die den Berg abwärts führte. Mehrmals schlug er Haken, bog bald hier, bald dort ab und verlor rasch die Orientierung. Als er kaum noch die Hand vor den Augen sah, hielt er inne. Wo zum Teufel war er? Endlich erkannte er an einer Hausruine ein Straßenschild.

Gallitzinstraße. Demnach musste die Grünfläche, die er in einiger Entfernung unter sich wahrnahm, der Ausläufer des Ottakringer Friedhofs sein. Nun, dort würde bestimmt niemand nach Deserteuren suchen, dachte er sich und spornte seine letzten Kräfte an, um die kleine Distanz, die nun noch vor ihm lag, zu überwinden. Er zog sich an dem metallenen Zaun hoch, wuchtete seinen Körper über das Hindernis und ging dann auf die ersten Gräber zu.

Nun erst wurde er der empfindlichen Kälte gewahr, die ihn umgab. Eine Nacht unter freien Himmel würde zu ernsthaften Erkrankungen führen. Doch hier, für jeden weithin sichtbar, ein Feuer zu entfachen, war töricht. Ein weiteres Mal wog er seine Chancen ab: Einige Meter weiter erkannte er einen steinernen Bau. Eine Gruft! Das war die Lösung! Er musste einfach irgendeine Grablege dieser Art finden, zu welcher ihm Zutritt möglich war. Dort war er vor dem Wind und der Kälte geschützt, und wenn es ihm gelang, unterwegs ein paar Zweige und etwas trockenes Laub aufzusammeln, dann konnte er in deren Inneren sogar ein kleines Feuerchen machen, ohne dass dieses sofort meilenweit zu sehen war. Mit neu erwachter Energie sammelte er links und rechts Brennmaterial auf und suchte dann nach einem geeigneten Objekt.

Sein Enthusiasmus ließ mehr und mehr nach. Es mochte schon auf Mitternacht zugehen, und immer noch irrte er vergeblich durch das Gelände. Es war wie verhext. Alle diese schweren Eisentore erwiesen sich als bombenfest. Nicht einmal einer Panzerfaust hätten sie nachgegeben. Turl stellte sich darauf ein, die Nacht durchwachen zu müssen, als er plötzlich auf etwas Hölzernes stieß. Er riss ein Streichholz an und betrachtete das Gebilde näher. Eine Art

Geräteschuppen. Eilig fand er die Eingangstür, zündete ein weiteres Streichholz an und erkannte so, dass diese nur notdürftig mit einem Stück Draht gesichert war. Nahezu hektisch drehte er diesen auf und öffnete dann die Tür. Rechter Hand war Brennholz aufgeschichtet, das von einer Plane abgedeckt war. Linker Hand lagen einige Gerätschaften, die einem Friedhofsgärtner sein Handwerk ermöglichten. Turl zog die Plane vom Holz, verschaffte sich in der Mitte ein wenig Platz und legte dann die halbe Plane auf den Boden. Er bettete sich darauf und nutzte die zweite Hälfte als Decke. Endlich, so dachte er, war er sicher. Und diese Erkenntnis war kaum in ihm gereift, als er auch schon, völlig erschöpft von den Ereignissen des Tages, eingeschlafen war.

Turl schreckte hoch. Er hatte nicht die geringste Ahnung, wie lange er geschlafen hatte. Ängstlich lauschte er. Alles schien ruhig. Er rappelte sich auf und öffnete sorgsam die Tür. Der Friedhof lag verlassen vor ihm. Ohne weitere Verzögerung lief er zu dessen Ausgang und sah zu, dass er zur Arnethgasse kam. Zu seiner eigenen Überraschung war auch dieser Straßenzug vollkommen verwaist. Es schien, als hätten sich alle Bewohner in ihren Kellern versteckt, um das Ende eines fürchterlichen Unwetters abzuwarten. Selbst als er die Wattgasse überquerte, sah er immer noch kein einziges Lebewesen.

Die Anspannung wollte partout nicht aus ihm weichen, und mit jedem Meter, den er dem eigenen Heim näherkam, wuchs in ihm die Angst, er könnte im allerletzten Moment noch von einem Unheil gestreift werden. Einer Panik nahe lief er die ihm so wohl vertrauten Gassen entlang. Degengasse, Geblergasse, Sautergasse. Schon tauchte der mächtige Backsteinbau der Marienkirche vor ihm auf.

Jetzt, so wusste er, war es kaum noch ein Kilometer bis zur elterlichen Wohnung.

Er hastete die Mariengasse stadteinwärts und hielt erschrocken inne, als er Motorenlärm hörte. Schweres Gerät schien die Hernalser Hauptstraße entlangzurollen. Also schlug er die entgegengesetzte Richtung ein, kehrte zur Geblergasse zurück und eilte dann bis zur Kalvarienbergkirche. Dort riss er das eiserne Tor zum Kreuzweg auf und versteckte sich. Erschöpft setzte er sich auf eine Stufe und versuchte, zu einer normalen Atmung zurückzufinden. Keine 200 Meter mehr trennten ihn von seinem Ziel. Doch auch diese mussten erst einmal überwunden werden.

Wickerl wunderte sich, wie schnell der LKW vorwärtskam. Nach nicht einmal einer halben Stunde hatten sie Jena passiert, ließen dann Gera außen vor und fuhren an Plauen vorbei, sodass sie nach drei bis vier Stunden Fahrt bei Hof bayerischen Boden erreichten. „Siehst du", klopfte ihm Mantler aufmunternd auf die Schulter, „jetzt simma schon in Bayern. Wenn das so weitergeht, dann kommen wir morgen wieder in die Heimat."

Doch vorerst war einmal eine Pause angesagt. Einerseits galt es, den Wagen neu zu betanken, andererseits waren die Reisenden froh, sich nach der langen Zeit des Durchgerütteltwerdens ein wenig die Beine vertreten zu können. Und eine kleine Jause, die man ihnen bei dieser Gelegenheit kredenzte, lehnten sie gleichfalls nicht ab. Wickerl nutzte die Gelegenheit zu einem kleinen Plausch mit dem Fahrer. „Bis jetzt sind wir ja ganz gut vorwärtsgekommen", begann er, „aber es heißt, hier in der Gegend wird noch gekämpft." Der Fahrer zog kräftig an seiner Zigarette, dann spuckte er aus. „Ja, das habe ich auch gehört. Hinter Regensburg und bei Passau soll's noch ein paar ganz Fanatische geben, die auch fünf nach zwölf nicht von der Puffn lassen können. Aber aus Sicherheitsgründen machen wir um diese beiden Städte eh einen Bogen." Es folgte ein weiterer Zug an der Zigarette. „Wir haben für heute bei Marktredwitz ein Quartier zugewiesen bekommen. Das ist noch etwa eine Stunde Fahrt, vielleicht eineinhalb. Und morgen sehen wir dann zu, dass wir nach Suben kommen. Von dort können wir dann dem Train von den Amis folgen. Bis nach Wien." Er sah Wickerl direkt an und bemühte sich um ein Lächeln.

Suben kannte Wickerl gut. In der dortigen Strafanstalt waren während des Austrofaschismus etliche Genossen eingekerkert gewesen. Sogar Schurli hatte kurzfristig die Bekanntschaft dieses Gebäudes machen müssen. Schurli! Wie lange hatte er schon an den nicht mehr gedacht? Ob er überlebt hatte? Wickerl versuchte sich, während er sich nickend von dem Fahrer abwandte, zu erinnern, wann er zuletzt ein Lebenszeichen von Georg erhalten hatte. Er war damals mit Josef in die Tschechoslowakei geflüchtet, und Georg war, so die seinerzeitigen Nachrichten gestimmt hatten, von dort die Flucht nach Paris gelungen. Dort musste ihn dann aber, wie so viele andere Emigranten, der Einmarsch der Deutschen im Juni 1940 erwischt haben, wenn, ja wenn, es ihm nicht ein drittes Mal gelungen war, seinen Häschern zu entschlüpfen.

Wickerl merkte, wie er sich die ganze Zeit schon am Arm kratzte. Diese Angewohnheit, die von dem Ungezieferbefall im Lager herrührte, musste er sich endlich abgewöhnen. Seine Haut war ohnehin strapaziert genug, da musste er sich nicht noch zusätzlich malträtieren. Dankbar registrierte er die Ablenkung, die in der Person von Mantler auf ihn zukam. „Da, hast eine Schale Tee, die wird dir guttun“, statuierte dieser. „Bald geht's weiter. Und wenn alles passt, dann sind wir bald in unserem Quartier. Dort gibt es dann ein warmes Papperl und schließlich ein warmes Betterl. Wirst sehen, ab jetzt wird alles ein Spaziergang.“ Und Wickerl beneidete Mantler um dessen Optimismus.

Tatsächlich erreichten sie gegen 6 Uhr abends das zugewiesene Gebäude. Wickerl aß sich tüchtig satt und fand sich nur wenig später in einem weichen Federbett wieder. „Hier werde ich sicher nicht schlafen können“, dachte er noch, ehe monotones Schnarchen den anderen signalisierte, dass Wickerl Bielohlawek endlich Ruhe gefunden hatte.

War die Fahrt durch Sachsen verhältnismäßig problemlos verlaufen, so wurde sie am nächsten Tag in Bayern merklich problematischer. Überdeutlich ließen sich die Spuren der Kämpfe erkennen, die erst kurze Zeit zurücklagen. Immer wieder musste der Fahrer abenteuerliche Manöver durchführen, um den Wagen an Bombenkratern oder Tierleichen vorbeizusteuern. Mehrmals galt es, alle Passagiere absteigen zu lassen, um querfeldein eine neue Route zu finden. So war es schon beinahe Mittag, als sie an die Ortseinfahrt von Weiden in der Oberpfalz gelangten. Kurz bevor sie die Hauptstraße erreichten, hielt der Fahrer an. „Ich weiß nicht, ob wir hier willkommen sein werden. Ich kenne da niemanden. Sollen wir es trotzdem riskieren? Es sieht nämlich so aus, als wären hier keinerlei Alliierte. Und den Einheimischen, denen traue ich irgendwie nicht."

„Vor allem", warf ein anderer ein, „werden die selber nichts haben. Und das Wenige, das ihnen geblieben ist, werden sie sicher nicht mit Fremden teilen." Mantler nickte. „Ja, ich denke auch, es ist besser, wir fahren weiter. Besser hungrig und durstig, als sich mit ein paar unverbesserlichen Nazis anzulegen." Wickerl aber widersprach ihm. „Woher willst du wissen, dass das Nazis sind. Vielleicht helfen sie uns ja doch. Wir sollten es zumindest versuchen." Mantler lächelte. „Der Wickerl, unser Menschenfreund." Dann aber schüttelte er langsam den Kopf. „Vertrau mir. Die Gegend war schon vor 33 eine Hochburg der Nazis. Da haben wir nichts zu gewinnen. Sehen wir lieber zu, dass wir weiterkommen. Je eher wir Österreich erreichen, desto sicherer sind wir."

„Aber wir brauchen Wasser. Und was zu essen wäre auch kein Fehler", mischte sich ein anderer Mann ein. Mantler drehte sich zu diesem um. „Da hast du Recht. Aber eine Weile halten wir noch aus. Bei Regensburg steht der Amerikaner. Der kann uns helfen. Und bis dahin sind's nur noch zwei Stunden Fahrt."

„Oder mehr, wenn die Straßen weiter so unter jeder Sau sind."

„Jetzt reißts euch aber zsamm. Im Lager haben wir oft tagelang nichts gekriegt. Da werdet ihr doch wohl noch zwei, drei Stunden durchstehen." Mantler sah entschlossen drein. Der Fahrer stellte sich zu ihm. „Er hat Recht. Schaun wir, dass wir weiterkommen."

Beide ignorierten das leise Murren, und wenig später ging die Fahrt weiter. Tatsächlich erwies sich die Strecke über unbebautes Land als relativ brauchbar, und so erreichten sie eine gute Stunde später den Weiler Schwarzenfeld. „Also bis Regensburg sind's jetzt noch 50 Kilometer. Bis wir dort ankommen, ist es Abend. Wir brauchen was zu essen." Diesmal konnte Mantler den anderen nicht mehr dagegenhalten, und so kam man überein, dass er und Wickerl in den Ort gehen würden, um etwas Ess- und vor allem etwas Trinkbares zu organisieren.

Kaum waren sie auf die Dorfstraße eingebogen, ging rechter Hand ein Fenster auf. „Was sucht ihr da? Haut ab! Wir brauchen keine Zigeuner!" Wickerl reagierte verwundert: „Schauen wir für dich aus wie Zigeuner?" Der Mann im Fenster zuckte mit den Schultern. „Mia wurscht. Fremde sads. Des is lei gnua. Mia wuin eich do nit. Oiso schauts, dass weiterkimmts." Wütend knallte er das Fenster zu. Wickerl und Mantler aber zuckten nur mit den Schultern und gingen weiter.

Wien, 15. April 1945

Die Schuchter hatte nicht lange suchen müssen. Sie kehrte umgehend ins Chefbüro zurück und erklärte Schulz, der Gesuchte wohne nur einige Blocks von der Brauerei entfernt. Allerdings, so fügte sie hinzu, sehe sie sich außerstande, der Aufforderung nachzukommen, den Besagten dort aufzusuchen. Sie habe viel zu große Angst, auf offener Straße von einem Russen vergewaltigt und anschließend getötet zu werden. Aus diesem Grund, erläuterte sie, habe sie auch seit Tagen die Brauerei nicht mehr verlassen und nächtige stattdessen auf dem Gerstenboden.

Schulz vernahm diese Nachricht mit einigem Befremden, hielt sich jedoch nicht lange mit ihr auf. „Meine Herren, wenn sich das schwache Geschlecht in der Tat als schwach erweist, dann müssen wir eben selbst in die Bresche springen. Krieger, weisen S' meinen Fahrer an, er soll das Automobil vorfahren." Danach kramte der Direktor in seiner Schublade, entnahm ihr allerlei Kleinkram, den er in den Taschen seines Mantels verstaute. Sodann trat er gemessenen Schrittes ins Freie, wo alsbald sein Wagen vor ihm zu stehen kam. Er nannte dem Chauffeur die Adresse und stieg dann ein.

Die Sekretärin hatte keineswegs übertrieben. Die Fahrt hatte keine drei Minuten gedauert. Schulz verließ sein Auto und trat ins Innere des Hauses. Er rief sich in Erinnerung, dass die Schuchter etwas von zweiter Stiege gesagt hatte, und so begab er sich in den Innenhof, wo er einen Anbau erblickte, der nur aus wenigen Wohnungen bestand. Behände überwand er die kleine Treppe, die zu einer Pawlatsche führte, und klopfte an die erstbeste Tür. Eine verheulte Frauensperson öffnete diese und sah den Direktor verwundert an. „Sie wünschen?“, fragte sie schließlich, nachdem sie sich einigermaßen wieder gefasst hatte.

„Sind Sie die Frau Bielohlawek?“ Die so Angesprochene nickte. „Ist der Herr Gemahl zugegen?“ Als hätte er eine schwere Verwünschung ausgestoßen, begann die Frau erneut zu weinen. „Mein Fritz“, seufzte sie, „mein Fritz, mein armer Fritz!“ Dabei deutete sie mit zittrigem Arm auf das Zimmer hinter sich. Schulz achtete nicht weiter auf sie. Er zwängte sich an ihr vorbei und sah sogleich die Bescherung. Der Mann, den er suchte, fieberte und schien auf den Tod zu liegen. „Du liebe Güte“, rief er aus, „was fehlt ihm denn?“

„Alles“, antwortete Fanny, die mittlerweile neben ihn getreten war, „vor allem aber eine gute Ernährung und eine gscheite Medizin.“ Schulz drehte sich zu ihr: „Und warum ist er dann nicht im Krankenhaus, wo er hingehört?“ Fanny musste gegen ihren Willen lachen: „Sie gfallen mir. Als ob die dort jemanden wie meinen Fritz aufnehmen täten. Da kommen jetzt nur noch Goldfasane und andere Bonzen unter. Unsereinem weisen die einfach die Tür.“

Schulz blies ärgerlich Luft aus. „Na, das werden wir ja sehen. Packen S’ ein paar Sachen zsamm, Wäsche, Zahnbürste und so weiter, wir verfrachten Ihren Fritz jetzt augenblicklich ins AKH.“

„San S’ meschugge worden oder was? Und wer sind Sie überhaupt, wenn ich fragen darf! Kommen da einfach so bei der Tür rein und tun grad a so, als wären S’ der heilige Erzengel Michael.“

Schulz entkam ein Lächeln. „Pardon, Gnädigste, dass ich in der Eile meine Manieren vergessen habe. Hermann Schulz der Name. Ich bin der Direktor der Hernalser Bräu. Und wir brauchen Ihren Gatten höchst dringend. Sie sehen also, es ist mein ureigenes Interesse, dass der Herr Gemahl schnellstmöglich wieder auf den Beinen ist." Fanny starrte den Deutschen verdattert an. Es war ihr deutlich anzusehen, dass sie kein Wort begriff. Schulz aber verspürte keine Lust zu weiteren Erklärungen. „Husch, husch, meine Liebe. Wir wollen den lieben Fritz doch in sicheren Händen wissen. Also flott, die Dame."

Während Fanny nun tatsächlich Wäsche und Hygieneartikel in ein kleines Köfferchen packte, holte Schulz den Chauffeur, damit dieser den alten Bielohlawek ins Auto verfrachten mochte. Fanny schickte sich an, den dreien zu folgen, doch Schulz überzeugte sie davon, dass dies unter den gegebenen Umständen keine gute Idee war. „Mein Chauffeur wird Sie auf dem Laufenden halten. Jetzt lassen Sie uns einfach machen. Sie werden sehen, alles wird gut."

Der Weg in das Allgemeine Krankenhaus der Stadt war nicht weit, und so hielt das Vehikel alsbald in der Spitalgasse, wo Schulz den Fahrer zu warten hieß. Er lief durch den Seiteneingang, beachtete die zahllosen Landser, die mehr oder weniger marode im Innenhof herumlungerten, nicht weiter und hielt direkt auf den Verwaltungstrakt zu, wo er nach einem bestimmten Primar Ausschau hielt. „Grüß dich, Ernst", rief er schon von weitem, „ich brauche deine Hilfe." Der Arzt drehte sich zu ihm um: „Wo brennt's denn? Außer in ganz Wien natürlich." Und Schulz erläuterte die Situation. „Kannst du da was machen?"

Der Primar nickte. „Sicher. Das ist derzeit kein Problem. Der Herr Doktor Schärf, der auf der Prominentenstation glegen ist die letzten Tage, der hat sich heute eh grad selbst entlassen, weil er glaubt, dass ihn jetzt die Vorsehung zur hohen Politik berufen hat. Den sein Bett kann dein Schützling haben. Also, zumindest, bis der Russ kommt, dann kann ich natürlich für nix mehr garantieren. Aber ich denk mir, sogar der Iwan lasst die Kranken in Ruh."

Schulz klopfte dem Arzt aufmunternd auf die Schulter. „Ernst, ich schulde dir was. Ich lass ihn dir gleich bringen. Und bei nächster Gelegenheit revanchier ich mich."

Und so kam es, dass Friedrich Bielohlawek mit einem Mal eine kräftige Hühnerbrühe und richtige Medikamente verabreicht bekam. Seine Lebensgeister kehrten zurück, und schon am nächsten Morgen fühlte er sich merklich besser. So gut, dass er sich fragte, wem er diese wundersame Rettung verdankte. „Dem Herrn Direktor", hatte ihm die Krankenschwester verschmitzt lächelnd geantwortet, und seitdem grübelte Bielohlawek darüber nach, weshalb ihm ausgerechnet ein PG aus Thüringen half.

Die Antwort auf diese Frage gab ihm der grollende Donner der Kanonen. Die Rote Armee rückte unaufhaltsam vor. Von den Gängen schnappte er die Nachricht auf, der Russe habe bereits das linksseitige Donauufer unter Kontrolle und ströme nun über den Wienerwald auch von Norden und Westen her in die Stadt. Klar, da wollte ein Nazi ohne Frage auf der sicheren Seite sein. Er, Bielohlawek, sollte Schulzens Persilschein sein, dessen war er sich nun bewusst.

Und als Schulz ihm am nächsten Morgen sogar einen Besuch abstattete, da wollte Bielohlawek von Anfang an klarmachen, dass er sich keineswegs für solche Geschäfte hergab. Man solle ihn gefälligst behandeln wie seinesgleichen, er wolle nichts und niemandem etwas schuldig sein, schon gar nicht unter solchen Bedingungen.

„Aber mein lieber Bielohlawek, wo denken Sie denn hin", replizierte Schulz mit bleckenden Zähnen, „Sie werden wie seinesgleichen behandelt. Sie sind doch der neue Direktor der Hernalser Bräu."

Bielohlawek richtete sich auf. „Was reden S' da für einen Topfen! Direktor! Dass ich ned lach." Ein Husten unterbrach ihn. „Sie", deutete er auf Schulz, während er sich die andere Hand vor den Mund hielt, „Sie sind doch der Direktor." Schulz schüttelte den Kopf. „Gewesen, mein Lieber, gewesen. Wir haben gestern eine Sitzung abgehalten, in der Sie einstimmig zum neuen Direktor bestimmt wurden. Der Herr Krieger wird Ihnen als Prokurist beigegeben, ansonsten dürfen Sie schalten und walten wie es einer Person Ihres Ranges zukommt."

Fritz brauchte eine gute Weile, bis er diese Information verdaut hatte. „Und was ... machen dann . . nachher Sie?" Schulz lehnte sich zurück. „Ich bleibe natürlich noch auf dem Posten, bis Sie voll einsatzfähig sind. Dann übergebe ich Ihnen die ganzen Geschäfte und ziehe mich ins Privatleben zurück, wie es so schön heißt. Nach sieben Jahren ist es Zeit, neue Ufer anzusteuern, wie man sagt. Na ja, München soll ja ganz schön sein um die Jahreszeit." Klar, jetzt, wo der Russe kommt, will er sich dorthin absetzen, wo der Yankee ist. Bei denen hat einer wie er sicher bessere Karten, dachte Bielohlawek, der jedoch gleich darauf von der Erkenntnis gestreift wurde, dass man ihn offenbar tatsächlich zum Chef jener Brauerei gemacht hatte, bei der er vor nunmehr vier Jahrzehnten als Bierkutscher angefangen hatte.

Wien, 19. April 1945

Turl war durch und durch erfroren, als sich endlich die Dunkelheit über die Stadt senkte. Seit geraumer Zeit hatte sich am Elterleinplatz nichts mehr getan, doch jetzt erst riskierte er es, sich aus der Deckung zu wagen. Geduckt lief er, so schnell er es eben vermochte, über den Platz und hielt ohne Umschweife auf das elterliche Wohnhaus zu. Erleichtert registrierte er, dass es noch stand. Er verschaffte sich Zutritt zum Vordertrakt und begab sich sogleich in den Innenhof. Erstmals seit Jahren stand der Trakt, der ihm so lange Heimat gewesen war, wieder vor ihm. Wie spät mochte es sein? Waren seine Eltern noch auf? Waren sie überhaupt da? Gleich würde er es wissen.

Beinahe zaghaft stieg er die Treppe hoch, unmerklich wurde er, je näher er der heimatlichen Tür kam, immer langsamer. Ihm war, als stecke mit einem Mal ein Kloß in seinem Hals, und einen guten Moment zögerte er, ob er nun anklopfen oder gleich die Klinke hinunterdrücken sollte. Was würde ihn erwarten? Nun, das erfuhr er nur, wenn er den Stier bei den Hörnern packte.

Entschlossen packte er den Griff und riss die Tür zur Küche förmlich auf. Niemand befand sich in ihr, doch der matte Kerzenschein, der aus dem Wohnzimmer zu ihm drang, überzeugte ihn davon, dass jemand in der Wohnung war. „Ich bin's“, sagte er leiser als gewollt, ehe ihn ein Ächzen und Knarzen davon überzeugte, dass sich im Nebenraum jemand erhob.

Fini blieb wie erstarrt im Türrahmen stehen und sah eine ganze Weile ausdruckslos vor sich hin. Dann erst schlug sie ihre Handflächen gegen ihre Wangen, und ein unendlich langer Seufzer entrang sich ihrer Kehle. Mit unsicheren Schritten kam sie auf Turl zu, schlang ihre Arme um ihn und ließ nicht mehr los. „Aua, Mama, du dadruckst mi jo“, sagte dieser schließlich.

„Mei Bua! Gott sei Dank, du bist gsund! Und du bist do! I maan, i traam! Kumm, zwick mi schnö, damit i's glaub!“ Doch das erleichterte Lächeln ihres Sohnes war ihr Beweis genug. Sie wich einen Deut zurück, sah noch einmal in Turls Gesicht, um ihn sodann ein weiteres Mal fest zu umarmen.

In diesem Augenblick hörten beide von draußen ein Knarren. Fini ließ ihren Sohn los, öffnete die Wohnungstür, spähte hinaus und rief dann: „Fanny. Fanny! Kumm gaach! Schau, wer do is!“ Und Fanny freute sich aufrichtig für ihre Freundin. „Wart“, sagte sie, „des miass ma feiern.“ Sie verschwand in ihrer Wohnung und kehrte gleich darauf mit einer staubigen Flasche in ihrer Hand zurück. „Des is a Selberbrennter. Aber echt guat. Denn trink ma jetzt.“ Dann wandte sie sich an Turl: „Du, es gfreit mi so narrisch, dass d' wieder da bist. Du muasst uns daun alles ganz genau dazähln, was dir alles passiert ist. Aber zerst schau i amoi, ob i no irgendwas zum Essen find.“

Sofort legte Fini Widerspruch ein. „Des kummt goa ned in Frage, Fanny. Des Essen geht auf mi. Eh kloa. Und du bist unser Gost.“ Und während Fanny ihrer Freundin beim Kochen der paar Nahrungsmittel, die sich noch gefunden hatten, zur Hand ging, erkundigte sich Fini kurz nach dem Befinden von Fritz, ehe sie beide Turl aufforderten, zu erzählen, was er erlebt hatte.

So war es schon spät geworden, als dieser endlich selbst eine Frage stellte: „Und Papa?“ Fini machte ein betretenes Gesicht. „Ich weiß nicht, wo der steckt. Zerst hat's ja gheißen, er ist beim Volkssturm. Aber die san scho gestern alle wieder zruckkommen. Nur er ned." Verlegen wischte sie sich eine Träne aus dem Augenwinkel. „Die anderen haben gsagt, es is keiner gfallen, weil sie sich alle schnell zerstreut haben, wie der Russ kommen ist. Aber es könnt natürlich sein, dass der Iwan ihn kassiert hat. Dann säßert der Hermann jetzt wahrscheinlich schon in Sibirien. Wenn er ned überhaupt ..." Sie wagte nicht, weiterzusprechen, kämpfte gegen ihre Emotion an und wurde dennoch unmittelbar darauf von einem Heulkrampf so heftig geschüttelt, dass Fanny sie begütigend in den Arm nahm. „Mach dir keine Sorgen, Fini. Der Hermann, der hat no immer gwusst, wie er si wegduckt. Wahrscheinlich hat er si afoch irgendwo versteckt und woart ob, bis die Luft wieder sauber is. Wirst sehen, der kommt früher wieder zruck wie der Fritz."

„Genau", tröstete nun auch Turl seine Mutter, „Unkraut vergeht ned. Der sitzt sicher irgendwo und hat's besser als wir." Gleich danach freilich sah er seiner Mutter fest ins Antlitz: „Mama, i bin so froh, dass i wieder da bin. Und dass des alles vorbei is. Ich sag dir, jetzt kann's nur mehr aufwärts gehen." Fanny bemühte sich um ein Lächeln: „Dein Wort in ... na, eh scho wissen!" Sie füllte noch einmal die Gläser, hob dann ihres in die Höhe und sagte lautstark: „Darauf trink ma! Prost!"

Es war schon lange nach Mitternacht, als Fanny zurück in ihre Wohnung ging. Fini legte sich umgehend nieder, nachdem sie zuvor Turl noch Bettzeug in die Hand gedrückt hatte. Dieser war damit in seine alte Kammer marschiert, hatte den Diwan zur Bettstatt umfunktioniert und sich dann ebenfalls niedergelegt. Doch er fand keinen Schlaf. Ruhelos warf er sich bald nach links, dann nach rechts, ehe er resigniert auf dem Rücken liegenblieb, die Hände hinter dem Kopf verschränkte und an die Decke starrte. So ist das also, dachte er bei sich, wenn man friedlich im Bett liegen kann und keine Angst haben muss, gleich ums Leben gebracht zu werden. Und ein Seufzer der Erleichterung war eine kurze tonale Ergänzung zum monotonen Schnarchen, das schon seit längerem aus dem Wohnzimmer drang.

Wien, einen Tag zuvor

Es war Jakob Denk überdeutlich anzusehen, dass er seinen Wohnungsgenossen endlich loswerden wollte. Zu lange schon, so fand er, hatte sich Hermann Strecha bei ihm einquartiert. Dabei konnte man ihm eigentlich gar nichts Konkretes vorwerfen. Er war mucksmäuschenstill, fiel praktisch nicht auf und machte sich generell unsichtbar, um stets dann wieder aufzutauchen, wenn Denk eine helfende Hand gebrauchen konnte. Als die letzten Kämpfe in Ottakring vorbei waren, tauchten alte Genossen bei Denk auf, die willens waren, die Sozialdemokratie wieder ins Leben zu rufen, und ohne die geringste Widerrede spazierte Strecha mit ihnen mit, um die alten Fahnen aus den Verstecken zu bergen und das ehemalige Parteilokal wieder in Schuss zu bringen. Gemeinsam mit Denk klapperte er dutzende Häuser und etliche Stiegen ab, um den Genossen mitzuteilen, dass sich die Partei wieder formiere, und so kam es, dass Strecha mitten unter den Parteileuten saß, als Jakob Denk feierlich die erste Sitzung seit über elf Jahren für eröffnet erklärte.

„Wie ihr alle wisst, ist der Faschismus in Wien besiegt. Wir haben zuverlässige Kunde, dass sich gestern schon führende Genossen unten im Rathaus getroffen haben, um eine provisorische Stadtverwaltung ins Leben zu rufen. Der Genosse Körner, so heißt es, wird den Bürgermeister machen, und wir sind aufgerufen, auch in den Bezirken eine neue Verwaltung aufzubauen. Ich schlage daher vor, dass wir gleich morgen zur alten Bezirksvorstehung gehen und schauen, ob wir die wieder nützen können. Und wenn das der Fall ist, dann gibt es ab morgen wieder eine Bezirksvertretung. Was meint ihr?“

Die Genossen reagierten mit gebührendem Enthusiasmus. Elf Jahre lang hatten sie erst unter den Austrofaschisten, dann unter den Nazis gelitten. Man hatte ihnen ihr Arbeiterheim zerstört, ihre Partei und deren Organisationen genommen, sie selbst eingesperrt und verfolgt. Nicht wenige waren getötet worden, andere an der Front gefallen. Albert Sever, der große alte Mann der Ottakringer Partei, war vor Gram gestorben, und viele andere waren im Exil, in Lagern oder verschollen. Nun aber sollte es endlich wieder aufwärts gehen. Und die Genossen fanden, man sollte genau dort fortfahren, wo man 1934 aufzuhören gezwungen gewesen war.

„Was ist mit den Kommunisten", fragte einer, „werden die mit uns oder gegen uns sein?" Denk lächelte. „Wir wurden unterrichtet, dass die KPÖ mit uns eine Koalition gebildet hat. Karl Steinhardt, den vielleicht noch einige unter euch aus dem Soldatenrat anno 1918 kennen, ist Vizebürgermeister. Und ich habe aus zuverlässiger Quelle erfahren, dass die KPÖ mit uns auch eine Regierung für ganz Österreich bilden will, was, so heißt es, auch im Interesse der Sowjetunion ist. Also wird es wohl auch so passieren."

„Das heißt, wir verwirklichen die Arbeitereinheit?", fragte ein anderer. „Haben wir also endlich aus den Fehlern von 1918 gelernt?" Denk wiegte den Kopf hin und her. „Na ja, ganz so ist es, glaube ich, nicht. Die Bürgerlichen sind schon auch mit an Bord. Aber, so hat man mir gesagt, die haben ihre Lektion gelernt. Sie haben extrig eine eigene neue Partei gegründet, die Volkspartei, und da haben die Leute, die für Faschismus, Diktatur und Krieg verantwortlich sind, nichts verloren. Ihr Anführer ist einer, der selbst mit den Genossen im KZ gesessen ist. Also haben wir, wenn ihr so wollt, eine demokratische Einigung auf breiter Basis."

Der, der gefragt hatte, schnaubte, und Denk war sich ziemlich sicher, dass er damit Enttäuschung zum Ausdruck brachte. Aber man durfte sich in dieser Situation nicht zu unüberlegten oder gar übereilten Handlungen hinreißen lassen. „Genossen“, erklärte er daher, „das ist nicht die Stunde der Revolution, das ist die Stunde der Wiedergeburt. Ihr wisst selbst alle ganz genau, wie es in der Stadt ausschaut. Es gibt keine Verkehrsmittel mehr, es fehlen Gas und Strom, die Straßen sind vielerorts nicht passierbar, und wie viele Häuser zerstört sind, das seht ihr ja selbst. Zuerst müssen wir unsere Stadt erst wieder einmal funktionstüchtig machen, dann erst können wir darüber nachdenken, wie wir aus diesem Land eine soziale Republik formen können.“ Viele, vor allem die Älteren, nickten, andere murmelten widerwillig Zustimmung.

Strecha saß während der ganzen Sitzung stumm da und wunderte sich grenzenlos über die Begeisterung der Anwesenden. Was erwarteten die sich von der nahen Zukunft? Man hatte einen Krieg verloren, war schon wieder bezwungen! Wie schon 1918 würden die Alliierten Österreich wie den letzten Dreck behandeln. Ja schlimmer noch, damals hatten sie das Land nur finanziell an der Gurgel gepackt, jetzt standen sie mit ihren Armeen sogar in allen Teilen Österreichs. Sie waren die Herren, und Menschen wie er waren ein weiteres Mal nur Knechte.

Aber solche Gedanken behielt er besser für sich. Sie würden hier kaum auf fruchtbaren Boden fallen, dessen war er sich sicher. Und vorerst zumindest war es wichtig, die Sozis als Verbündete zu haben. Mit seiner Vita war es sonst nämlich leicht möglich, dass ihn die Russen nach Sibirien verfrachteten oder noch Schlimmeres mit ihm anstellten.

Nein, am klügsten war es, einfach in Ruhe abzuwarten, bis sich die Nebel gelichtet hatten. Und wenn er dafür so tun musste, als empfände er ein wiedererstandenes Österreich als großes Glück, dann sollte es eben so sein.

Dass Denk ihn dann aber fragte, ob er mithelfen würde, das Bezirksamt wieder nutzbar zu machen, das ging ihm doch zu weit. Unumwunden erklärte er Denk, dass er ja eigentlich Hernalser sei, weshalb er nun, da der Frieden eingekehrt sei, in seinen heimatlichen Bezirk zurückkehren wolle, um dort am Wiederaufbau mitzuwirken. Denk zeigte großes Verständnis für dieses Ansinnen und ließ ihn anstandslos ziehen. Strecha war schon bei der Tür, als er plötzlich innehielt. „Du, Jokl, könntest du mir nicht irgendeine Bescheinigung schreiben, dass ich da bei euch aktiv war. Ich mein, nicht für die Genossen in Hernals, die kennen mich ja ohnehin. Aber falls ich unterwegs in irgendeine Patrouille renn oder so etwas. Ich kann ja nicht Russisch, und wenn die falsche Schlüsse ziehen, dann bin ich weg vom Fenster, obwohl ich Antifaschist vom Scheitel bis zur Sohle bin." Dabei bemühte er sich um eine Unschuldsmiene. Denk kam die Bitte zwar ein wenig seltsam vor, aber aus seiner Sicht sprach nichts dagegen, den Genossen zu beruhigen, und so stellte er ihm flugs ein Empfehlungsschreiben aus, das er mit einem Bleistift auf ein Stück altes Briefpapier kritzelte, das noch das Emblem der alten Sozialdemokratischen Arbeiterpartei trug. Strecha dankte ihm und küsste, als er sich außer Sichtweise wusste, neckisch das Papier. Das da, so sagte er sich, ist mein Ablasszettel. Und vergnügt pfeifend schickte er sich an, die heimatliche Wohnung anzusteuern.

Wien, 21. April 1945

„Also, meine Herren, ich denke, die Sache ist geritzt. Der Bielohlawek wird uns den Laden schmeißen. Das ist noch so ein Arbeiter vom alten Schlag, der hat so ein, wie sagt man, so ein Arbeitsethos, nicht wahr. Und dass uns die Russen bisher in Ruhe gelassen haben, das zeigt mir, dass wir es schon beinahe geschafft haben. Wie steht es mit den Akten? Sind die vernichtet?“ Schulz sah seine beiden Mitarbeiter forschend an. Krieger räusperte sich: „Herr Direktor, hier kann ich Vollzug melden. Allerdings habe ich mir gedacht, es wäre im Falle des Falles auffällig, wenn plötzlich bestimmte Jahrgänge nicht mehr vorhanden wären. Ich habe mir daher erlaubt, alle wichtigen Unterlagen an einen sicheren Ort zu bringen, um anschließend ein kleines Feuerchen zu machen. Jetzt können wir sagen, unser Archiv ist kriegsbedingt verloren gegangen.“ Krieger lächelte schmal. „Natürlich wird uns das niemand glauben. Aber das Gegenteil beweisen kann auch niemand. So gesehen sind wir fein raus.“

„Bravo, Krieger, das ist ja eine nachgerade geniale Lösung. Jetzt müssen wir nur noch sehen, wie wir den Betrieb wieder auf Touren bringen. Johst, haben Sie eine Aufstellung unserer Lagerbestände gemacht?“

„Habe ich, Herr Direktor. Gegenwärtig können wir, eingeschränkt, aber doch, noch etwa zwei bis drei Wochen produzieren. Allerdings fehlt es uns an Transportmitteln. Die Lastkraftwägen etwa sind konfisziert oder fahruntauglich, und für die alten Bierkutschen fehlen uns die Zugtiere. Salopp gesagt, wir können zwar Bier brauen, aber konsumieren müsste man es hier.“

Schulz kaute an seiner Unterlippe. „Hmmm, das ist natürlich ein Problem. Da müssen wir wohl auf den alten Bielohlawek hoffen. Der hat sicher Verbindungen zu den neuen Machthabern, vielleicht können die uns etwas zur Verfügung stellen."

„Weiß man schon, wann er kommt, der Arbeiterführer?" Johsts Unterton war mehr als spöttisch. Schulz lehnte sich zurück. „Soviel ich weiß, wurde er vorgestern aus dem Spital in heimische Pflege entlassen. Wie ich den kenne, wird er spätestens morgen hier antanzen. Dann können wir aufatmen, denke ich."

Der, von dem die Rede war, hatte tatsächlich zwei Tage zuvor das AKH verlassen. Er fühlte sich immer noch schwach, und immer wieder war es nötig gewesen, sich auf Fanny zu stützen, um den kilometerweiten Marsch nach Hernals zu bewerkstelligen. Fanny schalt Bielohlawek einen eitlen Tropf, weil er es nicht unternommen hatte, sich von Schulz einen Wagen zur Verfügung stellen zu lassen. „Da bist endlich über den Berg, und dann gefährdest mit deiner Sturheit gleich wieder alles. Wehe, dich prackt's wegen dem da wieder hin. Dann kriegst es mit mir zu tun." Bielohlawek winkte ab. „Es geht schon, Fanny, keine Angst. Ich muss halt nur schön langsam ..."

Fanny schnaubte. „Nur schön langsam. Dass ich nicht lach. An jeder Ecken kann noch ein fanatischer Nazi oder ein übereifriger Russ lauern, dann simma's gwesen. Und das, obwohl der Krieg praktisch aus ist. Das ist so ein Blödsinn, was wir da machen. Aber so einer!"

Endlich hatten sie den Gürtel erreicht. Dieser lag gespenstisch vor ihnen. Fanny musste daran denken, wie heftig hier vor zwei Wochen noch gekämpft worden war. Jetzt deuteten nur noch die zahllosen Narben, die in die Häuser geschlagen worden waren, darauf hin, dass es hier eben noch um Leben oder Tod gegangen war. So sehr hatte sie sich gefürchtet, als die Waffen noch gesprochen hatten, doch nun stellte sie fest, dass auch diese Ruhe etwas Gespenstisches, etwas Beängstigendes hatte. Der Gürtel war fraglos die breiteste Straße Wiens, und in Friedenszeiten mochte man ihn keineswegs einfach zu überqueren. Nun lag er da wie ausgestorben, weit und breit keine Menschenseele zu sehen. Nur die Bombenkrater, die gefährlich zuckenden Oberleitungen, die herabgerissen auf dem Boden lagen, und die vereinzelten Kadaver, über denen Trauben von Fliegen durch die Luft tanzten.

Fanny dachte, während sie mit ihrem Mann am Arm endlich die Jörgerstraße erreicht hatte, an das Ende des ersten großen Kriegs ein gutes Vierteljahrhundert zuvor. Damals war alles so gänzlich anders gewesen. Sicher, auch damals hatten sie nichts zu essen gehabt, aber wenigstens hatte die Stadt keine Wunden davongetragen. Jetzt würde es eine kleine Ewigkeit dauern, den ganzen Schutt zu beseitigen und die Gebäude wieder aufzubauen. Und der tägliche Überlebenskampf würde möglicherweise noch härter werden als in jenem fernen Jahr 1918. Wenigstens stand nicht so wie damals der Winter vor der Tür, also brauchte man sich keine Gedanken zu machen, wo man Heizmaterial herbekam. Doch die Frage, wo es etwas zu essen gab, die musste erst noch beantwortet werden. Und insgeheim gestand sie sich ein, dass sie damit spekulierte, dass Fritz in seiner neuen Funktion an Sonderrationen herankommen würde. Gleich darauf erlosch der eben erst aufglimmende Hoffnungsfunken wieder. Wie sie ihren Fritz kannte, würde der jedes potentielle Privileg strikt von sich weisen. Wenn ihm Schulz und die anderen unter der Hand etwas zukommen ließen, dann würde er es sofort an jene weiterreichen, von denen er annahm, dass sie es nötiger brauchten als er. Und sie würden weiterhin hungrig zu Bett gehen.

Das heftige Schnaufen von Fritz beunruhigte sie. „Komm, Fritzl, ein bisserl noch, dann hamma's gschafft. Schau, da drüben ist schon unser Haus." Dankbar nahm sie zur Kenntnis, dass es tatsächlich nicht mehr weit war. Sie würde ihren Mann sofort wieder ins Bett verfrachten und keinesfalls zulassen, dass er dieses vor dem übernächsten Morgen wieder verließ. Und während sie über Fritzens Schlaf wachte, grübelte sie darüber nach, wie es wohl Wickerl gehen mochte. Seit einer halben Ewigkeit hatte sie nichts mehr von ihrem Sohn gehört und war mit ihrer Angst nicht alleine. Fini, so wusste Fanny, sorgte sich naturgemäß auch um ihren Hermann, diesen unguten Patron, von dem nur der Herrgott wissen mochte, wo er steckte. Bis Anfang April hatte er sich zu Hause noch aufgeführt, als wäre er der Chefstratege der deutschen Wehrmacht, doch als diese dann tatsächlich bei ihm anzuklopfen drohte, weil er für den Volkssturm noch nicht zu alt war, da war er einfach untergetaucht. Und wie sie den alten Griesgram kannte, war es ihm sicher gelungen, irgendwo Unterschlupf zu finden. Während arme, verhetzte Hitler-Jungen einen sinnlosen Tod starben, saß der Alte wahrscheinlich in einem Keller und wartete darauf, sich nach dem Ende seines Tausendjährigen Reiches wieder als Sozialdemokrat zu präsentieren. Zum Glück wussten genügend Leute, was Strecha seit 1938 getrieben hatte, sodass er mit dieser Nummer kaum durchkommen würde. Schade nur, dass Fini immer noch nicht die Kraft hatte, sich endlich von Hermann zu lösen. „Wenn nur der Buam heimkamert", sagte sie halblaut, „dann wär vieles leichter."

„Der Bua kommt schon heim. Wirst sehen!" Fanny staunte nicht schlecht, als ihr Fritz geschnäuzt und gekämmt vor ihr stand, seine alte, fleckige Ledertasche unter dem Arm. „Und wenn er heimkommt, dann kriegt er von uns ein gutes Bier." Er küsste seine Frau auf die Stirn und verließ dann wie selbstverständlich die Wohnung, als wäre das absolut nichts Besonderes.

Der Weg zur Brauerei war nicht weit, und obwohl an verschiedenen Enden des Landes immer noch die Waffen sprachen, erschien Hernals schon weitgehend friedlich. Vor dem Bezirksamt am Elterleinplatz standen einige Rotarmisten herum, doch sie schenkten Bielohlawek keinerlei Beachtung. Er setzte seinen Weg fort und merkte, dass es ihn mit Freude erfüllte, in der Ferne die Tore der Brauerei zu sehen. Alsbald durchquerte er den großen Hof, der weitgehend verlassen vor ihm lag, und hielt auf das Lohnbüro zu, in dem er sich zu melden gedachte. Doch zu seiner Überraschung war es verwaist. Bielohlawek wunderte dies nicht wenig, denn ein derartiges Verhalten hatte es nicht einmal während des Zusammenbruchs anno 18 gegeben. Irritiert machte er sich auf die Suche nach Kollegen, fand jedoch auch die große Halle, in welcher für gewöhnlich die Bierwägen geparkt waren, leer vor. „Na, was ist denn hier los?", fragte er sich und beschloss, in der Direktion Nachschau zu halten. Er erklomm die Treppe zum Verwaltungstrakt, wo er endlich auf die Schuchter stieß. „Grüß Sie", sagte er schon von weitem, „ich wollt mich grad unten zum Dienst melden, aber da ist niemand."

„Unten?"

„Na ja, als Bierführer. Ned? Deswegen hat mich ja der Herr Direktor dankenswerterweise gesundmachen lassen, nehme ich an." Trotz ihrer unverkennbaren Nervosität musste die Schuchter auflachen. „Na, Sie gfallen mir, Herr Bielohlawek. Sie glauben doch nicht ernsthaft, dass der Herr Direktor Sie mit seinem Privatwagen ins Krankenhaus bringen lässt, damit Sie dann im Anschluss da wieder Fassl stemmen. Nein, nein, lieber Herr. Kommen S' gleich mit mir mit. Mit Ihnen hat der Herr Direktor ganz andere Pläne." Bielohlawek schwante mit einem Mal Übles. Er hatte diese Szene, in der ihm Schulz gesagt hatte, er, Bielohlawek, sei der neue Direktor, gar nicht in seinem Fieberwahn geträumt. Sie war real gewesen. Mit einem Mal schlotterten ihm die Knie. Das konnte doch unmöglich deren Ernst sein! Er hatte doch nicht die geringste Ahnung vom Leiten eines solchen Betriebs. Nein, das musste er Schulz sofort wieder ausreden.

Wien, zur selben Zeit

Ohne große Hoffnung machte sich Fanny auf den Weg nach Ottakring. Gerüchte besagten, dass nahe dem Yppenplatz Lebensmittel verteilt wurden. Letztlich war es ihr rechtschaffen gleichgültig, ob diese Behauptung der Wahrheit entsprach oder nicht. Sie musste einfach an die frische Luft, hielt es in den eigenen vier Wänden nach der wochenlangen Klausur einfach nicht mehr aus. Sie führte ihre alte Tasche bei sich, in der sie zur Sicherheit noch zwei Netze verstaut hatte. Auf diese Weise mochte sie Erdäpfel, Rüben und was man eventuell sonst noch ergattern konnte, bequem nach Hause tragen. Der Weg war nicht weit, und bald schon stand sie auf dem Platz, der, wie sie fand, von den Bomben weitgehend verschont geblieben war.

Allerdings auch, wie sie nun sah, frei von Lebensmitteln war. Nirgendwo konnte sie einen Lastwagen erspähen, auf dem etwa Güter geladen gewesen wären. Sie wollte eben wieder enttäuscht abziehen, als sie am anderen Ende des Platzes eine kleine Menschentraube ausmachte. Neugierig hielt sie auf diese zu. Je näher sie kam, umso klarer konnte sie erkennen, dass hier jemand Zeitungen verteilte. Nun, das war neu. Eilig trat sie zu der Gruppe hin, und noch ehe sie ein Wort sagen konnte, hatte man auch ihr ein Exemplar in die Hand gedrückt. Aufmerksam besah sie sich die Frontseite. „Neues Österreich“ stand da in geschwungenen Lettern. Und darunter „Organ der demokratischen Einigung“. Der Leitartikel trug den knappen Titel „Österreicher“. Fanny stellte ihre leere Tasche ab und begann zu lesen: „Zum ersten Mal seit sieben Jahren dürft ihr nun wieder in aller Öffentlichkeit mit diesem uns allen so teuren Namen angesprochen werden. Die von Millionen Menschen unseres Vaterlandes so lange und so heiß ersehnte Stunde der Befreiung von der nazistischen Zwingherrschaft ist gekommen." Beim Wort „Zwingherrschaft" stolperte sie gedanklich ein wenig, malte sie sich doch in ihrem Kopf beinahe automatisch das Bild einer mittelalterlichen Zwingburg aus, doch hielt sie das nicht davon ab, sofort weiterzulesen: „Durch den siegreichen Vormarsch der Roten Armee ist ein großer Teil unserer geliebten Heimat den nazistischen Unterdrückern bereits entrissen. Die Befreiung des restlichen Gebietes nimmt ihren Fortgang. Wir dürfen wieder Österreicher sein. Und dass wir es sind, darauf kommt nun alles an."

Fanny blickte auf. Österreicher! Na, was denn sonst. In all den Jahren hatte sie sich nie als etwas anderes gefühlt. Und sie hatte auch niemanden gekannt, der anders empfunden hatte. Gut, wenn man vielleicht vom depperten Strecha absah. Aber selbst bei dem war das, so war sie innerlich überzeugt, nur politische Pose gewesen. Doch nach der langen Zeit ohne schriftliche Neuigkeiten dachte sie nicht länger über diese Frage nach, sondern konzentrierte sich wieder auf den vor ihr befindlichen Text. Da stand geschrieben, dass nun alle Österreicher einträchtig zusammenstehen und gemeinsam an den Wiederaufbau gehen müssten. Die Ernährung müsse gesichert werden. Wie wahr, seufzte Fanny. Die Verkehrmittel gelte es wieder in Gang zu setzen. Amen, murmelte sie. Die Wohnungsfrage sei zu lösen. Auch wahr. Licht-, Gas- und Wasserleitungen habe man wieder instand zu setzen, Gesundheits- und Wohlfahrtswesen wieder aufzubauen. Deshalb hätten sich, so hieß es in dem Artikel weiter, Vertreter aller demokratischen Parteien zu einer verheißungsvollen Arbeitsgemeinschaft zusammengefunden. Was auch für diese erste im befreiten Österreich erscheinende Tageszeitung gelte, die das Sprachrohr der demokratischen Wahrheit sei: „So sollen und müssen alle Schichten und Richtungen unseres österreichischen Volkes zusammenstehen, um auf gemeinsamem Wege zu dem zu gelangen, was der Name dieser Zeitung besagt: zu einem neuen Österreich." Der Artikel war von einigen Personen unterfertigt, von denen Fanny nur manche etwas sagten. Paul Speiser, so wusste sie, war unter Seitz Stadtrat gewesen. Paul Hörbiger wiederum kannte sie aus etlichen Kinofilmen an der Seite von Hans Moser. Ernst Fischer wiederum war, so meinte sie sich erinnern zu können, einer der Freunde ihres Sohnes gewesen, während sie mit den restlichen Namen nichts anfangen konnte. Aber dass ein Monsignore unter ihnen aufschien, bedeutete ihr, dass offenbar auch die schwarze Reichshälfte in diese Einigung einbezogen war.

Der Leitartikel war gelesen, nun wollte Fanny wissen, was die Zeitung sonst noch zu bieten hatte. Seite 2 berichtete von den Kämpfen um Berlin sowie der Gefangennahme Franz von Papens, der seinerzeit Hitlers Vize und, wie das „Neue Österreich" meinte, einer der Totengräber Österreichs gewesen war. Die dritte Seite setzte sich unter anderem mit dem Tode Roosevelts auseinander, während die vierte und letzte Seite einen ausführlichen Bericht darüber brachte, dass sich in Wien eine neue Stadtverwaltung unter Bürgermeister Theodor Körner gebildet hatte. Das, so war Fanny überzeugt, würde Fritz sicher brennend interessieren, und so verstaute sie die Zeitung in ihrer Tasche, während sie langsam den Weg zurück nach Hernals einschlug.

Wien, Ende April 1945

Ungeduldig wartete Fanny darauf, dass Fini endlich aus ihrer Wohnung kam. Die Nachricht, am Elterleinplatz sei ein Laster mit Erdäpfeln und Hülsenfrüchten vorgefahren, hatte sie schon vor einer halben Stunde vernommen, und es konnte kein Zweifel daran bestehen, dass diese sich schon in halb Hernals herumgesprochen hatte. „Zah an, Fini“, knurrte sie daher, „wenn ma jetzt ned glei rennen, dann sind s’ weg, die Erdäpfel.“

In diesem Moment ging endlich die Tür auf. „I bin jo eh scho do! Was soll i denn tuan, deiner Meinung nach? In der Combineige ummerennen oder wos?“ Fanny hielt dem tadelnden Blick ihrer Freundin stand. „Host recht“, maulte sie, „der Krieg is vurbei.“ Sie drehte sich schnell zur Seite, damit Fini ihr breites Grinsen nicht mitbekam.

Der Weg zum inoffiziellen Hauptplatz des Bezirks war nicht weit, und so standen sie zehn Minuten später vor dem Bezirksamt, wo sie tatsächlich einen LKW betrachten konnten. Doch der war leer. Davor stand ein Soldat in russischer Uniform und zuckte entschuldigend mit den Schultern. „Nix da“, radebrechte er, „andere …“, er suchte nach einem passenden Wort, „… schneller.“ Und Fanny unterdrückte einen Fluch, dabei ihre Nachbarin mit einem vernichtenden Blick bedenkend, dem diese allerdings dadurch auswich, dass sie betreten zu Boden sah.

„Ihr nix grustni“, redete der Sowjet derweilen weiter, „segodnja … heute … ihr … nezavisi … ihr Republik! Heute.“ Dabei deutete er in Richtung Innenstadt. Wasch Parlament …“

Fini sah Fanny fragend an: „Wovon red der?“ Doch die Bielohlawek wusste Rat. „Der Fritzl hat da gestern so was gsagt, dass heute der Körner im Rathaus die neue Regierung empfängt, die was sich unter dem Renner konstituiert hat. Vielleicht geben die eine Erklärung ab oder so etwas."

Fini wirkte interessiert. „Du, wenn wir da eh nix kriegen, gemma doch zum Parlament und schauen. Is eh ein schöner Tag, und weit is es aa ned, vielleicht eine halbe Stund. Das Gehen tät uns sicher gut." Fanny kam zu dem Schluss, dass sie dadurch vielleicht nicht länger an die entgangenen Erbsen denken musste, und stimmte zu. So marschierten sie die Hernalser Hauptstraße entlang, überquerten den Gürtel, gelangten auf die Alser Straße und erreichten schließlich nach guten 20 Minuten den Ring. Dort wandten sie sich nach rechts und trauten ihren Augen kaum. Schon ein wenig weiter vorne, auf der Höhe des Rathausparks, begannen sich die Menschen zu stauen. „Gib dir das", entfuhr es Fini, „des müssen ja tausende sein ..." Fanny nickte. „Heute spricht sich anscheinend alles schnell herum."

Sie marschierten weiter, zwängten sich beim Burgtheater an den ersten dichten Menschentrauben vorbei und begaben sich dann in den Volksgarten. Mit diesem Manöver gelang es ihnen, beinahe direkt zur Parlamentsrampe zu kommen, und mit ein wenig Ellbogeneinsatz von Fini standen sie schließlich direkt neben einem der Rossebändiger und hatten, am Pallas-Athene-Brunnen vorbei, direkte Sicht auf den Eingang zum oberen Vestibül. „Jetzt kommen s' sicher glei", hörten sie eine Person neben sich, „immerhin sand s' scho fast a Stund da drinnen."

„Ah, so lang schon?", wandte sich Fanny an den Sprecher. „Ja, ja", erwiderte dieser, „vor einer Stund sind s' kommen. Der Bürgermeister Körner und der alte Renner ganz vorn, dann ein paar andere, die was, glaub i, die neuen Minister sind. Und oben an der Rampe war der Russ, der Tolbuchin, ned wahr, und hat ihnen die Hand geben. Dann san s' eini bei der Tür. Aber davor haben s' noch alle gwunken."

Tatsächlich kam Bewegung in die Szene. Einige sowjetische Soldaten machten sich an den Fahnenmasten zu schaffen. Sie wickelten einen Stoff aus und brachten diesen an den Seilen an. Wenige Augenblicke später fuhr der Wind in die Tücher und entfaltete sie zu ihrer ganzen Größe. Rot-Weiß-Rot. „Mei", rief Fini begeistert, „wie im 18er Jahr. Und wir san dabei." Dabei krallten sich ihre Finger ekstatisch in Fannys Oberarm. „Aua", reagierte diese prosaisch.

„Was die da drinnen ausbaldowern?", fragte sich ein anderer in ihrer Nähe. „Na ja, wahrscheinlich gibt der Renner irgendeine Erklärung ab. Dass wir jetzt wieder unabhängig sind und so." Das ist ja schon die Tag in der Zeitung gstanden", erhielt er zur Antwort. Er aber schüttelte sein Haupt. „Dass die Großkopferten immer alles so theatralisch machen müssen." Und fuhr dann gleich fort: „Die Nazis haben den Krieg verloren, Friede ist endlich wieder. Da genügert's doch, wenn der Renner einfach da außekummt, die Händ' ausbreitet und sagt: Österreich ist frei." Er erntete Nicken von den Umstehenden.

Wie aufs Stichwort ging nun tatsächlich das Portal auf. Renner erschien auf der Rampe und winkte selig wie ein kleines Kind. Neben ihm ragte die hagere Gestalt des Bürgermeisters kerzengerade in den Himmel. Ein mittelgroßer Mann mit Hornbrille drängte sich nach vorn: „Wir sind wieder Österreich", rief er. Fanny tat der daraufhin aufbrausende Jubel direkt in den Ohren weh, doch ließ sie sich nur zu gerne von der ausgelassenen Stimmung anstecken. Sie sah, wie sich Männer und Frauen an den Händen nahmen und zu tanzen begannen. Und da die Frauen in der Menge entschieden in der Überzahl waren, wagten es einige sogar, die anwesenden sowjetischen Soldaten um ein Tänzchen anzugehen. Die waren zunächst verdutzt, blickten fragend auf ihren Kommandanten, und nachdem dieser genickt hatte, brachten die Uniformierten, wie Fanny fand, einen recht respektablen Walzer zustande. Und sie fühlte, wie es ihr in den Beinen zu kribbeln begann. Sie konnte sich nicht mehr daran erinnern, wann sie zuletzt das Tanzbein geschwungen hatte, doch in einem solchen Augenblick, da durfte man noch ein letztes Mal jung sein. Sie schob ihre leere Einkaufstasche in die Beuge, begab ihre Arme in die Ausgangsposition und sagte zu Fini: „Darf ich bitten, meine Gnädigste."

Fini lachte lauthals los, ließ es sich aber dann doch nicht nehmen, ein paar Takte zu der nicht vorhandenen Walzermusik zu tanzen. Fanny grinste von einem Ohr zum anderen: „Wenn das der Fritzl hört, der wird schön schauen." Aus Finis Gesicht wich die Euphorie. „Ned nur der", sagte sie gallenbitter. Doch dann gab sie sich einen Ruck. Sie wollte sich diesen einzigartigen Moment nicht dadurch vermiesen lassen, dass sie an ihren Gatten dachte. Endlich kein Grund mehr zu beständiger Todesangst. Jetzt konnte es nur noch aufwärts gehen. Und das war allemal Grund genug, es sich gutgehen zu lassen. Wenigstens dieses eine Mal.

Wien, 1. Mai 1945

Fritz Bielohlawek hatte schon den ganzen Abend wie im Fieber verbracht. Doch das hatte nichts mit seiner eben erst überstandenen Krankheit zu tun. „Morgen! Morgen ist es so weit“, sagte er weitaus öfter als nötig, und ein unbeteiligter, vor allem uninformierter Beobachter der Szene mochte meinen, Fritz habe sich ein kindliches Gemüt bewahrt und rede sehnsuchtsvoll von Weihnachten oder seinem Geburtstag, und in gewisser Weise war es das auch. Der 1. Mai war, seit Fritz denken konnte, der zentrale Feiertag der Arbeiterbewegung gewesen, und in all den Jahren, die er nicht hatte begangen werden können, empfand Fritz stets eine besonders tiefe Trauer. Nun aber würde er endlich wieder mit den Genossen marschieren. Mochten die Straßen auch zerbombt und sie selbst zerlumpt sein, aber sie waren wieder da. Auferstanden aus den Ruinen, die sie mit starker Arbeiterhand wieder in Juwelen verwandeln würden. Gleich nachdem er am letzten Tag im April aus dem Büro gekommen war, hatte er in dem alten Geräteschuppen hinter seinem Wohntrakt gekramt und endlich die gute alte Sektionsfahne, eingewickelt in alte Bettlaken, gefunden, die er nun, und wenn es ihn seine letzte Kraft kosten sollte, den Genossen vorantragen wollte. „Vorwärts zum Sozialismus!“ Das musste mehr denn je die Losung sein.

Und so wunderte es Fanny auch nicht, dass Fritz schon gegen 6 Uhr morgens nichts mehr im Bett hielt. Wie zuvor von den lokalen Parteiorganisationen vereinbart, marschierten die Hernalser in geschlossener Formation nach Sandleiten, wo die zentrale Kundgebung der Sozialdemokraten, die sich nun ja, wie Fritz wusste, Sozialisten nannten, abgehalten werden sollte. Und Fritz war überwältigt, als er sah, wie die Genossen aus allen Seitengassen und Wegen diesem Ziele zustrebten. „Gib dir das“, entfuhr es ihm begeistert, „das müssen zehntausende sein.“ Und voller Verve schickte er ein lautes „Freiheit!“ in die Luft, das prompt von den Genossen, die ihn umgaben, wiederholt wurde.

Am Kundgebungsplatz angekommen, war Fritz rechtschaffen froh, so früh losmarschiert zu sein, denn es zeichnete sich rasch ab, dass dieser unmöglich alle Teilnehmer würde aufnehmen können. Die, die später kamen, mussten sich weitab in irgendwelchen Baulücken aufstellen, wo sie garantiert nichts mehr von der Tribüne sahen und mutmaßlich auch nichts mehr hören konnten. Fritz aber stand mit seinen Freunden in relativer Nähe zum Rednerpult und erlebte so, wie ein bebrillter Mensch, der den Genossen als Staatssekretär Dr. Schärf vorgestellt wurde, das Wort ergriff. Mit einer Hingabe, die Friz dem blassen Mann mit dem Bürokratengesicht gar nicht zugetraut hätte, rief er: „Wien ist wieder befreit, die Straßen sind wieder unser! Die roten Fahnen werden wieder von unseren Händen getragen und die alten Kampflieder wieder gesungen.“ Applaus brandete auf, in den Fritz automatisch mit einfiel.

Schärf fuhr indessen fort: „Das alles verdanken wir der siegreichen Roten Armee.“ Der Applaus, schon bisher durchaus als frenetisch zu bezeichnen, steigerte sich in exorbitantem Ausmaß, sodass Fritz für einen Augenblick den Eindruck bekam, alle hier Versammelten seien begeisterte Kommunisten. „Der ich hier im Namen aller aufrechten Österreicher von ganzem Herzen danke.“ Unvergleichlicher Jubel hob an, der nicht und nicht enden wollte, sodass Schärf minutenlang darauf warten musste, dass der Lärm etwas abebbte, damit er weitersprechen konnte. In wenigen Worten skizzierte er, dass es keinesfalls leicht sein werde, den Wiederaufbau ins Werk zu setzen, doch zweifle niemand in der Arbeiterklasse daran, dass dem Wiener Proletariat abermals ein großartiges Aufbauwerk gelingen werde. „Dann braucht keinem Österreicher um die Zukunft bange zu sein. Wir werden, unterstützt von der glorreichen Roten Armee und vereint mit dem guten Volkswillen dem neuen Österreich das ihm würdige Gepräge geben." Schärf hob die Hand und rief, so laut er konnte: „Es lebe das freie Wien, es lebe das neue Österreich." Und begeistert schwenkten die Massen ihre Fahnen und ließen Hochrufe sonder Zahl erklingen.

Nach Schärf sprachen weitere Vertreter, dann stimmten einige in den vorderen Reihen das „Lied der Arbeit" an. Fritz hielt dies für eine durchaus sinnfällige Geste. Gerade zu diesem Zeitpunkt, da ganz Wien in Trümmern lag, war die hohe Braut wirklich bedeutungsschwangerer denn je. Arbeit würde es genug geben, beileibe nicht nur in der Brauerei. Bis alles wieder so sein würde, wie es vor eineinhalb Jahrzehnten gewesen war, mochten Jahre vergehen. Doch daran wollte er gerade in dieser feierlichen Stunde nicht denken. Jetzt galt es einfach nur dankbar dafür zu sein, dass man endlich wieder die alten Lieder singen konnte. Und so stimmte er mit voller Kraft mit ein.

Kaum aber war das Lied von Josef Scheu verklungen, hörte Fritz von weiter hinten die Worte „Völker, hört die Signale" an sein Ohr dringen. Ja, dachte er. Ohne die internationale Solidarität wäre der Faschismus niemals niedergerungen worden. Und ohne Zusammenhalt aller werktätigen Völker würde es den kapitalistischen Ausbeutern fraglos gelingen, ungestraft aus dieser Katastrophe hervorzugehen. Wer vermochte zu sagen, ob tatsächlich nur noch ein letztes Gefecht nötig sein würde, um die ungerechte Wirtschaftsordnung der Bourgeoisie zu stürzen, aber für einmal herrschte Waffengleichheit. Und Gesänge wie diese verkündeten dem Klassenfeind, dass das Proletariat entschlossen war, sich nicht noch einmal hinters Licht führen zu lassen.

Zwei Stunden später saßen Fritz und die Seinen beim *Finken*, und auch wenn das Wetter sich nicht von seiner besten Seite zeigte, so war es doch warm genug, um ein wenig die klare Luft im Gastgarten zu genießen. Fritz hatte extra einige Fass Bier aus der Brauerei bringen lassen, damit man den Feiertag der Arbeiterklasse würdig begehen konnte. Die Stimmung war erstmals seit langer Zeit wieder richtig sorglos und ausgelassen, und die Menschen taten, was sie beinahe schon verlernt hatten: Sie lachten und sie amüsierten sich.

„Hörst, Fritz. Weil doch heute so ein schöner Tag ist. Was ist? Wollen wir uns nicht was ganz Besonderes gönnen?" Fanny sah ihren Mann erwartungsvoll an. Der, immer noch erheitert von einer espritvollen Bemerkung, die kurz zuvor von einem Genossen gemacht worden war, drehte sich zu ihr hin: „Was denn? Gemma ins Ritz auf einen Champagner?" Dabei gluckste er vor Lachen. Fanny strahlte merkwürdig über das ganze Gesicht, sodass Fritz schließlich doch neugierig wurde: „Was hättest denn in petto?"

„In der Zeitung hab ich glesen, das heute die Kinos wieder aufsperren. Um 5 spielen s' drüben im Kalvarienberg das ‚Wiener Blut'." Fritz gefror das Lächeln auf seinem Gesicht. „Geh bitte, Fanny! Hör mir auf mit dem siebensiaßatlen Zeug vom Forst. Da wird einem ja die Müli sauer." Fanny freilich blieb unbewegt: „Geh, tu mir den Gefallen. Wir waren ewig nimmer in die Lichtspiele. Und so bald kumm ma durt a nimma hin. Wenigstens des eine Mal."

Fritz fühlte sich rechtschaffen unwohl. Wie konnte er seiner Fanny eine Bitte abschlagen, da sie doch so gut wie nie eine vorbrachte. Und wenn es ihr Freude machte, für zwei Stunden den tristen Alltag zu vergessen, indem sie sich in die Welt des Adels versenkte, dann sollte es so sein. Fritz gab sich also einen Ruck und nickte. Und Fanny klatschte vor Vergnügen in die Hände.

Sie blieben noch eine gute Weile bei den Freunden, dann machten sie sich auf, die kurze Strecke zum Kino zurückzulegen. Fritz war erstaunt, dass just dieses Gebäude unbeschädigt geblieben war, denn die Sessel, so erinnerte er sich, standen da wie eh und je. Gleich danach wunderte er sich über den enormen Andrang. „Na, da simma ja grad noch zrecht kommen", statuierte Fanny, „sonst hätt ma gar keine Karten mehr kriegt."

Eine halbe Stunde später ertappte sich Fritz dabei, wie er Fanny von der Seite her beobachtete. Ihre Augen waren starr auf die Leinwand gerichtet, und sie verfolgte mit angehaltenem Atem jede Bewegung, die dort vor sich ging. Willy Fritsch und Fred Liewehr scharwenzelten um irgendwelche Damen herum, die ihm rein gar nichts sagten, und die arg konstruierte Handlung vermochte ihn schon gar nicht mitzureißen. Lediglich bei den wenigen Szenen, die Hans Moser hatte, konnte er das eine oder andere Mal schmunzeln, doch freute er sich aufrichtig, dass Fanny voll mit dem Geschehen mitgehen konnte. All die vielen Jahre hatte sie sich stets für ihn aufgeopfert, und er fand, es war hoch an der Zeit, ihr seine Dankbarkeit einmal in aller Deutlichkeit zu zeigen. Er wusste noch nicht, wie, aber irgendetwas musste er finden, um ihr klarzumachen, wie innig er ihr zugetan war. Und was immer das auch sein mochte, es musste wesentlich bedeutender sein als eine Eintrittskarte für einen seichten Kinofilm.

Moser war in seinem Element: „Gar nix werden Sie. Sie werden nur staunen. Und der Herr Graf auch", warf er dem Büttel der Bourgeoisie hin. „Putz di, putz di! Drah di, Drah di!" Na, bitte, grinste Fritz in sich hinein, das ist doch ein gutes Motto für die kommenden Aufgaben.

Endlich war der Film zu einem – natürlich versöhnlichen – Ende gekommen, und mit den anderen traten die beiden ins Freie. Sie schlenderten langsam die wenigen Meter zu ihrer Wohnung entlang, und Fanny registrierte mit einigem Erstaunen, dass die Hand von Fritz die ihre suchte. Was ist denn los mit dem alten Zausel, fragte sie sich, wird er am End romantisch auf seine alten Tag. Doch sie hütete sich, diese Sätze laut auszusprechen, denn sie war sich darüber im Klaren, dass sie deswegen durchaus erfreut war. Und so ließ sich ihre Hand nur zu gerne finden, und wie zwei verliebte Backfische kamen sie vor ihrem Haus an. Schnell war der Innenhof durchquert und die Treppe überwunden. Fritz holte eben den Wohnungsschlüssel aus seiner Hose, als nebenan die Tür aufflog. „Fanny!", rief Fini euphorisch. „Hast du's schon ghört? Wir müssen morgen ganz in der Früh zum alten Wewerka ins Gschäft." Fanny hob überrascht die Augenbrauen. „Warum denn das?" Fini war immer noch voller Ekstase: „Es gibt morgen was zu essen. Ja! In der Zeitung schreiben sie's. Weißt eh, im ‚Neuen Österreich'. Die Sowjets haben der Wienerstadt Nahrung gschenkt." Fanny schaute die Freundin ungläubig an. Die aber blieb hartnäckig: „Wenn ich dir's sag! Jeder kriegt 20 Deka Bohnen und 20 Deka Erbsen. Dazu noch Speiseöl und 15 Deka echtes Fleisch. So steht's gschrieben." Damit war Finis gute Neuigkeit noch nicht zu ihrem Ende gekommen. „Und wennst noch Lebensmittelmarken hast, dann gibt's ein Brot auch. Echtes Brot! Verstehst?" Nun hielt sich auch Fanny nicht länger zurück. Sie strahlte übers ganze Gesicht, packte Fritz und drückte ihm einen dicken Kuss auf die Wange. „So, und wenn jetzt der Wickerl noch heimkommt, dann ist das da nicht mehr Wien, dann ist das des Paradies."

Niederösterreich, Anfang Mai 1945

Mit jedem Kilometer, den Wickerls LKW zurücklegte, wurde seine Stimmung gedämpfter. Er war der Ansicht gewesen, nun, da der Faschismus endlich überwunden war, würde das Volk aufatmen, ja aufleben. Doch wohin sie auch kamen, überall stießen sie auf mürrische, verbitterte, ja wütende Menschen. Solange sie noch auf reichsdeutschem Gebiet gewesen waren, hatte Wickerl sich einzureden versucht, die Deutschen hätten eben zu lange unter der braunen Diktatur gelebt, sodass sie sich am Ende tatsächlich mit dem Regime identifizierten. Doch kaum waren sie nach Oberösterreich gewechselt, musste er feststellen, dass dort der Fanatismus womöglich sogar noch größer war. Als sie nahe Wels Halt gemacht hatten, um Essen zu organisieren, waren sie mit Steinen beworfen worden. Laut schrien die Bauern, sie sollten sich schleunigst aus dem Staub machen, Vaterlandsverräter wie sie wolle man hier nicht. Und immer noch gellte Wickerl die Stimme eines Jünglings im Ohr, wonach es nichts Verachtenswerteres gäbe als jemanden, der sich darüber freue, dass das Vaterland am Boden liege. Entsetzt hatte Wickerl sich an Mantler gewandt und gemeint, wie solle man denn die neue Republik aufrichten mit solchen Menschen. Mantler hatte dem entgegengehalten, dass das nationalsozialistische Gift nicht von einem Tag auf den anderen weichen und man nur durch geduldige Erziehung zum Ziel kommen werde. „Aber“, lautete Wickerls Replik, „die müssen doch wissen, welche Verbrechen die Nazis begangen haben! Denen muss doch klar sein, dass die Landser unmöglich am Don, an der Seine oder am Busento die Heimat verteidigen konnten.“ Mantler hatte Wickerl mitleidig angesehen: „Die unbefleckte Empfängnis, lieber Freund, die gibt es nicht nur im Christentum nicht. Auch das Proletariat lebt nicht in paradiesischer Unschuld." Und den ganzen Weg nach St. Pölten fragte sich Wickerl, ob er wirklich für all das fünf Jahre lang gelitten hatte.

Seine Laune besserte sich erst, als sie in St. Pölten von einer Abordnung der KPÖ empfangen wurden. Man geleitete sie gleichsam in einer Art Triumphzug ins Volksheim, wo sie so gut wie schon lange nicht mehr aßen. Die feurigen Reden taten Wickerl ebenso gut, und erstmals erwachte seine revolutionäre Begeisterung wieder. Wenn die niederösterreichischen Arbeiter wussten, wofür sie eintreten mussten, dann standen die Wiener sicher wie ein Fels in der Brandung. Nun galt es nur noch, die unselige Spaltung in zwei Parteien zu überwinden, dann stand dem Sieg des Sozialismus in Österreich nichts mehr im Wege. Und irgendwann würden dann sogar die Rohlinge bei Wels verstehen lernen, hoffte er. Zu seiner nicht geringen Überraschung hatten die Niederösterreicher eine Musikkapelle organisiert, die nach dem Essen flotte Weisen spielte. Wickerl ließ sich mehr und mehr mitreißen und sah sich am Ende sogar das Tanzbein schwingen. Er gestand sich ein, seit den Tagen mit Caroline nicht mehr so glücklich zu Bett gegangen zu sein, als er endlich mit einem seligen Lächeln auf den Lippen einschlief.

Am nächsten Morgen nahm der LKW die letzte Etappe nach Wien in Angriff. Bald schon passierten sie Neulengbach, dann Steinhäusl und schließlich Purkersdorf. Sie erreichten gegen 4 Uhr nachmittags Mauerbach, wo ein Teil der Mitreisenden in der alten Kartause einquartiert wurde. Wickerl, Mantler und einige andere wurden zum Bahnhof Hütteldorf gebracht, wo für den Fahrer die Reise offiziell zu

Ende war. Alle saßen ab und warteten darauf, wie es nun weitergehen würde.

Ein Penzinger Genosse, der zu ihrer Betreuung abgestellt war, erklärte ihnen, dass jene, die eine Übernachtung wünschten, im Arbeiterheim in der Linzer Straße untergebracht werden könnten. Wer aber nicht noch eine Nacht warten wolle, der könne, so er in die Nähe wolle, auf eigene Regie die Reise fortsetzen. Wickerl spürte die enorme Aufregung, die ihn durchflutete. Nach über sieben Jahren sollte er wieder nach Hause kommen. Nein, er wollte keine weitere Nacht warten. Wenn er über den Flötzersteig ging, dann mochten es sechs oder sieben Kilometer zur elterlichen Wohnung sein. Bis Einbruch der Nacht sollte das zu schaffen sein.

Innig umarmte er Mantler. Sie vereinbarten, sich in drei Tagen beim alten Arbeiterheim zu treffen. Dann verabschiedete sich Wickerl von den anderen und hielt auf Hernals zu. Nach etwa 20 Minuten hatte er den Baumgartner Friedhof erreicht. Er merkte, dass die Jahre in Gefangenschaft ihren Tribut forderten. Er war vielleicht einen Kilometer gegangen und fühlte sich bereits müde. „Komm“, machte er sich selbst Mut, „du bist gerade einmal 30 Jahre alt. Da wirst du doch diese Wegstrecke schaffen.“

Nahe der Montleartstraße wurde ihm schwindlig. Er wusste, er hatte gerade einmal die Hälfte des Weges geschafft, doch seine Füße schmerzten bei jedem Schritt mehr. Er empfand quälenden Durst und das brennende Bedürfnis, sich auszuruhen. Mit schier letzter Kraft schaffte er es zur Maroltingergasse, von wo aus er sich zur Thaliastraße durchschlagen wollte. Doch seine Beine gehorchten ihm nicht mehr. In schier unendlicher Langsamkeit ging er in die

Knie, schaffte es gerade noch, nicht auf sein Gesicht zu fallen, und blieb dann in merkwürdig verdrehter Position auf dem Trottoir liegen.

„Um Himmels willen, was is Ihnen denn?“ Er wusste nicht, wie lange er so dagelegen war, als sich eine alte Frau über ihn beugte. „Mir is schwindlig worden“, sagte er leise. „Ka Wunder, des is sicher da Hunger. Und wos rennen S' aa durch die Gegend wie da Nurmi, ned? Do muaß ma jo zsammklappn.“ Die Alte schüttelte vorwurfsvoll den Kopf. „Na warten S'! I hülf Ihnen auf.“ Wickerl konstatierte, dass die Frau für ihre Statur erstaunlich kräftig war, denn sie bewerkstelligte es tatsächlich, ihn wieder in eine stehende Position zu bringen. „So, und jetzt kommen S' einmal mit, i wohn glei do drüben. Da kriegen S' a Stückl Brot und a Glasl Wasser, dann schaut die Welt schon glei wieder anders aus.“

„Aber ich muss heute noch nach Hernals“, wagte Wickerl zarten Widerspruch. „Glauben S' mir's, Hernals hat den Krieg überstanden, also wird's die heutige Nacht aa no überstehen. Was bei Ihnen ned so sicher is, wenn S' weiter abzischen wollen wia a Pfitschipfeil.“ Wickerl sah ein, dass er in seiner Verfassung kaum noch weit kommen würde, und folgte der Frau in ihre Bleibe.

Wien, 9. Mai 1945

Turl hatte nicht die geringste Ahnung, was er mit seinem Leben anfangen sollte. Sein bisheriges Dasein glich einer einzigen Aneinanderreihung von Niederlagen. In der Schule war er selten eine Leuchte gewesen, im Studium schien jede Hoffnung auf Fortschritte völlig töricht, und hinsichtlich eines allfälligen Familienlebens setzte er besser auch keinen Groschen auf einen Erfolg. Wenn er ehrlich zu sich selbst war, dann hatte er nur zweimal vom süßen Trank der Liebe gekostet. Und beide Male schmeckte er nicht wirklich gut. Die kleine Baronesse damals, sie hatte mit ihm nur gespielt, genauso wie übrigens mit Wickerl, seinem damals besten Freund. Und die Bordsteinschwalbe im Wehrmachtspuff, die hatte ihm einfach nur gesagt, was er hören wollte, weil sie dafür ja gutes Geld in den Rachen geworfen bekam. Nun war er 30, und weit und breit niemand in Sicht, der sich für ihn interessieren würde. Wäre es nicht so unmännlich, er könnte heulen ohne Unterlass, gestand er sich ein.

Da er also nichts zu tun hatte, meldete er sich zu einem der Schutträumkommandos. So ließ sich wenigstens die viele leere Zeit totschlagen, und bessere Essensrationen bekam er auch. Damit konnte er immerhin die Eltern ein wenig unterstützen und sich dafür revanchieren, dass er immer noch bei ihnen wohnte.

Die Stimmung zu Hause war freilich mehr als frostig. Nach wie vor sprachen die Bielohlaweks kein Wort mit seinem Vater, der wiederum seine Nachbarn nur mit vernichtenden Blicken bedachte. Vor allem Fini und Fanny litten unter dieser Situation, aber glücklicherweise waren die Männer die größte Zeit des Tages außer Haus, und so konnten sie wenigstens untertags ihre Freundschaft ungehindert leben. Und insgesamt ging es ihnen ja weitaus besser als vielen anderen Familien, denn sie hatten allesamt überlebt, was man sonst kaum von jemandem behaupten konnte.

Und Fini hatte Turl geraten, doch einmal heimlich mit Fritz zu reden. Der war jetzt ein hohes Tier in der Brauerei, und mit ziemlicher Sicherheit würde er für ihn einen Posten haben. Umso mehr, als Wickerl sicher wieder an die Uni gehen würde. Doch die Vorstellung, den ganzen lieben langen Tag diesen scharfen Geruch von Malz in der Nase zu haben, behagte ihm ganz und gar nicht. Nein, da atmete er schon lieber Staub ein. Vor allem auch deshalb, weil er dabei selbst das Tempo seiner Arbeit bestimmte. Niemand wagte es, die Trupps zur Eile anzutreiben, da sie ja alle Freiwillige waren. Und so füllte Turl seine Scheibtruhe mit besonderer Bedächtigkeit, ehe er sie nicht minder langsam zur Entladestelle führte. Innerlich lachte er über die kommunistischen und sozialistischen Eiferer, die meinten, sie müssten beim Wiederaufbau beständig neue Rekorde aufstellen. Was nutzte es, wenn die Straße wieder schuttfrei war? Er bekam deswegen doch keine eigene Wohnung. In dieser Straße nicht, und anderswo auch nicht.

Mit gebotener Langsamkeit schob er den Karren wieder über die Rampe und stellte ihn ab. Er griff nach zwei Ziegeln und ließ diese polternd in das metallene Gefäß fallen. „Servas, Evi. Schön, dass d' wieder da bist“, hörte er jemanden sagen und drehte sich instinktiv um. Tatsächlich näherte sich ein pausbäckiges Frauenzimmer mit – so fand Turl jedenfalls – bemerkenswert großen Brüsten dem Areal. Ihre strammen Beine steckten in Gummistiefeln, sodass eigentlich nur ihre Knie sichtbar blieben, denn direkt über diesen begann ein grobleinener Rock, in dem wiederum eine weiße Bluse steckte. Auf dem Kopf trug Eva ein geschickt geknotetes Tuch, während ihre Hände von Arbeiterhandschuhen geschützt waren. Sie schnappte sich einen der freien Schubkarren und hechtete förmlich nach oben, wo sie in Turls unmittelbarer Nähe zum Stehen kam. Sofort begann sie, Ziegel in die Scheibtruhe zu schmeißen, und noch ehe Turl auch nur ein Dutzend des roten Materials in der seinen verstaut hatte, war Eva schon wieder auf dem Weg zur Entladestelle. So ging das ein paar Mal, ehe Eva schließlich doch Verschleißerscheinungen zeigte. Sie drückte ihren Rücken durch und wischte sich den Schweiß von der Stirn.

Auf diesen Moment hatte Turl gewartet, er holte seinen Flachmann aus seinem Sakko und reichte ihn ihr. „Keine Angst. Ist nur Wasser", erklärte er, um dann ein „Servas übrigens, ich bin der Turl", nachzuschicken. Eva nickte anerkennend und machte dann einen großen Schluck, ehe sie das Behältnis an Turl zurückreichte. „Danke", sagte sie knapp, ehe sie mit ihrer Arbeit in nunmehr wieder schnellerem Tempo fortfuhr. Turl versuchte, seine Enttäuschung zu verbergen. Offenbar war er ihr nicht einmal aufgefallen. Wütend warf er wieder zwei Ziegel in seine Truhe. Und noch zwei. Und dann gleich vier. Sein Arbeitstempo steigerte sich simultan zu seiner Wut, und am Ende der Schicht hatte Turl mehr Schutt weggeräumt als alle anderen an dieser Stelle.

„Des woa heit a reife Leistung, Turl", anerkannte sogar der Abschnittsbevollmächtigte. „Da, hast eine Extraration dafür." Er drückte Turl zusätzliche Lebensmittelmarken in die Hand. Na, wenigstens dafür war es gut, sagte er sich. Doch die Niederlage schmeckte deswegen nicht weniger bitter. Frustriert schlich er die Straße entlang nach Hause, als er von einer flott daherspazierenden Eva überholt wurde. Im Vorbeigehen drehte sie sich einmal um die eigene Achse. „Das war heute echt gut", merkte sie mit einem Lächeln an. „Für ein Mannsbild", setzte sie mit einem Augenzwinkern hinzu. Dann war die Drehung auch schon wieder vollendet, und sie strebte davon. „Schönen Tag noch, Turl", rief sie über die Schulter. Und Turl, eben noch gebückt dahingekrochen, richtete sich kerzengerade auf. Er schritt forsch aus und fühlte sich mit einem Mal gar nicht mehr müde. Sie hatte sich immerhin seinen Namen gemerkt.

Wien, ein paar Tage zuvor

„Wie lange habe ich geschlafen? Und wo bin ich überhaupt?" Wickerl war reichlich verwirrt, als er in einem Kastenbett erwachte und die Umgebung in keiner Weise zu deuten vermochte. Er hatte die Worte kaum ausgesprochen, als über ihm das Gesicht einer alten Frau auftauchte. „Fast 20 Stunden", entgegnete sie mit einem Lächeln. „Gestern hat's gedämmert, wie S' eingangen san wia a Primel, und jetzat wird's bald wieder dunkel."

Wickerl versuchte sich aufzurappeln, fühlte sich dafür aber viel zu schwach. „Warten S', i hob an Tee auf 'm Herd stehen. Besser warat jo a Suppn, aber i hob nix, womit i ane mochn kennt." Sie verschwand einen kurzen Augenblick und kehrte dann mit einem Porzellanhäferl und einem Teelöffel zurück. Mit diesem flößte sie in klitzekleinen Mengen Wickerl die warme Flüssigkeit ein. „Eigentlich gheratn S' in a Spital, so, wie Sie beinander san." Wickerl schüttelte schwach den Kopf. „I muaß nua ham!"

„Und wo is ham?", fragte die Alte. Wickerl nannte seine Adresse. „Jo, des kenn i", bekräftigte die Frau, „des is ned weit von da. Wart durt wer auf Sie?" Wickerl schluckte weiter Tee hinunter. „Ich hoff, dass meine Eltern noch dort sind", sagte er dann. Sein Gegenüber wiegte skeptisch den Kopf: „Wia gsogt, es is ned weit. Oba allan schaffen S' das trotzdem ned. Olladings hob i eh nix z' tuan den gonzen Tag. Wenn S' wollen, bring i Sie hin."

Wickerls Gesicht hellte sich sprunghaft auf. „Des taten S' tuan fia mi?" Die Alte nickte. „Na, worauf woart ma?" Wickerl nahm alle Kraft zusammen und setzte sich auf. Wofür er Erstaunen erntete. „Sie traun sich das echt zu?

In Ihr'm Zustand?" Wickerl sah der Frau tief in die Augen: „Glauben S' mir, nirgends werd i mi besser erholen als daheim." Sie zuckte mit den Schultern. „Na schau ma moi, daun segn ma scho."

Eine halbe Stunde später marschierte Wickerl mit unsicheren Schritten die Thaliastraße entlang. Sie hatten gerade einmal die Wattgasse erreicht, als Wickerl mehr und mehr zu keuchen begann. „Vielleicht war des do ned so a guate Idee", ließ sich seine Begleiterin vernehmen, doch Wickerl sagte sich, er habe fünf Jahre im KZ überlebt, da könne er doch wegen eines Kilometers nicht klein beigeben. Die Ottakringer Straße lag ruhig und verwaist vor ihnen, was sie beide kaum wunderte, da sich bereits die Dämmerung über die ausgeblutete Stadt senkte. In einem kleinen Energieanfall schaffte Wickerl die nächsten beiden Gassen, und so bogen sie rechts ein, um nach einer guten Weile jenen Punkt zu erreichen, an dem die Degengasse zur Haslingergasse wurde. „Ich kann die Heimat schon förmlich riechen", sagte Wickerl matt, während er mit aufsteigender Panik konstatierte, dass er begonnen hatte, das linke Bein mehr nachzuziehen als wirklich ausschreiten zu lassen. Auch an seiner Weggefährtin erkannte er größer werdende Sorge. „Vielleicht ..., wenn wir ein wengerl rasten?"

Vor ihnen lag ein kleiner Park, von dem Wickerl nur zu gut wusste, dass an dieser Stelle einst der Hernalser Friedhof gewesen war. Sollte man wirklich just an jener Stelle eine Pause einlegen? „Schau, der Domespark. Waun mia a Glück haben, gibt's da irgendwo ein intaktes Bankl", zeigte die Frau weit weniger Ressentiments gegen den Ort. Wickerl aber vergaß für einen Moment seinen Zustand. „Domes?", fragte er. „Das ist doch der Lorenz-Bayer-Platz?" Die Alte nickte heftig. „Jo, eh! In der Zeitung is eh gstanden, dass er ab sofort wieder so haaßt. Aber im 38er Jahr is er umbenannt worden, und grod jetzt, wo i mi an den neichn Naum gwöhnt hab, hat er wieder den alten. Na ja, ah wurscht. Hauptsach, da is irgendwo a Bankl."

Nachdem sie eine gute Weile schweigend nebeneinandergesessen waren, fragte sie, ob es denn wieder ginge. Wickerl entgegnete ein knappes „Muss ja", und so erhoben sie sich wieder. Tatsächlich schaffte Wickerl den Weg bis zur Geblergasse ohne Probleme, und jeder Meter, der ihn seinem Wohnhaus näherbrachte, schien ihm mehr Kraft zu geben. Als sie endlich die Ortliebgasse passierten, wusste er, nun würde er es schaffen. Schon die nächste Gasse war die Kalvarienberggasse, und da es nun bergab ging, kamen sie leidlich gut voran. Die Turmuhr der Kirche zeigte 6 Uhr abends, als Wickerl zum ersten Mal seit sieben Jahren wieder in jene Straße blickte, in der er aufgewachsen war. „Da drüben. Des Haus. Da is's", sagte er matt und wies mit letzter Kraft auf das elterliche Wohnobjekt.

Entschlossen hakte sich die Alte bei ihm unter und zog ihn die letzten paar Meter zum Haustor. „Wo genau?" Wickerl unterdrückte sein blechernes, pfeifendes Keuchen. „Zweite Stiege. Innenhof", krächzte er. In unendlicher Langsamkeit näherten sie sich dem Trakt und sahen der Treppe entgegen. Die Alte beäugte Wickerl, seufzte und sagte nur: „Na servas. Des Beste zum Schluss, wos?"

Mit vertauschten Rollen machten sich die beiden daran, das erste Stockwerk zu erklimmen. Die Alte stützte den Jungen, der nach jeder Stufe eine Weile innehalten musste, um wieder Luft zu bekommen. Sie versuchte, ihm damit Mut zu machen, dass sie laut mitzählte: „Noch zwölf, noch elf, noch zehn." Wickerl krallte sich am Handlauf fest und stöhnte herzzerreißend: „I glaub, i werd ohnmächtig." Die Frau stellte sich hinter ihn und schaffte es tatsächlich, ihn einige Stufen förmlich hinaufzuschieben. „Fünfe sand's no. De schoff ma aa no!" Das Gurgeln, das sich Wickerls Kehle entrang, klang nicht mehr menschlich. Er ging unaufhaltsam in die Knie und vermochte dabei gerade noch, eine Drehung zu vollführen, sodass er am Absatz der Treppe zu sitzen kam. Er lehnte sich seitwärts an die Wand und meinte, in genau diesem Augenblick zu sterben.

Die Alte aber ließ ihn zurück, eilte die wenigen Meter zur Wohnungstür und pochte heftig gegen das Holz. Umgehend ward ihr aufgetan, und eine füllige Frau in ihrem Alter sah sie neugierig an. Die Alte aber deutete nur auf die Treppe: „Is des do Ihr Bua?" Fanny lugte um die Ecke und schlug sofort die Hände zusammen. „Da Wickerl", entfuhr es ihr, „jössas na! Da Wickerl is endlich daham!" Beinahe rüde drängte sie die Besucherin zur Seite und stürzte auf ihren Sohn zu, der sie unendlich müde ansah und sich vergeblich um ein Lächeln bemühte. „Muata, do bin i", brachte er leise hervor.

In der Zwischenzeit hatte sich die Alte ebenfalls wieder zur Treppe begeben. „No, wos is? Soi er do überwintern oder zahn man eine?" Die resolute Ansage der ihr fremden Frau brachte Bewegung in Fanny, und gemeinsam wuchteten sie Wickerl in die Höhe, um ihn anschließend in seine alte Kammer zu schleppen. Erst, als er dort auf dem Diwan lag, kam Fanny dazu, der Frau überschwänglich zu danken. „Mei Fritzl sollt jeden Moment heimkommen, drum moch i grod des Essen. Bittschön, san S' so guat und bleiben S' do. Des samma Ihnen schuldig." Ohne eine Antwort abzuwarten, warf sie noch einige Erdäpfel in das bereits kochende Wasser und bot dann der Frau an, sich an den Tisch zu setzen. Nachdem sie sich vergewissert hatte, dass auf dem Herd alles in Ordnung war, wandte sich Fanny wieder der guten Fee zu: „Sie müssen mir alles ganz genau erzählen. Warten S', auf das hinauf brauch ma a Schnapserl."

Als eine halbe Stunde später Fritz aus der Brauerei nach Hause kam, hatte sich Wickerl so weit wieder erholt, dass er sich vom Diwan erheben und in die Küche gehen konnte. Fritz sah den Sohn und ließ seine speckige Ledertasche fallen, die polternd auf dem Holzboden aufschlug. „Servas, Vota!", drang es leise an sein Ohr. Der Alte machte einen großen Schritt auf Wickerl zu und schlang wortlos seine Arme um ihn. Und über Fritzens Wangen bahnten sich dicke Tränen ihren Weg.

Wien, zwei Tage später

Lange hatte Turl gezögert, seinen alten Freund zu besuchen, obwohl er genau wusste, dass sich dieser nur fünf Meter von ihm entfernt erholte. Schließlich aber fasste er sich ein Herz, trat aus der Wohnung und klopfte nebenan. Fanny tat ihm auf und ließ ihn kommentarlos zu Wickerl weitergehen. Der lag auf seinem Diwan und sah immer noch ziemlich erschöpft aus. Als er Turl sah, rang er sich ein Lächeln ab: „Turl", begann er matt, „das ist aber schön! Wie geht's dir?" Der so Angesprochene stand einen Augenblick verlegen im Raum, und erst, als Fanny mit einem Glas Wasser ins Zimmer kam, ließ er sich dazu auffordern, sich doch zu setzen. „Wie ist es dir all die Jahre ergangen?", wollte Wickerl wissen. Turl holte tief Luft und begann dann zu erzählen.

„Na ja, wie du weg warst, da is es ja da komplett drunter und drüber gangen. Die ersten paar Tag hab i mi ned auf die Straßn traut, weil i mir denkt hab, die holen mi ab. Aber der Vater hat die Hand über mi ghalten, so is mir nix passiert. Im Gegenteil, er hat mi glei unterbracht bei einer Stahlfirma im Zehnten, weil er gmeint hat, da bin i sowieso im Leo, aber dann san die Piefke kommen und hom eam die Brauerei weggnommen. Des hot er nua gaunz schwer weggsteckt, mei oida Herr."

Wickerl schien verwirrt. „Die Brauerei weggnommen?" Turl stutzte einen Moment und klatschte sich dann mit der flachen Hand auf die Stirn. „Ah ja, des kannst du jo goa ned wissn, da warst ja nimma da. Jo, mei Vota woa für a poa Tog der Häuptling von der Hernalser Bräu. So von die Wiener aus, quasi. Aber dann hom die aus Berlin oder München oder wo an Marmeladinger gschickt, und der hot si natürlich sofort zum Chef aufgspült. Na mehr hat's ned braucht. Da Vota woa auf 180." Turl vollführte mit seinen Händen eine Geste: „Soichane Kabeln hot der ghobt. Oba er woa natürlich machtlos gegen die Nazis, ned. I maan, gegen die woan mia olle machtlos. Oba du kennst jo in Votan. Der hot de Pappn ned hoitn kennan. Gschimpft hot ea in ana Tour. So laung, bis eam gsogt hom, es gschiacht a Unglück, waun er ned boid stad is." Turl starrte gedankenverloren zu Boden. „Na, hot er si a Zeitlang zsammgrissn. Oba wia er gsehn hot, des rentiert si fia eam ned, is er wieda renitent wurn. Ollaweu hot er den Schlapfn offen ghobt. Und bei da Hackn hot er nua largiert." Beinahe geistesabwesend zupfte Turl an seinem Rock herum. „Und daun is hoid passiert. Eam hom s' de Prokura weggnommen, und i woa auf amoi beim Arbeitsdienst."

Wickerl hatte während Turls Bericht kein einziges Wort gesagt. Er lag nur da und sah den Freund an. Dieser fühlte sich beinahe noch unwohler als zuvor, wobei Wickerl nicht wusste, ob Turl irgendetwas von seinen Erlebnissen während dieser Zeit gehört hatte. Turl trank schnell den Rest aus dem Glas und räusperte sich dann umständlich. „I maan, ned, dass der Arbeitsdienst jetzt so dramatisch gwesen warat. Oba kaum woa der aus, woa i a scho in der Uniform drinnen, ned woah." Endlich sah Turl dem alten Freund direkt in die Augen: „Du mochst dir ka Vurstellung, wos i durchgmocht hob all die Joah. Zerst Polen. Na guat, des is no gangen, da samma nua marschiert, weu die Polacken, die hom se jo ned wehren können." Turl lachte plötzlich auf. „Stell dir vor, die sann o mit Kavallerie gegen unsere Panzer angritten. Soichane Trotteln!" Da Wickerl nicht mitlachte, wurde auch Turl wieder sachlich. „Na jo, daun woa i stationiert. Zerst in

Warschau, daun in Breslau. Woa gaunz leiwaund, eigantlich. Mia hom ja nix zum Tuan ghobt die gaunze Zeit. Oiso homma Koatn gspült und zwischendurch a poa Zivilisten schikaniert. Woa a Hetz." Er machte eine kurze Pause, in der er nachdenklich wirkte. „Oiso für de woascheinlich weniger", schränkte er dann ein. „Oba wurscht. Im 41er Joah haaßt's daun auf amoi, es geht gengan Russ. Nau servas, i kaun da sogn. Des woa kaa Spaß mehr."

Turl schüttelte sich demonstrativ und bemühte sich um einen mitleiderregenden Gesichtsausdruck, der gleichwohl die beabsichtigte Wirkung verfehlte. Also fuhr Turl in seiner Erzählung fort. „Die Piefke, die hom uns jo goa nix mitgem. Gfrorn homma wia de Lampln. Und dauernd de Hecknschützn. A Wunder eigantlich, doss i des ollas überlebt hob." Er räusperte sich noch einmal. „Vor ollem daun ob 43. Do is ja nua mehr zruckgongen. Den gaunzen Weg von Rostow bis noch Niederösterreich. Und wia ma do woan, hob i ma denkt: ohne mi, Freunde, und bin eana oposcht." Er beugte sich vor und sah Wickerl eindringlich an: „Des kaunst du dir goa ned vurstölln, wos des ghaaßen hot. Jeden Tog die Angst, dass di dawischen. De hättn mir jo glei daschossen, ned? Na jo", resümierte er aufgeräumt: „Guat is gongan, nix is gschehn. Schwamm drüber."

Er schnippte ein imaginäres Flankerl von seiner Hose. „Jetzt woat i hoid, wos kummt, ned woah." Und nach einer kleinen Pause. „Und wie woa's bei dir so?"

Wickerl fühlte sich nur unendlich müde. „Eh so ähnlich", sagte er dann. „Bist noch Spanien kommen?", wollte Turl wissen. Wickerl nickte. Turl beugte sich vor: „Und wie woa's?" Wickerl winkte ab. „Sei mia ned bös, Turl, des erzähl i dir a onders Mal. I bin imma no ziemlich paniert.

I glaub, i muaß no a Randerl schlofn." Turl signalisierte Mitgefühl. „Jo, des versteh i." Er erhob sich umständlich, schien kurz zu überlegen, ob er dem Freund die Hand hinstrecken sollte, entschied sich dann aber dazu, einfach nur den Zeigefinger der rechten Hand an die Schläfe zu führen, um eine Art reduziertes Salutieren anzudeuten. Er war schon bei der Tür, als er sich noch einmal umwandte: „Host du wos vom Schurli und vom Sepp ghört?" Wickerl klärte mit einem kurzen Krächzen seine Kehle. „Der Sepp is, wos i waaß, in Schweden. Der hot a legales Visum kriagt von denen. Und da Schurli woa in Frankreich bei der Resistance, wos i ghört hab." Er verstummte, und es war ihm anzusehen, dass ihm sogar das Reden Mühe bereitete. Turl hatte eigentlich die Absicht gehabt, sich bei Wickerl auch nach Caroline zu erkundigen, doch angesichts des Zustandes seines Freundes schluckte er die Frage hinunter. „Oisdan", sagte er laut, „wir sehn uns jetzt sicher wieder öfter. I wohn glei nebenan. Oiso waunst wos brauchst, rühr di." Wickerl beschränkte sich auf ein lakonisches „Ja."

Und als Turl wieder in seiner Kammer saß, konnte er nicht ahnen, dass ihm haargenau derselbe Gedanke durch den Kopf ging wie nebenan Wickerl. Beide registrierten zur selben Zeit, dass der alte Vertraute von dazumal komisch geworden war. Und beide kamen zeitgleich zu dem Schluss: So wie es einmal war, so wird es wohl nicht mehr.

Wien, Ende Mai 1945

Tag für Tag turnte Turl auf ausgebombten Ruinen herum und entwickelte einen Ehrgeiz in Sachen Schuttbeseitigung, die einem Stachanow alle Ehre gemacht hätte. Sein Eifer erlahmte nur, wenn Eva einmal nicht auf der Szene erschien, ein Zusammenhang, der vielen anderen nicht verborgen blieb, sodass hinter Turls Rücken bald schelmisch getuschelt wurde. Turl hingegen wünschte sich, seine Erfolge bei Eva wären ebenso durchschlagender Natur wie jene beim Wiederaufbau. Doch gerade da ging alles quälend langsam vor sich. Erst nach einer ganzen Woche wagte er es erstmalig, Eva zu fragen, ob er sie nicht zur Belohnung für die gute Arbeit auf ein Gläschen einladen dürfe. Ihr „vielleicht ein andermal" war ihm wie eine Ohrfeige erschienen.

Zwei Schichten arbeitete er mürrisch vor sich hin, blieb für sich und knurrte, wenn man ihn ansprach. „Heute wär ein guter Tag, also, wenn die Einladung auf ein Gläschen noch gilt." Ein einzelner Satz änderte alles.

Nun, vielleicht nicht alles. Aber er legte die Grundlage dafür, dass sich alles änderte. Ein paar Treffen später nämlich durfte Turl erstmals zu Eva in die Wohnung. Und bald darauf wieder. Wobei er schon ein wenig länger blieb. Beim dritten Mal war es beinahe schon Mitternacht, als er sich endlich auf den Weg machte. Und beim vierten Mal lud Eva ihn ein, die Nacht bei ihr zu verbringen.

Bis es freilich so weit war, hatten sie schier endlose Gespräche geführt. Turl hatte ihr von seiner Zeit in der Wehrmacht erzählt, sie ihm von dem Elend ihrer Familie, die der Krieg zur Gänze ausgerottet hatte. Sie waren am Tisch gesessen und hatten sich einander geöffnet. So sehr, dass Turl meinte, niemand wisse so viel über ihn wie Eva. Und er ertappte sich bei dem Gedanken, dass er noch viel mehr über sie wissen wollte. Zum Beispiel, wie sie ohne ihr Gewand aussehen würde. Doch war es natürlich völlig unstatthaft, dies auch zu artikulieren. „Was ist, tamma ein bisserl herumnutscherln?“ Mit diesem Satz würde er sich glatt in die Luft sprengen, noch ehe er ihn fertig ausgesprochen hatte. Nein, er musste warten, bis Eva von selbst so etwas vorschlug. Und das würde mutmaßlich wieder ewig dauern. Wenn sie es überhaupt vorschlug, wohlgemerkt. Denn das Königreich Glück hatte seit langem schon jedwede diplomatische Beziehungen zur Republik Turl abgebrochen, wie er sich überaus schmerzlich eingestehen musste.

Natürlich ging er also, als Eva meinte, es bestehe doch kein Grund, zu solch später Zeit noch alleine nach Hause zu gehen, er könne doch genauso gut hierbleiben, zumal sie ja gemeinsam am nächsten Morgen zur Baustelle gehen könnten, davon aus, dass er sein Haupt auf ihren Diwan betten würde. Er stand also auf, rollte seinen Janker zusammen und postierte ihn am Kopfende des Möbels. „Hast vielleicht auch eine Decke für mich?“, fragte er.

„Wieso? Willst dich leicht da hinlegen? Ich hab gmeint …“ Und Turls Gesicht begann zu strahlen. Eva lächelte verschmitzt. „Mach dir's schon einmal gemütlich. Ich komm gleich.“ Dann verschwand sie am Gang, wo sich, wie Turl wusste, nicht nur das Klo, sondern auch die Bassena befand. Eilig streifte er seine Hosen ab, zog sein Hemd aus und schlüpfte, nur noch mit Unterhose und Leibchen bekleidet, unter die Bettdecke. Einige Augenblicke später kam Eva ins Zimmer zurück. Sie knöpfte langsam ihre Bluse auf, sodass Turl im matten Licht der Kerze mehr und mehr ihrer Haut ausmachen konnte. Er erkannte den neckischen Bauchnabel und registrierte dabei, dass Evas Atem offenbar schneller als sonst ging, denn die sanfte Wölbung ihres Bauches hob und senkte sich weitaus öfter, als es zu erwarten gewesen wäre.

Dann fiel die Schoß. Turl machte im Halbdunkel des Raumes ihre strammen Schenkel aus, die ihn beinahe noch mehr faszinierten als die großen, wogenden Brüste, die noch von dem fleischfarbenen BH im Zaum gehalten wurden. Reflexartig stellte er die Beine auf, damit Eva nicht gleich merken mochte, dass er eine veritable Erektion hatte. Derweilen setzte sie sich auf den Bettrand. Ihre Arme fuhren an ihren Rücken und hakten den Büstenhalter auf, der umstandslos zu Boden fiel. Turl rechnete damit, dass sie nun ohne Umschweife unter die Decke kriechen würde, doch überraschenderweise stand sie noch einmal auf und streifte auch ihre Unterhose ab, sodass er einen Moment lang Evas nacktes Gesäß sah, das seine Begierde nur noch weiter anfachte. Turl legte sich instinktiv die Hand auf den Mund, um nicht versehentlich ein animalisches Grunzen vernehmen zu lassen.

Eva nahm wieder auf dem Bett Platz, schwang ihre Beine in dasselbe, was Turl Gelegenheit bot, diese großen, fleischigen Brüste aus nächster Nähe in Augenschein nehmen zu können. Die steil abstehenden Brustwarzen bedeuteten ihm, dass Eva durchaus ebenfalls in Stimmung zu sein schien. Und tatsächlich vollführte sie eine leichte Drehung, sodass sie seitlich neben Turl zu liegen kam. Sie schmiegte sich eng an ihn und sah ihm dabei unverwandt in die Augen. „Ich hoff, du weißt, was du jetzt tun solltest“, hauchte sie.

Turl wuchtete sich ebenfalls auf die Seite und begann, erst ganz vorsichtig, dann aber immer stürmischer, Evas Schulter zu küssen. Er tastete sich mit seinen Lippen vor zu ihren Ohren, und da er gehört hatte, dass Frauen Derartiges besonders mochten, knabberte er sanft an ihrem Ohrläppchen, was Eva mit einem Kichern quittierte. „Das kitzelt ja“, gluckste sie, bedeutete ihm aber, ja nicht nachzulassen. Unwillkürlich zuckte Turl kurz zusammen, als er Evas Hand nahe seiner Unterhose wahrnahm. „Wart a wengerl“, keuchte er und streifte sich, so schnell es sein Ständer zuließ, das wollene Stück von seinem Körper.

Evas Hand war in der Zwischenzeit an seinen Hinterkopf gewandert. Sie drückte ihn mit sachter Bestimmtheit in Richtung ihres Busens. Turl öffnete ein weiteres Mal seinen Mund und schloss ihn erst wieder, als er ihre Brustwarze zwischen seinen Lippen spürte. Hingebungsvoll saugte er daran, so, als hoffe er, ihr Milch zu entlocken. Und das kehlige Stöhnen Evas signalisierte ihm, dass er seine Sache nicht so schlecht machte. „Kumm“, krächzte sie heiser, „kumm eine in mi“, und Turl legte sich behutsam auf sie. Sein Penis fand problemlos in ihre Öffnung, und Turl legte all seine Kraft in den folgenden Stoß. Eva schien am ganzen Körper zu zittern, gleich danach stemmte sie ihm ihr Becken entgegen. Und er bewegte sich so rhythmisch, wie es ihm nur möglich war, in ihr auf und ab. Ihr Stöhnen wurde schriller, wuchs sich zu spitzen Schreien aus, die Turl in den Ohren gellten. Doch das trieb ihn nur noch mehr an. Immer heftiger wurden seine Stöße, bald knurrte er, kurz danach keuchte, schließlich hechelte er. Turl hatte seine Höchstgeschwindigkeit erreicht, während sie nur noch „Ja, ja, fester“ herausbrachte. Einmal noch bäumte er sich auf, dann entlud sich Turl mitten in der Bewegung. Sie verdrehte die Augen und gab ein merkwürdiges Gurgeln von sich, während Turl ganz tiefe Laute hören ließ, die an einen verendenden Hirsch erinnerten. Endlich schien seine Ejakulation zu einem Ende gekommen zu sein, und er ließ sich ermattet auf Eva fallen, die ihre Arme eng um ihn schlang und ihn noch eine gute Weile streichelte, ehe sie ihm mit einem sanften Druck zu verstehen gab, er möge sich wieder auf seine Seite des Bettes begeben. Sie liebkosten sich noch eine kurze Weile, dann hieß Eva Turl, die Kerze auszublasen.

Turl wusste nicht, wie lange er geschlafen hatte, als er plötzlich durch eine Irritation geweckt wurde. Er öffnete die Augen und konstatierte, dass es draußen noch stockdunkel war. Erst dann wurde ihm bewusst, dass etwas mit seinen Hoden spielte. In der Finsternis leuchteten ihn Evas Augen an. „Glaubst, du kannst vielleicht no a zweites Mal?" Und Turl war froh, dass Eva sein erstauntes Gesicht nicht sehen konnte. Doch noch ehe er irgendetwas antworten konnte, spürte er ihre Finger an seinem Glied. Mit geschickten Bewegungen begann sie, es wieder aufzurichten, und Turl, eben noch satt und zufrieden und vor allem glücklich darüber, endlich einmal, wie es so schön hieß, zum Schuss gekommen zu sein, merkte, wie sein kleiner Lümmel tatsächlich wieder größer wurde. Verspielt strich Eva über seine Eichel, packte dann resolut den Schaft und bewegte ihre Hand an ihm auf und ab. Turl war sich nicht sicher, wie er nun reagieren sollte, doch offenkundig kam es darauf ohnehin nicht an. Als Eva befand, sein Penis sei wieder hinlänglich steif, schlug sie die Bettdecke zurück und setzte sich auf Turls Körpermitte. Sie griff nach seinem Genital und führte es mit einer geschwinden Handbewegung in sich ein, während sie begann, auf Turl zu reiten. Ihre mächtigen Brüste schaukelten vor seinen Augen heftig auf und ab, und Turl ertappte sich bei dem Bemühen, nach ihnen zu schnappen. Eva freilich ließ ihm dazu keine Zeit. Sie war ganz auf sich selbst konzentriert und kam recht bald wieder ins Keuchen. Immer wieder knallte ihr Hinterteil auf seine Oberschenkel, und ihr Druck auf ihn wurde immer heftiger, sodass es ihn beinahe schon ein wenig schmerzte. Gleichzeitig aber erreichte auch seine Erregung einen neuen Höhepunkt, und als sie mit einem schrillen, lauten „Ja" auf seiner Brust zusammensackte, da spürte Turl, wie sich sein Samen abermals in Eva ergoss.

Sie blieb noch einige Augenblicke auf ihm liegen, schnappte dann wortlos die Decke und rollte sich seitlich ein, ohne auch nur ein einziges Wort zu sagen. Bald bedeutete ihr tiefer, regelmäßiger Atem Turl, dass sie eingeschlafen war. Er selbst aber blieb nun noch lange wach und sank erst in einen unruhigen Schlummer, als draußen bereits der neue Tag dämmerte. Wenig später standen sie beide auf, tranken ein wenig Eichelkaffee, bei dessen Genuss sie von Zichorienkaffee träumten, ehe Eva meinte, es sei an der Zeit, zur Baustelle aufzubrechen. Turl folgte ihr wortlos, und erst, als sie beinahe schon in Hörweite der anderen waren, raunte Eva: „Das war gut heute. Sollten wir öfter machen." Und schon schnappte sie sich ihre Scheibtruhe.

Wien, zur selben Zeit

„Wickerl, bist das du?“ Der junge Bielohlawek kramte in den hintersten Winkeln seines Gedächtnisses, um Antwort auf die Frage zu bekommen, wer ihn da eben angesprochen hatte. „Ja, kennst mich nimma? Ich bin's, die Hilde!“

Langsam dämmerte es ihm. Er kannte die zarte Frauensperson von der Sozialistischen Jugend her. Damals hatte sie bei der Gewerkschaft der Privatangestellten gearbeitet. In der Illegalität war sie wie er bei den Revolutionären Sozialisten aktiv gewesen, ehe er ihre Spur verloren hatte. „Hilde“, sagte er daher ein wenig unbeholfen, „schön, dich zu sehen. Wie geht es dir?“ Hilde zeigte auf die Gruppe Menschen, die sich allmählich von ihnen entfernte. „Ich helfe, den Schutt wegzuräumen. Wenn wir das neue Österreich aufbauen wollen, dann müssen wir zuerst das alte beseitigen. Und das muss man in diesen Zeiten auch durchaus wörtlich nehmen.“ Sie lächelte und steckte Wickerl damit unweigerlich an. „Und du? Wo kommst du her? Wie ist es dir ergangen?“

Wickerl schluckte und atmete dann tief durch. „Ich war im KZ. Bin erst vor ein paar Tagen wieder nach Wien gekommen. Derzeit päppelt mich meine Mutter wieder auf. Die hat jetzt viel Zeit, weil der Papa kommissarisch die Brauerei leitet und mehr im Betrieb ist als zu Hause. Und weil heute so ein schöner Tag ist, hab ich mir gedacht, ich mache einmal einen Spaziergang.“

In Hildes Augen erkannte Wickerl grenzenloses Mitgefühl. „Du musst echt viel mitgemacht haben, Wickerl. Ich kann mich noch gut erinnern, du warst damals schon einer unserer wichtigsten Genossen. Ich hoffe, du schließt dich uns wieder an, wenn du erst einmal zu Kräften gekommen bist." Wickerl sah sie von der Seite an. „Uns ist jetzt genau wer?"

„Na uns Sozialisten. Haben dich deine Eltern noch nicht unterrichtet? Die alte Partei gibt es nicht mehr. Dafür haben wir jetzt die Sozialistische Partei Österreichs, und die besteht zu gleichen Teilen aus Vertretern der alten Sozialdemokratie und uns, den Revolutionären Sozialisten." Wickerl staunte ob dieser Neuigkeit, während Hilde unbefangen fortfuhr. „Das ist natürlich erst der Anfang. Viele von uns wissen ganz genau, dass die Spaltung der Arbeiterklasse überwunden werden muss, wenn wir auch den verhängnisvollen Kapitalismus überwinden wollen. Die Genossen von der KPÖ sehen das eh ähnlich. Über kurz oder lang muss es eine geeinte Partei des Proletariats geben, und dann richten auch wir hier in Wien den Sozialismus auf. Wirst sehen."

Wickerl ertappte sich dabei, dass er ihr nur zu gern geglaubt hätte. Allein, derlei widersprach seiner Erfahrung. „Aber es ist schon so, dass der Renner wieder das Sagen hat, oder? Ich meine: DER Renner." Hilde zog ein Schnoferl. „Ja eh. Und der Schärf und der Helmer sind auch nicht besser. Aber das ist halt so ein Übergang, bis unsere Leute sich durchgesetzt haben. Weißt eh, im Augenblick ist das alles nicht so leicht." Diese Aussage glaubte Wickerl ihr aufs Wort.

„Was ist, Wickerl, willst nicht morgen Abend zu uns in die Sektion kommen? Da referiert der Erwin über die Möglichkeiten der proletarischen Einheit. Da könntest alte Genossen wiedersehen und neue kennenlernen." Wickerl wusste, er hatte ohnehin nichts anderes zu tun, und so sagte er zu.

Wickerl Bielohlawek sah sich also runde 30 Stunden später in einem miefigen Gassenlokal und hörte einem kleinen

Mann zu, von dem er annahm, dass er kaum älter war als er selbst. Zuvor hatte ihm Hilde die anwesenden Genossen vorgestellt, unter denen sich auch, wie Wickerl so erfuhr, ihr Mann befand. Der Vortragende hingegen hörte auf den Namen Erwin Scharf und war Zentralsekretär der SPÖ. Mit beinahe glühenden Wangen hatte Hilde von ihn geschwärmt und Wickerl berichtet, dass Scharf mit der Waffe in der Hand gegen die Faschisten gekämpft hatte. „Unten, in Jugoslawien. Mit den Partisanen des Genossen Tito. Und gemeinsam mit dem Franz Honner von den Kommunisten hat er dann sogar ein eigenes österreichisches Bataillon auf die Beine gestellt. Glaub mir, Wickerl", hatte sie ihre Ekloge geendet, „der Erwin, der ist ein echter Volksheld."

Anfänglich war Wickerl freilich skeptisch gewesen. Rhetorisch bot der „Erwin" nicht allzu viel. Doch was er sagte, das schien Hand und Fuß zu haben. Und je länger er sprach, desto mehr zog er Wickerl in seinen Bann. Mochte es sein, dass die SPÖ wirklich aus den Fehlern der alten Partei gelernt hatte? Wiederholte man dieses Mal nicht die verfehlte Großzügigkeit gegenüber dem Klassenfeind? Wickerl verlor irgendwann den Faden, denn er hing seinen eigenen Gedanken nach. Konnte es wirklich der richtige Weg sein, wie anno 1918 in einer gemeinsamen Regierung mit der Bourgeoisie zu sitzen? Vor allem aber erschien ihm die Stimmung in diesem Mai so gänzlich verschieden von dem, was ihm über den Winter 18 auf 19 erzählt worden war. Wo waren die Arbeiterräte? Wo die Betriebe in Arbeiterhand? Wo marschierten die Bataillone der Arbeitermiliz? Nichts von alledem war irgendwo zu sehen, und doch glaubte der Vortragende da vorne daran, diesmal den Sozialismus aufrichten zu können? Wickerl gestand sich ein, diesen Optimismus nicht zu teilen.

Und mit dieser Sichtweise war er offenbar nicht alleine, denn im Anschluss an das Referat brachten genau diese Ansicht viele der Diskussionsteilnehmer vor. Scharf hatte Mühe, ihnen Paroli zu bieten. „Natürlich", erklärte er, „kommt der Sozialismus nicht von selbst. Er kann uns auch nicht von der Sowjetunion verordnet werden. Wir müssen ihn schon selbst erringen. Doch ich garantiere euch, wenn erst SPÖ und KPÖ gemeinsam marschieren, ja, wenn sie die richtige Lehre aus den Jahren 1918, 1927 und 1934 gezogen haben, dann hält den Sozialismus auch hier in Österreich niemand mehr auf. Und vergesst nicht: Wir sind nicht allein. Schaut, wie es in der Tschechoslowakei aussieht, im Ungarischen drüben, und sogar in Deutschland bauen die Genossen um Wilhelm Pieck und Walter Ulbricht ein neues Deutschland auf. Ihr werdet sehen: Mit uns zieht die neue Zeit. Wir sind das Bauvolk der kommenden Welt. Jetzt mehr denn je."

Der Referent hatte die Anwesenden nun endgültig dort, wo er sie haben wollte. Das Gemurmel, das sich aus den Reihen vernehmen ließ, war fraglos ein zustimmendes. Hilde fand den Zeitpunkt ideal, die Versammlung zu beenden, ehe die Stimmung möglicherweise wieder kippte. Wickerl vernahm vereinzelte „Freiheit"- und größtenteils „Freundschaft"-Rufe, ehe sich die Teilnehmer von ihren Sitzen erhoben und der Abend in zwanglose Unterhaltung überging.

Die setzte sich in der lauen Abendluft auf der Straße fort. Einige vertieften sich in angeregte Zwiegespräche, während sie sich vom Haus entfernten, und nach geraumer Zeit verabschiedete sich schließlich auch Hildes Ehemann Franz, sodass nur noch Scharf, Hilde und Wickerl an der Ecke standen. „Was ist, Wickerl? Kommst mit? Wir gehen noch zum *Finken* auf ein Glaserl."

Zum *Finken*! Gute Güte! Wie lange war er dort schon nicht mehr gewesen! Dass es den überhaupt noch gab! „Dort war ich seit Jahren nicht mehr“, entfuhr es ihm. „Na ja, zwangsläufig“, fügte er gallenbitter hinzu. „Na, dann wird's Zeit, dass d' wieder einmal hinkommst.“ Hilde hakte sich vergnügt bei ihm unter, was Wickerl weitaus besser gefallen hätte, wenn ihm entgangen wäre, dass sie selbiges auf ihrer anderen Seite auch mit Scharf tat.

Einige Zeit später stand ein Glas „Hernalser Helles“ vor ihm, und Wickerl nahm es fast ehrfürchtig in die Hand. Ein Moment wie dieser, der musste, so fand er, zelebriert werden. Seit einigen Wochen war er wieder in Freiheit, doch ein Bier hatte er bislang nicht bekommen. Schon gar nicht eines von der Hernalser Bräu. Er ließ seinen Blick eine Weile auf der Schaumkrone ruhen, dann sagte er salbungsvoll „Wohl bekomm's“ und führte das Glas an die Lippen. Der Gerstensaft strömte in seine Mundhöhle, wo er ihn mit seiner Zunge ein wenig hin und her wälzte, ehe er ihm schließlich doch gestattete, die Kehle hinabzurinnen. Gleich danach war ein überlautes „Aaah“ zu vernehmen, das Hilde und Scharf veranlasste, Wickerl einen leicht irritierten Blick zu schicken. „Mein erstes Bier seit 1938“, erläuterte er, „glaub ich jedenfalls“, ergänzte er sodann.

Gleich danach freilich wurde er sachlich. „Und ihr glaubt wirklich, dass die Partei die Revolution diesmal nicht verrät?“ Scharf lächelte breit: „Glaub mir, wir Revolutionäre Sozialisten haben unsere Lektion gelernt. Die Rechte, die hat zwar die ganzen Staatsamterl inne, aber wir beherrschen den Apparat. In allen Landesorganisationen sitzt einer von uns im Sekretariat. Der Heinz in Wien, der Ferdinand in Kärnten, der Otto in Niederösterreich, der Edmund in der

Steiermark und der Rupert in Tirol." Er beugte sich vor und grinste schelmisch. „Des hamma uns von den Bolschewiki abgschaut. Dort waren der Trotzki, der Bucharin und die alle auch so eitel und wollten Minister und Präsidenten sein. Aber gwonnen hat der Apparat. Weißt eh, der Stalin, der Molotow und so weiter."

„Und im Parteivorstand können s' uns nicht überstimmen, weil dort Parität herrscht", ergänzte Hilde. „Du siehst, wir haben an alles gedacht", zeigte sich Scharf selbstbewusst. „Und wenn wir erst einmal die Vereinigung mit der KPÖ zu einer einheitlichen, klassenbewussten Arbeiterpartei durchgeführt haben, dann können der Renner und der Schärf eh einpacken." Er lehnte sich wieder zurück: „Wie's auch kommt, Österreichs Zukunft ist rot."

Wickerl wollte dieser Vision nur zu gerne Glauben schenken, doch er konnte sich nicht wirklich auf den Gedanken konzentrieren. Ihn irritierte, dass Hildes Hand immer wieder jene von Scharf suchte und auch fand. Tändelten die beiden etwa? Immerhin war Hilde verheiratet. Was wohl Franz dazu sagte? Scharf entging nicht, dass ihr Verhalten Wickerls Aufmerksamkeit erregte. „Sag", begann er daher unverfänglich, „hast du schon eine Vorstellung davon, was du jetzt machen willst. Jetzt, wo du wieder da bist?"

Wickerl, überrascht von dieser Initiative, zuckte nur mit den Schultern. „Vielleicht lassen s' mich fertigstudieren", maulte er dann halblaut. „Davon kann man aber nicht leben, Genosse. Du brauchst etwas, womit du Geld verdienen kannst. Und ich hätte da auch schon eine Idee." Scharf warf Hilde einen schnellen Blick zu. „Die Hilde hat mir erzählt, dass du früher bei der SAJ immer wieder Artikel geschrieben hast. Wäre das nichts für dich?" Es war Hilde, die an

Wickerls statt heftig nickte. „Ja, vorläufig haben wir nur unseren Informationsdienst, so ein Mitteilungsblatt für die Funktionäre. Aber es kann nicht mehr lange dauern, bis wir die Arbeiter-Zeitung wiederbeleben. Und da hättest du dann als Redakteur ein ansprechendes Auskommen. Was sagst?“

Wickerl gab zu, dass ihm diese Perspektive behagte. Er hätte seine Hand am Puls der Zeit, würde unmittelbar dabei sein, wenn Geschichte gemacht wurde, und könnte dann sogar noch seine Meinung dazu äußern. Das war jedenfalls unendlich viel mehr als die Alternative, in Vaters Brauerei buchhalterisch Spalte um Spalte zu füllen. Er stellte sein Bierglas ab: „Ja, an die Vorstellung könnt ich mich gewöhnen“, entgegnete er und deutete ein Lächeln an. Hilde klatschte in die Hände: „Perfekt. Ich sag's gleich nachher dem Franz. Der ist nämlich der Chefredakteur. Der wird dich unter seine Fittiche nehmen.“ Und Wickerl sah seinem ersten echten Arbeitsplatz entgegen. 30 hatte er werden müssen, um in einen solchen Rang aufzusteigen. Aber immerhin, die erste Sprosse zu einem selbständigen Leben war genommen.

New York, Spätsommer 1945

Caroline konnte sich schon gar nicht mehr daran erinnern, wann sie ihren Brief nach Wien auf die Post gebracht hatte. Ihr war naturgemäß bewusst gewesen, dass ein solches Schreiben in so außergewöhnlichen Zeiten eine gute Weile brauchen würde, bis es seinen Adressaten erreichte. Und dieser würde ebenso naturgemäß wiederum länger brauchen, um ihr entsprechend antworten zu können. Und wenn dann die Antwort endlich auf die Reise geschickt werden würde, dann vergingen wohl wieder Wochen, wenn nicht gar Monate, bis diese schließlich sie erreichen würde. Sie übte sich also in Geduld, hielt sich aber gleichwohl beständig auf dem Laufenden, um nicht etwa etwas zu versäumen, was in ihrer Causa von Wichtigkeit sein konnte.

So zog der Sommer ins Land und verging wieder, und sie hatte immer noch nichts aus Wien gehört. Von Zeit zu Zeit erkundigte sie sich bei verschiedenen Stellen und setzte mehr und mehr Nachdruck hinter ihre Bemühungen, da ihr die Bank zwischenzeitlich unmissverständlich zu verstehen gegeben hatte, dass sich ihre finanziellen Rücklagen allmählich dem Ende zuneigten. Sie kabelte nach Zürich, doch dort gab man sich zurückhaltend. Caroline dachte an ihre Tochter und kam zu dem Schluss, dass sie möglicherweise persönlich nach Wien reisen musste, um ihre Ansprüche dort geltend zu machen.

Das freilich erwies sich als leichter gesagt, denn getan. Niemand seitens der US-amerikanischen Behörden schien willens, ihr ein Visum für ein Land auszustellen, das unter alliierter Verwaltung stand. Auch ihr Hinweis darauf, dass sie ja eigentlich österreichische Staatsbürgerin sei, daher nur repatriiert werden wolle, war da nicht dienlich, denn die Amtsträger boten ihr daraufhin an, die Vereinigten Staaten samt ihrer Tochter und zwei One-Way-Tickets für immer zu verlassen.

Eine Option, die bei näherer Betrachtung durchaus einige Attraktivität aufwies. Sie war in den Staaten ohnehin niemals wirklich heimisch geworden, hatte auch nach sechs Jahren kaum Freunde gefunden, und vielleicht würde sich, zurück in Wien, eine Chance ergeben, Marys Vater zu finden. Wenn der überhaupt noch lebte, natürlich. Caroline kehrte in ihre Zweizimmerwohnung in Brooklyn zurück und erwog eine Heimkehr, von der sie nicht wusste, ob sie überhaupt eine solche werden würde.

Und als sie sich eben dafür entschieden hatte, das Wagnis einzugehen, traf endlich ein Brief aus Wien ein. Darin freilich wurde ihr mitgeteilt, dass man amtlicherseits in ihrer Angelegenheit gar nichts unternehmen könne, da es zum gegenwärtigen Zeitpunkt unmöglich sei, auch nur eine ungefähre Aufstellung all jener Posten vorzunehmen, die es bei einer allenfalls ins Auge zu fassenden Rückstellung zu berücksichtigen gelte. Man bedaure also, ihr mitteilen zu müssen, dass sie sich vorerst gedulden müsse.

Insgeheim hatte sie mit einer solchen Antwort gerechnet und stellte sich darauf ein, irgendeine Arbeit anzunehmen, um sich das Apartment in Brooklyn weiter leisten zu können, als sie von anderen Emigranten die Nachricht erhielt, dass Ansprüche an Vermögenswerten in Österreich nur binnen der kommenden sechs Monate gestellt werden könnten.

„Aber das ist doch absurd", entfuhr es Caroline, „ich habe gerade einen Schrieb bekommen, in dem steht, ich müsse zunächst einmal warten." Ihr Informant lächelte milde: „Das genau wollen die doch erreichen. Die wollen uns alle hinhalten, damit wir die Frist versäumen und sie dann sagen können, jetzt ist es zu spät." Und der Mann setzte nach: „Ich habe es aus berufener Quelle. Der neue Außenminister, irgendein Tiroler, soll sogar extra davor gewarnt haben, einen entsprechenden Aufruf, sich im Schadensfall zu melden, in die Zeitungen zu setzen. Je weniger das genaue Procedere wüssten, meint er, desto billiger komme Österreich davon."

„Das ist ja unerhört", empörte sich Caroline. „Und was soll ich jetzt machen?"

„Fahren S' nach Wien, Baronesse, und deponieren S' dort schriftlich Ihren Anspruch. Damit ist auf jeden Fall einmal die Frist gewahrt. Das ist zunächst einmal das Wichtigste."

Caroline zuckte mit den Schultern. „Das würde ich ja gerne. Aber im Außenministerium hat man mir erklärt, wenn ich ausreise, dann lassen sie mich nicht wieder rein. Und ganz ehrlich jetzt, was soll ich in Wien? Ich kenn dort doch niemanden mehr. Ich wüsste nicht einmal, wo ich mit meiner Kleinen übernachten soll, außer vielleicht in einem Hotel. Und wir wissen beide, wie langsam die Behörden in Wien immer schon gearbeitet haben. Bis die zu irgendeinem Schluss kommen, bin ich alt und grau."

Ihr Gegenüber zeigte sich erstaunt. „Warum sollten unsere Leute Sie nicht ausreisen lassen, Baronesse? Das kann nur ein Irrtum sein. Machen S' Ihnen keine Sorgen, das regeln wir schon."

Daraufhin hörte sie eine gute Weile nichts, und wenn ihre Situation nicht schon so prekär gewesen wäre, sie hätte vielleicht sogar das Gespräch als solches vergessen. Doch die immer schneller zur Neige gehenden pekuniären Reserven veranlassten sie, sich schließlich doch wieder an ihren Kontakt zu wenden. Der druckste eine Weile herum, gestand dann aber ein, dass es ihm tatsächlich nicht möglich gewesen war, eine Ausreisegenehmigung für sie zu erhalten. „Aber dafür", führte er ins Treffen, „habe ich durchaus andere, gute Neuigkeiten für Sie, Baronesse. Es ist mir am Außenamt gelungen, in Ihrem Sinne ein Schreiben nach Wien aufsetzen zu lassen, in dem Sie Ihre Ansprüche, diplomatisch beglaubigt durch die US-Behörde, in aller Form erheben. Und dieser Brief ist mit der Diplomatenpost nach Wien expediert worden, womit die Frist auch ohne persönliches Vorsprechen gewahrt wurde. Die Österreicher werden es nicht wagen, sich mit den Amerikanern anzulegen. Sie können also Ihre Reise in Ruhe planen, und sobald alles passt, werden Sie nach Wien kommen und Ihr Erbe antreten können." Der Mann bemühte sich um ein Lächeln, das Caroline erwidern zu müssen glaubte. Innerlich aber war sie sich sicher, nie mehr von Wien etwas zu hören.

Wien, Anfang Juli 1945

Der vergangene Monat war Turl wie ein nicht enden wollender Urlaub im Paradies vorgekommen. Sicher, er fand sich Tag für Tag auf irgendeiner Ruine wieder, wo er zentnerweise Schutt wegführte. Doch er tat dies in der sicheren Gewissheit, am Abend dafür belohnt zu werden. Kaum war die Schicht zu Ende, strebte er mit Eva deren Wohnung zu, und obwohl die stundenlange Arbeit ihnen beiden einen Bärenhunger bescherte, hielten sie es oft gar nicht mehr bis zum Essen aus, sondern fielen schon zuvor übereinander her. Turl war, als holte er nun endlich alles nach, was er in seiner Jugend versäumt hatte. Sie fickten jeden Tag, und oft genug gleich mehrmals.

Bald schon entschwand die graue Vergangenheit seinem Gedächtnis, und wenn ihn nicht Eva manchmal daran erinnerte, dass er ja eigentlich auch noch Eltern hatte, dann hätte er vermutlich nicht einmal mehr zu sagen vermocht, wo diese überhaupt wohnten.

Am meisten imponierte ihm an Eva ihre ungeheure Kreativität. Sie zeigte ihm, dass es weitaus mehr gab als die berühmte Missionarsstellung, und die Art und Weise, wie sie ihn ein ums andere Mal zum Orgasmus brachte, hatte für ihn schon etwas beinahe Verruchtes, was ihn natürlich nur noch mehr erregte. An den Sonntagen, da auf den Ruinen die Arbeit ruhte, kamen sie zumeist gar nicht aus dem Bett, sondern erkundeten mit nachgerade naturwissenschaftlicher Neugier jede noch so kleine Stelle am Körper des jeweils anderen. Turl machte es nichts aus, dass er oft genug hungrig einschlief, denn auf eine viel schönere Art war er immer wieder hinlänglich satt.

So hätte es für ihn durchaus weitergehen können. Turl dachte sogar schon darüber nach, Eva bei einer günstigen Gelegenheit zu fragen, ob sie ihn denn nicht heiraten wolle. Doch irgendetwas in ihm riet ihm dazu, mit diesem Vorschlag noch zuzuwarten. Immerhin war es schön, so, wie es war. Dafür brauchte man kein amtliches Zertifikat.

Ende Juni hatte Eva die Regel gehabt, weshalb Turl einige Zeit nicht zum Zug kam. Und da er das nicht mehr gewohnt gewesen war, geilte ihn ihre Ankündigung, am Abend werde wieder ordentlich gepudert, so sehr auf, dass er am liebsten schon auf der Baustelle über Eva hergefallen wäre. Reichlich spitz marschierte er ergo nach Schichtschluss an Evas Seite zu deren Wohnhaus, sodass er zu Anfang gar nicht registrierte, wie Eva sich mit einem Mal verkrampfte. Erst, als er ihr gezischtes „Schleich dich" vernahm, kam er wieder zu Sinnen. Hatte er sich eben verhört. „Ha?", machte er verständnislos. „Schleichen sollst di. Aber gaach aa no!" Evas Stimme war so leise, dass er sie gar nicht richtig vernehmen konnte. Doch die Art, wie sie plötzlich schneller wurde und sich in Eilschritten von ihm entfernte, sprach auch so eine eindeutige Sprache. Eva begann auf ihr Haus zuzulaufen und breitete dabei die Arme aus. „Ferdl", rief sie, und Turl sah in diesem Moment eine mickrige Person, die im Torbogen stand. Eva sprang diesen Mann förmlich an, sodass er Mühe zu haben schien, nicht umzufallen. „Jössas! Mei Ferdl", hörte er sie rufen, und mit einem Mal war ihm, als breche zwei Monate nach Kriegsende in Wien immer noch etwas mit krachendem Getöse in sich zusammen. Eva verschwand mit diesem Ferdl im Haustor und drehte sich dabei nicht einmal mehr um.

Turl freilich brauchte gar keine Erklärungen. Ihm wurde bewusst, dass sie niemals darüber gesprochen hatten, ob

Eva einmal geheiratet hatte, ob sie geschieden oder, weitaus wahrscheinlicher, verwitwet war. Jetzt, so zeigte sich, war ihr Gatte offenbar aus dem Krieg zurückgekehrt, und sie hatte ohne zu zögern eine Entscheidung getroffen. Turl verspürte den dringenden Wunsch, sich zu besaufen.

Nahe dem Manner-Fabriksgelände fand er eine offene Gastwirtschaft. Er fragte nach Schnaps und bekam einen leidlich akzeptablen Obstler vorgesetzt, den er sich in viel zu großen Schlucken einverleibte. Und mit der wachsenden Menge Alkohol in seinem Leib stieg seine Aggression. Das ausgschamte Luder hatte nur mit seinen Gefühlen gespielt. Er war für dieses miese Flitscherl nichts anderes gewesen als ein Pausenfüller, ein Zeitvertreib, bis wieder der richtige Mann an die Tür klopfte. Ausgenutzt hatte sie ihn! Kaltblütig ausgenutzt. Aber das war ja nichts Neues. Schon Caroline hatte ihn nur dann kontaktiert, wenn ihr gerade langweilig gewesen war. Und von der Professionellen seinerzeit gar nicht erst zu reden. Aber egal. Irgendwie waren einfach alle Frauen Schicksen. „No an Obstler", rief er laut, „oba gaach! Es pressiert."

„Öha", hörte er plötzlich jemanden sagen, „do hot's ana oba notwendig, wos?" Er setzte sein Glas ab und sah sich um. Er machte am Nebentisch eine gedrungene Gestalt aus, die von einigen ungeschlachten Kerlen umgeben war. „Hot leicht der Sportclub verloren", gluckste diese, um dann eine besorgte Miene aufzusetzen: „Oder hom ma am End goa Liebeskummer?" Turl verzog nur den Mund und trank weiter.

Der Mann aber stand auf und setzte sich unaufgefordert zu ihm. „Servas. I bin da Fraunz", stellte er sich vor, ehe er die Aufmerksamkeit des Wirts auf sich zog. „Wos mei neicha Freind do konsumiert, des geht auf mi." Der Wirt nickte mit dem Kopf. „Mir soll's recht sein. Gaunz, wie du sogst, Franz." Turl merkte auf. „Franz" war hier offenbar jemand Besonderer. Vielleicht ein Grund, sich doch mit ihm auseinanderzusetzen. Dessen Blick war nun wieder auf ihn gerichtet. „Oisdan, wos liegt da auf da Leber – außern Spiritus kloraweis'", setzte Franz noch einmal an.

Turl sah auf. „Wos wüst hom? Die Laung- oder die Kurzfassung." Franz konsultierte seine Armbanduhr, die Turl sofort als ziemlich wertvoll einschätzte. „I hob Zeit", sagte sein neuer Sponsor getragen. „A Weib hot mi obeghaut. Hackn hob i kane. I muaß wieda bei meine Oiden wohnan, und überhaupt is ollas a Schaaß", fasste Turl sein Leben in einem einzigen Satz zusammen. Und nahm, um seine Scham abzutöten, gleich noch einen kräftigen Schluck.

Franz lehnte sich derweilen zurück. „Des haaßt", begann er, „du brauchst a Wohnung, a Hackn und a neiche Oide. Hob i recht?" Turl zog den Mundwinkel nach unten und starrte den Mann mit unverhohlenem Missmut an. „Und an Krösus, der mir des ollas organisieren kau." Franz bleckte seine Zähne und hielt dem verdutzten Turl seine rechte Hand hin. „Gestatten! Krösus!" Dabei lachte er laut auf, und die Mitglieder seiner Partie taten es ihm augenblicklich gleich.

„Ernsthaft jetzt", wurde Franz sachlich, „du schaust aus, ois hättest wos in der Birn. Bist vielleicht sogar a Gstudierter. Soichane Leit kaun i brauchen. I bin nämlich seit kurzem der Zenträu von de Bau-Hoiz. Du glaubst goa ned, wos fia Pfosten durt umanandrennan. Des san die gleichen Trotteln wia in da Partei. Entweder sand s' oide Deppen oder sunst irgendwia Oaschlecher. Na guat, wenigstens homma in da Gwerkschoft kane hysterischen Weiba, oba sunst schaut's traurig aus, des kaun i dia sogn. Do miass ma auframma. Oba gründlich aa no." Er wandte sich an seine Haberer. „Göö??" Ihm schallte ein mehrfaches „Genau" entgegen. Franz war zufrieden und wandte sich wieder Turl zu. Kurz zeigten sich Runzeln auf Franzens Stirn: „Du bist oba eh ka Jud, oda?" Turl verneinte durch ein heftiges Kopfschütteln. Die Miene von Franz entspannte sich sogleich wieder. Er klatschte vergnügt in die Hände. „Oisdan, übermorgen fangst bei mir in der Zentrale an. Morgen kaunst übasiedeln." Franz schnippte mit den Fingern, und Turl beobachtete, wie einer der Subalternen in seinen Taschen wühlte und schließlich einen Schlüsselbund hervorzog. Von diesem nahm er zwei Schlüssel ab, sprang auf und reichte sie Franz. Dieser sah ihn kurz fragend an, der andere nickte. „Gut, des san deine neichn Wohnungsschlüssel. Is zwoa in Ottakring, oba in der Not …, na und so weiter, waaßt eh. Hasnerstrossn. Ned des Ritz, oba fian Aufaung reicht's. Und wirst sehn, bei uns verdienst ned schlecht, do kaunst da boid was Besseres leistn. Und waunst gamsig bist, da Schani doda sogt da, wost die besten Hurn findst. Waaßt eh, soichane, de wos ned augsteckt san." Dabei grinste Franz schmierig.

Turl aber fühlte sich wie betäubt. Das konnte unmöglich Wirklichkeit sein. Er war versucht, sich selbst ins Knie zu kneifen, um solcherart festzustellen, ob er träumte. Eben war er noch ganz, ganz unten gewesen, und dann kam einer daher und löste im Handumdrehen alle seine Probleme? Da musste irgendetwas faul sein! Gleich legte der Kerl ihm einen Vertrag hin, den er mit seinem eigenen Blut zu unterschreiben hatte, dachte Turl. Laut aber sagte er: „Wer bist du?"

Franz drehte sich zu den anderen um. „Wer i bin, frogt der!" Wieder unendlich langes, dröhnendes Lachen. „I bin da Chef“, statuierte er dann, ehe er sich erhob. Er drückte Turl eine Karte in die Hand. „Do meldst di übermorgen uma ochte.“ Dann wandte er sich, ohne eine Reaktion von Turl abzuwarten, den anderen zu. „Gemma, Burschen. Zeit wird's fürs Separee.“ Er klopfte Turl beiläufig auf die Schulter und rief dem Wirten noch einmal ins Gedächtnis, dass Turls Konsumation auf ihn ginge. Turl sah ihm und seiner Entourage ungläubig nach. Erst, als alle aus der Tür waren, betrachtete er die Karte näher. Darauf stand eine Adresse, eine Telefonnummer und ein Name: Franz Olah.

Wien, zwei Tage später

Neugierig öffnete Fanny die Tür. Wer konnte um diese Zeit etwas von ihr wollen? Es war Fini, die da geklopft hatte. Fannys Gesicht erhellte sich. „Servas, Fini. Na, das gfreut mi. Wos gibt's denn? Hast irgendwo was ghört, dass es was zum Essen gibt?“ Doch Finis ernste Miene überzeugte sie rasch davon, dass die Nachbarin aus einem anderen Grund gekommen war. Fanny trat einen Schritt zurück. „Aber komm erst einmal rein. Magst was trinken? A Wasser? An Tee vielleicht. Kaffee ist leider aus.“ Fini begab sich umständlich in die Wohnung und setzte sich schwerfällig auf die Küchenbank. Sie sah dabei so verloren aus, dass sich Fanny umgehend Sorgen zu machen begann. „Ja, was ist denn? Is was mit dem Turl?“

Fini winkte ab. „Dem geht's bestens. Der hat jetzt sogar a echte Hackn, musst dir vorstellen.“ Fanny machte große Augen. „Ja, echt. Stell dir vor! Bei der Gwerkschaft. Er hat da so einen Großkopferten kennenglernt, und der hat ihn stante pede eingstellt. Grad heut hat er angfangen.“ Fanny strahlte. „Na, das ist doch herrlich. Darauf müsserten wir direkt anstoßen – wenn ich was da hätt, heißt's.“ Doch Fini schien nicht in Feierlaune. Sie kaute nervös auf ihrer Unterlippe herum und schien auf einen richtigen Moment zu warten, der so natürlich gar nicht erst kommen konnte.

„Na, einfach raus damit. Wird schon ned so schlimm sein. Was liegt dir auf der Seel?“ Fini sah ihre Freundin lange an. „Tätest du mir einen Gefallen tun?“ Fanny nickte zustimmend. „Aber sicher! Das ist doch gar koa Frag ned! Sag schon, was kann i tuan für di?“

„Könntest du ned mit dem Fritz reden", begann Fini schließlich, „wegen dem Hermann, mein ich." Fanny ging sofort in Abwehrhaltung, doch Fini machte eine begütigende Geste. „Lass mi bitte erst einmal ausreden." Fanny war ganz und gar nicht davon überzeugt, dass dies eine gute Idee war, setzte sich nun aber auch hin und wartete darauf, was Fini zu sagen hatte.

„Schau, der Hermann, mit dem hat man's nicht leicht." Fanny schnaubte. „Das brauchst mir nicht zu sagen. Das wissen wir. Alle!", ergänzte sie mit deutlicher Betonung auf das letzte Wort. „Aber weißt, er hat seine Lektion glernt. Wirklich. Der strengt sich echt an. Seit zwei Monat arbeitet er ehrenamtlich bei den Ottakringern mit, und er wünscht sich halt nix sehnlicher, als dass er wieder irgendwo a echte Hackn hat, weißt?! Und jetzt, wo sogar der Bub wieder Arbeit und Brot hat, jetzt wird er halt noch unleidlicher, der alte Grantscherm."

Gegen ihren Willen schossen Fini mit einem Mal die Tränen aus den Augen: „I halt des echt nimmer aus mit dem Mannsbild. Er keppelt in ana Tour. Nix kannst eam recht machen, und wennst da fragst, wos jetzt scho wieder is, dann sagt er nur, jetzt is eh nix. Weil nie was war. Und dann kommt wieder eine endlose Tirade vom Adam abwärts, wo eam das Leben was vorenthalten hat, wo er z' kurz kommen ist, wo s' eam übergangen haben. Na, und erst, wie der Turl von seinem neuen Posten erzählt hat. Weiß wie die Wand ist der Hermann worden. Und wie der Turl wieder weg war, hat er nur gsagt, des is so typisch. Alle haben a Glück, nur i ned." Fini schnappte nach Fannys Händen, und ihre Finger krampften sich in der Freundin Fleisch. „Es warat gar ned für eam, es warat für mi, verstehst. I brauch des. Ganz dringend sogar. Wenn der ned bald a Beschäftigung hat, dann draht er mir daham no durch. Wann i eam ned zuvorkomm!“ Die Tränen entwickelten sich zu einem richtigen Weinkrampf. Fini wurde förmlich durchgeschüttelt und hielt sich reflexartig die Hände vors Gesicht. „I halt des einfach alles nimmer aus“, schluchzte sie. „Der Fritz, der muss mir helfen. Weil i weiß echt nimmer weiter.“

Fanny empfand aufrichtiges Mitleid mit ihrer Freundin. Doch was sie begehrte, das war jenseits aller Möglichkeiten. Allein schon die Nennung von Hermanns Namen würde Fritz an die Decke gehen lassen. Er hatte seinem Nachbarn nichts, aber auch überhaupt nichts vergessen, und verziehen hatte er ihm schon gar nicht. Im Gegenteil, Fritz schloss reflexartig die Tür, wenn er Hermann nur von der Ferne hörte. Und wenn Hermann auf dem Gang stand, während Fritz nach Hause kam, dann wartete Letzterer, bis Hermann wieder in seiner Wohnung verschwunden war, ehe er selbst zu der seinen ging. Es schien also nachgerade vermessen, Finis Anliegen auch nur andeutungsweise bei Fritz zur Sprache zu bringen.

„Fini, du waaßt, du kannst alles haben von mir, aber wie stellst dir das vor? Wenn i dem Fritzl gegenüber nur ein Wort über deinen Mann verlier, dann red der den ganzen Tag lang kein Wort mehr mit mir. Es is ja ned so, dass i ned verstangert, was di umtreibt, aber da, Fini, da samma die Hände gebunden. Waaßt?!“

Fini aber weinte ohne Unterlass, sodass Fanny sich nicht mehr zu helfen wusste. Mitfühlend legte sie die Hand auf Finis Schulter und deutete eine Art Streicheln an. „Es wird mir einfach alles z' viel“, klagte Fini, „zum Essen gibt's nix, Geld is keins da, i kumm afoch auf kan grünen Zweig. Wenn das Mannsbild wenigstens wieder a echte Aufgab hätt, dann war's vielleicht ned so zwider die ganze Zeit." Sie hob den Kopf: „I maan, es muss ja ned die Prokura sein. So ein ganz einfacher Buchhalter. Wie damals halt. Das tät er sicher gut können, und i bin mir sicher, er wär echt dankbar dafür." Fanny biss sich auf die Lippen und schwieg. „Weißt, i hab mir denkt", fuhr Fini derweilen fort, „er könnt sich dort ja bewerben, die brauchen sicher Leut, jetzt, wo endlich wieder eine Ordnung in die Sachen kommt. Der Fritz brauchert eam ja gar ned protegieren, es genügert schon, wenn er nix gegen ihn sagt."

Fanny bewegte ihren Kopf leicht zur Seite: „Ehrlich, Fini, ich glaub nicht, dass das eine gute Idee ist. Ich weiß auch ohne Fritz, dass die dort alle einen Pick auf deinen Hermann haben. Er hätt sich halt im 38er Jahr ned so aufführen dürfen. Da hat er sich's einfach mit alle verscherzt. Mit die Unseren, weil er ein paar Tag lang den Wichtigen gspielt hat, und mit den Nazis, weil er damals seine Degradierung ned einfach hingnommen hat." Fanny griff nach Finis Hand. „Und der Schulz, der ist dort immer noch die große Nummer. Da tät sich sogar der Fritz schwer, was für den Hermann zum tuan."

Der Tränenstrom aus Finis Augen wurde noch gewaltiger, sodass Fanny zur Ansicht kam, sie müsse der Freundin wenigstens irgendeinen Knochen hinwerfen, sonst würde diese vollends verzweifeln. „Aber wie du richtig gsagt hast, ist der Hermann ja ein guter Buchhalter. So jemanden braucht man jetzt doch überall. Warum probiert ihr's ned woanders?"

„Meinst wirklich?" Fini zog demonstrativ Rotz hoch. „Wer tät ihn denn nehmen?" Fanny gab sich optimistisch. „Der *Fink* zum Beispiel, der baut ja jetzt sein Emporium wieder auf die volle Größe aus. Der hat sogar den Gastgarten wieder in Betrieb gnommen. Der brauchert sicher wen für die Buchhaltung. Und selbst, wenn's zunächst nur stundenweis is oder so, ein Anfang warat's in jedem Fall. Und dann kann man in Ruhe weiterschauen, meinst nicht?"

Auch wenn es ganz und gar nicht das gewesen war, was sie eigentlich hatte hören wollen, so schöpfte Fini wieder ein klein wenig Hoffnung.

Fanny war eben wieder alleine und überlegte sich, was sie abends auf den Tisch zaubern konnte, als Fritz auch schon nach Hause kam. Seine Frau erschrak regelrecht, hatte sie doch nicht damit gerechnet, den Gatten so früh zu sehen. „Jössas, i hob no goa nix fertig." Fritz aber winkte ab. „Tua da nix an, Fanny, i bin jo a vü z' fruah draun." Er legte seine Tasche ab und ließ sich auf die Küchenbank fallen, auf der eben noch Fini gesessen war. „Aber heit am Abend, weißt eh, mach ma wieder Partei, und da hab i mir denkt, i kumm a wengerl früher heim."

Fanny suchte in der Küche ein paar Zutaten zusammen, mit denen sie wenigstens eine Suppe kochen konnte. „So? Um was geht's denn?" Fritz grinste: „Um die Parteileitung. Der Poldl hot mi gfragt, ob i das machen tät. Übergangsweise sozusagen." Fanny wirbelte herum: „Was! Den Parteiobmann! Ja, bist denn du narrisch worden! Als ob die Hackn in der Brauerei ned eh schon z' vü war! Jetzt willst dir des aa no eintreten! Da kannst glei noch Dornbach fahren, probeliegen!" Fritz begütigte sie. „Jetzt tu dir nix an! Es is ja nua bis zur ersten ordentlichen Bezirkskonferenz. Der Poldl macht die Bezirksvorstehung, und die Jungen die praktische Arbeit. Und i unterschreib hoit a poa Einladungen. Und im neichn Joah dann, dann übernimmt des eh wer dauerhaft."

Fanny waren ihre Zweifel deutlich ins Gesicht geschrieben. „Aber wenn ich dir's sag", blieb Fritz beharrlich, „da gibt's jetzt echt ein paar junge Genossen, die werden das schon schaukeln. Erst die Tag is einer aus 'n KZ kommen, den der Wickerl no von früher kennt. Der Franz, der macht derzeit die Gwerkschaft. Aber der wär' auch für uns a guate Wahl, glaub i."

Fanny grummelte leise vor sich hin, enthielt sich aber eines weiteren Kommentars. „I hab eh vorher den Wickerl gfragt. Weil wenn er den Bezirksparteisekretär hätt machen wollen, dann hätt ich sowieso abglehnt. Aber der Wickerl will bei der Zeitung bleiben, hat er gsagt. Weißt eh, die wollen die Arbeiter-Zeitung wieder herausbringen, sobald uns das von den Alliierten erlaubt wird."

Jetzt erst sickerte eine von Fritzens Informationen in Fannys Hirn. „Franz? Ein Gwerkschafter? Dann ist das am End der, der dem Turl eine Hackn verschafft hat." Fritz blickte auf. „Der Turl hat a Hackn! Des is guat! Grad in soichane Zeiten brauchst was Solides, damitst über die Runden kommst."

Fanny versuchte verzweifelt, still zu bleiben. Doch gegen ihre Natur konnte sie nicht an. „Siehst, des denkt sich die Fini aa. I maan, wir hamm alle überlebt, wir hamm a Dachl über 'n Kopf und verhungern tua ma aa ned. Und jetzt hamm beide Buam und du wieder a Hackn. Nur der …"

Fritz hob die Hand: „Sog's ned. Sog's afoch ned. I waaß, wos jetzt kummt." Fanny warf einen kontrollierenden Blick auf den Suppentopf, dann drehte sie sich zu ihrem Gatten um. „Aber es ist wirklich ned leicht für die Fini. Und irgendwann muaß ma fünf a amoi grod sei lossn." Fritzens Gesicht verfinsterte sich. „Glaub ma, i bin die Letzte, die den

Hermann mog, oba du kannst eam doch ned sei ganzes restliches Leben umanandrennen lossen wie an Vogelfreien. Der braucht aa a Perspektive im Lebn."

„Waaßt du, wie wurscht mir des is? Der soll von mir aus bleiben, wo der Pfeffer wachst. Is so schlimm gnua, dass i den alle Dam laung da umananderschleichn siech, den Judas, den." Fanny lächelte hinterlistig: „Siehst, wenn er a Hackn hätt, dann wär er ned so oft da." Und nach einer kurzen Pause: „Die Fini sagt, er hat si echt gebessert. Angeblich hackelt er sogar drüben in Ottakring wieder in der Partei mit."

Fritz lachte blechern auf. „Na, die werden a Freud haben mit ihm! Aber bitte, solln die eam a Stellung organisieren. Das is ned unser Rayon."

Fanny schmeckte die Suppe ab, dabei sagte sie so beiläufig wie möglich: „I hab der Fini gsagt, er soll's beim *Finken* probieren. Immerhin is er ja a guter Buchhalter – wenn sonst schon nix, aber das kann er. Und überhaupt", sie drehte sich wieder vom Herd weg, „natürlich war er ein Nazi. Aber das sind dein Schulz und dein Krieger immer no."

Fritz machte eine abfällige Geste mit seiner Rechten. „Das sind ned mein Schulz und mein Krieger, und glaub mir, wenn ich könnt, ich tät die beiden heute noch außelahnen. Aber de facto ghört denen derzeit die Hüttn. Da fahrt die Eisenbahn drüber."

„Na, dann kommert's ja auf einen mehr oder weniger aa nimmer an." Fritz blickte seine Frau mit gallenbittrer Miene an: „Du kannst einem echt den Appetit verderben", meinte er dann.

Wien, Mitte Juli 1945

Herbert Tossler amtierte seit knapp drei Monaten im Bundeskanzleramt. Er war direkt dem Kanzler zugeteilt und hatte die Aufgabe, eine Aufstellung der heimischen Vermögenswerte zu erarbeiten, wofür er als ehemaliger Bankbeamter der Wiener Zentralsparkasse als besonders geeignet angesehen worden war. Die Rote Armee hatte eine Vielzahl an Betrieben requiriert, da sie die Auffassung vertrat, diese seien deutsches Eigentum und mithin Teil der noch zu leistenden Reparationszahlungen an die Sowjetunion. Die Regierung hatte diesen Maßnahmen vorerst schweigend zugestimmt, da ein Protest von vornherein aussichtlos gewesen wäre. Nun, da sich die Alliierten auf eine Aufteilung Österreichs in vier Verwaltungszonen geeinigt hatten und damit gerechnet werden konnte, dass bald auch Amerikaner, Briten und Franzosen in Wien einrücken würden, schien es möglich, in der Frage des Besitzes heimischer Unternehmen wieder ein wenig in die Offensive zu gehen.

Doch Tossler war sich dessen bewusst, dass es nicht nur darum ging, dem Tun der Sowjets einen Riegel vorzuschieben. Viele Betriebe, so erinnerte er sich nur zu gut, waren noch vor sieben Jahren in den Händen von Personen gewesen, welche als Juden gleich 1938 entschädigungslos enteignet worden waren. Diese würden nun, daran konnte kein Zweifel bestehen, Rückstellungsforderungen stellen. Und genau deshalb war ihm von Vizekanzler Schärf in einem persönlichen, als vertraulich bewerteten Gespräch bedeutet worden, er möge Mittel und Wege finden, diese Ansprüche abzuschmettern.

Das war freilich leichter gesagt als getan, denn die Leute waren, und das wusste wohl auch Schärf, im Recht. Tossler verspürte eine Art permanentes Unwohlsein angesichts dieser Angelegenheit, man konnte es auch schlechtes Gewissen nennen. Und dieses verstärkte sich jedes Mal, wenn wieder ein Unternehmer bei ihm in der Amtsstube auftauchte, um seinen „Besitzstand" zu wahren. Tossler pflegte bei solchen Gelegenheiten stets die gleiche Antwort zu geben. Man werde die Sache prüfen, noch habe niemand Anspruch auf den Betrieb erhoben, man teile die Sorgen und so weiter. Doch nach solchen Begegnungen war ihm stets noch eine Nuance übler als zuvor.

Dementsprechend mies fühlte sich Tossler, als er an jenem Morgen einen Blick auf seine Terminübersicht warf. Schon um 9 Uhr tanzte wieder so eine Delegation bei ihm an. Der Herr Direktor Schulz, der sich freilich nicht mehr so nannte, wünschte ihn in der Angelegenheit der Hernalser Bräu zu sprechen. Tossler kannte den Hintergrund der Brauerei genau. Sie hatte den Baronen Glickstein gehört und war 1938 zunächst wild von einem Angestellten arisiert worden, der dann allerdings von seinen eigenen Parteigenossen ausgebootet worden war. Seitdem saßen die Piefke in dem altehrwürdigen Unternehmen. Doch wer war der formelle Eigentümer? Tossler wusste darauf keine Antwort. Eilig blickte er auf die Uhr. Die Unterredung war für 9 Uhr angesetzt, ihm blieb also noch eine knappe halbe Stunde, um sich den nötigen Überblick zu verschaffen. Er rief seine Sekretärin: „Bringen S' mir doch die Akte der Hernalser Bräu, bitte. Und wenn die dann kommen, dann geben S' mir Bescheid. Zur Not müssen die halt ein bisserl warten. Aber zuerst muss ich ganz genau wissen, wie's da jetzt wirklich ausschaut mit dieser Brauerei."

Nur wenig später hatte er eine erstaunlich dünne Mappe vor sich liegen, deren Inhalt ihn kaum klüger machte. Was er den kargen Zeilen entnehmen konnte, war, dass die Brauerei derzeit offiziell einem Konsortium gehörte, als dessen Geschäftsführer Hermann Schulz eingetragen war. Ein Konsortium? Was hatte das zu bedeuten? Das war doch eine recht eigenartige Konstruktion, wurde eine solche Vorgangsweise doch üblicherweise eher in der Baubranche gewählt, wenn es darum ging, einen Auftrag, der für einen allein zu groß war, gemeinschaftlich zu erledigen. Tossler blätterte unschlüssig hin und her. Irgendwo musste doch stehen, wer das damals genehmigt hatte, und vor allem, irgendwo musste doch aufgelistet sein, wer welchen Anteil am Besitz hatte. Noch einmal rief er die Sekretärin: „Bringen S' mir den Firmenbuchauszug zur Hernalser." Und, einer spontanen Eingebung folgend: „Und den Grundbuchauszug auch gleich." Den Deutschen traute er ohne weiteres zu, dass sie den Besitz zersplittert hatten. Seine Sekretärin schnaubte. „Das kann aber lange dauern!" Er musterte sie über seine Brille hinweg: „Na, dann ist's besser, Sie machen sich sofort an die Arbeit, oder nicht?"

„Ich weiß nicht, ob sich das so schnell ausgeht. Die Herrschaften werden ja bald da sein und dann …" Tossler wurde unwirsch: „Dann werden s' halt warten müssen, die Herrschaften. Ich setz mich sicher nicht mit denen zusammen, solange die mehr wissen als ich. Also flott, flott ans Werk, wenn ich bitten darf."

Während die Sekretärin mürrisch den Raum verließ, lehnte sich Tossler zurück. Dem Glickstein hatte sicher noch eine ganze Menge weiterer Immobilien gehört. Wer hatte sich all das unter den Nagel gerissen? Das musste man unbedingt wissen, denn nur so konnte man allfälligen Anfechtungen entsprechend entgegentreten.

Tossler dämpfte seine x-te Zigarette aus, doch die Sekretärin war immer noch nicht zurückgekommen. Automatisch blickte er auf die Uhr. Fünf Minuten vor 9. Wenn sie nicht bald kam, dann waren die Herren von der Brauerei vor ihr da, und dann blieb ihm nichts anderes übrig, als zu improvisieren. Und das hatte er seit jeher gehasst. Innerlich verfluchte er seine Mitarbeiterin, gestand ihr aber zu, dass das Auffinden solcher Dokumente schon in der guten alten Zeit nicht sonderlich leicht gewesen war. Nun mochten die Unterlagen vernichtet sein. Oder schlicht nicht mehr aktuell. Oder irgendwohin ausgelagert, wo sie selbst Kenner der Materie nicht finden mochten. Und wieder steckte eine Zigarette zwischen seinen Lippen.

Endlich klopfte es an der Verbindungstür. „Die haben mir gesagt, das dauert seine Zeit, ich soll morgen noch einmal nachfragen.“ Das war ja zu erwarten gewesen. Doch damit nicht genug der schlechten Nachrichten. „Die Herren aus Hernals sind übrigens schon da. Sie warten draußen.“ Tossler seufzte. „Na, dann bringen wir das hinter uns.“

Wenige Augenblicke später saßen Schulz und Krieger dem Beamten gegenüber. „Ich würde Ihnen ja gerne etwas aufwarten, meine Herren, aber Sie wissen ja selbst, wie die Lage ist. Wasser hätten wir vielleicht …“ Beide lehnten ab. Tossler warf noch einmal einen Blick in seine Unterlagen. „Ich entnehme den Akten, werter Herr Schulz, dass Sie gar nicht mehr Direktor sind, sondern ein gewisser Herr …“ Tossler vergewisserte sich, den Namen auch richtig auszusprechen, „Bielohlawek.“ Schulz nickte.

„Das hat seine Richtigkeit. Herr Bielohlawek wurde Ende April zum neuen Direktor bestellt. Aber ich habe die Prokura. Und Herr Krieger hier ist unser Chefbuchhalter.“ Tossler lächelte schmal. „Das ist ja sehr schön für Sie, meine Herren, aber die Frage wird erlaubt sein, warum sich der Herr Direktor in einer solch wichtigen Angelegenheit nicht selbst herbemüht."

Nun zog Schulz die Mundwinkel nach oben. „Der Herr Bielohlawek ist ja nicht mehr der Jüngste, nicht wahr. Da wollten wir ihm eine solche Mühe ersparen. Wir versuchen, ihn zu entlasten, wo immer es geht. Stimmt's nicht, Herr Krieger?" Der gluckste feixend. Tossler blickte blitzschnell zwischen den beiden hin und her. Halten die mich für blöd, fragte er sich. Der alte Bielohlawek war nichts als irgendeine unbedarfte Charge, ein Strohmann, den die beiden vorgeschoben hatten, weil sie selbst als Nazis Dreck am Stecken hatten. Doch so leicht wollte er es ihnen dann doch nicht machen.

„Wie Sie sicherlich wissen, meine Herren, befinden wir uns in einer Phase, in welcher die heimische Wirtschaft neu strukturiert wird. Deutsches Eigentum wird für gewöhnlich von der Sowjetunion beschlagnahmt, und privates Eigentum ..., nun, da müssen wir halt schauen, ob es damit auch seine Richtigkeit hat, denn möglicherweise bestehen ja Ansprüche, die lediglich wegen des vergangenen Regimes keine Berechtigung zu haben schienen." Er legte das Aktenbündel langsam auf den Tisch und beugte sich vor. „Ich denke, Sie wissen, was ich damit andeuten will."

„Glauben Sie mir, lieber Herr Amtsrat, bei uns hat alles seine Richtigkeit. In Ihren Unterlagen wird sicher nachzulesen sein, dass die gegenwärtigen Besitzer der Hernalser Bräu den Vorbesitzer vollkommen saturiert haben." Tossler war für einen Augenblick ob dieser Aussage sprachlos. Glickstein hatte sage und schreibe 10.000 Schilling für die Brauerei bekommen, von denen er die Hälfte wieder an die Finanz hatte abführen müssen. Und das Wenige, das geblieben war, hatte er schließlich als Reichsfluchtsteuer berappen müssen, um in die Schweiz ausreisen zu dürfen. Hier von einer zufriedenstellenden Lösung zu sprechen, war also nachgerade Chuzpe. Tossler hatte Mühe, sich zu beherrschen.

„Mir wissentlich wurde die Brauerei im März 1938 arisiert. Ist das richtig?“, fuhr er sachlich fort. „Nicht so ganz, Herr Amtsrat. Es hat da einen vorwitzigen Mitarbeiter gegeben, der damals glaubte, das Gesetz in seine eigenen Hände nehmen zu können. Das hat man ihm aber schnell ausgetrieben. Ich selbst bin, wie Sie wahrscheinlich wissen, Mitte April 1938 nach Wien gekommen und habe seitens meiner Auftraggeber den Kauf der Brauerei vollzogen. Den Kauf wohlgemerkt. Nicht eine Arisierung, wie Sie das nennen.“

„Nun, dann können Sie mir sicher sagen, wer derzeit Eigentümer der Hernalser Bräu ist. Im Firmenbuch ist ein Konsortium vermerkt, beachtlicherweise jedoch nicht, wer daran beteiligt ist.“

Schulz zeigte ein weiteres Mal seine Zähne: „Dieses setzt sich aus der Deutschen Brau-AG, der Niederdeutschen Brau-Union und dem Südbayerischen Brau-Verband zusammen. Und zehn Prozent des Unternehmens gehören mir.“ Brau-AG, Brau-Union, Brau-Verband? Tossler hatte von diesen Unternehmen noch nie etwas gehört. Wollte Schulz ihn verschaukeln? „Die zehn Prozent wurden mir Weihnachten 42 quasi als Prämie geschenkt“, ergänzte Schulz derweilen. „Tja, die sollten Sie dann schleunigst veräußern, denn es steht ja wohl außer Zweifel, dass Ihr Betrieb im deutschen Eigentum steht. Und damit …“

„Dessen bin ich mir durchaus bewusst. Daher habe ich bereits ein Übernahmeangebot unterbreitet, und ich bin zuversichtlich, dass dieses angenommen werden wird." Tossler schien nicht überzeugt. „Aber, mit Verlaub, Sie sind auch Deutscher, Herr Schulz." Der machte eine abwehrende Handbewegung. „Das dürfen Sie nicht so eng sehen, Herr Amtsrat. Ich lebe ja schon über sieben Jahre hier, da bin ich doch quasi schon naturalisiert. Und meine Frau ist Österreicherin. Ich habe also vor, die österreichische Staatsbürgerschaft zu erwerben, was bei meinem Hintergrund kein Problem darstellen sollte."

„Sie sind verheiratet?" Schulz nickte. „Ja. Seit April." Gegen seinen Willen musste Tossler dem Mann Anerkennung zollen. Er hatte wirklich an alles gedacht und sich rundum abgesichert. Schulzens Selbstzufriedenheit verärgerte Tossler. „Sie wissen aber schon, dass der Kaufvertrag von 1938 ein schlechter Witz ist. Die Brauerei ist unendlich viel mehr wert." Sein Gegenüber zuckte mit den Schultern. „Das ist nicht mein Problem. Wenn ich Ihnen meinen Horch um 100 Schilling zum Kauf anböte, würden Sie auch nicht zögern, sofort zuzuschlagen. Und wenn ich dann nicht beweisen kann, dass ich zum Zeitpunkt des Kaufes nicht geschäftsfähig war, dann werden alle meine späteren Einwände vor jedem Gericht der Welt scheitern."

„Aber das können Sie ja nicht vergleichen. Herr Glickstein war zum Zeitpunkt des Verkaufs ganz eindeutig in einer Zwangslage. Er ..."

Schulz richtete sich auf: „Kennen Sie, Herr Amtsrat, die Bedeutung des Wortes Notverkauf? Jeder, der sich in einer Zwangslage befindet, ist gezwungen, zu akzeptieren, was man ihm bietet. Haben Sie schon einmal, sagen wir, einen

Rubens in die Pfandleihe getragen? Sie würden sich wundern, was man Ihnen dort dafür bietet …"

Tossler war nahe daran, die Beherrschung zu verlieren. „Sei dem, wie dem sei", erklärte er schneidend. „Wir werden von Amtswegen der Sache nachgehen. Sie erhalten schriftlich von uns Bescheid. Für heute einen guten Tag zu wünschen." Er starrte beharrlich auf die Tischplatte und signalisierte den beiden Männern damit, dass die Unterhaltung beendet war.

Am nächsten Morgen machte sich Tossler persönlich auf ins Handelsgericht, zeigte dort seinen Dienstausweis vor und begehrte Einsichtnahme in das Firmenbuch. Etwa 40 Minuten später hatte er den Eintrag über die Hernalser Bräu vor sich liegen. Diesem war zu entnehmen, dass Hermann Schulz als Eigentümervertreter am 30. April 1938 mit dem Baron Glickstein einen Kaufvertrag über 10.000 Schilling abgeschlossen hatte. Als Eigentümer wurde zu 100 Prozent der Südbayrische Brau-Verband mit der Adresse Brienner Straße 34 in München erwähnt. Tossler stutzte. Die Adresse sagte ihm etwas. Angestrengt dachte er darüber nach, wo er diese schon einmal gehört oder gelesen hatte, doch da klingelte nichts. Er seufzte und studierte das vor ihm liegende Dokument weiter. 1940 hatte der Brau-Verband ein Drittel des Besitzes an der Brauerei der Deutschen Brau-AG überschrieben, die, und hier stutzte Tossler ein zweites Mal, ebenfalls in der Münchener Brienner Straße 34 residierte. Es überraschte ihn wenig später kaum noch, dass die Brau-Union ebenfalls an besagter Adresse loziert war.

Ein Eintrag vom 17. Januar 1943 wies darauf hin, dass Hermann Schulz zehn Prozent des Unternehmens besaß.

Und handschriftlich hatte jemand am 10. Mai 1945 hinzugefügt, dass Friedrich Bielohlawek als allein haftender Direktor eingesetzt worden war. Der Arme, dachte Tossler, wusste wahrscheinlich gar nicht, was man ihm hier aufgebürdet hatte. Doch darum ging es vorderhand nicht. Tossler überlegte immer noch, wen er nach der Adresse in München fragen konnte. Er retournierte das Dokument und machte sich auf in die benachbarte Dienststelle, welche das Grundbuch führte. Nach einer weiteren Stunde hatte er in Erfahrung gebracht, dass der Boden, auf dem die Brauerei stand, nach wie vor zu 100 Prozent dem Brau-Verband gehörte. Während er dem Beamten für dessen Hilfe dankte, sagte er leichthin: „Kennen Sie zufällig jemanden, der sich in München auskennt?" Der Mann signalisierte Zustimmung. „Ich. Ich hab dort studiert. Unter anderem." Tosslers Miene hellte sich auf. „Dann kennen S' vielleicht die Brienner Straße?" Der Beamte bejahte. „Na sicher, wer kennt die ned?" Tossler setzte nach: „Und Nummer 34. Sagt Ihnen das etwas?" Der Kollege vom Amt sah Tossler mit schief gelegtem Kopf an: „Jetzt wollen S' mich aber pflanzen, oder?"

„Wieso?"

„Brienner Straße 34, dort stand das Braune Haus. Die Parteizentrale der bayerischen NSDAP. Das weiß aber wirklich jeder." Tossler machte eine unschuldige Miene: „Na ich hab's halt nicht gwusst", statuierte er, während er die volle Tragweite dieser Information allmählich erfasste. Es war kaum anzunehmen, dass im Zentrum der Nazis irgendwelche Braufirmen untergebracht gewesen waren. Vielmehr hatte sich die Partei selbst die Brauerei unter den Nagel gerissen. Und Schulz war nur deren Agent gewesen. Deutscheres Eigentum als dieses konnte es ja praktisch gar nicht mehr geben. Würden die Sowjets über diese Information verfügen, die Hernalser Bräu hieße längst schon „Brauerei Roter Stern“.

Auf dem Weg zurück in sein Büro ging Tossler seine Optionen durch. Sollte er seinen Vorgesetzten von seinen Erkenntnissen Mitteilung machen? Wie verhielt er sich gegenüber Schulz? Was sagte er den Sowjets, falls diese sich nach der Brauerei erkundigten? Fragen über Fragen, auf die er vorerst keine Antwort wusste.

Wien, Ende Juli 1945

„Sie wissen, warum ich Sie hierher bestellt habe?“ Tosslers Ton war an schneidender Schärfe kaum zu überbieten. Selbst ein Mann wie Schulz war ob dieser Anrede überrascht. „Ich wüsste jetzt nicht …“

Tossler gebot ihm mit erhobener Hand Einhalt. „Wir zwei, wir gehen jetzt spazieren.“ Ohne irgendeine Zustimmung von Schulz abzuwarten, erklärte er seiner Sekretärin, er sei kurz außer Haus, ehe er Schulz bedeutete, ihm zu folgen. Der war sichtlich verblüfft, schloss sich dann aber Tossler an. Auf der Straße angekommen, ging jener noch eine gute Weile, bis er den nahe gelegenen Park erreichte. Dort fand er eine halbwegs benützbare Bank, setzte sich und hieß Schulz, es ihm gleichzutun. Der, immer noch vollkommen verwundert, tat, wie ihm geheißen.

„Ich weiß alles“, begann Tossler. Schulz sah ihn fragend an. „Alles über die Besitzverhältnisse der Hernalser Bräu.“ Schulz bemühte sich um ein Grinsen. „Aber geh. Das ist aber kein Geheimnis. Das hab ich Ihnen schon vor einer Woche im Detail erläutert. Ich …“

Tossler sah den Direktor scharf an: „Halten S’ mich bitte ned für blöd, Herr Direktor. Ich mein es genau so, wie ich es sag. Hinter Ihren ganzen Unionen, AGs und Verbänden steckt immer derselbe Eigentümer. Und der ist braun. Der ist das Braune schlechthin.“ Deutlich war Schulz anzusehen, dass er nicht damit gerechnet hatte, dass Tossler darüber Bescheid wusste. Er brauchte sichtlich eine Weile, das eben Gehörte zu verdauen. Dann mühte er sich halbherzig um Widerspruch.

„Kommen Sie, Schulz, vergessen Sie’s einfach. Sie kommen mit keiner Nummer durch. Das Firmenbuch spricht eine eindeutige Sprache. Ihr wart euch 1938 halt einfach zu sicher, das verstehe ich schon. Jetzt freilich liegen die Dinge anders, und wenn ich den Alliierten erzähle, was ich weiß, dann sind Sie, werter Herr Direktor, Geschichte. Man beschlagnahmt die Brauerei und Sie verfrachtet man nach Hallein oder nach Wolfsberg oder, besser noch, man übergibt Sie den Sowjets, und die fackeln dann nicht lange mit Ihnen. Also, sehen Sie ein, dass ich es in der Hand habe, wie die Sache läuft?"

„Und wie soll Sie laufen, die Sache?", knurrte Schulz nach einer guten Weile. Tossler ließ sich mit seiner Antwort Zeit. Er legte seine Arme lässig auf die Lehne der Parkbank und sah scheinbar entspannt auf das Grün zu seinen Füßen. „Sie haben", begann er endlich, „ein juristisches Problem. Diejenigen, die im Firmenbuch als Besitzer aufscheinen, die gibt es nicht. Oder zumindest nicht mehr. Bloß weiß das noch niemand. Daraus ließe sich noch für uns beide Nutzen ziehen. Oder etwa nicht?"

Tossler wandte den Kopf nach rechts und ließ seinen Blick auf Schulz ruhen.

„Was erwarten Sie von mir?"

„Ganz einfach. Sie fälschen die Übereignungszertifikate, bringen mir vermeintliche Verträge, wonach Sie die Brauerei zur Gänze gekauft haben. Und ich stemple das amtlicherseits ab und leite es an das Handelsgericht weiter. Vorausgesetzt natürlich, Sie bringen genügend Kleingeld mit."

Schulz riss die Augen auf: „Sie glauben doch nicht, dass ich in der gegenwärtigen Lage Geld aufbringen kann. Das liegt in der Schweiz, und Gott allein weiß, wann ich wieder an diese Barschaft herankann." Tossler wiegte den Kopf nachdenklich hin und her. „Gut, das leuchtet mir ein. Dann bringen Sie eben noch einen Vertrag mit. Auf dem steht, dass die Hälfte der Brauerei der Frau Amalie Winter gehört."

„Amalie Winter? Wer ist das denn?"

„Das braucht Sie nicht zu interessieren. Nur so viel: Sie ist über 80, und ich bin ihr einziger Erbe."

Und als hätte Schulz eben erst begriffen, was Tossler zuvor gesagt hatte, fuhr er hoch: „Die halbe Brauerei. Ja sind Sie denn wahnsinnig! Sie wissen genau, dass der Betrieb ein Vermögen wert ist ..."

„Tja", griente Tossler, „das ist eine Lektion, die Sie selbst mir erst vor kurzem beigebracht haben. Sie sprachen damals von Notverkäufen, wenn Sie sich erinnern, von Zwangslage. Ich würde sagen, das trifft jetzt haargenau auf Sie zu."

Schulz sah Tossler ungläubig an: „Sie sind ja noch abgefeimter als ich!" Tossler hob leicht die Augenbrauen. „Wir leben ja jetzt in einer Demokratie, also haben Sie die Wahl. Sie müssen auf meine Forderung nicht eingehen. Aber dann gehe ich halt zum Alliierten Rat. Wie gesagt, ist Ihre Entscheidung."

Schulz wand sich wie in Schmerzen. „Wer ...", fuhr er endlich fort, „gibt mir die Garantie, dass Sie das danach nicht immer noch tun?" Tossler lächelte aufmunternd. „Aber mein lieber Schulz. Wir wären dann doch Partner. Und glauben Sie mir, die Frau Winter ist nur auf den allerersten Blick unverfänglich. Es würde nicht viel dazugehören, die Verbindung zwischen mir und ihr herzustellen. So, wie eben auch nicht viel dazugehörte, die Verbindung zwischen Ihnen und der NSDAP herzustellen. Sie sehen also, ich hätte dann guten Grund, ganz still und ruhig zu sein."

„Und wie soll das konkret vor sich gehen? Ich meine, das wird doch sicher alles ganz genau überprüft."

„Ach was, die zuständigen Behörden haben derzeit ganz andere Sorgen. Setzen Sie einfach ein paar Schriftsätze auf dem Briefpapier der Brauerei auf." Tossler streckte sich und ließ tatsächlich ein Gähnen sehen. „Den ersten würde ich auf, sagen wir, Mai 1944 datieren. Darin überträgt die Union ihren Anteil Ihnen. Setzen Sie irgendeinen Kaufpreis ein, das interessiert ohnehin keine Sau. Und", wieder gähnte Tossler vor demonstrativer Langeweile, dass er eine derart simple Operation wirklich einem Wirtschaftslenker erklären musste, „sagen wir, im November 1944 gibt die AG auf. Das können Sie ja, so viel Ironie muss sein, als Notverkauf ausweisen. Und schließlich fälschen Sie noch einen Schrieb vom Brauverband, worin dieser Ihnen seinen Bankrott mitteilt und Sie dringend ersucht, ihm seine Anteile abzukaufen. Oder", Tossler legte seine Hand auf den Unterarm von Schulz, „besser noch, Sie schreiben einfach eine Antwort auf diesen fiktiven Brief. Dann können wir im Zweifelsfall erklären, der Originalbrief wäre leider in den Kriegswirren verloren gegangen. Den datieren wir auf April 1945." Es war Tossler überdeutlich anzusehen, wie zufrieden er mit seiner Strategie war.

„Und ich", kam Tossler unverkennbar zum Schluss, „setze in der Zwischenzeit einen Vertrag auf, wonach die Frau Winter Ihnen die halbe Brauerei abkauft. Kaufpreis 5.000 Schilling. Das hat doch was."

Schulz murmelte undeutlich etwas, das sich nach „Blutsauger" anhörte. Tossler klopfte ihm aufmunternd auf die Schulter. „Keine Sorge, mein lieber Schulz, die 5.000 Schilling werden Sie natürlich niemals sehen. Betrachten Sie's als Reichsfluchtsteuer." Tossler lachte herzhaft über seinen Witz, um, als er sah, dass Schulz todernst geblieben war, tatsächlich den Versuch einer Erklärung zu machen: „Dafür, dass Sie Ihrer Verbindung zum Reich entfliehen können. Verstehen S'?"

Der Direktor saß gekrümmt da und wirkte, als hätte er Zahnschmerzen. Tossler aber klatschte in die Hände, um sich dann zu erheben. „Bis kommenden Mittwoch sind S' mit diesen Unterlagen bei mir. Sonst bin ich tags darauf bei den Alliierten. Alsdern, man sieht sich." Ohne eine weitere Reaktion Schulzens abzuwarten, machte sich Tossler wieder auf den Weg zurück in sein Amt.

Wien, 5. August 1945

Mit leicht zitternder Hand, beinahe ehrfürchtig, nahm Wickerl das eben aus der Druckmaschine kommende Exemplar der Zeitung entgegen. Er empfand sich zurückversetzt in die alten Tage, da er noch zur Schule gegangen war und seinem Zeugnis entgegengefiebert hatte. Nun sollte er zum ersten Mal einen Text aus seiner Feder gedruckt sehen. Und als wäre dieser Moment nicht ohnehin schon bedeutungsschwanger genug, stockte ihm beinahe der Atem, als er erkannte, dass die Redaktion seine Zeilen in den Leitartikel integriert hatte. Für einen Augenblick war er ein klein wenig enttäuscht, dass dadurch sein Name unter dem Gesetzten fehlte, doch fühlte er sich gleichwohl ein wenig stolz, unter „Der Parteivorstand der Sozialistischen Partei Österreichs und die Redaktion der Arbeiter-Zeitung" subsummiert worden zu sein. Er nickte dem Drucker dankbar zu und ging dann gemessenen Schritts in die Kantine, wo er sich an einen freien Tisch setzte, eine Papirossa anzündete und seine Worte nun noch einmal las: „Die kapitalistische Wirtschaftsordnung mit ihrer anarchischen Produktion, immer wieder Wirtschaftskrise und Massenarbeitslosigkeit erzeugend, hat den Faschismus gezeugt als ihr legitimes Kind. Der Faschismus aber hat zum Zweiten Weltkrieg und zur Katastrophe geführt. In dieser Katastrophe ist die kapitalistische Wirtschaftsordnung selbst zerbrochen." Wickerl hielt inne. Einerseits freute er sich, dass die Partei diesen seinen Satz wirklich auf die erste Seite gesetzt hatte, und er empfand ihn auch nach wie vor als politisch richtig und wichtig, aber wenn er ehrlich zu sich selbst war, dann musste er sich eingestehen, dass er nur die halbe Wahrheit war.

Es hatte eben nicht nur die Sowjetunion über den Faschismus gesiegt, sondern auch die USA. Und genau dadurch war der Kapitalismus dort drüben mächtiger denn je. Nach dem ersten Krieg mochte das noch nicht von so großer Bedeutung gewesen sein, aber diesmal standen die Amerikaner im Herzen Europas. Und sie hatten vordergründig mehr zu bieten als die Russen. Das mochte durchaus noch ein Problem werden. Aber genau deshalb war es auch unerlässlich, Artikel wie jenen zu verfassen, der nun vor ihm lag. Also las er weiter: „Soll sie nun wieder aufgebaut werden? Soll mit ihrem Wiederaufbau der Weg zu neuen Wirtschaftskrisen, neuer Massennot, neuen Katastrophen gebahnt werden? Nie und nimmer!"

Na, das war doch immerhin eine Ansage, dachte er. Geradewegs auf den Punkt: „Die Sozialisten wollen, dass an die Stelle der privatkapitalistischen Wirtschaftsanarchie gesetzt werde die den Interessen des gesamten Volkes dienende planmäßig gelenkte Gemeinwirtschaft. Nach diesem Ziel soll der Wiederaufbau der Wirtschaft ausgerichtet sein."

Besonders stolz war Wickerl auf den Satz, der nun folgte. Darin hielt er fest, dass in der Planwirtschaft nicht nur die Arbeiter und Angestellten, sondern durch die Aufhebung sinnloser Konkurrenz auch der Bauer und der Gewerbetreibende eine sichere, krisenfeste Existenz finden würden. Ja, besser hätte sein Auftakt in dem neuen Beruf, dem er nun nachging, gar nicht verlaufen können. Er war nicht nur mit sich als Journalist zufrieden, er empfand sich auch als Teil einer geschichtsmächtigen Bewegung, als Teil von etwas Großem, Erhabenem, das die Menschheit endlich aus ihrer Unmündigkeit führen und ihr den Weg zu einer sorgenfreien Zukunft weisen würde. Sein Leben hatte, so fand er, Sinn und Weihe, und damit mochten auch die vielen Opfer, die er hatte bringen müssen, gerechtfertigt sein, ohne die er wohl nicht an jenen Punkt gelangt wäre, an dem er jetzt stand.

Er faltete die Zeitung zusammen und marschierte geradewegs hinaus auf die Straße. Dort atmete er kräftig durch, dann machte er sich an den weiten Heimweg. Der ließ sich umso leichter bewerkstelligen, als er für den Abend mit Hilde, Franz und Erwin verabredet war. Hilde und Erwin gehörten seit kurzem der Kontaktgruppe an, die mit der KPÖ über eine Vereinigung der beiden Parteien verhandeln sollte. Im Parteivorstand war diese Initiative, die von Erwin Scharf ausgegangen war, letztlich nur sehr knapp durchgesetzt worden, weil überraschend auch Vizebürgermeister Speiser für sie gestimmt und den Revolutionären damit eine Mehrheit gesichert hatte. Nun war Wickerl begierig, zu erfahren, wie sich die Dinge seitdem entwickelt hatten.

Als er im *Finken* eintraf, saßen die drei bereits unter einem schattigen Baum und waren in eine intensive Debatte verstrickt. „Freundschaft, Genossen", rief Wickerl schon von weitem, ehe er sich neben Franz niederließ. „Was gibt's Neues?" Sein Enthusiasmus erlitt erste Schrammen, als Scharf zu berichten begann. „Wir sind in einer Zwickmühle. Auf der einen Seite torpedieren die Rechten in der Partei jedwede ernsthafte Diskussion über eine proletarische Einheit, auf der anderen Seite schielen die Kommunisten dauernd auf die ÖVP. Die haben sich noch nicht vom Gedanken an die Volksfront verabschiedet, will mir scheinen."

„Was heißt das jetzt genau?", wollte Wickerl wissen.

„Ich werde das Gefühl nicht los, die wollen bei der Wahl zum neuen Parlament mit einer Einheitsliste antreten, auf der nicht nur Kommunisten und Sozialisten, sondern auch irgendwelche Bürgerliche vertreten sind. So, wie sie es in Jugoslawien planen. Mit dem Unterschied freilich, dass Tito die Macht des Kapitals in Jugoslawien bereits gebrochen hat. Die Liberalen und Christlichen, die dort auf der Liste stehen, sind letztlich völlig irrelevant. Bei uns schauert das schon ganz anders aus."

„Stimmt", ergänzte Hilde, „dabei ist es ein offenes Geheimnis, dass die beiden Arbeiterparteien bei allfälligen Wahlen locker die Mehrheit erreichen werden." Wickerl sah sie von der Seite an. „Bist du dir dessen sicher?" Hilde nickte heftig. „Wir würden nicht viel weniger bekommen als vor 15 Jahren, also so knapp 40 Prozent. Die Kommunisten kommen sicher auf 20 bis 25 Prozent, und nur der Rest wird an die ÖVP gehen. Mit ein bisserl Glück haben wir nach einer Wahl eine Verfassungsmehrheit."

Wien, 2. September 1945

Hermann Schulz bestellte Krieger zu sich. „Jetzt haben wir's also hinter uns“, sagte er anstelle einer Begrüßung, als dieser im Türrahmen erschien. Krieger war sich nicht sicher, was der Direktor nun konkret meinte, und verhielt sich vorerst einmal abwartend. „Na“, klärte dieser ihn auf, „die rote Gefahr, nicht wahr! Die ist jetzt gebannt.“ Schulz lehnte sich in seinem Chefsessel zurück. „Gestern sind die Yankees bei uns ein- und die Sowjets endlich abgerückt. Damit können wir jetzt durchatmen. Verstaatlicht werden wir nimmer. Gott sei Dank.“

Krieger wusste natürlich, was der Direktor meinte. Beinahe ein halbes Jahr lang war über der Brauerei das Damoklesschwert einer Vergesellschaftung gehangen, und es hatte Schulz nicht wenige Opfer gekostet, die sowjetischen Behörden ruhigzustellen. Die aufwändigen Geschenke an die Herren Offiziere mochten ein kleines Vermögen gekostet haben, doch schien diese Investition wahrlich unbedeutend angesichts des erreichten Ziels. Nun waren die Amerikaner da, und die tasteten Privateigentum aus Prinzip nicht an. Die GIs würde man nicht einmal bestechen müssen. „Jetzt stellt sich nur noch die Frage, was machen wir mit dem alten Deppen da oben?“

Hier war Krieger sofort klar, was sein Chef zum Ausdruck bringen wollte. Offiziell firmierte seit vier Monaten der alte Bielohlawek als Direktor der Brauerei, was objektiv nur als Farce zu bezeichnen war. Der ehemalige Bierkutscher kam zwar pünktlich wie die Schweizer Uhr ins Büro und ging auch keine Minute zu früh, doch zu tun hatte er praktisch nichts. Wie auch? Der Mann verstand nichts von Bilanzen, hatte keine Ahnung, welche Anschaffungen zu tätigen waren, wie man Lieferverträge aushandelte und die Distribution der erzeugten Güter in die Wege leitete. Vorsorglich schirmte Schulz ihn daher vollkommen vom operativen Geschäft ab und holte ihn nur hinzu, wenn wieder einmal ein paar Russen in der Brauerei auftauchten, die es mit ein paar Flaschen Bier und einigen Armbanduhren abzuspeisen galt, was dann stets vom alten Bielohlawek erledigt wurde.

Der freilich wurde nicht müde, für sich konkrete Arbeit einzufordern. In den ersten Wochen hatte das ja noch ganz gut funktioniert, weil der Alte tatsächlich ein paar gute Vorschläge gemacht hatte, wie man die Brauerei notdürftig wieder zur Produktion brachte. Danach lenkte Schulz ihn damit ab, ihm die Geschäftsberichte der letzten Jahre vorzulegen, die Bielohlawek, wie es hieß, studieren solle, um sich einen Gesamtüberblick zu verschaffen. Wie erwartet, war Bielohlawek damit eine ganze Weile beschäftigt. Umso größer war Kriegers Überraschung gewesen, als der Alte plötzlich zu ihm kam und meinte, er habe die Unterlagen genau studiert und sei dabei zu dem Schluss gekommen, dass man seitens der Buchhaltung nicht ordnungsgemäß abgerechnet habe. Krieger starrte ihn mit großen Augen an. „Wovon, in Gottes Namen, sprechen Sie?“

„Na ja“, begann Bielohlawek umständlich, „da stehen alle Einnahmen und Ausgaben der letzten sieben Jahre drinnen, richtig?“ Krieger nickte zögernd und wartete offenkundig ab, worauf Bielohlawek hinauswollte. „Sieben Jahre deshalb, weil wir laut geltendem Recht immer nur die letzten sieben Jahre aufheben müssen, alles davor können wir skartieren“, ergänzte er unmotiviert.

„Gut. Genau“, Bielohlawek räusperte sich, „also, dann müsste sich ja unter den Ausgaben auch jene Summe finden, mit der man den alten Baron Glickstein anno 1939 seinen Besitz abgelöst hat, oder nicht? Ich meine, die Möbel und das alles, das gehört doch jetzt der Brauerei, oder? Damals hat es jedenfalls von eurer Seite geheißen, der Vorbesitzer sei in allen Belangen saturiert worden. Das finde ich da aber nicht.“

Krieger brauchte einen Moment, um sich zu fangen. Dann aber meinte er lakonisch, das sei nicht weiter von Belang, denn Glickstein sei natürlich von den neuen Eigentümern ausbezahlt worden. „Sie wissen doch, Herr Bielohlawek, wenn eine Firma den Besitzer wechselt, dann zahlt das ja der neue Besitzer und nicht die Firma aus ihrem Betriebskapital. Das wäre ja widersinnig.“ Dabei bemühte er sich um ein gewinnendes Lächeln.

Bielohlawek aber blieb hartnäckig. „Das ist mir schon klar. Wenn ich mir etwas kaufe, muss ich das mit meinem eigenen Geld machen. Logisch. Aber hier“, dabei deutete er auf eine Seite in dem Geschäftsbericht, den er in der Hand hielt, „steht die ganze Einrichtung von Glicksteins Büro unter Betriebsvermögen aufgelistet. Hat der neue Eigentümer das dann der Brauerei geschenkt oder wie?“

„Gehen wir einfach einmal davon aus, nicht wahr, Herr Kollege“, grinste Krieger. „Außerdem, was geht Sie der alte Schrat an. So viel ich weiß, besieht sich der die Radieschen ohnehin schon von unten, also kümmern Sie sich nicht weiter drum, ja?“ Ohne es zu wollen, war Kriegers Ton bei den letzten Worten schneidend geworden, weshalb er meinte, er solle ein wenig versöhnlicher nachlegen: „Seien wir doch froh, dass diese finstere Zeit hinter uns liegt, mein lieber

Bielohlawek. Kümmern wir uns nicht mehr um die Vergangenheit, nicht wahr! Was vorbei ist, ist vorbei. Blicken wir lieber in die Zukunft, die ist wesentlich rosiger. Und wichtiger auch, nebenbei bemerkt." Bielohlawek sah ihn an, als hätte er eben eine Ohrfeige bekommen, und Krieger war sich sicher, dass in diesem Augenblick bei Bielohlawek der Groschen fiel.

Tatsächlich war diesem bewusst geworden, dass er lediglich ein Strohmann war, und ab diesem Zeitpunkt saß Bielohlawek nur noch in dem großen Chefbüro und lernte das „Neue Österreich" auswendig. Und das seit mittlerweile fast zwei Monaten.

„Das Problem ist", fuhr Schulz in der Zwischenzeit fort, „dass wir den Alten nicht einfach so an die Luft setzen können. Er ist hier überaus beliebt, vor allem, weil es niemanden mehr gibt, der sich an eine Zeit erinnern könnte, da der Kerl noch nicht hier gearbeitet hat. Er ist quasi eine Institution." Krieger übte sich kurz im Kopfrechnen. „Ist der nicht schon 60? Wir könnten ihn einfach pensionieren. Goldene Uhr, Handschlag und so weiter."

Schulz schnalzte mit der Zunge. „Ja, das ginge natürlich. Aber wäre das nicht gar ein wenig auffällig? In der Brauerei arbeiten immerhin einige Heißsporne, die würden doch den Braten sofort riechen ..." Krieger sah seinen Chef fragend an. Der verdrehte kurz die Augen: „Na, die würden den Zusammenhang mit dem Abzug der Russen sofort herstellen. Das hätte zwar keine unmittelbaren Folgen, hinterließe aber vielleicht einen schalen Nachgeschmack." Und nach einem Moment des Nachdenkens, in dem Schulz scheinbar zusammenhanglos vor sich hin pfiff: „Zum normalen Mitarbeiter können wir ihn auch keinesfalls zurückstufen. Das würde erstens böses Blut machen und ihn vielleicht zweitens auf die Idee bringen, wieder Betriebsrat zu werden, so wie er das vor zwölf Jahren schon war. Wir brauchen da eher eine österreichische Lösung, würde ich meinen."

„Und worin würde die bestehen?", übte sich Krieger im Wiener Konjunktiv. Schulz grinste: „Wir machen ihn zum Aufsichtsrat. Da fällt er formal hinauf, und wir können unsere alten Plätze wieder einnehmen." Krieger reagierte weniger euphorisch, als von Schulz erwartet: „Aufsichtsrat? Seit wann haben wir denn einen Aufsichtsrat? Wir sind ja keine Aktiengesellschaft!" Schulz lächelte verschmitzt. „Gut mitgedacht, Krieger. Ist aber schnurz. Wir wandeln den Laden einfach in eine GmbH um, und natürlich haben wir genau einen Gesellschafter, nämlich mich, aber da wir eindeutig mehr als 300 Beschäftigte hier haben, können wir trotzdem ganz gesetzeskonform einen Aufsichtsrat einrichten. Voilà, Herr Bielodingsbums steht vor einem Karrieresprung."

Schulz hatte kaum geendet, als ihm bewusst wurde, dass Krieger diese Eröffnung weit weniger selig machen würde als ihn. Weshalb er kurz nachsetzte. „Für Sie, lieber Krieger, wird sich das natürlich auch lohnen. Immerhin besteht ein Aufsichtsrat ja nicht aus einer einzigen Person. Na, klingt das nicht besser als bloß Prokurist?" Krieger schnalzte mit der Zunge. „Kommt dann wohl auf die Diäten an", replizierte er lakonisch. Schulz grinste breit: „Mann, Mann, Mann! Sie sind ja fast so durchtrieben wie ich selbst. Aber keine Sorge, da finden wir schon eine Lösung, die Ihnen genehm sein wird, Krieger."

Bielohlawek hielt es zur selben Zeit nicht mehr in seinem Büro aus. Er marschierte schnurstracks in den Produktionstrakt und traf die Arbeiter bei der Mittagspause an. „Servas, die Runde. Wie schau ma aus?" Ihm wurde bewusst, dass er schon einmal enthusiastischer begrüßt worden war. Und genau dieser Umstand machte ihm Sorge. Sein Posten entfremdete ihn von seinen Genossen. Er hatte sogar auf eine allfällige Kandidatur bei den erwarteten Wahlen verzichtet, weil er gemeint hatte, das klänge doch reichlich abgeschmackt, wenn ein „Brauereidirektor" für die Sozialisten kandidiere, doch auf Dauer würde dies bei weitem nicht der einzige Misston in seinem Verhältnis zu seiner Klasse bleiben. Er musste einen Weg finden, wieder ein normaler Arbeiter zu sein. Vor allem aber musste er den Genossen erklären, dass er damals nicht anders habe handeln können, um die Brauerei vor der Schließung zu bewahren. Nun aber, da die Existenz der Hernalser Bräu sichtlich gesichert war, würde er sich wieder dorthin zurückbegeben, wo er hingehörte. Und genau das sagte er den Kollegen nun auch.

Wenig später stand in der Hernalser Bezirkspartei die Wahl der Funktionäre an, und allen war bewusst, dass jene, die nun an die Spitze der Organisation gestellt würden, auch bei allfälligen Parlaments- oder Gemeinderatswahlen die logischen Kandidaten sein würden. Bielohlawek hatte seit Mai nicht nur seine alte Sektion reaktiviert, er war auch unermüdlich beim Wiederaufbau der Bezirkspartei aktiv gewesen, und daher gab es nicht wenige, die ihn als Bezirksobmann vorschlugen. Er aber winkte ab: „Glaubt mir, Genossen, das ist eine Aufgabe für die Jugend. Da muss einer ran, der noch die ganze Kraft in sich spürt und in dem noch das Feuer hell lodert. Und drum schlag ich euch den Franz vor. Der hat mit Mitte 30 genau das richtige Alter. Schon genug Lebenserfahrung, um mit Augenmaß vorzugehen, aber noch nicht so alt, als dass er in wichtigen Fragen zögern würde. Und dass er bei der Gewerkschaft eine wichtige Rolle spielt, sollte sich auch für unseren Bezirk positiv auswirken. Also stelle ich den Antrag, den Genossen Olah zum Bezirksobmann zu wählen."

Und so geschah es auch.

Wien, 30. September 1945

Es war eine kurze Notiz auf der letzten Seite der amtlichen „Wiener Zeitung“. Die Hernalser Brau-Aktiengesellschaft, vormals Hernalser Bräu, lud darin ihre Aktionäre ein, am 10. Oktober an der außerordentlichen Hauptversammlung in den Räumlichkeiten des Bürotraktes teilzunehmen. Als Tagesordnungspunkte seien dabei die Annahme des Geschäftsberichts für den Zeitraum 1944/45 sowie die Wahl des Aufsichtsrates in Aussicht genommen. Unter dieser lapidaren Mitteilung befand sich der Hinweis, dass auf eine Aktie im Wert von 100 Reichsmark eine Stimme entfalle, auf Aktien à 1.000 Reichsmark ergo zehn Stimmen entfielen. Zudem wurde noch betont, dass Aktien bis spätestens sechs Tage vor der Hauptversammlung bei den Effektenabteilungen von Creditanstalt und Länderbank oder direkt bei der Brauerei zu erwerben und bis zum Abschluss der Verhandlungen dort auch zu hinterlegen seien.

Schulz war stolz auf dieses Manöver. Eine Frist von nicht einmal fünf Tagen, in denen er das Unternehmen quasi in eine AG umwandelte, sollte dergestalt bemessen sein, dass niemand in der Lage war, seine Mehrheit ernsthaft zu gefährden. Um den alten Bielohlawek dazu zu bringen, die Sitzung nicht zu schwänzen, schenkte er ihm fristgerecht eine Aktie im Wert von 100 Mark, die dieser erst nach wortreichem Protest annahm. Am Tag vor der Hauptversammlung konnte Schulz zufrieden feststellen, dass ihm praktisch alle emittierten Aktien gehörten.

Natürlich hätte er diese Entscheidung formal nicht alleine treffen können. Doch die Frau Winter war taub und senil, die würde keinerlei Fragen stellen. Und wenn doch, dann konnte er ihr immer noch sagen, von den Aktien gehörte die Hälfte ihr. Doch Schulz war sich sicher, die betagte Dame wusste nicht einmal von ihrem Besitz. Das einzige Problem war mithin Tossler. Der würde sicher die Anzeige in der Zeitung gesehen haben und entsprechenden Furor entwickeln. Dass er sich bislang nicht gemeldet hatte, deutete lediglich darauf hin, dass er eine weit gewaltigere Intervention direkt auf der Hauptversammlung plante.

Schulz aber entschloss sich, den Stier an den Hörnern zu packen, und rief kurzerhand bei Tossler an, ihn einen Tag vor der Versammlung zu sich ins Büro bestellend. Tossler war denn auch ganz Ohr.

„Schauen Sie, mein lieber Tossler“, begann Schulz mit Schalmeienklang, „diese kleine Maßnahme ändert nicht das Geringste an unserer Vereinbarung. Ich habe sichergestellt, dass sich kein Investor zwischen uns drängt. Abgesehen von ein paar nebbichen Streuaktien ist nach wie vor alles fest in unserer Hand, Ihr Anteil bleibt also von der ganzen Aktion völlig unbenommen. Ich habe diese Umwandlung auch nur deshalb vorgenommen, um den Bielohlawek loszuwerden, der uns beiden durchaus noch gefährlich werden könnte. Jetzt aber habe ich eine Funktion für ihn gefunden, wo er uns nicht mehr in die Suppe spucken kann. Sie werden also sehen, das alles wird sich für uns beide mehr als lohnen.“ Tossler lächelte nur geschmeidig und gab dem Projekt beiläufig seine Zustimmung.

Und so unscheinbar wie die Ankündigung in der Zeitung verlief dann auch am folgenden Tag die Generalversammlung. Keine zehn Stimmberechtigten hatten sich in den Räumen der Brauerei eingefunden, die gleichwohl über 99 Prozent der Stimmen verfügten. Mitten unter ihnen saß

Bielohlawek und fühlte sich noch unwohler als sonst. Die ganze Nacht über war er einzelne Formulierungen durchgegangen, von denen er hoffte, sie würden den Anwesenden als Geschäftsbericht genügen, doch dann stellte er zu seinem Erstaunen fest, dass ihm gar nicht erst das Wort erteilt wurde. Schulz meinte lapidar, der Bericht liege schriftlich vor, und wenn es keinen Einwand gebe, dann sei dieser als genehmigt zu betrachten. Keine fünf Minuten später waren Krieger, der alte Martinek, den Bielohlawek schon gekannt hatte, als dieser noch unter Glickstein Personalchef gewesen war, und Bielohlawek selbst zu Aufsichtsräten bestellt, worauf Krieger die Sitzung auch schon wieder für beendet erklärte. Wieder fünf Minuten später sah sich der greise Martinek zum Aufsichtsratspräsidenten bestellt und stimmte im Gegenzug Kriegers Antrag zu, Schulz wieder zum Direktor der Brauerei zu bestellen.

So ging das also in der Geschäftswelt, dachte Bielohlawek bass erstaunt. In weniger als einer Viertelstunde war buchstäblich alles in der Brauerei auf den Kopf gestellt worden. Nach fünf Monaten war er nun Direktor außer Dienst, und er registrierte dieses Faktum mit Erleichterung. Und doch hegte er Zweifel daran, dass die Genossen mit dieser Entwicklung zufrieden sein würden, denn als Aufsichtsratsmitglied unterschied er sich immer noch nennenswert von seinesgleichen. Doch diesmal wusste er die richtige Antwort auf diese Frage, die ihn selbst so quälte. Er würde auch dieses Amt nur provisorisch ausüben und bei Krieger und Martinek durchsetzen, dass bei der nächsten Generalversammlung ein Vertreter des Betriebsrates seinen Platz einnehmen würde. Denn für ihn, der er im 61. Lebensjahr stand, war es ohnehin Zeit, den Hut zu nehmen. Mochten

Jüngere kommen und es besser machen, sagte er sich, ehe er mit einem elegischen Seufzer das ihm angebotene Glas Schaumwein aus den Händen der Sekretärin entgegennahm.

Immerhin, so tröstete er sich, während er einen klitzekleinen Schluck des Sprudelwassers zu sich nahm, würde in sechs Wochen gewählt. Dann bekäme Österreich endlich wieder ein normales politisches System, hätte eine demokratisch legitimierte Regierung, und die Alliierten könnten dem Land nicht länger die erforderliche Souveränität versagen. Spätestens im Frühjahr 1946, so hatte es denn auch aus den führenden Kreisen der Partei geheißen, ginge es an die Verhandlungen für einen Staatsvertrag, und wenn erst einmal die fremden Mächte das Land verlassen hatten, dann würde sich alles stabilisieren. Wohnraum würde nicht mehr so knapp sein, die Ernährungslage besser und die ermüdenden Verzögerungen, die entstanden, weil die Besatzungsmächte überall erst ihre Zustimmung geben mussten, gehörten dann auch endlich der Vergangenheit an. Und Bielohlawek ertappte sich dabei, wie er sehnsuchtsvoll zu jenen Brötchen schielte, welche die Brauerei für die Aktionäre bereitgestellt hatte.

„Genieren Sie sich nicht, mein lieber Bielohlawek, greifen Sie ordentlich zu. Wie Sie sehen, ist genug da." Vermeintlich aufmunternd klopfte ihm der alte und nun wieder neue Direktor auf die Schulter, und Bielohlawek sah betreten zu Boden. Dann aber fasste er sich ein Herz und schnappte mit katzengleicher Geschwindigkeit ein ganzes Tablett, das er eilig hinter einen Bücherstapel schob. Bei passender Gelegenheit würde er nach nebenan gehen, seine Zeitung holen und die kleinen Delikatessen darin bergen, um sie später nach Hause zu tragen, damit Fanny und Wickerl endlich auch wieder einmal etwas Gutes zwischen die Zähne bekamen. Der Krieg war nun seit einem halben Jahr Geschichte, und doch konnte man nicht behaupten, dass sich die Lage in der alten Stadt entscheidend verbessert hätte. Wenn man es genau bedachte, dann brauchte es weit mehr als eine Änderung der politischen Verhältnisse. Es brauchte eine grundlegende Wandlung des sozialen Gefüges. Hier saßen zwei, drei Reiche und hatten belegte Brote, während draußen Millionen Menschen nicht mehr sagen konnten, wann sie zuletzt einen Erdapfel gesehen hatten. Nein, sagte sich Bielohlawek, die neue Zeit zog nicht automatisch mit der Arbeiterschaft, man musste sie selbst vorwärtstreiben. Wie schon 1918 galt, die Expropriateure mussten expropriiert werden. Und mit diesen Sandwichs würde er anfangen.

Wien, 9. November 1945

„Nächster!" Blechern klang die Stimme des Magistratsbeamten über den Korridor. Strecha erhob sich mühsam und schlich wie ein alter Mann auf die gelblich-weiße Tür zu, welche der Beamte mit seiner Erscheinung nahezu gänzlich ausfüllte. Dieser machte keine Anstalten, Strecha ein Übermaß an Platz zu lassen, sodass dieser sich nachgerade eingeschüchtert an dem Staatsbediensteten vorbeizwängen musste. Vor dessen Schreibtisch blieb er verunsichert stehen, bis der Sachbearbeiter selbst auf seinem Stuhl Platz genommen hatte. Er wartete, dass dieser ihn aufforderte, sich zu setzen, doch eine solche Formulierung blieb aus.

„Name?"

„Hermann Strecha."

„Wann und wo geboren?" Strecha leierte die entsprechenden Daten herunter. Der Beamte suchte einstweilen in einem Aktenstapel nach den diesbezüglichen Unterlagen, fand sie und blätterte gelangweilt darin. Erst nach einer guten Weile sagte er: „Und was führt Sie her?"

„Na ja, Einspruch, ned wahr! Einspruch möcht ich erheben. Gegen die Registrierung als Nazi. Ich bin keiner. Im Gegenteil. Ich bin ein Opfer." Dabei bemühte sich Strecha um einen mitleidheischenden Gesichtsausdruck.

„Unseren Unterlagen zufolge waren Sie ab 1937 illegales Mitglied der NSDAP und im März 1938 Zugführer der lokalen SA-Gruppe in Hernals."

Strecha verkniff sich gerade noch rechtzeitig die Korrektur des soeben Gesagten und den Hinweis, dass es bei der SA keine Zug-, sondern vielmehr Rottenführer gegeben hatte und er zudem Scharführer gewesen war. Das, so dachte er, würde die folgenden Verhandlungen möglicherweise ungünstig beeinflussen. Also schluckte er seinen diesbezüglichen Einwand hinunter und erklärte stattdessen: „Da müssen Ihre Quellen einem Irrtum aufgesessen sein. Ich war Wehrturner bei den Sozialdemokraten. Da …“ Er kramte in seiner speckigen Ledertasche, fand, was er suchte, und reichte dem Mann am Schreibtisch einen fleckigen Wisch, den dieser skeptisch entgegennahm. Strecha deutete mit dem Zeigefinger auf das Papier. „Der Denk Jokl … also der Jakob Denk, der bestätigt darin, dass ich Mitglied bei die Wehrturner war, und beim Wiener Arbeiter-Turnverein. Sie sehen also, Sie haben einen Sozi vor sich und keinen Nazi.“ Strecha bemühte sich um ein selbstsicheres Lächeln, das ihm gleichwohl nur unvollständig gelang.

Tatsächlich überflog der Beamte das Schriftstück und sah dann Strecha zum ersten Mal direkt an. „Aber diese Erklärung besagt lediglich, dass Sie vor 1934 Sozialdemokrat waren. Das mag durchaus seine Richtigkeit haben. Aber wir reden nicht von der Ersten Republik, wir reden von der jüngsten Vergangenheit. Und für die ist, mit Verlaub gesagt, dieser Wisch zum Krenreiben.“

Strecha schluckte. „Die Nazis haben mich außebissen aus meinem Posten. Ich war Prokurist bei der Hernalser Bräu. Dann sogar kommissarischer Leiter. Dem alten Glickstein hab ich die Geschäfte gführt. Und deswegen haben mich die Piefke, die was im 38er Jahr aus Berlin kommen sind, hochkant außegschmissen. Weil ich einem Juden gholfen hab. So schaut's aus!“, sagte er mit grollendem Unterton und verbarg dabei keineswegs, dass er nur mühsam die Fassung bewahrte.

Der Beamte legte die Aussage Denks beiseite. Er nahm seine Brille ab, kaute eine kleine Weile an deren Bügel, ehe er sie auf den Tisch fallen ließ. „Sehen S', Herr Strecha, genau das ist das Problem. Uns liegen Zeugenaussagen vor, nach denen Sie dem Herrn Glickstein nicht nur nicht geholfen haben, sondern dass Sie ihn 1938 sogar ziemlich traktiert haben, wenn ich das einmal so salopp formulieren darf. Und in diesem Lichte ..."

„Wer sagt so etwas?", brauste Strecha auf. „Das ist eine glatte Lüge! Ich habe ja wohl das Recht, derjenigen Person von Angesicht zu Angesicht gegenüberzustehen. Dann soll diese ausgschamte Person wiederholen, was sie hinterrücks über mich erzählt. Das ist doch unerhört! Wo simma denn? Da wird man vernadert wie bei die Nazis! Nennen Sie das Gerechtigkeit? Diktatur nenn ICH so was."

Strecha bemerkte, dass der Beamte für einen Moment tatsächlich betroffen wirkte, und er bemühte sich, den Ausdruck der vermeintlichen Empörung nach außen hin aufrechtzuerhalten. Innerlich aber erlaubte er sich ein Grinsen. Angriff war eben immer noch die beste Verteidigung, sagte er sich.

„Sie weisen diese Vorwürfe also zurück?"

„Aber unbedingt. Ich werde diese freche Person verklagen. Das ist ... üble Nachrede ist das. Verleumdung. Kreditschädigung. Wer immer das gesagt hat, der kann sich warm anziehen!" Strecha schüttelte sich theatralisch. „So etwas! Da wird man einfach anonym von irgendjemand angeschwärzt. Dabei haben wir alle gehofft, solche Zeiten wären ein für alle Mal vorbei."

Dem Beamten war die Szene sichtlich unangenehm, und so trachtete er danach, wieder sicheren Boden unter sich zu spüren. „Sei dem, wie dem sei. Bleiben wir bei den uns vorliegenden Fakten. Leugnen Sie, Mitglied der NSDAP gewesen zu sein, und waren Sie bei der SA?"

„Ich war nie Zugsführer bei der SA. Wenn ich lüge, soll mich auf der Stelle der Schlag treffen."

„Und hinsichtlich der Mitgliedschaft?" Strecha wog seine Chancen ab. Er selbst hatte zwar alle Mitgliedsausweise verbrannt, doch die Wahrscheinlichkeit, dass der Entnazifizierungskommission irgendwo Mitgliederlisten und sonstige Unterlagen in die Hände gefallen waren, musste als recht groß eingeschätzt werden. Wenn sie ihn also hier einer Lüge überführen konnten, dann würden sie ihm auch in den anderen Belangen keinen Glauben mehr schenken. Besser war es also, dieses eine Vergehen zuzugeben, um von den weit größeren Vergehen abzulenken.

„Ja, das muss ich leider zugeben, Herr Rat. Aber ich bitt Sie, versetzen Sie sich in meine Lage. Da hat man ja förmlich dazugehen müssen, sonst hätten die einen ja sofort …" Er fuhr mit dem ausgestreckten Zeigefinger seinen Hals entlang.

„1937? Das glauben Sie ja selber nicht …"

„Ah, Herr Rat, das stimmt ja gar nicht. Das war ein Übereifriger, der das da hingschrieben hat. Sie können meine Frau fragen, ich bin im März … nein, warten S', im April 38 beigetreten. Damit ich mich absicher gegen die Piefke, die was da kommen sind. Ich hab mir denkt, wenn ich selbst auftret wie ein Parteigenosse, dann können die mir nix. Aber wie S' gsehen haben, hab ich mich da täuscht. Und teuer zahlt dafür hab ich auch. Und eines kann ich Ihnen sagen: Geld haben die keines gsehen von mir. Das war Ehrensache. Immerhin sind wir Österreicher. Und als Österreicher brauchen wir keine Piefke, die uns regieren." Triumphheischend sah Strecha den Beamten an. Er war in diesem Augenblick so von sich überzeugt, dass ihm völlig entging, wie der Magistratsbedienstete angewidert seine Miene verzog.

„Warum sollte man Sie zum Illegalen stilisiert haben, wenn Sie es gar nicht waren, hmm? Erklären Sie mir das einmal."

„Na ned wegen mir, wann S' das am End gar glauben! Das hat der schön für sich selber gmacht, der Goldfasan. Damit er vor seine Obernazis besser dasteht natürlich. Was glauben Sie denn, wie das damals war? Ganz Wien is damals zu die Nazis grennt. Ned nur i. Und wie hätt denn das ausgschaut, wenn da nur März-Gefallene auftaucht wären in die Unterlagen. Die in Berlin hätten doch sofort gsagt, na typisch, diese Östreicher, nich wahr und so weiter. Aber wenn er in seiner Listen einen ganzen Haufen illegaler Kämpfer ausgwiesen hat, dann war er auf einmal wer Bsonderer. Ned wahr, so hat das damals ausgschaut, Herr Rat. So, und ned anders."

Wien, 22. November 1945

Hermann Strecha erwachte mit einer überaus nervösen Grundstimmung. Am Abend zuvor hatte er die Nachricht erhalten, dass niemand anderer als Direktor Schulz ihn für den kommenden Morgen zu sich in die Hernalser Bräu bestellt hatte. Nach allem, was zwischen ihnen vorgefallen war, konnte sich Strecha unmöglich vorstellen, dass diese Unterredung eine positive Note aufweisen würde. Andererseits vermochte sich Strecha nicht gegen die Hoffnung zu wehren, er würde doch endlich wieder in den Kreis der arbeitenden Menschen aufgenommen werden, denn die paar Stunden, die er seit dem Sommer beim *Finken* ausgeholfen hatte, würde jeder echte Wiener als Pfusch bezeichnet haben, womit er gleich in mehrfacher Hinsicht richtig gelegen wäre.

Allerdings gab es wahrlich wenig Anlass, anzunehmen, die Hernalser Bräu würde ausgerechnet ihn mit offenen Armen empfangen. Zwar hatte wenigstens nicht mehr der alte Bielohlawek das Sagen, der ihn mindestens so sehr hasste wie umgekehrt er ihn, doch Schulz hatte sicherlich nicht vergessen, wie Strecha all die Jahre über ihn hergezogen war. Wenn man es also recht bedachte, gab es niemanden in der Brauerei, der sich für ihn, Strecha, verwendet hätte. Umso neugieriger war er nun, was man dort von ihm wollen könnte.

Strecha umkurvte mehrmals das Firmengelände, da er ob seiner Aufregung viel zu früh angekommen war. Erst, als die große Uhr die vorgegebene Zeit anzeigte, trat er durch das Tor und hielt auf den Verwaltungstrakt zu, wobei er penibel darauf achtete, dass er von niemandem gesehen wurde. Er meldete sich beinahe schüchtern bei Schulzens Vorzimmerdame, die, freilich ohne ihn zu grüßen – also auch sie, dachte Strecha nur –, im Chefbüro verschwand. Gleich danach öffnete sie die schwere Eichentür und erklärte, der Herr Direktor lasse bitten. Und nachgerade ehrfürchtig betrat Strecha jenen Raum, in dem er vor knapp acht Jahren für einige Wochen selbst residiert hatte.

„Strecha, Sie alter Schlawiner“, trompetete Schulz jovial, „da sind Sie also wieder! Nehmen S’ doch Platz. Wollen S’ was trinken? Bier hätten wir da!“ Dabei prustete Schulz übertrieben freundlich los, was Strecha nur noch vorsichtiger werden ließ. Abwartend setzte er sich. Schulz fasste in eine seiner Schreibtischschubladen und holte eine Zigarre hervor. „Wollen S’ auch eine?“ Strecha verneinte. Was war da im Busch, fragte er sich. So viel Freundlichkeit war mehr als verdächtig.

Als der Direktor endlich sein Rauchwerk entflammt hatte, blies er genussvoll aus. „Sie werden sich sicher gefragt haben, warum ausgerechnet ich nach Ihnen schicken ließ“, begann Schulz, „und Sie taten recht daran, denn offen gestanden verkehrten wir beide nie auf freundschaftlichem Fuß, wie man so schön sagt. Aber“, und da stand Schulz auf und ging gemessenen Schritts auf Strecha zu, „Dienst ist Dienst, und Schnaps ist Schnaps.“ Schulz schob einen der Sessel der Besprechungsgarnitur zurück und setzte sich darauf. „Sie hätten im Frühjahr Ihr Heil in der Offensive suchen und uns bei den Sowjets anschwärzen können. Das haben Sie nicht getan, was ich Ihnen hoch anrechne. Sie haben Ihren Mund gehalten, was zeigt, dass Sie trotz allem, was war, ein verlässlicher Patron sind. Und gerade solche können wir in Zeiten wie diesen gut brauchen.“

Strecha hielt den Atem an. Wollte Schulz ihn tatsächlich wieder einstellen? Nach all diesen Auseinandersetzungen? Wo, so fragte er sich, war der Haken? „Wir zwei waren uns bisher selten grün, aber ich schätze Sie als jemanden, der weiß, wer der Ober und wer der Unter ist. Sie haben militärische Erfahrung und die nötige Energie, die Dinge, die nun einmal getan werden müssen, auch auszuführen, und seien sie, sagen wir einmal, noch so schmutzig. Und genau diese Grundhaltung macht Sie für mich, nun, interessant."

Strecha zwang sich, ruhig zu bleiben. Er biss die Zähne fest zusammen und schwieg weiterhin. Womit er Schulz aus der Reserve zu locken gedachte. Der klopfte in der Zwischenzeit Asche ab. „Schauen Sie, Strecha, auch wenn hier mittlerweile die Amis das Sagen haben, so haben wir beide dessen ungeachtet genug Dreck am Stecken, dass die uns locker nach Sibirien verfrachten würden. Oder nach Nürnberg, was derzeit wahrscheinlich nicht weniger ungesund ist. Das verbindet uns also. Und, so frage ich mich, was spricht also dagegen, wenn uns darüber hinaus noch etwas verbindet?"

„Und das wäre?", brach Strecha endlich sein Schweigen. Schulz ließ sich mit seiner Antwort Zeit. „Ich glaube", sagte er endlich, „Sie gäben einen guten Buchhalter ab. Einen, der, na, nennen wir es einmal so, durchaus einen kreativen Umgang mit den Zahlen pflegen könnte."

Daher wehte also der Wind. Schulz wollte in die eigene Tasche wirtschaften, und er, Strecha, sollte ihm dabei helfen. „Und was springt dabei für mich heraus? Immerhin war ich hier einmal weit mehr als nur ein kleiner Buchhalter …" Der Direktor nickte heftig. „Dessen bin ich mir durchaus bewusst. Aber glauben Sie mir, lieber Strecha, es wird sich für Sie lohnen. Sie stehen zwar nicht mehr auf der Brücke, aber dafür füllt sich Ihre Kajüte, wenn Sie mir diesen kleinen Kalauer erlauben." Strecha zwang sich, nicht demonstrativ die Augen ob dieses schwachsinnigen Satzes zu verdrehen, und konzentrierte sich stattdessen auf das eigentliche Thema: „Was heißt das genau?"

„Jetzt seien Sie nicht so begriffsstutzig, mein lieber Strecha! Wahlen stehen hier vor der Tür, über kurz oder lang wird sich dieser Staat wieder konsolidieren, und dann wird er wieder seine Steuern und Abgaben haben wollen, und seien wir uns doch ehrlich, die sind doch bei uns zwei wesentlich besser aufgehoben als bei irgendeinem doofen Finanzamt, nicht wahr? Also müsste halt jemand die Bücher, nun, so führen, dass da nicht gleich der ganze Profit wieder abfließt, bevor wir etwas von ihm haben. Meinen Sie nicht, Strecha?"

„Fifty-fifty!"

„Wie belieben?"

„Fifty-fifty. Von allem, was ich an der Steuer vorbeischleuse, kriege ich die Hälfte." Schulz nahm einen langen Zug von seiner Zigarre. „Nun", sagte er dann gedehnt, „ich denke, das geht in Ordnung." Strecha hielt ihm reflexartig die Hand hin, die dieser auch ergriff. „Da ist allerdings noch etwas", sagte der Direktor noch während des Händedrucks. „Ich habe gehört, Sie sind den Nazijägern der Regierung von der Schippe gesprungen. Wie es der Zufall so will, muss ich auch bei denen antanzen." Schulz beugte sich vor: „Sagen Sie, wie haben Sie das hinbekommen?"

Wien, 25. November 1945

Hilde war den ganzen Tag über in der Wahlkommission gesessen und hatte sich wie ein Kind gefreut, dass so viele Menschen zur Wahl kamen. Unmittelbar nach Wahlschluss hatte man in ihrem Sprengel in Ottakring die Stimmen ausgezählt, und Hilde war dann doch ein wenig darüber überrascht gewesen, dass die KPÖ praktisch keine Rolle gespielt hatte. Auf die Sozialisten waren 72 Prozent entfallen, auf die ÖVP 20 und auf die KPÖ gerade einmal acht Prozent. Und das in einer Arbeiterhochburg. Sie zeichnete das Protokoll ab, verabschiedete sich von den Kollegen und eilte dann ins Bezirksparteisekretariat, wo Wickerl schon auf sie wartete. „Bei uns war's ein Wahnsinn", eröffnete er ihr, „88 Prozent für uns, je 6 für die zwei anderen." Hilde setzte ihn über ihr Ergebnis in Kenntnis. Wickerl wiegte den Kopf hin und her. „Das schaut dann aber nicht so gut aus für die Kommunisten. Wenn die in Wien nicht viel mehr kriegen, dann wird's nix mit den 20 bis 25 Prozent. Aber wurscht", lachte er, „wenn wir am Land draußen ned dramatisch verlieren, dann sind wir auf jeden Fall die Stärksten, und das kann kein Nachteil sein."

Nach und nach trafen die Sprengelergebnisse im Sekretariat ein. Und die sprachen eine eindeutige Sprache. Sowohl Hildes Heimat Ottakring als auch Wickerls Bezirk Hernals hatten mit überwältigender Mehrheit für die SPÖ gestimmt. Hilde hielt es schließlich nicht mehr aus und drängte Wickerl, sie in die Parteizentrale zu begleiten.

„Bist dir sicher? Soll das nicht eher der Franz machen? Immerhin ist er dein Ehemann ..." Hilde winkte ab. „Der ist so mit den Genossen beschäftigt, der kommt sicher nicht weg von da. Ich will aber wissen, wie's im Rest von Wien ausschaut. Und in Österreich natürlich auch. Und da weiß der Erwin sicher mehr." Wickerl lächelte wissend, wenn ihm auch bewusst war, dass Hildes Aussage durchaus ihre inhaltliche Richtigkeit besaß. Scharf war nicht nur Zentralsekretär der Partei, er kandidierte auch im selben Wahlkreis wie Hilde und Turls neuer Chef Franz Olah, bildeten Penzing, Ottakring und Hernals doch den Wahlkreis „Wien West". Sie begaben sich also in die Innenstadt und wurden ohne Umschweife zu Scharf vorgelassen. Der brütete bereits eifrig über den eingelangten Zahlen. Als er der beiden Freunde gewahr wurde, platzte es gleich aus ihm heraus: „Im Siebener haben wir fast 100.000 Stimmen. Die Schwarzen kommen grad einmal auf 45.000, aber die Freunde von der KPÖ, die haben ned einmal 14.000 Leut gwählt." Fast schien er trauriger über das Resultat der Kommunisten, als dass er sich über den Zuspruch für die SPÖ gefreut hätte.

„Und was heißt das konkret?", wollte Wickerl wissen. Scharf konsultierte seine Unterlagen. „Wir haben fünf Mandate, die Schwarzen zwei und die Kommunisten gar keines." Wickerl rechnete im Kopf nach. „Das heißt, die Hilde und du, ihr seids beide gwählt, oder?" Scharf nickte. „Ja, und der Schärf, der Kysela und der Jiricek. Für den Olah is es sich grad ned ausgangen", ergänzte er in Wickerls Richtung.

„Und wie schaut's in den anderen Wahlkreisen aus", fragte Hilde, „weißt da schon was?" Scharf signalisierte Zustimmung. „Insgesamt hamma in Wien rund eine halbe Million Stimmen gekriegt. Außer in Wien Innen-West sind wir überall stärker als die ÖVP, aber dort war das auch nicht zu erwarten, der sechste, siebente und achte Hieb, das waren immer Hochburgen der Bourgeoisie.“ Er sah noch einmal in seinen Aufzeichnungen nach. „In den Wahlkreisen haben wir 27 Direktmandate, eines kommt wahrscheinlich noch über die Reststimmen dazu. Die Schwarzen haben 16, und die KPÖ wird wahrscheinlich nur zwei Restmandate in Wien machen.“

„Ned wahr?“, entfuhr es Wickerl. „Wenn die schon in Wien so abschmieren, dann kriegen die ja keine zehn Mandatare.“ Scharf zuckte mit den Schultern. „So schaut's aus.“

Wickerl hatte im letzten halben Jahr eine ganze Menge kommunistischer Schwergewichte kennengelernt, allen voran ihren Generalsekretär Friedl Fürnberg. Die alle schienen nun ohne Sitz zu bleiben, da sie allesamt in Wien kandidiert hatten. Und es wurde für die Kommunisten noch kritischer, als sich herausstellte, dass sie auch in der Steiermark und in der oberösterreichischen Industrieregion kein Grundmandat geschafft hatten. Würden sie auch in Niederösterreich leer ausgehen, dann waren sie nicht zum zweiten Ermittlungsverfahren zugelassen und hatten den Einzug ins Parlament überhaupt verfehlt. Das aber wiederum, so war Wickerl bewusst, würde mutmaßlich bedeuten, dass die ÖVP eine absolute Mehrheit errang und allein regieren konnte. Wickerl sah seine Freunde an: „Des schaut ned guat aus“, meinte er dann.

Da stürmte Heinrich Hackenberg, Scharfs Kollege im Sekretariat, ins Zimmer: „In Kärnten hamma die absolute Mehrheit“, schrie er euphorisch und winkte mit einem großen Zettel in der Hand, „und stellts euch vor“, fuhr er fort, während seine Augen leuchteten, „im Burgenland hamma vier Sitze, genauso viele wie die Schwarzen.“ Wickerl schöpfte wieder neuen Mut. Bislang hatten die Sozialisten also 37 Sitze, die von der ÖVP aber nur 24. Vielleicht waren die Österreicher doch klüger geworden.

Die wenig später eintrudelnden Resultate von Salzburg, Tirol und Vorarlberg ernüchterten die kleine Gruppe allerdings wieder. Dort hatten die Konservativen 13 Mandate erhalten, die Sozialisten aber nur fünf. Es stand also 42 zu 37, und drei eher konservative Bundesländer waren noch ausständig. Tatsächlich sprach kurz nach Mitternacht auch Oberösterreich eine klare Sprache: 14 für die Schwarzen, 9 für die Roten. Was einen Gleichstand von 51 zu 51 insgesamt ergab. Und noch immer hatten die Kommunisten nirgendwo ein Mandat errungen.

Mit steigender Nervosität warteten sie auf die restlichen Ergebnisse. Mittel- und Oststeiermark gaben der ÖVP erstmals eine komfortable Führung, errang sie doch dort sieben Sitze, während es die Sozialisten nur auf drei brachten. Und Wickerl ertappte sich bei der Frage, wie viele Mandate die ÖVP für eine absolute Mehrheit brauchte. „83“, entgegnete Scharf, der verstand, worauf Wickerl hinauswollte. „Aber mal den Teufel nicht an die Wand. In Graz haben sicher wir die Mehrheit, und in der Obersteiermark sicher auch. Das gleicht es dann wieder aus.“

Zwar lag Scharf mit seiner Prognose zur Mur-Mürz-Furche richtig, doch in Graz gab es ein Patt, sodass die Roten insgesamt nur ein Mandat aufholten. 64 Schwarzen standen nun 61 Rote gegenüber, und ein neutraler Beobachter hätte gewiss seine Freude an dieser Dramaturgie gehabt. Nur noch vier Wahlkreise waren ausständig, und immer noch schien jeder Ausgang möglich. Vor allem, wenn die KPÖ tatsächlich nirgendwo das Grundmandat schaffte, dann lag sogar eine absolute SPÖ-Mehrheit im Bereich des Möglichen.

Doch mit Eintreffen der Resultate aus dem Wald- und Weinviertel sank diese Hoffnung auf null. Das Mostviertel war da nur noch die Draufgabe. Die ÖVP hielt nun bei 80 Sitzen und war damit einer absoluten Mehrheit mehr als nur nahe. Der letzte noch offene Wahlkreis, das Industrieviertel, würde den Ausschlag geben. Dort gelangten zwölf Mandate zur Vergabe, der ÖVP genügte also ein rundes Viertel der Stimmen, um der triumphale Gewinner dieses Urnengangs zu sein.

„Wenn der Honner es dort nicht gschafft hat, dann hamma ein 2-Parteien-Parlament. Ist euch das klar?“, sagte Scharf mit belegter Stimme. „Dann fahren die Schwarzen mit uns Schlitten.“ Krones versuchte, ihren Freund zu beruhigen. „Das werden die Sowjets nicht zulassen.“ In diesem Augenblick kam erneut Hackenberg ins Zimmer. „Die letzten Zahlen. Jetzt simma vollständig.“ Scharf riss ihm das Blatt förmlich aus der Hand und starrte auf die darauf verzeichneten Kolonnen. „18.000 Stimmen für die KPÖ“, verlautbarte er, „das reicht für ein Mandat.“ Wickerl grinste. „Habts ihr das auch grade ghört?“ Hilde und Erwin, aber auch Hackenberg sahen ihn verständnislos an. „Na den Pumperer!“ Er lachte immer noch. „Welchen Pumperer?“, fragte Hilde. „Na von dem Stein, der den Genossen drüben vom Herzen gfallen ist.“ Hilde gab ihm einen Stups. „Kannst nicht einmal jetzt ernst sein oder was?“ Wickerl war einen Moment schockiert, doch dann begann Hilde doch zu lächeln. Na bitte, dachte er sich. Unentschieden.

Scharf rechnete derweilen alle Resultate zusammen und teilte den anderen dann sein Ergebnis mit. „Wenn ich nichts übersehen hab, dann haben wir 76, die Schwarzen 85 und die KPÖ vier, weil sie neben Wien und Niederösterreich noch ein Reststimmenmandat in der Steiermark bekommen sollten."

„Na servas", pfiff Hackenberg durch die Zähne, „die können dann eigentlich nur in Opposition gehen." Wickerl drehte sich zu ihm um. „Wir aber auch. Die Schwarzen haben die absolute Mehrheit." Und als ob Hackenberg jetzt erst begriff, fasste er sich mit weit aufgerissenen Augen an den Kopf. „Jössas! Jo! Na servas, Kaiser. I muaß sofort zum Dolferl. Bin gspannt, was der jetzt sogt." Und weg war er.

Scharf öffnete derweilen eine Lade in dem alten Bürokasten und holte eine Flasche Schnaps hervor. „Den brauchen wir jetzt auf den Schock." Er fand drei Gläser und goss reichlich Flüssigkeit ein. „Prost, Genossen! Auf die Opposition."

Wenig später waren sie beim dritten Glas angekommen. Ihre Zungen zollten diesem Umstand bereits Tribut. Wickerl rauchte sich eben eine Papirossa an, als Hilde plötzlich meinte, die Lage habe auch etwas Gutes. „Ah jo? Und was soll das sein?", wollte Wickerl wissen.

„Na ja, wir brauchen dann endlich keine Rücksicht mehr zu nehmen. Erinner dich doch, wie der Schärf und der Renner dauernd gsagt haben, dass wir die Schwarzen brauchen, weshalb wir sie nicht provozieren dürfen. Nicht einmal ihre Diktatur vor 38 haben wir allzu laut erwähnen dürfen." Sie schüttelte demonstrativ den Kopf. „Nein, nein. Es hätt sich nur wiederholt, was schon 1918 falsch grennt ist. So eine Koalition, die nutzt immer nur dem Bürgertum. Wir waren jetzt ein halbes Jahr an der Regierung, und kein einziges Mal haben wir die Systemfrage gestellt. Das wird sich jetzt hoffentlich ändern."

Auch Scharf schien sich vom ursprünglichen Schock erfangen zu haben. „Du hast Recht, Hilde. Die geschichtliche

Entwicklung ist auf unserer Seite. Das sieht man an der Sowjetunion, an Jugoslawien, an der Tschechoslowakei. Früher oder später wird das Proletariat auch hier in Österreich die Macht ergreifen. Aber nur, wenn wir nicht von irgendwelchen absurden Koalitionszwängen gefesselt sind." Plötzlich grinste er: „Und den hochverehrten Genossen wird es nicht schaden, wenn sie jetzt wieder Politik abseits der prunkvollen Büros in den Ministerien machen müssen."

Zwischenzeitlich hatte jemand die Ergebnisse der gleichzeitig abgehaltenen Landtagswahlen in Wien vorbeigebracht, und da hatte Spitzenkandidat Theodor Körner 59 Sitze für die Roten eingefahren, während die ÖVP auf 35 und die KPÖ auf sechs Mandatare kamen. Der Hernalser Bezirksobmann, der es knapp nicht in den Nationalrat geschafft hatte, würde also in den Landtag einziehen. Aber wie Wickerl Turls neuen Chef einschätzte, würde der dort nicht lange bleiben, denn es war offensichtlich, dass Olah sich zu Größerem berufen fühlte.

Wickerl blickte auf die Uhr. „Spät is worden. Und es ist ein breiter Weg nach Hernals. Gemma besser, was meinst du?" Es schien ihm, als würde Hilde rot. Beinahe nuschelnd meinte sie, sie wolle mit Erwin noch die konkreten Sprengelergebnisse analysieren, aber wenn er, Wickerl, müde sei, dann könne er ruhig nach Hause gehen, sie fürchte sich nicht davor, ungeleitet nach Hause zu gehen. Wickerl zuckte nur mit den Schultern, verabschiedete sich von den beiden und machte sich auf den langen Heimweg.

Dabei hing er seinen Gedanken nach. Das war sie also gewesen, seine erste echte Wahl. Mit dem Ergebnis konnte, ja durfte man nicht zufrieden sein. Aber es war doch ein erhebendes Gefühl gewesen, selbst mitbestimmen zu können, wohin die Reise gehen sollte. Und aus dem missglückten Resultat galt es die Lehre zu ziehen, dass man vor allem auf dem Land verstärkt für die Idee des Sozialismus werben musste. Unwillkürlich fielen ihm die Debatten von vor zehn Jahren wieder ein, als sie darüber philosophiert hatten, Ostösterreich als Bindeglied zwischen Räte-Bayern und Räte-Ungarn zu installieren. Hätte die Wahl nur in diesem Ostösterreich stattgefunden, die Arbeiterschaft wäre siegreich gewesen. Tirol, Vorarlberg, Salzburg, das waren die Bremsklötze, sagte er sich und erheiterte sich selbst an dem Gedanken, man hätte diese Bundesländer seinerzeit den Deutschen und den Schweizern schenken sollen. Dann wäre Österreich jetzt schon rot.

Eine knappe Stunde später sperrte er die Wohnungstür auf und war erstaunt darüber, dass noch Licht brannte. In der Küche stieß er auf den Vater. „Was ist, Papa, kannst nicht schlafen?" Der alte Bielohlawek musterte seinen Sohn. „Wie soll ich in so einer Nacht schlafen können? So froh war ich, dass wir endlich wieder wählen gehen dürfen. Und dann gwinnen schon wieder die Hahnenschwanzler. Es is zum Aus-der-Haut-Fahren!" Wickerl trat ganz nah an den Vater heran und legte ihm die Hand auf die Schulter. „Mach dir nix draus, nächstes Mal sind wir dran. Die Schwarzen derheben das ned. Die werden sich von selbst entlarven, und dann schlägt unser Stund. Wirst sehen."

Der alte Bielohlawek blieb dennoch wehmütig. „Wenn du wisserst, wie oft i des schon ghört hab in mein Leben: Nächstes Mal sind wir dran. I kann's schon gar nimma zählen. Vielleicht sollten wir's doch mit einer Revolution probieren. Ich mein, grad die Russen werden das doch verstehen, oder ned?"

„Aber Papa“, Wickerl erkannte den eigenen Vater nicht wieder, „wie willst denn das anstellen? Sturm auf die Hofburg? Nach einem Schuss vom DDSG-Schifferl am Donaukanal oder was?“ Er brach in heiseres Lachen aus. „Du gfallst mir, Vota! Mein Papa, der Bolschewik.“ Dabei breitete er pathetisch die Arme aus. „Na immer no besser als Papa, der Brauereidirektor!“ Beide prusteten los, verstummten aber augenblicklich, als sie aus der Kammer Rumoren hörten. Der alte Bielohlawek legte noch demonstrativ den Finger auf die Lippen, als auch schon die Verbindungstür aufging. Fanny stemmte die Arme in die Hüften: „Ja seids ihr Mannsbilder denn völlig narrisch worden! Machen da die Nacht zum Tag! So wos!!!“ Zornbebend wies sie mit der ausgestreckten Rechten ins Zimmer und sah dabei den alten Bielohlawek durchdringend an. „Ins Bett. Aber Marsch aa no! Sonst spült's Granada!“ Fritz hob beschwichtigend die Hände. „Is ja scho guat, Muata. Bin ja eh scho weg.“

Wickerl lachte, doch gefror ihm die Miene ein, als er Fannys strengen Blick gewahr wurde. „Gute Nacht“, sagte er leise und verschwand augenblicklich ins seinem Kabinett.

Wien, 21. Dezember 1945

Mit Nachdruck schloss Herbert Tossler den Aktendeckel. Sodann rieb er sich vergnügt die Hände. Immerhin war Freitag, und das Wochenende stand vor der Tür. Doch das bevorstehende war kein gewöhnliches Wochenende, nein, tags darauf war Weihnachten, was bedeutete, dass Tossler gleich fünf freie Tage in Serie vor sich hatte. Endlich würde er wieder Zeit für sich haben. Und wer weiß, vielleicht sogar für andere. Er erheiterte sich selbst mit dem Gedanken, er könnte seiner uralten Tante Amalie einen Besuch abstatten. Immerhin würde sie ihn früher oder später zum wirklich reichen Mann machen. Doch so sehr mochte er sie nun auch wieder nicht, dass er sie leibhaftig vor sich sehen musste. Außerdem sparte er so die Kosten für ein Weihnachtsgeschenk. Und da er ihr das Testament, in dem sie ihm all ihr Vermögen vermachte, ohnehin schon untergejubelt hatte, konnte er entspannt der friedlichsten Zeit des Jahres entgegensehen.

Beschwingt eilte er die Treppen hinunter. Er wusste, er hatte es wahrhaft gut. Anderen gebrach es an allem. Noch immer besaßen viele keine eigene Wohnstatt, und die, die über eine verfügten, die hatten kein Glas zum Einschneiden für die Fensteröffnungen. Es gab keine Kohle zum Heizen, kaum ein Stück Brot, höchstens den Glauben an dieses Österreich, wobei sich Tossler ziemlich sicher war, dass selbst der sich auf den Bundeskanzler und seine engere Entourage beschränkte.

Er aber konnte nun in sein behagliches Heim gehen, das er von einem hochrangigen Nazi requiriert hatte. Das war vollkommen unbeschädigt, und er musste es noch nicht einmal mit jemandem teilen, weil er die Adresse vorsorglich als

„ausgebombt" hatte markieren lassen. Und die eine oder andere bürokratische Gefälligkeit hatte er sich in Naturalien abgelten lassen. Keine Frage, seine Weihnachten würden friedvoll und befriedigend werden. Geistig sah er schon den schmackhaften Weihnachtsbraten vor sich, als er auf die Straße trat. Er wandte sich nach rechts und wollte eben auf die andere Seite wechseln, als er sich am Arm gepackt sah. Überrascht blickte er auf. Er starrte in das regungslose Gesicht eines Rotarmisten. Wie aus dem Nichts tauchte vor ihm ein unscheinbarer Mann mit Nickelbrille auf. „Herr Tossler, ich muss darauf bestehen, dass Sie uns begleiten." Tossler versuchte, sich loszureißen. „Ich werde Sie ganz sicher nicht begleiten", schrie er in schrillem Diskant, der seine aufsteigende Panik verriet. Der Soldat verstärkte den Druck, sodass Tosslers Arm von einem nachhaltigen Schmerz durchzuckt wurde. Ehe er zu einer weiteren Reaktion fähig war, hielt direkt vor seinen Füßen eine Limousine, in die er offensichtlich gestoßen werden sollte. „Hilfe", schrie er aus Leibeskräften, „Hilfe, man entführt mich." Doch die weiteren Worte hallten nur noch im Fond des Wagens wider. Der Soldat schubste ihn grob zur Seite und setzte sich neben ihn. Der kleine Mann aber stieg neben dem Fahrer ein, und noch ehe Tossler seine Gedanken sammeln konnte, hatte der Wagen bereits volle Fahrt aufgenommen.

„Ich bin österreichischer Beamter", stotterte er mühsam, während er sich verzweifelt darum bemühte, das Zittern seines Körpers unter Kontrolle zu bringen. „Da muss ein fürchterliches Missverständnis vorliegen. Erkundigen Sie sich bei meinen Vorgesetzten, ich bin ein vorbildlicher Antifaschist, ich …" Ansatzlos knallte ihm der Soldat den Ellenbogen ins Gesicht. „Zatknis", knurrte er, während Tossler sich instinktiv die Nase hielt. Als er die Finger langsam wieder von seinem Riechorgan nahm, konnte er deutlich das Blut an ihnen sehen. Außerdem bekam er nur noch durch den Mund Luft. Keine Frage, der Mann hatte ihm die Nase gebrochen.

Verzweifelt überlegte Tossler, was er sagen konnte, um sich die Zeit zu erkaufen, die er brauchte, um sich doch aus der Schlinge, die bereits um seinen Hals lag, winden zu können. „Honner", maulte er, „fragen Sie Genossen Honner. Der bürgt für mich."

Erstmals seit sich das Automobil in Bewegung gesetzt hatte, drehte sich der kleine Mann um: „Genosse Honner bürgt sicher nicht für amerikanische Spione."

Tossler erbleichte. Amerikanischer Spion? Er war erledigt! Vor fünf Minuten noch hatte seine einzige Sorge der Frage gegolten, ob er seinen Weihnachtsbraten auch gut würde würzen können, und jetzt musste er sich fragen, ob er Weihnachten überhaupt noch unter den Lebenden sein würde. Der Tremor in seinem Körper wurde zu einem wahren Schüttelfrost. Er klapperte unaufhörlich mit den Zähnen, und sein ganzer Leib wurde bald hierhin, bald dorthin geworfen. Nur sein Gehirn arbeitete immer noch auf Hochtouren. Würden sie ihn foltern? Ganz sicher sogar! Sie würden von ihm irgendwelche Namen verlangen, und wenn sie nicht bekamen, was sie wollten, dann würden sie ihn verprügeln. Was heißt verprügeln. Sie würden ihm alle Knochen brechen. Er würde voller Verzweiflung und halb wahnsinnig vor Schmerzen irgendwas sagen, hoffend, damit hörte die Qual auf. Doch was immer er ihnen auch mitteilen würde, es wäre nicht genug, denn er mochte vieles sein, nur kein Spion. Dementsprechend konnte er ihnen gar nicht dienlich sein. Wie man es auch drehte und wendete, er war verloren.

Für einen Augenblick dachte er daran, aus dem fahrenden Wagen zu springen. Mit etwas Glück brach er sich dabei nichts, und er mochte in einer Seitengasse verschwinden, während die Limousine erst wenden musste. Doch sofort gestand er sich ein, dass ein solcher Gedanke töricht war. Viel wichtiger war, sich auf das kommende Verhör vorzubereiten. Was konnten sie konkret gegen ihn vorbringen? Von wem war er angeschwärzt worden? Diesen jemand musste er nun selbst erfolgreich desavouieren. Aber wer konnte das sein? Tossler zermarterte sich das Hirn, aber er konnte sich partout niemand vorstellen, der ihm so ein Schicksal bereiten wollte.

Nun erst, da er so vergeblich gegrübelt hatte, fiel ihm auf, dass sie schon am Stadtrand von Wien angekommen waren. Wollten sie ihn nach Baden bringen, ins dortige Hauptquartier? Doch nein, das war unlogisch, denn sie befanden sich schon weit im Osten der Stadt. Aspern! Siedend heiß schoss ihm ins Bewusstsein, wohin die Fahrt ging. Ein letztes Mal nahm die Panik in ihm überhand, brach sich in einem wilden Schrei Bahn. Er rüttelte an der Tür, wollte sie aufreißen, als ihn ein harter Schlag an der Schläfe traf. Für den Bruchteil einer Sekunde wehrte er sich noch gegen die aufsteigende Ohnmacht, dann fiel er reglos vornüber.

Tossler vermochte nicht zu sagen, wie lange er weggetreten war, doch augenscheinlich war, als er wieder zu sich kam, finsterste Nacht. Ihn umgab ein dumpf dröhnendes Geräusch, und er verspürte quälenden Durst. Er mühte sich, in eine sitzende Position zu kommen, doch irgendetwas hielt ihn zurück. „Wasser", krächzte er. Ein Mann tauchte in seinem Gesichtsfeld auf, beugte sich über ihn. Dann raste eine Faust auf ihn zu, und abermals hüllte seinen Geist Dunkelheit ein.

Als Tossler das nächste Mal erwachte, sah er vor sich ein kleines Fenster, durch das ihn der strahlend blaue Himmel anlachte. Kein Wölkchen trübte den sonnigen Wintertag. Tossler sah an sich hinab, erkannte, dass er auf einer Holzpritsche lag. Er trug seinen Anzug, doch vermisste er seinen Gürtel. Zudem fröstelte ihn. Er setzte sich auf, stellte fest, dass ihn jeder einzelne Muskel schmerzte. Er erhob sich und bemühte sich, durch ein umfassendes Durchstrecken seine Glieder wieder zu entspannen. Dann sah er sich weiter um. Der Raum, in dem er sich befand, war voller hölzerner Betten. Auch die Wände waren aus Holz. Sonst befand sich nichts weiter in dieser Baracke. Tossler, von wachsender Unruhe getrieben, trat ins Freie. Endlose Weite umgab ihn, weit und breit nichts zu sehen als Schnee. Er machte einen Schritt aus der Tür und versank bis zu den Knien in der weißen Pracht. Sofort war ihm noch kälter. Eine ausgemergelte Gestalt, die sich neben der Tür aufgehalten hatte, sah ihn neugierig an. „Willkommen in der Hölle", sagte sie dann.

Wien, 24. Dezember 1945

Den ganzen Advent über war Fanny in einer Art Ausnahmezustand. Endlich konnte man wieder einmal eine Weihnacht ohne nagende Sorgen feiern. Gut, es gebrach allen immer noch an notwendigen Gütern, und die Lebensmittelzuteilung hätte einen Fakir hungrig sein lassen, doch alle Lieben hatten den Krieg wohlbehalten überstanden, es gab keine Gefahr für Leib und Leben mehr, und wie Fini erst unlängst bemerkt hatte, es ging jeden Tag ein kleines bisschen aufwärts.

Da wollte natürlich auch das Weihnachtsfest würdevoll gefeiert werden, auch wenn der neue gewählte Kanzler, irgendein Bauernbündler aus dem Tullnerfeld, im Radio lauthals wehgeklagt hatte, dass es keine Kerzen für den Baum, kein Glas zum Einschneiden, kein Brot und keine Kohle gebe, doch die theatralischen Worte hatten Fanny nur darin bestärkt, das Unmögliche möglich zu machen.

Die Geschenke waren dabei ironischerweise noch die leichteste Übung gewesen. Fanny hatte ganz hinten in ihrer Kommode noch Wolle gefunden, mit der sie Wickerl einen Pullover, Fritz aber eine Weste gestrickt hatte. Auch ein passendes Bäumchen hatte sie organisiert, indem sie einfach in der Schwarzenbergallee mit Fritzens altem Fuchsschwanz zugange gewesen war. Doch wo bekam sie nur ein brauchbares Weihnachtsessen her? Sie konnte unmöglich an Heiligabend Erbsenpüree mit Schwarzbrot auftischen, so wie es die letzten Wochen die Regel gewesen war.

Und so machte sich Fanny schon zwei Tage vor Weihnachten auf den langen, beschwerlichen Weg zum Karlsplatz. In ihren Taschen trug sie nichts als die alte Perlenkette ihrer

Mutter, die sie seit deren Tod als einziges Erbstück sorgsam gehütet hatte, und die vergoldete Brosche, die ihr von der alten Tante Frieda zur Hochzeit geschenkt worden war, mit sich. Damit, so hoffte sie, würde es ihr möglich sein, auf dem Schwarzmarkt rund um den Resselpark ein brauchbares Stückchen Fleisch zu ergattern, mit dem sie endlich etwas Abwechslung in den kargen Speiseplan bringen konnte.

Je länger der Weg ins Stadtzentrum dauerte, desto mehr spürte Fanny ihr Alter, doch schien ihr die Anstrengung ein geringes Opfer, wenn sie dafür ihren Lieben eine Freude machen konnte. Durch die Hernalser Haupt- und dann die Alserstraße war sie zum Ring gekommen, den sie nun in südöstlicher Richtung entlangmarschierte. Dabei entging ihr nicht, dass die Stadtverwaltung unter Bürgermeister Körner deutliche Fortschritte erzielt hatte. Fast die gesamte Prachtavenue war bereits schuttfrei, und jene Gebäude, in denen im Sommer noch riesige Löcher geklafft hatten, schienen in der Zwischenzeit wieder hinlänglich instand gesetzt.

Sie wurde von einer Tramway überholt und bereute, nicht mehr Geld mitgenommen zu haben, aber vielleicht, so dachte sie, würden ihr genügend Münzen übrigbleiben, um wenigstens die Heimreise mit der Straßenbahn bewältigen zu können. Endlich erreichte sie die Staatsoper, die freilich immer noch in Trümmern lag. Auch der gegenüber befindliche Heinrichshof sah mitleiderregend aus, und Fanny dachte beinahe ein wenig wehmütig an die paar Male, bei denen sie in dessen noblem Kaffeehaus einen besonderen Anlass hatte begehen können.

Aber sie war nicht aus sentimentalen Gründen unterwegs, sagte sie sich sogleich, sie musste sich auf ihre eigentliche Aufgabe konzentrieren, und so bog sie nach rechts ab und erreichte schließlich am Beginn der Wiedner Hauptstraße den kleinen Park, in dem sich, wie es hieß, jene fragwürdigen Gestalten herumtrieben, bei denen man alles bekommen konnte, was dem Normalsterblichen derzeit vorenthalten ward.

Nahe dem Froschbrunnen sah sie sich um. Auf den ersten Blick war niemand zu sehen, doch nach einer kleinen Weile machte sie unter einem Baum einen Mann aus, und unter dem nächsten auch einen. Und hinter dem Salettl der alten Meierei trieben sich zwei weitere Personen herum. Sie nahm all ihren Mut zusammen und spazierte schnurstracks auf den ersten Mann zu.

„Kann man da Fleisch kriegen", fragte sie, kaum bei ihm angelangt. Der musterte sie argwöhnisch: „Kaunst du dir des aa leisten, Muatterl?" Sie machte sich gerade und nickte energisch. Er aber drehte den Kopf leicht zur Seite: „Ernstl, dei Kundschaft." Ein gedrungener Jüngling trat zwischen den Stämmen hervor. „Was liegt an, Gnädigste?", gab er sich servil. „Fleisch brauchert ich. Am besten für einen Braten. Aber i nehmert aa ans für a Gulasch." Ernstl schnalzte mit der Zunge. „Da hätt ma direkt a Glück. Also, wenn wir aa des nötige Gerstl haben." Fanny zog ihre Preziosen hervor. „Geld hab i kaans, aber des hob i." Ernstl verzog den Mund: „Scho wieda solchene Klunker. Wem soll man denn des no verklopfen? I kann scho baden in dem Zeug."

Fanny war sich nicht sicher, ob der Mann wirklich schon genügend Schmuck hortete, oder ob er nur den Preis in die Höhe treiben wollte. „Die Ketten is a klaans Vermögen wert. Und die Brosch erst recht. Dafür muss sich doch a Fleisch locker ausgehn." Widerwillig trat Ernstl näher und besah sich die Perlen. „Na ja", sagte er dann nach eingehender

Prüfung, „a Stückl Rindfleisch für a Gulasch. Mehr geht si ned aus." Fanny atmete innerlich auf, ein Rindsgulasch war objektiv mehr, als man sich in solchen Zeiten erhoffen durfte, und eilig signalisierte sie, mit diesem Handel einverstanden zu sein. Ernstl verschwand wieder hinter den Bäumen. Sein Kompagnon deutete ein Lächeln an: „Jetzt geht er in sein Lager", erläuterte er. Tatsächlich kehrte Ernstl nach einigen Augenblicken mit einem kleinen Paket in der Hand zurück. Fanny schlug das speckige Zeitungspapier zurück und schnupperte an dem fettdurchzogenen Stück. Zumindest roch es noch nicht verdorben, und das viele Fett mochte als Gulasch nicht einmal ein Nachteil sein. Sie nahm es dem darob überraschten Ernstl aus der Hand, um es in der eigenen zu wiegen. Es war leichter, als sie es sich erwartet hätte, vielleicht ein halbes Kilo, möglicherweise sogar noch weniger. „Für des bisserl gibt's aber nur die Kette", statuierte sie, willens, sich nicht völlig über den Tisch ziehen zu lassen.

„Na aber hallo, feilschen tamma do ned", brauste Ernstl auf und schickte sich an, das Fleisch wieder an sich zu nehmen, als plötzlich ein enervierend lauter Pfiff in unmittelbarer Nähe ertönte. Alle drei zuckten zeitgleich zusammen. „Die Schmier", zischte Ernstls Kumpan und war auch schon eine Staubwolke. Fanny aber schaltete blitzschnell. Sie sprang mit für ihr Alter erstaunlicher Behändigkeit zurück und drehte sich, noch ehe Ernstl sein Fleisch wieder in die Finger bekommen konnte, nach hinten weg. Deutlich spürte sie den Luftzug, den sein Arm bei dem Versuch, sie am Rock zu fassen, produzierte, doch es gelang ihr, den freien Platz beim Brunnen zu erreichen, während sie hektisch das Fleisch mit ihrem Mantel verdeckte. Ernstl, so wusste sie, konnte ihr für den Moment nicht folgen, da er sich sonst der

Gefahr ausgesetzt hätte, seinerseits von der Polizei erwischt zu werden. Sie nahm all ihre Kraft zusammen und lief auf die Straßenbahnstation zu, wo sich gerade eine Garnitur anschickte, selbige zu verlassen. Hektisch winkte sie dem Fahrer, der tatsächlich innehielt. Mit letzter Kraft sprang sie auf und hielt keuchend auf den Schaffner zu. „Einmal Universität", schnaufte sie. Umständlich holte sie ihr Portemonnaie aus der Tasche, entrichtete den Fahrpreis, erhielt ihr Billet und ließ sich völlig erschöpft auf einen Sitzplatz fallen. Sie passierten bereits wieder die Ruine der Oper, als sie es endlich wagte, Nachschau zu halten, ob sie noch ihren gesamten Besitz bei sich führte. Da war die Kette, hier die Brosche, da die Geldbörse. Und direkt an ihrem Busen befand sich das Fleisch. Auf Fannys Gesicht erschien ein merkwürdig seliges Grinsen, das sie bis zum Ende der Fahrt nicht mehr verlassen sollte.

Am Weihnachtstag selbst galt es nun, das Gulasch vorbereiten zu können, ohne dass Wickerl und Fritz davon Wind bekamen. Ein Vorwand, sie aus dem Haus zu treiben, war rasch gefunden. Da die Kohlezuteilung wieder einmal ausgefallen war, schickte sie die beiden in Richtung Hameau, um Holz für die kommenden Tage zu sammeln. Das, so wusste sie, würde die beiden zwei oder vielleicht sogar drei Stunden beschäftigen, genügend Zeit also, um das Gulasch entsprechend gut zu kochen. Eilig bereitete sie alles vor, und stellte den Topf dann auf den Herd, wobei sie dankbar registrierte, dass wenigstens die Gaszufuhr nicht unterbrochen war, sodass sie darauf verzichten konnte, das Gulasch auf dem Ofen kochen zu müssen.

Dann packte sie die Weste und den Pullover ein. Ehemann und Sohn würden es ihr nachsehen, dass das Geschenkpapier aus einer alten Ausgabe des „Neuen Österreich“ bestand. Und dass sie am Vortag noch drei Äpfel erstanden hatte, das mochte das Weihnachtsfest perfekt werden lassen, denn die konnte man dann über dem offenen Feuer rösten, sodass sie beinahe an die guten alten Zeiten gemahnen würden.

Draußen dunkelte es bereits, als Bewegung in die Pawlatsche kam. Tatsächlich schleppten die beiden Männer genügend Holz für die kommenden Tage herbei und schafften es eilig in die Küche. „Pfah“, machte Wickerl, „da draußen hat's einen Zapfen, des is nimmer lustig!“

Fritz wollte ihm antworten, doch blieb ihm der Mund offen angesichts des kleinen Tannenbäumchens, das mitten auf dem Küchentisch stand. Fanny hatte sogar den alten Christbaumschmuck geborgen und die Äste ein wenig geschmückt, sodass das Bäumchen in einer bescheidenen Würde erstrahlte. „No prack“, entfuhr es Fritz endlich, „da hast dir aber was antan. Alle Achtung.“ Er stellte das Holz ab, umfasste seine Frau mit beiden Armen und drückte ihr einen dicken Kuss auf die Wange.

„Ja, bist denn du narrisch“, unterbrach Wickerl die romantische Szene. „Riechst denn das ned, Vota!!“ Sofort sprintete er auf den Herd los und sah bestätigt, was ihm die Hoffnung schon eingegeben hatte. „Mah, a Gulasch! Heut is aber wirklich Weihnachten.“ Fritz war völlig perplex. „Wie hast denn das zsammbracht? Ned sag, du hast unsretwegen den Schmuck von der Mama weggeben?“ Fanny aber lächelte ihn sphingenhaft an. „Das, mein lieber Gemahl, erzähl ich dir später. Aber keine Angst, die Gschicht wird dir gfallen.“

Eine gute Stunde später saßen die Bielohlaweks satt und zufrieden um den Küchentisch. Fritz und Wickerl teilten sich eine Zigarette, während Fanny plötzlich im Zimmer verschwand. Wenig später kehrte sie mit ihren Geschenken zurück. „Fröhliche Weihnachten, meine Mannsbilder", sagte sie mit kindlichem Strahlen und gab jedem das für ihn vorgesehene Präsent. „Na geh, des wär doch echt ned notwendig gwesen. Das Gulasch war doch schon Geschenk genug", maulte Fritz, zeigte sich dann aber doch überaus erfreut über das wärmende Kleidungsstück. Auch Wickerl bedankte sich überschwänglich bei seiner Mutter, ehe er in seinen Taschen kramte und ihr ein kleines Etui überreichte. Neugierig nahm sie es in Empfang und öffnete es sofort. Darin befand sich ihre alte Lesebrille, die sie schon seit einem Jahr nicht mehr hatte verwenden können, da die Gläser zu Bruch gegangen waren. Nun aber erstrahlte sie in neuem Glanz. „Wie hast denn das gmacht?", fragte sie ehrlich erstaunt. „Ein Genosse arbeitet in einer Glaserei. Der hat sogar die Gläser genau so gschliffen, wie die alten waren, das müssert also genau richtig sein für dich." Fanny küsste ihren Buben auf die Stirn. „Jetzt kann ich endlich wieder Bücher lesen", rief sie entzückt aus. Fritz nickte: „Und gleich ein paar mehr." Er holte sein Geschenk, das aus einer achtbaren Sammlung an Druckwerken bestand. „Natürlich ned so beachtlich wie deins, aber es kommt von Herzen", flüsterte er, aber Fanny ließ die Einschränkung nicht gelten. „Blödsinn, du waaßt, wie i mi über was zum Lesen freu." Sie zog ihre Männer an sich und schlang um jeden einen Arm. „Wer hätt si des denkt, dass wir so ein schönes Weihnachten haben werden, ha?"

„Ja, genau", stimmte ihr Wickerl zu, „es geht wieder aufwärts. Und wirst sehen, übers Jahr schaut alles schon ganz anders aus. Und wenn der Genosse Weber Recht behält, dann hamma in Bälde sogar unser eigenes Automobil." Er fuhr sich mit der Hand auf den Mund und sah betreten drein. Deutlich war ihm anzusehen, dass er sich eben verplappert hatte. Seine Eltern fixierten ihn neugierig und erwarteten eine entsprechende Erklärung. Wickerl, der das Gesagte ohnehin nicht mehr zurücknehmen konnte, setzte sich nieder und berichtete.

„Vergessts die Benziner! Die wird sich unsereins nie leisten können. Aber der Stadtrat Weber hat in der letzten Wiener Konferenz darauf hingewiesen, dass die Zukunft dem Elektroautomobil gehört. Schon nächstes Jahr, so hat er gsagt, wird damit begonnen, in Wien flächendeckend Ladestationen zu errichten, sodass man so ein Automobil einfach überall wieder aufladen kann. Und weil das kein Benzin braucht, sondern ganz einfach mit Strom fahrt, ist es natürlich viel billiger. Und der Weber hat schon die Waggonfabrik angwiesen, noch nächstes Jahr mit der Produktion solcher E-Autos, wie er es gnennt hat, zu beginnen. Und es gibt auch schon Anmeldelisten für die Wagerl. Na, und in die hab ich mich eingschrieben. Wenn alles passt, kutschieren wir schon 1947 wie der Graf Bamsti mit unserem eigenen Automobil durch die Gegend."

„Na servas", resümierte Fritz, „Sachen gibt's, ha?! Auf was die alles kommen! Wenn's so weitergeht, dann fliegen wir aufn Mond aa no!" Fanny lachte. „Genau, aber zerst gibt's einmal bratene Äpfel. Das ghört schließlich dazu, zu Weihnachten." Fritz rieb sich vergnügt die Hände, und auch Wickerl strahlte wie ein frisch lackiertes Hutschpferd. „Aber ned, dass mir dann aa no ‚Stille Nacht' singen, gell?" Dabei drohte er scherzhaft mit dem Zeigefinger.

Wien, Jänner 1946

Turl war mächtig stolz. Erstmals hatte er ein echtes Gehalt ausbezahlt bekommen. Nach Monaten, in denen die Gewerkschaft den Lohn ob der allgemeinen Lage hatte stunden müssen, bekam er nun rechtzeitig zu den Weihnachtsfeiertagen 350 Reichsmark aus der Zahlstelle ausgehändigt. Zwar war es ihm nicht wirklich gelungen, dafür brauchbare Geschenke zu erstehen, aber Fini hatte sich trotzdem gefreut. Und sogar seitens des Vaters war so etwas wie Anerkennung aus seinem Knurren zu hören gewesen. Den Rest der Summe freilich gedachte Turl zu Beginn des neuen Jahres auf die Bank zu tragen.

Pünktlich zu deren Öffnungszeit stand er um 9 Uhr morgens vor der Tür und war somit der erste Kunde, der an den Schalter treten durfte. „Was wollen S'?", fragte der Bankbeamte gelangweilt. „Ein Konto eröffnen", klärte ihn Turl auf. Sein Gegenüber seufzte laut und kramte in den diversen Laden herum. Schließlich legte er Turl etliche Papiere auf den Tisch, die er sauber und penibel auszufüllen hatte. Zu seinem Glück befand sich noch kein anderer Klient im Raum, sodass er den Schalter nicht zu verlassen brauchte. Nach einigen Minuten war das Geforderte erledigt. Der Beamte warf einen kurzen Blick darauf, nickte und fragte dann, wie viel Turl einzulegen gedenke. „Das da", antwortete dieser und legte die 280 Mark auf die Budel. Der Beamte starrte entsetzt auf die Banknoten, dann auf Turl: „Was wollen S' denn mit den Fetzen da?" Turl verstand nur Bahnhof.

„Wie belieben?" Der Beamte deutete mit der Rückseite seines Bleistifts auf das Geld. „Das Zeug da! Das gilt ja nimmer! Wissen S' das denn nicht?" Turl erbleichte. „Was heißt, das gilt nimmer? Das hab ich erst vor ein paar Tagen als Lohn bekommen. Das kann doch nicht über Nacht ungültig werden." Der Beamte lächelte maliziös. „Wir sind in Österreich, da kann alles werden." Und als er erkannte, dass Turl tatsächlich ohne die geringste Ahnung war, seufzte er noch einmal laut und setzte dann zu einer Erklärung an. „Die Währungsreform. Haben S' davon nix mitbekommen? Ist doch eh in jeder Zeitung gstanden. Seit 1. Jänner gilt wieder der Schilling als ausnahmsloses Zahlungsmittel. Alle Reichsmark müssen umgetauscht werden. Sonst verlieren sie ihre Gültigkeit." Turl atmete erleichtert durch. Also nur eine der üblichen bürokratischen Schikanen. Nun gut, wenn es weiter nichts war! „Wo kann ich die umtauschen?" Wieder benutzte der Beamte seinen Bleistift, diesmal als Richtungsweiser. „Da drüben, Schalter 7." Turl nickte kurz und begab sich an den ihm zugewiesenen Ort.

„Womit kann ich dienen?" Na wenigstens war dieser Bankangestellte freundlicher als der andere, dachte sich Turl. Er zog wieder seine Mark aus der Tasche und legte sie vor dem Mann hin. „Die würde ich gerne in Schilling umtauschen!" Der Bedienstete verschaffte sich einen schnellen Überblick und setzte dann eine Trauermiene auf. „Uijegerl. Da hamma aber ein Problem", sagte er beinahe tonlos.

„Ein Problem? Was ist denn jetzt schon wieder?" Turl spürte, wie allmählich die Wut in ihm hochkam. „Na ja, die Regierung hat verfügt, dass pro Person nur 150 Reichsmark umgetauscht werden dürfen. Und das im Verhältnis 1:1." Turl blieb die Luft weg. „Sie wollen mir mein Geld stehlen? Und das gleich doppelt? Ja, geht's noch?", brauste er auf. Der Mann begütigte ihn mit einer Geste seiner Hände. „Nicht unser Institut, werter Herr. Die Regierung. Da sind uns leider die Hände gebunden. Alles, was über 150 Schilling hinausgeht, müssen wir leider einziehen. Dazu sind wir verpflichtet."

„I maan, i traam, heast!" Turl war im Begriff, seine Beherrschung endgültig zu verlieren. „Des is jo die reinste Enteignung. A Wahnsinn is des!" Dem Mitarbeiter war die Verlegenheit deutlich anzusehen. „Sie können mir glauben, mir tut das ebenso leid wie Ihnen. Ich selbst verliere auch ein kleines Vermögen, so wie wir alle. Aber die Regierung ist in diesem Punkt unnachgiebig. Alles, was über 150 Schilling hinausgeht, muss auf ein Sperrkonto gegeben werden. Es heißt, darüber werde zu einem anderen Zeitpunkt entschieden."

Turl machte seinem Unmut mit einem lauten Fluch Luft. „Das ist wieder typisch! Weil diese Feiglinge vor den Besatzern einknicken und ihnen 35 Prozent des Gesamtbudgets als sogenannte Besatzungskosten überlassen, holen sie sich das Geld beim kleinen Mann. Reife Leistung. Wirklich reife Leistung." Er überlegte einen Augenblick und nahm dann 130 Mark wieder an sich. Der Beamte schien kurz daran zu denken, ihn darauf aufmerksam zu machen, dass sein Tun illegal war, doch Turl fixierte ihn nur mit kalten Augen, worauf es der Bankangestellte für gesünder erachtete, so zu tun, als hätte er das Geld nie gesehen. Er wechselte die verbleibenden 150 Mark in Schilling und wünschte Turl eilig noch einen schönen Tag. Turl aber ging gemessenen Schritts zurück zum ersten Schalter und errichtete nun wie geplant sein Konto.

Eine halbe Stunde später war er in seinem Büro und machte auch dort aus seiner Empörung kein Hehl. Wortreich erzählte er den Kollegen, was ihm eben in der Bank widerfahren war. An den Mienen seiner Zuhörer erkannte er mitten im Satz, dass sich etwas Gravierendes verändert haben musste, denn sie waren alle in Ehrfurcht erstarrt. Turl zählte eins und eins zusammen und sagte „Servas, Chef" über die Schulter. Olah grunzte kurz und erkundigte sich, wie viel Geld man ihm vorenthalten hatte. „130 Mark", hielt Turl die Fakten fest. Olah schmatzte kurz, dann schnippte er mit dem Finger. Einer seiner Schergen sprang vor und reichte ihm eine Geldbörse. Olah zählte 140 Schilling ab und drückte sie Turl in die Hand. „Da hast. Plus zehn Schilling für die Umständ. Und das nächste Mal", ergänzte Olah im Abgehen, „gibst uns vorher Bescheid. Damit wir den Trotteln von der Bank Bescheid geben. Weil das können s' vielleicht mit der Jetti-Tant machen, aber ned mit an von meine Buam." Olah grinste zufrieden. Dann huschte ein merkwürdiges Leuchten über sein Gesicht. Er deutete mit dem Finger auf zwei Kumpane. „Welche Bank war das?", fragte er Turl, ohne ihn anzusehen. Dieser gab die gewünschte Auskunft. „Karl, Mundl, ihr zwa gehts da jetzt hin und dersteßts euch. Ganz blöd aa no, sodass die ganze Frontscheiben hin is. Ein Malheur halt, gell. Ihr wissts, wie des geht. Oisdern, Abmarsch." Turl, eben noch dankbar über die Auslage seines Verlusts, wollte Einspruch einlegen. So weit musste man die Sache nun auch wieder nicht treiben. Doch die kalte Entschlossenheit in Olahs Antlitz hieß ihn schweigen. Stattdessen sah er einfach nur betreten zu Boden, bis Olah die Räumlichkeiten wieder verlassen hatte.

Wien, Anfang März 1946

„Jetzt reicht's dann aber langsam! Wollen die uns umbringen oder was?" Wütend stemmte Fanny die Fäuste in die Hüften, nachdem sie ihren leeren Einkaufskorb auf dem Esstisch abgestellt hatte. Wickerl und Fritz sahen sie fragend an. „Na stellt euch vor, die haben die Brotration noch einmal gekürzt. Dabei ist das, was sie uns als Brot geben, eh nur noch Sägespäne mit Kleister drum herum. Und am Markt haben sie gesagt, dass die Regierung in den nächsten Tagen einen Erlass herausgeben wird, wonach die Kalorienanzahl noch weiter nach unten gesenkt wird. Ich meine ernsthaft jetzt, wie soll man von 800 Kalorien am Tag leben? Die sind ja alle meschugge!"

Enttäuscht ließ sich Fanny auf den Sessel plumpsen und vergrub ihr Gesicht in ihren Händen. Wickerl sah seiner Mutter ihre pure Verzweiflung an und versuchte, sie mit einem schalen Scherz aufzumuntern. „Die 800 Kalorien waraten ned so des Problem. A echtes Wiener Schnitzel vom Kalb, des hättat zum Beispiel 800 Kalorien." Er grinste schief. „Oiso ohne Beilagen natürlich." Seine Mutter aber sah ihn nur von der Seite an: „Des is ned lustig, Bua!"

Fritz pflichtete seiner Frau bei. „Ich mein, wir haben jetzt hoffentlich bald den Winter hinter uns. Es sollt endlich aufwärts gehen, aber es tut sich nichts. Die Ziegeleien und die Glasereien stehen still, dabei würden 150.000 Wiener auf Arbeit warten. Sie stehen still, weil sie kein Material oder keine Kohle kriegen. Und ..."

Wickerl machte eine abwehrende Geste: „Ja, Papa, ich weiß eh. Was glaubst du, wie oft ich in den Sitzungen gsagt hab, dass es nicht angeht, dass die Leute nix zum Heizen, kein Fensterglas und nicht einmal Strom haben. Dass sie was zum Anziehen brauchen. Erinnere dich, in der AZ hab ich kurz nach der Wahl gschrieben, wenn man den Leuten schon nix zum Heizen geben kann, dann sollen s' wenigstens die alten Wehrmachtsmäntel verteilen, damit a bisserl eine Wärme erzielt werden kann. Aber die Genossen san auf dem Ohr leider derrisch."

„Na, wundert dich das", brauste Fanny auf, „die haben ja keine Engpässe. Schau sie dir nur an, den Pittermann, den Helmer, den Afritsch, die leiden keinen Mangel." Auf ihrem Gesicht zeigte sich Zornesröte: „Richtig ausgfressen san die. Und die wollen das Volk vertreten? A Schand is des!"

„Da hast schon Recht, Fanny", stimmte Fritz zu, „aber du musst auch sehen, dass die Bundesländer unser Wien sträflich im Stich lassen. Von denen kommt ja noch weniger als von den Russen oder den Amerikanern. Und wenn der Körner wieder zu ihnen betteln geht, dann sagen die einfach, sie hätten selber nix. Dabei weiß ein jeder, dass sie ihre Erzeugnisse einfach für sich selber behalten."

„Na ja, Papa, so kannst das jetzt auch wieder nicht sagen. Die Ernährungslage ist wirklich überall prekär. Vor allem aber auch, weil die Alliierten sich immer noch da herumtreiben. Allein was die alles verputzen, ist ein Wahnsinn. Schau dir nur einmal die Amis an. Die unterhalten mitten in Wien obszöne Nachtklubs für ihre Soldaten und Offiziere, da gibt's alles in Saus und Braus. Die konsumieren dort auf Teufel komm raus, als ob's kein Morgen gäb. Da liegt das Problem. Dass wir den Besatzern scheißegal sind."

Fritzens Mund umspielte ein Lächeln: „Den Besatzern? Sag bloß, die Russen sind auch so." Er wusste um Wickerls Sympathie für die Kommunisten und konnte sich diesen

Einwurf einfach nicht verkneifen. „Natürlich sind die Sowjets anders. Das siehst ja auch in den Ländern, die sie allein verwalten. In der Tschechoslowakei, in Ungarn, Bulgarien, Rumänien und so weiter, da hat's eine Bodenreform gegeben, das Land wird jetzt vom Volk kollektiv bewirtschaftet. Natürlich leiden die dort schon weit weniger Hunger als wir hier. Weil sie die Ausbeuter los sind, während wir sie immer noch im Gnack sitzen haben."

Fritz spürte, dass er seinem Sohn Unrecht getan hatte. „Wost Recht hast, hast Recht", sagte er daher nur. „Der Körner tut eh, was er kann. Grad hat er wieder einen Appell an die internationale Gemeinschaft abgelassen, damit die uns endlich was schicken. Die Einzigen, die bis jetzt reagiert haben, waren die Türken. Die haben uns Roggen gschickt."

„Und das Rote Kreuz Zigaretten", ergänzte Wickerl, „aber von denen haben wir nix, weil die kriegen nur die Kranken in den Spitälern. Wir können sie uns ja in der Trafik holen, heißt's, die im Krankenzimmer aber, die sind davon abhängig, dass man ihnen die Tschick bringt."

Fritz sah abrupt auf: „Siehst, da muss ich gleich schauen, ob ich noch Bezugsscheine hab. Meine B gehen mir langsam aus ..."

Wickerl winkte ab: „B kriegst eh ned auf Karten, nur A. Die sind aber viel teurer. Der Erwin hat eh gsagt, er macht deswegen eine Eingabe bei der Arbeiterkammer. Die sollen da was tun dagegen, sonst müssen wir wieder Sägespäne rauchen."

Fanny hob den Kopf und blickte die beiden fassungslos an: „Wir haben nicht einmal mehr ein einziges Stückl Brot im Haus. Ich hab seit Wochen keinen Erdapfel mehr gsehen, und was ein Fleisch is, das hab i lang vergessen. Und ihr zwei mokierts euch über Tschick? Sagts einmal: Geht's noch?" Tatsächlich machten die beiden eine betretene Miene. „Hast eh recht, Fanny", statuierte Fritz, „der Wickerl und i, wir gehen jetzt und schauen, ob wir irgendwo was auftreiben können. Mehr können wir eh ned machen, immerhin schalten s' gleich den Strom wieder ab."

Wien, 21. März 1946

„Jetzt tun S' doch nicht so gschamig, Strecha! Was ein echter Mann ist, der braucht auch eine Abwechslung." Turl sah seinen Chef mit erkennbarer Irritation an. Ein verruchtes Nachtlokal der Alliierten, von dem jeder im Bezirk wusste, dass es in Wahrheit ein Puff war, konnte wohl kaum der richtige Ort sein, an dem ein braver Sozialdemokrat Abwechslung suchen sollte. Aber wem war gedient, wenn er ausgerechnet an dieser Stelle dem allmächtigen Gottöbersten widersprach? Der Mann hatte fraglos viel durchgemacht in seinen jungen Jahren, und dass er da einen Hang zur Genusssucht entwickelt hatte, mochte nur zu verständlich sein. Sogar schon in Zeiten der Ersten Republik war er im Gefängnis gesessen, und während der Herrschaft der Austrofaschisten naturgemäß erst recht. Und als dann die Deutschen einmarschiert waren, da war der Chef sofort ins KZ expediert worden, wo er bis zum Kriegsende geblieben war. Kein Wunder also, dass der allmächtige Vorsitzende der Gewerkschaft der Bau- und Holzarbeiter einiges nachzuholen hatte.

„Wir haben unsere besten Jahre wegen dieses Wahnsinnigen verloren, Strecha, da werden wir uns jetzt doch ein bisserl amüsieren dürfen, jetzt, wo wir die Herren sind", lachte Olah laut dröhnend. „Also keine Widerred jetzt. Ab geht's zum Ami. Dort hamma jetzt eine Gaude, die sich gwaschen hat." Olah rief nach seinem Chauffeur, damit dieser den Wagen vorfuhr. Kaum war dies geschehen, schubste Olah Strecha in den Fond, ehe er sich selbst neben ihm platzierte. Dem Fahrer nannte er die diesem bekannte Adresse in der Daungasse. „Wirst sehen, Strecha, die spielen dort einen ganz passablen Jitterbug, und das Saftl, das die dort kredenzen, ist auch nicht von schlechten Eltern. Na, und erst die Weiberleut." Olah schnalzte genießerisch mit der Zunge und faltete dann die Hände vor seinem Bauch.

Da es von der Gewerkschaftszentrale zu dem Etablissement nur ein kurzer Weg war, kam Strecha nicht zu tiefschürfenderen Grübeleien. Ehe er es sich versah, parkte der Wagen vor dem unscheinbaren Portal, das nur durch den Umstand Aufmerksamkeit auf sich zog, dass zwei schwarze GIs in blütenweißer Uniform links und rechts der Tür standen. Als sie Olah erblickten, nahmen sie spornstreichs Haltung an und salutierten, als wäre der Gewerkschaftschef ein hochrangiger Offizier. Olah nickte nachlässig und bedeutete Strecha, ihm ins Innere zu folgen.

Kaum waren sie von der Straße ins Gebäude getreten, schallte Strecha ein ohrenbetäubender Lärm entgegen. Er brauchte eine Weile, ehe es ihm gelang, aus dieser Kakophonie unterschiedliche Instrumente herauszufiltern. Deutlich hörte er die dumpfen Trommeln, dazu quietschte überlaut ein Saxophon, und das Wummern kam wohl von dem großen Bass, den Strecha im Hintergrund der Bühne ausmachte. Dazu malträtierte ein blasser Jüngling mit blonder Schmalzlocke ein Pianino, während ein dunkelhäutiger Mann in olivgrüner Uniform ein Stück Blech in den Händen hielt, von dem sich Strecha ziemlich sicher war, dass es sich um eine Posaune handelte.

In der Mitte des Saales hüpften einige Leute, die wohl zehn, zwölf Jahre jünger waren als er, ekstatisch hin und her, und Strecha meinte sich daran zu erinnern, dass diese Art von Musik gemeinhin Swing genannt wurde. Olah schien bewusst geworden zu sein, dass sein Begleiter innegehalten hatte. Gönnerhaft klopfte er ihm auf die Schulter.

„Auf die Negermusi da brauchst nix geben. Des is wos für die Jungspund. Zwegen dem samma ned do. Kumm! Mir gengan hintere an die Bar."

Wie in Trance folgte Turl seinem Chef und konnte dabei dennoch nicht den Blick von den jungen Dingern abwenden, die sich da auf der Tanzfläche produzierten. Die Jünglinge schleuderten ihre Partnerinnen gleichsam durch die Luft, sodass diese immer wieder bemerkenswert viel Haut zeigten. Einmal war es Strecha, als hätte er tatsächlich die Unterhose eines Mädchens erkennen können, während diese ihren Galan förmlich besprang. Und Turl spürte, wie ihm der Mund trocken wurde.

Es war erstaunlich, wie effizient die Doppeltür zum Barbereich den Lärm dämpfte. Strecha war, als wäre er mit einem Mal in eine völlig andere Welt getreten. Der Saal, der vor ihm lag, wirkte steril wie ein Krankenhauszimmer. Sofort fiel ihm auf, dass alles hier in Schwarz und Weiß gehalten war. Ganz gemäß der Weltsicht der Amis, dachte er sich, als er auf den Boden blickte, der mit schwarzen und weißen Quadraten aus Marmorimitat ausgelegt war. Auf diesem standen weiße Stühle und Tische, an denen sich weiße Herren in schwarzen Anzügen von schwarzen Männern in weißer Montur bedienen ließen. Nur sehr vereinzelt erkannte man US-amerikanische Uniformen, wobei Strecha nicht entging, dass deren Träger allesamt mit Orden und Sternen überhäuft waren, sodass es sich wohl um irgendwelche Oberste, wenn nicht gar Generäle handelte.

Alle diese Personen grüßten Olah beinahe ehrfürchtig. Ein schwarzer Ober geleitete Olah an einen freien Tisch, und Turl fühlte sich an die Zeit der Monarchie erinnert, wo man eine solche Form der Devotheit irgendwelchen Grafen,

Baronen und Freiherrn entgegengebracht hatte. Der gewerkschaftliche Großfürst ließ sich nachlässig auf einem Stuhl nieder, woraufhin ihm unaufgefordert eine Flasche Bourbon auf den Tisch gestellt wurde. Ein schlanker, unscheinbarer Soldat nahm vor Olah Aufstellung und zählte diesem zehn Packungen Lucky Strike auf die Tischplatte, was Olah mit einem Nicken quittierte. Strecha verfolgte die Szene voller Staunen und nahm beiläufig eine seiner eigenen Zigaretten in den Mund. Während seine Hände nach den Streichhölzern suchten, blitzte plötzlich etwas Metallenes vor ihm auf. Erst auf den zweiten Blick erkannte er, dass sich einer der Kellner zu ihm hinabgebeugt und mit einem Zippo Feuer angeboten hatte. Etwas verlegen richtete Strecha seine Zigarette nach dem Lichtstrahl aus und drückte seinen Dank sodann durch ein Nicken aus, ganz so, wie er es zuvor bei seinem Chef beobachtet hatte.

„Mister Olah, what a pleasure to have you here again." Ohne von Strecha bemerkt worden zu sein, hatte sich ein feister, stiernackiger Amerikaner zu ihnen gesellt. „Ganz meinerseits", gab Olah jovial zurück, während der Neuling achtlos eine Rolle Geldscheine, die durch einen dünnen Faden zusammengehalten wurde, auf den Tisch warf. „So", begann der Mann aufgeräumt, „any news from our red friends?" Aus Olahs Gesicht wich augenblicklich jedes Lächeln. Er wandte seinen Kopf und blickte Strecha durchdringend an. „Magst ned a bisserl spielen gehen, Bua? Die Erwachsenen müssen sich unterhalten."

Turl war zwar nachhaltig irritiert über diese Anrede, doch Olahs finstere Miene ließ jeden Widerspruch gegen diese Ansage deplatziert erscheinen. So erhob er sich ungelenk und steuerte auf die Bar zu, wo ihm ein Schwarzer unaufgefordert ein Gläschen Schampus vor die Nase stellte. Strecha beäugte es eine kleine Weile, dann ergriff er es und trank dessen Inhalt in einem Zug aus.

„Na, schöne Mann. Du neu?“ Turl drehte sich nach rechts, um solcherart festzustellen, wem die rauchige Stimme mit dem fremdländischen Akzent gehören mochte. Einen Kopf unter dem seinen wurde er einer Schwarzhaarigen ansichtig, die in reichlich verführerischer Gewandung steckte. Die Bluse, die sie trug, war entschieden zu eng für ihren großen Busen, sodass der Stoff merklich spannte. Zwischen den Knöpfen entstanden immer wieder kleine „Goscherl“, wie man in Wien sagte, sodass Turl deutlich die nackte Haut zwischen ihren Brüsten sehen konnte. „Dir ich habe hier noch nie sehen“, flötete sie und kam Turl dabei auf eine Weise nahe, die kaum als schicklich bezeichnet werden konnte.

„Das ist nicht mein Revier normal“, kam es rau, ja beinahe krächzend, aus seinem Mund. Eilig räusperte er sich und bedeutete dem Barkeeper durch das Hochheben des leeren Glases, dass Nachschub als erwünscht angesehen werden konnte. „Für mich auch“, ergänzte die Schönheit, während sie sich eng an Turl schmiegte. „Du so schön. Und jung. Das hier selten“, sagte sie dann, und Strecha versuchte sich einzubilden, sie meinte es ernst. „So was wie du ist aber auch nicht gerade Standard“, bemühte er sich um ein Kompliment. Seine Euphorie verflog jedoch umgehend, als er begriff, dass sie schlicht nicht verstanden hatte, was er eben zum Ausdruck hatte bringen wollen. „Du auch sehr schön“, statuierte er daher eine Nuance simpler, und sie quittierte den Satz mit einem koketten Lächeln. „Magst du nicht kennenlernen sehr schön näher?“ Ihrem lockenden Blick vermochte Turl keinerlei Widerstand entgegenzubringen.

Gegen seinen Willen fühlte sich Turl von der Frau in ein Separee gezogen. „Bist du großer, schöner Mann", hauchte sie, „viel besser als deine Chef. Der immer nur grob." Sie bemühte sich um einen verführerischen Gesichtsausdruck, doch Turl vermied den Blickkontakt. Seine Finger verkrampften sich um das Champagnerglas, und eilig brachte er dieses um seinen Inhalt. Sein Gegenüber lächelte schmal. „Sehe ich schon, brauchst du Stärkeres." Sie holte eine Flasche Bourbon hervor, entkorkte sie und schenkte Turl ein. „Trink!", befahl sie, und Strecha stellte zu seiner eigenen Überraschung fest, dass er ihr gehorchte. „Schon besser", grinste sie. „Willst du sehen?" Sie trat einen Schritt zurück und schob ihr Kleid von der Schulter, sodass ein guter Teil ihrer Brust zum Vorschein trat. „Na? Das ist was, was?" Turl trank den Whiskey aus und goss augenblicklich neuen in das Glas. Dabei bekam er seine Augen nicht von dem milchig-weißen Fleisch weg, das ihm nackt dargeboten wurde. Die Frau deutete sein Verhalten entsprechend und strich ihm ohne Vorwarnung über den Schritt. „Ah", ließ sie sich vernehmen, „Steife hast!" Dabei lächelte sie anzüglich. Turl versuchte, ihr seine Körpermitte zu entwinden, konnte aber nicht länger ignorieren, dass er wirklich erregt worden war. Die Dame der Nacht ließ ihn nicht zum Nachdenken kommen. „Magst, dass ich ihm streicheln und massieren mit Mund?" Turl verschluckte sich und unterdrückte einen spontanen Hustenreiz. Dadurch entging ihm, welch maliziöse Miene der Prostituierten in ihrem Gesicht stand. „Mach Hose auf und hol ihn raus", erklärte sie herrisch. „Sie … sind … wohl … nicht ganz bei Trost … was?", replizierte Turl umständlich.

„Aber Schatzi", flötete sie nun, „da ist nix dabei. Ich haben es mir gemacht selber heute auch schon. Nun du mir zeigen, wie du ihn streicheln. Aber langsam." Sie machte große Augen, und ihr Mund formte ein laszives O. Turl merkte, wie sein Körper zu zittern begann. Er schwitzte wie im Hochsommer und traute seinen Beinen nicht länger. Eilig tastete er hinter sich, suchte die Sitzbank und ließ sich umständlich auf selbiger nieder. Sie ging augenblicklich vor ihm in die Knie, schnappte nach seinem Gürtel, öffnete ihn und begann, die Knöpfe zu öffnen. „Zeig mir, wie du geil bist", hauchte sie, während sie Turls Penis aus der Unterhose befreite.

Wenn Strecha damit gerechnet hatte, dass sie ihn nun händisch bedienen oder gar oral befriedigen würde, sah er sich getäuscht. Abrupt stand die Frau auf und trat einen Schritt zurück. „Ich sehe dich zu. Beobachte, dass du ihn gut wichsen", statuierte sie. Auf Turls Gesicht zeichnete sich unendliche Überraschung ab. „Ich soll … mir einen … was? Selber?"

Sie stemmte ihre Arme in die Hüften. „Na was denken du? Bin ich nicht so eine. Wenn du Hure willst, du musst gehen zu deine Chef. Der dir vielleicht eine kaufen. Ich für so etwas zu teuer. Geld nicht reichen."

Ganz langsam, wie in Zeitlupe dämmerte es ihm. Olah hatte dafür gezahlt, dass sich die Ausländerin mit ihm abgab. Enttäuscht sah er an seinem Körper abwärts und registrierte, dass jegliche Erektion aus seinem Glied gewichen war. Natürlich war er nicht so dumm gewesen, anzunehmen, die Frau hätte sich aus freien Stücken für ihn interessiert, aber irgendetwas in ihm hatte doch gehofft, sie würde für ihre Gefälligkeiten im Nachhinein ein kleines Geschenk, eine Aufmerksamkeit erwarten, die er ihr dann auch hätte generös zukommen lassen können. So aber war er nichts weiter als der kleine Junge, den der Göd auf ein Kracherl eingeladen hatte. Und Turl spürte, wie er wütend wurde.

Die Frau spürte die Veränderung, die in Strecha vor sich ging. „Was ist? Wo ist geblieben Lust?“, fragte sie noch, während Turl hektisch seine Genitalien einpackte und sich gleichzeitig erhob. Sie trat auf ihn zu, wollte ihn besänftigen, doch er stieß sie roh von sich. „Lass mi anglahnt, oide Badhur“, fluchte er, ehe er voller Zorn aus dem Separee stürmte.

Mit hochrotem Kopf erreichte er den Speisesaal, in dem Olah inmitten von zwielichtigen Gestalten und einigen US-Soldaten Hof hielt. Olah erblickte ihn und deutete mit spöttischer Miene auf Strecha. „Was hat er denn, der Bua? Hat eam das Bordsteinschwalberl am End das Zumpferl abbissen.“ Erwartungsgemäß erntete er derbes Gelächter. Strecha kam unmittelbar vor dem Tisch zu stehen, und es schien, als wollte er Olah seine ganze Enttäuschung ins Gesicht schreien. Doch so sehr er sich auch mühte, den nötigen Mut für diese Abrechnung aufzubringen, es entrang sich seiner Kehle kein einziges Wort. So blieb ihm nur, Olah mit glühenden Augen anzustarren und eine wegwerfende Geste zu machen, ehe er sich anschickte, das Lokal zu verlassen.

Als er Olah passierte, schnappte dieser mit ungeahnter Schnelligkeit nach Strechas Handgelenk. Der Schmerz fuhr Turl durch alle Glieder. Ihm war, als hätte man seine Rechte in einen Schraubstock gespannt. Eine derartige Kraft hätte er seinem Chef nie zugetraut, und er hatte Mühe, ob des plötzlichen Eingriffs nicht das Gleichgewicht zu verlieren. Olah zog ihn langsam zu sich hinab und zwang Turl, ihn anzusehen. „Bild dir ja nicht ein, dass du wider dein Herrl schnappst! Hast mi, Bua!“ Dabei flackerte Olahs Blick wild und ungestüm. Mehr brauchte er nicht zu tun. Aller Widerspruch, ja selbst der Zorn, die Wut, die Verzweiflung, all das wich augenblicklich aus Turl und ließ nur eine leere Hülle voller Desillusionierung zurück. Wie der geprügelte Hund, als der er eben adressiert worden war, nickte er nur schweigend und sah dabei voller Demut seinen Herrn an. Der prüfte kurz, ob er Turl auch wirklich vollständig im Griff hatte, ließ dann dessen Hand los und scheuchte ihn wie eine lästige Fliege weg. Und Turl war froh, dass Olah ihn nicht länger beachtete, wodurch diesem entging, dass sich dicke Tränen ihren Weg aus seinen Augen bahnten.

Wien, 18. Juni 1946

„Wickerl! Fahr raus nach Hernals. Da braut sich was zusammen. Schau, dass du einen guten Bericht kriegst." Franz Krones stand mit einem Packen Papieren in der Tür und blickte erwartungsvoll auf Wickerl. „Die Hernalser Brauerei, die solltest du ja gut kennen. Angeblich gibt's da heute eine Betriebsversammlung. Die wollen streiken, weil s' nix zum Essen kriegen." Krones sah den Kollegen über die Brille hinweg an: „Ist dort nicht dein Vater eine große Nummer?" Wickerl drehte sich auf seinem Sessel um. „Na ja, wie man's nimmt. Aber was erwartet die Zeitung da genau? Einen Stimmungsbericht? Einen Kommentar? Oder soll ich einfach nur aufschreiben, was dort geredet wird?" Krones dachte kurz nach: „Sieh es dir einfach einmal an, und dann entscheide selbst, was du für angebracht hältst. Aber spute dich. Weil soweit ich weiß, ist der öffentliche Verkehr grade wieder reduziert worden. Weißt eh, Treibstoffmangel und kein Strom. Und wir wollen ja nicht, dass du den ganzen Weg zu Fuß gehen musst."

Wickerl behagte diese Vorstellung ebenfalls nicht, und so krallte er sich eilig seinen Mantel und verließ das Gebäude. Mit der Stadtbahn, die immerhin noch fuhr, kam er bis zum Karlsplatz, dort aber war vorläufig Endstation. Die Ringlinien verkehrten nicht. Fluchend machte sich Wickerl auf den weiten Weg zur Universität, hoffend, dort mochte wenigstens die Tramway nach Hernals in Betrieb sein. Er näherte sich eben dem eingerüsteten Parlament, als plötzlich ein Fuhrwerk neben ihm hielt. „Bist du ned der Bua vom Fritzl?", schallte es vom Bock auf ihn herunter. Wickerl wandte sich überrascht in die Richtung, aus der die Stimme zu ihm gedrungen war.

Ein alter, wettergegerbter Mann lenkte einen Karren, auf dem deutlich der Namenszug der Hernalser Bräu zu lesen war. „Jo. Bin i. Sag bloß, du fahrst zruck in die Brauerei?" Der Alte nickte: „Genau des!" Wickerl begann über das ganze Gesicht zu strahlen: „Kunntast mi mitnehmen? Genau dort will i hin." Der Alte zog nun ebenfalls die Mundwinkel nach oben. „Na, daun hupf auffe doda."

Mit dem Fuhrwerk ging es überaus gemächlich stadtauswärts. Die beiden müden Klepper, die vor dem Zeugl eingespannt waren, hatten ganz entschieden schon bessere Tage gesehen, und der Kutscher brachte es sichtlich nicht übers Herz, sie über Gebühr anzutreiben. Immerhin aber bot sich dadurch die Gelegenheit zu einem kleinen Plauscherl. Wickerl erklärte dem Mann, dass er als Redakteur bei der Arbeiter-Zeitung tätig war, was dieser damit kommentierte, dass schließlich nicht jeder Bier brauen könne. Diesen Satz nahm nun wiederum Wickerl zum Anlass, sich nach der Stimmung in der Brauerei zu erkundigen.

„Die ist wie immer. Aber dass wir so gar nix zum Beißen kriegen, des is ned Recht. Was i ghört hab, gibt's heut eh eine Versammlung deswegen. Es kann ja ned sein, dass die ganzen Alliierten da alle unsere Lebensmittel rekwiriern und mia ham nix."

Wickerl stimmte zu. „Ja, das hätten wir uns vor einem Jahr auch nicht gedacht, dass die so lange bleiben, was? Ich meine, klar, sie haben uns befreit. Aber jetzt ist die Gefahr, dass die Nazis noch einmal irgendwo auftauchen, doch eher gebannt, da könnten die sich allmählich in die Heimat verabschieden."

Der Alte kratzte sich an der Wange. „I versteh ja nix von Politik. Hab i no nie. Aber dass wir den Staatsvertrag ned kriegen, des liegt nur daran, dass die allesamt nix von dem hergeben wollen, was einmal einkassiert haben. Da sind s' alle gleich, egal ob Marmeladinger, Russ oder Ami. Des wird si aa nie ändern, des sog i dir."

Wickerl musste zugeben, dass die These des Kutschers nicht völlig aus der Luft gegriffen war. Selbst die Sowjetunion hatte sich jene Gebiete, die sie 1918 in die Unabhängigkeit entlassen hatte, Stück für Stück wieder zurückgeholt. Und bei den kapitalistischen Staaten war die Kolonisierung fremder Territorien Tagesgeschäft. So gesehen konnte der Alte mit seiner düsteren Prognose gar nicht so falsch liegen.

„I maan", fuhr dieser einstweilen fort, „mir is ja wurscht, wer bei uns den Capo macht. Ob der jetzt Renner, Stalin oder Truman haaßt, des ändert für mi goa nix. Aber zum Fressen muaß ma der wos gebn. Sunst werd i rabiat." Dabei lachte der Alte schallend und schloss einen schnalzenden Laut an, um die Gäule nun doch ein wenig anzutreiben.

Schon von weitem war zu erkennen, dass sich die Brauerei tatsächlich in Aufruhr befand. Vor dem Tor stand eine Gruppe Männer, die hitzig diskutierten. Das Fuhrwerk war gerade nahe genug an das Gelände herangekommen, damit Wickerl den Text auf dem Transparent lesen konnte, das quer über den Eingang gespannt worden war: „Hier wird gestreikt" stand in Balkenlettern auf dem Tuch. „Servas, Franzl", rief einer der Demonstranten, der den Kutscher erkannt hatte, „du kummst grod rechtzeitig, glei fang ma an." Dann, nach einer kritischen Musterung des zweiten Mannes auf dem Bock: „Und wer is der?" Der Alte lachte: „Der Bua vom Fritzl!" Der Demonstrant legte den Kopf leicht schief: „Du bist der Wickerl? I scheiß mi au! Di hob i des letzte Mal gsehn, da host nu unter an Tisch durchrennen kennan." Er gab Wickerl, der zwischenzeitlich abgestiegen war, einen derben Klaps auf die Schulter. „Na, daun kumm mit. Dei alter Herr halt glei a Red!"

Zu dritt betraten sie die große Halle der Brauerei, die bis auf den letzten Platz gefüllt war. Am anderen Ende des Raumes hatte man eine Art Podest errichtet, auf dem sich bereits einige Personen tummelten. Als Wickerl weiter nach vorne marschierte, erkannte er, wie einer seinem Vater auf die improvisierte Bühne half. Er sah müde aus, befand Wickerl, und hungrig. So wie alle hier. In seinen Taschen kramte er nach einer Zigarette, hoffend, diese würde wenigstens das ärgste Hungergefühl vertreiben. Er beugte sich hinunter, um den Glimmstengel anzuzünden, als eine Stimme an sein Ohr drang, die ihm nur allzu bekannt vorkam. Überrascht richtete er seinen Blick wieder auf das Podium aus.

„Genossen! So geht das nicht weiter", hörte er seine Mutter rufen. „Ihr müssts parabern, ohne, dass ihr was zwischen die Zähnt kriegts. Eure Frauen wissen ned, was sie euch am Abend auf den Tisch stellen sollen Eure Töchter haben keine Wäsch für ihre Bauxerl, keine Milch und ned einmal a Windel für die Kleinen. Und jetzt, jetzt will diese Regierung uns auch noch den allerletzten Bissen Brot wegnehmen. Ich sag: Genug is genug! Wenn die nicht unsere Rationen erhöhn, dann ist Antoni am Letzten." Und Wickerl meinte, mit Fannys glühenden Augen hätte man die ganze Halle erleuchten können.

„Recht hat s', die Fanny", schrie einer. „Keine Arbeit ohne Brot", rief ein anderer. „Gemma aufs Rathaus", schlug ein dritter vor. Genau in diesem Augenblick erhob sich Fritz, der bis zu diesem Zeitpunkt hinter seiner Frau gesessen war.

„Genossen", versuchte er, sich Gehör zu verschaffen, „Genossen! Hört mir zu. Die Unseren, die haben ja selber nix. Die Alliierten, die sind schuld an unserer Misere. An die müssen wir uns halten. Lasst den Genossen Körner seine Arbeit machen, weil die macht er gut. Gemma zu die Ami! Die haben Nahrung in Hülle und Fülle. Denen müssen wir auf den Zahn fühlen."

Kurzes Gemurmel erhob sich. Die Männer besprachen sich untereinander und kamen offenbar zu dem Schluss, dass Fritzens Vorschlag der richtige war. „Auf zum Ami", erschallte es aus mehreren Ecken, und ehe Wickerl noch seinen Block verstauen konnte, wurde er auch schon Richtung Ausgang geschoben. Auf dem Vorplatz formierten sich die Menschen zu einem Demonstrationszug, und Wickerl hielt es für das Beste, sich ihnen einfach anzuschließen.

Keine 20 Minuten später hatte die Menschenmenge die lokale Vertretung der Amerikaner erreicht. Ein vorwitziger Arbeiter profilierte sich als Stegreifdichter: „We want food, sonst packt uns die Wut!" Zwar erntete er dafür kein Essen, aber immerhin allgemein zustimmendes Gelächter. Und ein anderer wollte ihm nicht nachstehen. Er ballte die Faust, sprang kurz in die Höhe und rief: „Was zum Essen, es Bagage! Es bringts uns echt in Rage." Trotz der angespannten Situation musste Wickerl schmunzeln. Mit solchen Sprüchen, so dachte er, brauchte er bei der Zeitung nicht anzutanzen. Und doch gaben sie das Wienerherz wohl treffender wieder als so manche politische Manifestation der Partei.

Die GIs, welche die Vertretung zu bewachen hatten, wurden angesichts der rasch anwachsenden Menge nervös. Ein Sergeant erteilte mit kehliger Stimme Befehle, und Wickerl beobachtete, wie die Soldaten ihre Gewehre in Anschlag brachten. Entgegen seiner eigentlichen Aufgabe als Journalist kletterte er auf einen Sockel und winkte hektisch mit den Armen: „Leutln", rief er, „Genossen! Alleine erreichen wir gar nichts. Was wir brauchen, ist eine konzertierte Aktion der gesamten Wiener Arbeiterschaft. Ganz Wien muss streiken! Ganz Wien!"

Die in seiner Nähe Stehenden, die seine Worte auch gehört hatten, stimmten ihm zu, die weiter hinten drängten immer noch auf das Tor zu. Ein gefährlicher Tumult drohte zu entstehen. Endlich versuchten auch einige andere Funktionäre, die Menge zu beruhigen. „Oba hoit doch die Pappn, bleda Bua", schrie jemand in schrillem Diskant, und das energische „Genau" kam Wickerl nur zu bekannt vor. Fanny drängte sich nach vorne und kam ganz knapp an das Tor. „Wos is, deppata Ami", schrie sie den erstbesten Soldaten an, „des nennst du a Befreiung? Vom Essen host mi befreit, des is oba aa scho ollas." Wickerl versuchte, näher an seine aufgebrachte Mutter heranzukommen, denn nur zu deutlich war abzusehen, dass der Soldat, ohnehin schon in Panik, die Absicht hatte, Fanny mit Gewalt zurückzustoßen. „Mutter", schrie er daher, „lass gut sein. De Ami, die verstehn kan Spaß." Fanny wurde ihres Sohnes gewahr. „Spaß? Glaubst du, des is a Schmäh do da? Die bunkern sicher des Essen zentnerweis do, und von dem will i jetzt was haben. I hob lang gnua ghungert." Sie rempelte den Soldaten an. „Food", brüllte sie, dabei im Ton einer Löwin nicht unähnlich, „oba gaach aa no!"

Knatternde Geräusche mischten sich unter das Gebrüll der Menge. Zunächst dachte Wickerl, irgendwo würde tatsächlich schon geschossen, doch dann erkannte er, dass es sich um LKW handelte. Er schwang sich auf den ehernen Zaun und blickte um sich. Auf den Ladeflächen der Lastautos waren bullige Männer zu erkennen, die aber gleichwohl offensichtlich ebenfalls Wiener waren. Wickerl rieb sich die Augen. Mitten unter den stiernackigen Proletariern machte er Turl aus, der offenbar den anderen einige Kommandos gab. In der Tat bahnten sich die Automobile langsam, aber unaufhaltsam ihren Weg durch die Menschentrauben und hielten schließlich als eine Art Barriere zwischen den Demonstrierenden einer- und den Soldaten andererseits. Selbst Fanny sah sich mit einem Mal von den GIs getrennt. Franz Olah stieg aus dem Führerhaus eines der LKW und kletterte auf dessen Ladefläche. „Leutln, hörts mir zu!" Er brauchte mehrere Anläufe, bis er endlich die Aufmerksamkeit aller hatte. „Wir haben seitens der Gewerkschaft einen Streikbeschluss gefasst. Morgen wird in keinem einzigen Betrieb gearbeitet werden. Die Straßenbahnen werden stillstehen, die städtischen Unternehmungen werden ihre Arbeit nicht aufnehmen. Ganz Wien wird stillstehen. So lange, bis die da", dabei zeigte er auf die amerikanische Vertretung hinter sich, „uns was zu essen geben."

Spontaner Applaus brandete auf, in dem sich Olah eine kleine Weile sonnte. Dann beschwichtigte er die Masse und fuhr fort: „Die nötigen Maßnahmen sind getroffen. Für heute können wir nicht mehr erreichen. Also seids gscheit, Leutln, gehts heim."

Eine kleine Weile wogten die Massen unschlüssig hin und her, doch schließlich setzte sich die Mäßigung durch. Mehr und mehr Demonstranten räumten das Feld, sodass schließlich auch die Entschlossensten klein beigaben. Wenige Augenblicke später war der Platz weitgehend geräumt. Zurück blieben nur die Gewerkschafter und Wickerl, der sich ein Interview mit dem Gemeinderat erhoffte. „Das war keine schlechte Leistung", eröffnete er das Gespräch, als er bei Olah angelangt war, in dessen Windschatten sich immer noch Turl befand, den Wickerl mit einem leichten Nicken grüßte. Olah musterte Wickerl herablassend. „Du bist der Bua vom Bielohlawek, oder? Der Zeitungsschmierer?" Wickerl reagierte erstaunt ob dieser rüden Anrede. „Des is unser aller Zeitung, aa deine, Genosse Gemeinderat", replizierte er kalt.

„Jo, eh. Wuascht. Des Blattl lest eh kaaner. Wia aa? Solang der Pollak dort Chefredakteur is, kann des jo nix werden. Der Hirnhappler wird nie kapiern, wia mia Österreicher gstrickt san."

Wickerl war sich nicht sicher, ob er Olah eben richtig verstanden hatte, aber seine Jahre im KZ hatten ihn gelehrt, dass antisemitische Spitzen auch bei rechten Sozialdemokraten durchaus nicht unüblich waren. Allerdings wollte er Olah nicht weiter provozieren, also beschränkte er sich darauf, diesen zu fragen, ob das mit dem Streikbeschluss eine Finte war oder ob am kommenden Tag wirklich ganz Wien stillstehen würde. „Oba sicher. Waun mia sogn, kaaner hackelt, daun is des aa so. Weu waun do ana aus der Reih tanzen wü, daun ..." Olah beendete den Satz nicht, sondern schüttelte nur sardonisch grinsend die rechte Faust.

Tatsächlich war es am folgenden Morgen bemerkenswert still in der großen, alten Stadt. Wickerl musste den ganzen weiten Weg zur Redaktion zu Fuß zurücklegen, da keine Straßenbahnen verkehrten. Die Brauerei lag ebenso verwaist da wie die Manner-Fabrik ein paar Gassen weiter. Und kaum in der Redaktion angekommen, erfuhr Wickerl, dass auch die Stahlwerke in Favoriten, die Spinnerei in Margareten und die Molkerei in der Brigittenau die Arbeit nicht aufgenommen hatten. Insgesamt wurden mehr als 30 Großbetriebe und zahlreiche kleinere Unternehmen bestreikt, während die Arbeiter der Verkehrsbetriebe und des E-Werks Betriebsversammlungen abhielten, in denen über das weitere Vorgehen beraten werden sollte.

Wickerl tippte eben seinen Bericht in die Schreibmaschine, als Franz Krones bei ihm vorbeikam. Etwas verdattert ließ er ihn wissen, dass sein Parteiobmann ihm einen Besuch abstatte. Krones hatte noch nicht fertig gesprochen, als er recht rüde von Olah zur Seite geschoben wurde. Achtlos warf dieser Wickerl die aktuelle Ausgabe des „Neuen Österreich“ auf den Schreibtisch. Auf deren Titelseite war in Balkenlettern zu lesen: „1.200 Tageskalorien für Normalverbraucher gesichert“. Wickerl staunte nicht schlecht. Ein paar laute Worte der Arbeiter hatten genügt, und der Tagessatz war um 50 Prozent erhöht worden. Gleich darunter freilich stand die Gegenforderung der Herrschenden zu lesen: „Aufruf zu gemeinsamer, ungestörter Arbeit“. Darum ging es also. Die Regierung hatte so schnell nachgegeben, um zu verhindern, dass es zu einer groß angelegten Aktion der Arbeiterschaft kam.

„So“, hörte Wickerl derweilen Olahs Stimme, „des warat erledigt. Und des schreibst aa eine in dein Bericht.“ Wickerl hatte keinen Zweifel daran, dass Olah seine Worte tatsächlich als Befehl verstand. Der unterstrich diesen Eindruck dadurch, dass er sich abrupt umwandte und sich anschickte, den Raum wieder zu verlassen. Dann jedoch schien es sich Olah noch einmal anders zu überlegen. Er kam noch einmal zurück. „Und des nächste Mal legts eich mit die Russen an und ned mit die Amis, hast mi?! Die Amis san die Anzigen, die uns konkret helfen. Sog des deine Spezi!“ Ohne ein

Widerwort abzuwarten, trat Olah diesmal endgültig ab, einen konsternierten Wickerl und einen nicht minder düpierten Krones zurücklassend.

Am späten Nachmittag hatten die beiden Gelegenheit, die gespenstische Begegnung mit Olah noch einmal Revue passieren zu lassen, als sie mit Hilde und Erwin zusammenkamen. Erwin schien sichtlich aufgebracht. „Die Genossen von der KPÖ", begann er, „begreifen immer noch nicht, dass diese enge Anbindung an die ÖVP ein Fehler ist. Was wir brauchen, das ist die proletarische Einheit, und nicht eine Konzentrationsregierung mit der Bourgeoisie. Die wähnt sich seit den Wahlen ohnehin im Aufwind. Sogar die Verstaatlichungen bremsen sie schon allerorten. Und die Kommunisten sagen uns, wir sollen das nicht überbewerten."

Hilde pflichtete Scharf umgehend bei. „Im Parteivorstand haben wir ein Thesenpapier vorgelegt, wonach wir als SPÖ stärker die Unterschiede zwischen den Klassen akzentuieren müssen, aber natürlich haben die Rechten gleich wieder beschwichtigt. Und wie", dabei machte sie mit ihrem Kopf eine schnelle Bewegung in Scharfs Richtung, „der Erwin gmeint hat, die Verteilungsfrage stehe mehr denn je auf der Tagesordnung, hat der Helmer nur gsagt, er soll ned vergessen, dass die KPler grad einmal fünf Prozent gkriegt haben." Hilde schnaubte: „Als ob das eine mit dem anderen was zu tun hätt."

An dieser Stelle schien es Wickerl geraten, von seinen Erfahrungen mit Olah und dessen Aussagen hinsichtlich der Amerikaner zu berichten. Scharf nickte heftig. „Das ist es ja. Die Westmächte sind ja nur da, weil sie die europäische Bourgeoisie stützen wollen. Denen ist ganz genau bewusst, dass die Stimmung von Frankreich über Italien bis zu uns zum Sozialismus drängt. Und sie können ihre Klassenherrschaft nur mit dem Bajonett retten. Und genau das tun sie auch."

„Und die unseren machen da mit", ließ sich Franz vernehmen, „die kommen uns wieder, wie schon im 18er Jahr, mit dem Gleichgewicht der Klassenkräfte. Als ob eine parlamentarische Sitzverteilung die tatsächlichen Kräfteverhältnisse zwischen Bourgeoisie und Proletariat abbilden würde."

„Ganz richtig, Franz, ganz richtig", ereiferte sich Scharf. „Renner, Schärf und Helmer treiben uns in das Kielwasser des hochkapitalistischen Amerika. Die tun nicht einmal mehr so, als gäbe es eine Äquidistanz zwischen den USA und der Sowjetunion. Derweilen stabilisiert sich der Kapitalismus in unserem Staat mehr und mehr."

„Genau", meldete sich nun auch Hilde wieder zu Wort, „was nützt uns eine Regierungsbeteiligung, wenn diese Regierung allein die Interessen des Kapitals vertritt." Erwin Scharf ließ seinen Blick einen Moment lang auf Hilde ruhen und lächelte sie liebevoll an. „Wir müssen eine konsequente sozialistische Klassenpolitik verfolgen. Alles andere dient nur dem Klassenfeind."

Offenbar war es wieder an Wickerl, den Skeptiker zu geben. „Ich stimme euch ja vorbehaltlos zu. Aber wissts, wie ich mir gestern diese Buckeln vom Olah angschaut hab, da war mir klar, die überzeugen wir nie von der Richtigkeit unserer Anschauungen. Und die sind leider bei weitem ned die Einzigen, die so denken."

Krones winkte ab. „Die denken überhaupt ned. Das ist ja das Problem. Die lassen den Olah für sie denken. Und was der denkt, das ist sicher nicht im Interesse der österreichischen Arbeiterschaft."

Wickerl gluckste. „Wenn ich denk, dass der überhaupt nur Bezirksparteiobmann worden ist, weil der Papa gsagt hat, er fühlt sich zu alt dafür, dann wird mir schlecht."

„Ja", resümierte Scharf die Debatte, „an dem werden wir noch unsere Freude haben."

New York, 1. Juli 1946

Caroline erwachte von einem blechernen Husten. Sie setzte sich auf und versuchte, den Anfall durch langsames Ein- und Ausatmen in den Griff zu bekommen. Doch es gelang ihr nicht, den Hustenreiz zu stoppen. Immer lauter belferte sie, und um Mary nicht zu wecken, biss sie in ihrer Verzweiflung sogar in die Bettdecke. Sie fühlte sich dem Ersticken nahe. Eilig sprang sie aus dem Bett und hastete zum Fenster, das sie mit einer schnellen Bewegung öffnete. Die frische Luft, so hoffte sie, würde sie wieder halbwegs stabilisieren. „Ist alles gut, Mama?" Natürlich war die Kleine munter geworden, und Caroline bemühte sich, ihre Besorgnis vor der Tochter zu verbergen. „Alles ist gut, Schatz. Mama hat sich nur ein bisserl verkühlt."

Die Wahrheit freilich war eine gänzlich andere. Das Jahr 1946 war bislang alles andere als gnädig zu ihnen gewesen. Aus Zürich blieben die Zahlungen schon seit Monaten aus, und aus Wien kam keine Nachricht, so oft sie auch auf der Post nachfragte. Mittlerweile schien jegliche Geduld des Vermieters aufgebraucht, und wenn Myrtle, die alte Nachbarin, ihr nicht erst jüngst zehn Dollar geborgt hätte, sie wäre mit ihrer Tochter wohl schon delogiert worden. Caroline wurde mehr und mehr bewusst, sie musste nach Wien zurückkehren. Nur dort würde es ihr gelingen, ihr Recht erfolgreich einzufordern.

Allerdings warf dies wieder die Frage auf, woher sie das Geld für die Überfahrt nehmen sollte. Sie konnte unmöglich Myrtle um ein weiteres Darlehen angehen, und beim Jüdischen Komitee waren ihre Schulden mittlerweile ebenfalls beträchtlich. Nun hatte sie von einem alten sozialdemokratischen Arzt namens Ellenbogen gehört, der eigentlich selbst nach Wien hatte reisen wollen, dem aber seine eigene Partei ob seines jüdischen Hintergrunds nahegelegt hatte, in den USA zu bleiben. Vielleicht, so dachte Caroline, während sich der Hustenkrampf langsam löste, konnte er es ihr ermöglichen, in die alte Heimat zurückzukehren.

Unwillkürlich musste sie an ihren ersten Kontakt zu Wien nach dem Krieg denken. Der lag nun rund ein Jahr zurück, und die Enttäuschung, die er gebracht hatte, war sicherlich, davon war Caroline immer noch überzeugt, mitverantwortlich für ihren gesundheitlichen Zustand. Nicht einmal die familieneigene Villa, die der Großvater hatte errichten lassen, war ihr rückübereignet worden.

Damals freilich hatte sie noch daran glauben können, dass es sich nur um bürokratische Routine handle, dass sie nicht gleich wieder in das Heim ihrer Kindheit einziehen konnte. Doch nun war ein ganzes Jahr vergangen, und immer noch deutete nichts darauf hin, dass man ihr die Immobilie zurückgeben würde. Wenn sie diese jedoch nicht erhielt, dann gab es keinen Platz, wo sie in Wien wohnen konnte, während sie vor den Ämtern um ihr Recht stritt. Denn Ellenbogen würde sie kaum auch noch mit einem eigenen Budget ausstatten.

Ein neuerlicher Hustenfall schüttelte Carolines dünnen Körper durch. Sie schickte Mary eilig ins Bad, damit sie dort ihre Zähne putze, während sie zur selben Zeit verzweifelt darum bemüht war, sich so weit wieder in den Griff zu bekommen, dass sie Mary in den Kindergarten bringen konnte.

Eine Stunde später konnte sie sich selbst nicht mehr erklären, wie sie es geschafft hatte, Mary zur rechten Zeit am rechten Ort abzusetzen. Aber deutlich spürte sie Erleichterung darüber und begab sich zu jener Adresse, an der sie, wie man ihr gesagt hatte, den alten Doktor antreffen würde. Der empfing sie auch ohne Umschweife und war sichtlich froh, jemanden aus der alten Heimat zu sehen. Geduldig hörte er Caroline zu und lächelte dann. „Ja, die Genossen, die wollen mich alten Juden nicht. Ich fürchte, dort drüben ist zwar der Faschismus passé, aber unsereins ist deswegen noch lange nicht Persona grata. Wollen Sie sich das wirklich antun, gnädiges Fräulein?"

„Mir bleibt nix anderes übrig, Herr Doktor. Ich habe absolut kein Geld mehr, und mein Erbe ist meine einzige Hoffnung, dass ich meiner Mary eine sorgenfreie Zukunft garantieren kann." Die letzten Worte hatte sie mehr gekeucht als gesprochen, und deutlich war ihr anzusehen, wie sehr sie bemüht war, vor dem Doktor ihren Husten zu unterdrücken. „Hören S', Sie gfallen mir gar nicht", konstatierte Ellenbogen denn auch, „es ist zwar schon ein Zeiterl her, dass ich ordiniert hab, aber einen Tuberer erkenn ich immer noch. Sie brauchen keine Überfahrt, Gnädigste, Sie brauchen eine Kur. Dort, wo es warm und trocken ist."

Caroline fuhr erschrocken zurück. „Aber was sagen Sie da? So ein Unfug! Ich habe einen hartnäckigen Husten, ja. Aber ich spucke kein Blut, und wir leben auch nicht in einem feuchten Kellerloch. Das ist alles nur die nervliche Anspannung. Ich bin wesentlich eher ein Fall für den Seelenklempner als für den Lungenfacharzt."

Ellenbogen nickte nur müde. „Ich praktiziere nicht mehr, meine Meinung ist also ganz und gar irrelevant. Aber um Ihrer Tochter willen sollten Sie auf sich achtgeben." Mühsam kämpfte sich Ellenbogen aus seinem Sessel und schlurfte zu der Kommode am anderen Ende des Zimmers, wo er eine

Schublade aufzog. „Hier“, sagte er, während er Caroline ein Kuvert in die Hand drückte, „zwei Schiffspassagen zweiter Klasse. Sie sind undatiert, Sie können sie also jederzeit nutzen. New York–Hamburg. Von dort müssen Sie halt den Zug nehmen oder sehen, wie Sie sonst nach Wien kommen.“

Caroline öffnete das Kuvert. Dann sah sie Ellenbogen an. „Aber da sind ja auch 200 Dollar drinnen. Die hätten Sie jetzt fast vergessen.“ Ellenbogen lächelte schmal. „Nein, die habe ich nicht vergessen. Das war mein Reisebudget. Wie Sie sich vorstellen können, brauche ich das jetzt nicht mehr. Aber etwas sagt mir, Ihnen kommt dieses Geld nicht ungelegen. Also nehmen Sie's.“

Caroline schüttelte fassungslos den Kopf. „Das kann ich unmöglich annehmen. Ich meine, Sie kennen mich nicht einmal, und da wollen Sie mir so ein Vermögen schenken? Das geht doch nicht.“

Ellenbogen zuckte mit den Schultern. „Wissen Sie, wie alt ich bin? Ich werde bald 80. Was soll ich da noch mit dem Gerstl? Das letzte Hemd hat keine Taschen, wie es so schön heißt. Nehmen Sie schon. Ich komme auch ohne diese Scheine zurecht.“

Caroline kämpfte mit sich. Einerseits war es mehr als rüde, von einem alten Mann, der einem schon ein so großes Geschenk gemacht hatte, auch noch Geld anzunehmen, doch andererseits konnte sie mit dieser Summe gut und gern zwei, drei Monate in Wien über die Runden kommen. Sie entschloss sich zu einem dankbaren Lächeln. „Wenn ich meine Sache siegreich zu einem Ende gebracht habe, Herr Doktor, dann bekommen Sie alles auf Heller und Pfennig zurück. Das verspreche ich Ihnen.“ Ellenbogen sandte ihr einen langen, durchdringenden Blick. „Wenn Sie siegreich bleiben, dann sehen Sie sich nach jemandem um, der gleich Ihnen in Not ist. Und dem geben Sie es dann." Er lächelte ein weiteres Mal. „Und sagen ihm, was ich jetzt Ihnen gesagt habe. So geht Solidarität."

Ohne sich auch nur im Geringsten dagegen wehren zu können, rannen Caroline Tränen über die Wangen. Sie konnte nicht anders und trat ganz eng an Ellenbogen heran. Sie umarmte den alten Mann schweigend, dabei dessen Verlegenheit gar nicht zur Kenntnis nehmend. „Das werde ich", murmelte sie dann, ehe sie schnell die Wohnung des ehemaligen Politikers verließ.

Drei Tage später hatte sie ihren restlichen Besitz bei Myrtle verstaut, die Wohnung in Brooklyn zurückgegeben und Mary vom Kindergarten abgemeldet. Nun saß sie am Pier und wartete darauf, dass der Dampfer das Fallreep herunterließ. Sieben Tage, so hatte man ihr bedeutet, würde es dauern, bis sie in Hamburg waren. Wie es von dort weitergehen sollte, wusste sie noch nicht. Doch mit Ellenbogens Geld sollte die Sache um einiges leichter vonstattengehen.

Wien, August 1946

Fanny traute ihren Augen nicht. Sie war eben im Begriff gewesen, den Markt ergebnislos zu verlassen, als unangekündigt ein LKW vorfuhr, der etwas geladen hatte. Neugierig blieb sie stehen und beobachtete die Männer, die damit begannen, Kisten von der Ladefläche zu heben. Deren Inhalt erinnerte Fanny an kleine, orangefarbene Bälle, doch dafür waren sie zu unförmig. Vorsichtig, als könnte sie die Leute durch ihr Näherkommen verscheuchen, schlich sie sich an den Wagen heran. Bald schon war jede Sinnestäuschung ausgeschlossen. In den Kisten befanden sich Marillen. Echte, offenbar ganz frisch geerntete Marillen. Wie ein Pfitschipfeil schoss sie nach vorne und stand auch schon direkt vor den Männern. „Wie viel wollen Sie dafür haben?", fragte sie und deutete auf die Früchte. „Einen Schilling", sagte der Älteste. Um ein „pro Stück" hinterherzuschicken. Fanny fuhr sich mit der Hand vor den Mund. „Ihr seids ja narrisch worden. Um einen Schilling kriegt man im Gasthaus ein ganzes Schnitzel ..." Die Männer sahen sich an und lachten: „Ja, wenn S' von der Regierung sind vielleicht. Aber so? Wann haben Sie zuletzt ein Schnitzel gsehen?" Und ein anderer ergänzte: „Oder eine Marille gessen?"

Fieberhaft überlegte Fanny, wie viel Geld sie noch in ihrer Geldbörse hatte. Überschlagsmäßig zwei, vielleicht drei Schilling. „Drei Stück für zwei Schilling", fauchte sie dann. „Geh weiter, Oma, das wird nix", beschied der Jüngste der Gruppe. Fanny aber blieb stehen. „Gut, drei für einen Schilling." Die Männer schickten sich eben an, in dröhnendes Gelächter auszubrechen, als Fanny nachsetzte: „Oder ich zeig euch an. Wegen Schleichhandel." An der Geschwindigkeit, mit der die Heiterkeit aus den Gesichtern verschwand, erkannte Fanny, dass sie richtig lag. Die Männer hatten keine Konzession, das Obst legal zu verkaufen. Und wie auch, derlei Luxusgüter waren gar nicht auf den Bezugsscheinen verzeichnet, weil nicht einmal die Regierung damit gerechnet hatte, dass sie einmal zur Verteilung gelangen könnten.

Ihre Kontrahenten sahen einander an. Offenbar wogen sie ab, ob sie auf Fannys Erpressung eingehen oder aber ob sie sie einfach gewaltsam vertreiben sollten. Fanny erkannte, wie kritisch die Situation war, schien aber keineswegs bereit, sich das Heft des Handelns aus der Hand nehmen zu lassen. Sie deutete hinter sich. „Seht ihr die Leute da? Wenn ich jetzt einen Qua-Schrei auslass, dann sind die in zehn Sekunden da. Und wenn die eure Kisten sehen, dann handeln die. Aber nicht so, wie ihr es euch wünscht. Die nehmen sie euch einfach weg, ehe ihr noch Muh sagen könnt. Also gebt mir besser ein paar von den Marillen, oder ihr habt weit größere Sorgen als den Entgang von ein paar Schilling."

Der Älteste fluchte undeutlich, dann griff er in die Kiste, holte eine Handvoll Marillen heraus und drückte sie Fanny in die Hand. „Und jetzt schleich dich, sonst war der Qua-Schrei dein letzter, hast mi?" Fanny ließ sich das nicht zweimal sagen und sah zu, dass sie Land gewann. Erst hinter der nächsten Ecke wagte sie es, ihre Beute näher in Augenschein zu nehmen. Sie hatte ein halbes Dutzend Früchte in der Hand, und alle sahen absolut genießbar aus. Am Abend, so war Fanny nun klar, würden Fritz, Wickerl und sie jeder zwei Marillen essen können. Weihnachten fand heuer also schon im August statt.

Und so, als hätte sie Angst, ihre wertvolle Fracht am Ende wieder zu verlieren, rannte sie, so schnell sie ihre Beine trugen, nach Hause, um die Marillen dort in der Kredenz zu verstecken. Einen Augenblick lang drohte ihr dabei das Herz stillzustehen, als sie Fini aus dem Haustor kommen sah, doch war sie schnell genug hinter eine Bretterwand zurückgewichen, sodass die Freundin sie nicht sah. Erst, als sie Fini außer Sicht wusste, legte sie die letzten Meter zur eigenen Wohnung zurück und bewegte sich nicht mehr aus dieser, bis Fritz nach Hause kam.

Wickerl ließ auf sich warten, doch das verwunderte Fanny und Fritz nicht weiter, da wegen des Strom- und Treibstoffmangels die Straßenbahnen wieder einmal eingestellt worden waren. Wickerl musste also, so wussten sie, zu Fuß zum Gürtel marschieren, wo alleine die Stadtbahn als einziges öffentliches Verkehrsmittel in Betrieb war. Von der Station Alser Straße hatte er also erneut zu gehen, weshalb er für die Strecke eben gut und gern eineinhalb Stunden brauchte. Dementsprechend hungrig traf er kurz vor 18 Uhr bei ihnen ein.

Schweigend würgten alle drei ihre Steckrübensuppe in sich hinein, wobei sich keiner von ihnen sicher war, dass diese auch wirklich feuchter war als das Roggenbrot, das sie dazu aßen. Umso befremdlicher wirkte es auf Wickerl und Fritz, dass Fanny dabei die ganze Zeit über debil grinste. Fritz wollte schon eine Bemerkung darüber machen, doch ließ er es bleiben, da er keinen Sinn darin sah, in einer solch trostlosen Situation auch noch zu streiten.

Wenig später räumte Wickerl das Geschirr weg, Fritz zündete sich eine B an und sah versonnen gegen das Fenster, als Fanny ganz plötzlich zu pfeifen begann. „Wollen die Herren vielleicht noch einen Nachtisch?“, fragte sie scheinbar leichthin, und Wickerl fürchtete, seine Mutter habe nach all den Belastungen des abgelaufenen Jahres den Verstand verloren. Sie aber öffnete die Kredenz und holte die Marillen hervor. Wickerl und Fritz blieb der Mund offen. Es war der Vater, der als Erster seine Stimme wiederfand: „Wo um Himmels willen hast denn die her?“

Fanny genoss ihren Triumph. Sie zierte sich eine hübsche Weile, ehe sie endlich, dann aber in aller Ausführlichkeit, berichtete, wie sie an diesen Schatz gekommen war. Und alle drei gestanden sich schließlich ein, noch nie so lange für den Verzehr zweier Früchte benötigt zu haben. Wickerl ging dabei sogar so weit, noch eine ganze Weile an den Kernen zu lutschen, bis diese endgültig jedweden Geschmack verloren hatten. „Mama, Papa“, erklärte er dann, „ich geh jetzt ins Bett. Weil nach dem da kann einfach nichts mehr kommen.“ Freilich lag er noch eine ganze Weile wach, ehe er endlich einschlief. Dann freilich träumte er von der Wachau und ihrem bekanntesten Produkt.

Wien, kurz zuvor

Fini bügelte eben Hermanns Hemden, als es an der Tür klopfte. Neugierig, wer um diese Zeit etwas von ihr wollen könnte, stellte sie das Bügeleisen ab und öffnete die Tür. Eine verhärmte Frau von Anfang 30 stand vor ihr, und Fini fürchtete sofort, es mochte sich um eine Bettlerin handeln. Instinktiv wollte sie die Tür umgehend wieder schließen, doch die Frau bat sie, sie anzuhören. „Nebenan ist niemand zu Hause, aber ich gehe doch nicht fehl in der Annahme, dass dies hier die Wohnung der Familie Strecha ist, oder nicht?“ Fini zögerte. „Und?“ Die Frau atmete tief durch. „Ich war, bevor ich aus Wien fliehen musste, mit dem Wickerl und mit Ihrem Turl befreundet. Und jetzt, wo ich wieder da bin, suche ich die beiden.“

„Der Wickerl wohnt noch da. Drüben bei seinen Eltern. Aber um die Zeit ist er bei der Arbeit. Und den Turl, den finden S’ im ersten Bezirk bei der Gwerkschaft der Bau- und Holzarbeiter. Alsdern. Wiederschauen.“ Fini wollte sich nicht in irgendetwas verwickeln lassen und schloss ihre Pforte, noch ehe die Frau erneut zu reden beginnen konnte.

Für einen Augenblick stand Caroline noch ratlos vor Finis Tür, dann machte sie sich auf, Turl im ersten Bezirk zu finden. Fini aber, die kein Wort von dem begriffen hatte, was ihr eben erzählt worden war, wandte sich wieder dem Essen zu. Hermann, so wusste sie, würde bald genug nach Hause kommen, und wenn dann nichts Warmes auf dem Tisch stand, dann würde seine ewig gleiche Zeterei beginnen. Also war es vernünftiger, sich zu sputen.

Tatsächlich kam Hermann nur wenige Zeit später bei der Tür herein. Auf den ersten Blick erfasste er die Lage und verzog angewidert seinen Mund. „Ned scho wieder Suppn! Bring i dir ned gnua ham, dass d' was Ordentliches kochst?" „Weißt eh, wie's is, Hermann. Es gibt hoit goa nix zum Kaufen. Nach wie vor ned. In der Zeitung haben s' gschrieben, sie probieren jetzt an Reisersatz aus Sojabohnen und Kartoffelstärke zum Machen. Kannst dir vorstellen, wie das schmecken muss? Da sind meine Suppen schon noch besser, meiner Seel."

Hermann freilich ließ sich nicht so leicht überzeugen. „Die Großkopferten, die müssen sicher ka Suppn essen. Bei denen liegt sicher a fettes Stückl Fleisch am Teller. Und echter Reis dazu, das sag i dir." Fini bemühte sich um eine mitfühlende Miene. „Ja, Hermann, i waaß eh. Aber da kann man halt nix machen. Es is, wie's is."

„Es is, wie's is", äffte er sie nach. „Und so, wie's is, is a Schaaß! Es is immer desselbe. Unsereins wird beschissen von Anfang bis Ende." Er trat ganz nahe an Fini heran und hob mahnend den Zeigefinger. „Soll i dir was sagen? Es is scheißegal, in was für einem System wir leben. Monarchie, Diktatur, Demokratie, immer sind wir die Blöden. Und die Gstopften, die richten sich's. I seh des ja in der Brauerei. Der Schulz, der verkummt ned. Und seine Spezi aa ned." Dabei nickte Hermann mit dem Kopf in Richtung der Nachbarwohnung. Fini meldete Widerspruch an. „Das kannst dem Fritz jetzt aber nicht vorwerfen. Der bereichert sich nicht." Hermann lenkte ein: „Jo eh! Weil er ein Trottel is! Aber nur deswegen."

Fini schleuderte mit voller Wucht den Kochlöffel auf den Boden. Mit ungeahnter Geschwindigkeit wirbelte sie herum: „Der anzige Trottel weit und breit bist du", schrie sie mit sich überschlagender Stimme. „Allerweil keppelst in aner

Tour, nie is dir was Recht." Sie kam drohend auf Hermann zu und fuchtelte mit dem Zeigefinger vor seinem Gesicht herum: „Weißt du was? Leut, die weniger gmacht haben als du, die sitzen in Glasenbach oder in Wolfsberg. Du kenntast mit die Sachen, die du im 38er Jahr draht host, im Hefn sei oder wenigstens vor Gericht, und stattdessen host a leiwande Hackn, bei der du dir kaan Haxn ausreißt. Unser Wohnung hot kan anzigen Bombentreffer abkriagt, mir ham alle Fenster, ned amal wirklich frieren hamma müssen im Winter. Und anstatt dass du deinem Herrgott auf Knien dankst für all des, semperst und semperst, als wärst der ärmste Mensch auf der Welt." Finis Gesicht wurde endgültig rot wie ein Paradeiser: „Ich sag dir eins, wenn du dich nicht sofort zusammenreißt, dann bin i weg. Und zwar für immer. Hast du des verstanden?" Hermann war dem Monolog seiner Frau mit immer größer werdenden Augen gefolgt und suchte vergeblich nach Widerworten. „Ob du das verstanden hast?", schrie sie noch eine Nuance lauter. Hermann nickte verschüchtert. „I bin jo ned derrisch", murmelte er.

Fini wandte sich abrupt um, schnappte den Suppentopf und krachte ihn geräuschvoll auf den Tisch. „Friss des oder loss es bleiben, mir is des powidl." Sie verschwand im Zimmer und kehrte Sekunden später mit ihrem Mantel wieder zurück. Wortlos rauschte sie an Hermann vorbei und ließ krachend die Tür ins Schloss fliegen. Noch ehe ihr Mann etwas sagen konnte, hatte sie die Wohnung verlassen. Hermann aber wartete noch eine kleine Weile, ehe er sich eingestand, dass sie so bald nicht wiederkommen würde. Er holte aus der Besteckschublade einen Löffel und kostete vorsichtig von der Suppe. „I waaß ned, wos die Alte hat", sagte er zu sich, „so schlecht is des Gschloder doch goa ned."

Wien, zur selben Zeit

Was hatte sie sich nur dabei gedacht? Dass sie einfach bei Wickerl und Turl auftauchen und dort fortfahren konnte, wo sie acht Jahre zuvor unterbrochen worden waren? Das Schicksal hatte diese Kapitel lange schon geschlossen. Alles, was ihr blieb, war zu versuchen, in Wien zu einem Neuanfang zu kommen. Eine vernünftige Ablöse für die Brauerei und die Rückgabe der väterlichen Villa, damit wäre sie schon zufrieden, dachte sie, während sie sich darum bemühte, sich halbwegs in einer Stadt zu orientieren, die ihr fremd geworden war.

Caroline kramte in ihrem Portemonnaie und fand noch genügend Geld, um ihren Aufenthalt in der Pension im neunten Bezirk zu verlängern. Sie verbrachte eine ruhelose Nacht in der kleinen Kammer und brach gleich am nächsten Morgen in die Innenstadt auf, um bei der zuständigen Stelle ihre Ansprüche geltend zu machen. Als man sie in einem kargen Vorzimmer warten hieß, schluckte sie ihren Unmut hinunter und zwang sich, ruhig zu bleiben. Zum Glück, so fand sie, hatte sie sich ein Buch mitgenommen. Sie zündete sich eine Zigarette an und nahm das Druckwerk zur Hand. Seite um Seite verschlang sie, ohne dass sie aufgefordert wurde, in das Zimmer des betreffenden Beamten zu kommen.

„Der Parteienverkehr endet jetzt." Caroline verbarg ihre Verwunderung über diese Aussage nicht. „Ja, tut mir leid. Sie müssen morgen wiederkommen", lautete das Diktum des Bürodieners. „Das kann ja wohl nur ein schlechter Scherz sein", hielt sie dem entgegen. „Ich bin pünktlich um 9 Uhr hier gewesen und warte jetzt seit drei Stunden. In der gesamten Zeit wurde niemand aufgerufen, noch war jemand in diesem Wartezimmer zu sehen. Ich bestehe darauf, meine Sache vortragen zu dürfen, oder ich werde mich bei der Presse, beim Bürgermeister und vor allem beim amerikanischen Hochkommissar über diese Behandlung beschweren."

„Beschweren S' Ihnen auch gleich beim Salzamt", gab der Bedienstete gallig zurück und schickte sich an, Caroline, die zwischenzeitlich aufgestanden war, aus dem Zimmer zu schieben. „Sind Sie völlig wahnsinnig?", schrie sie. „So haben mich zuletzt die Nazis behandelt. Ich wusste gar nicht, dass die hier noch an der Macht sind!" Sie gab dem Mann einen Stoß. „Was sind Sie? Der örtliche Blockwart?" Der Mann packte ihre Arme. „Jetzt werden S' da ned pampfert, sonst hol ich den Wachmann." Caroline riss sich los. „Ich geh hier nicht weg, bevor ich nicht angehört wurde. Keine zehn Polizisten kriegen mich hier weg. Ist das klar!" Die letzten Worte waren so laut aus ihrem Mund gekommen, dass die Fensterscheiben klirrten.

„Schon gut, Kollege, ich übernehme das." Endlich war die Tür des zuständigen Beamten aufgegangen, und ein Mann in mittleren Jahren stand im Raum. „Wenn ich bitten dürfte." Caroline schickte dem Bürodiener noch einen wütenden Blick und begab sich dann in das anschließende Zimmer.

Dort trug sie ihren Fall in aller Ausführlichkeit vor. Sie war selbst überrascht, wie sachlich sie darüber sprechen konnte, dass man ihre Villa, in der sie aufgewachsen war, einfach beschlagnahmt hatte, dass ihr Vater in einem Nazi-Kerker gelandet und nur unter Leistung nennenswerter Gelder wieder freigekommen war und dass man ihm für die Brauerei, die seit über 100 Jahren im Familienbesitz gewesen war, gerade einmal einen Bettel gezahlt hatte. Sie habe den Terror, endete sie, glücklicherweise überlebt und wolle wiederhaben, was ihr zustehe. Dabei sah sie den Beamten forsch an. Dieser wiegte den Kopf hin und her und präsentierte eine traurige Miene.

„Schauen Sie, Gnädigste! Die wirtschaftliche Situation Österreichs lässt eine Befriedigung Ihrer Ansprüche ja gar nicht zu. Was Sie da, ob zu Recht oder zu Unrecht, das betrachten wir da gar nicht erst, versuchen, ist Schulden bei einem Bankrotteur einzutreiben. Wie heißt es so schön: Wo nix ist, hat sogar der Kaiser das Recht verloren." Er seufzte pathetisch. „Und außerdem hat ja sogar unser Bundeskanzler festgehalten, dass Österreich gar keine Schadensersatzleistung vornehmen kann, weil Österreich ja nicht Rechtsnachfolger des Deutschen Reiches ist, nicht wahr! Sie sehen also, Gnädigste, Sie sind bei uns völlig falsch. Sie müssen sich an die deutschen Stellen wenden."

Caroline schüttelte heftig den Kopf. „Das war jetzt eine klare Themenverfehlung, werter Herr. Ich bin nicht gekommen, damit Sie mir irgendwelche Geldscheine in die Hand drücken. Ich will mein Haus wieder. Ich war bereits dort und kann daher sagen, dass es den Krieg praktisch unbeschadet überstanden hat. Österreich mag vielleicht nicht liquid sein, aber das muss es auch nicht, um mich wieder in mein Recht hinsichtlich der genannten Immobilie einzusetzen."

Wieder gab sich der Beamte voll und ganz betrübt. „Das würden wir natürlich sofort machen, wenn wir es denn könnten. Aber uns sind ja vollkommen die Hände gebunden. Wir können nicht zurückgeben, was wir gar nicht erst genommen haben."

Caroline spürte, wie die Wut in ihr hochstieg. „Es ist mir gleich, wer sich unser Haus unter den Nagel gerissen hat. Ihre Aufgabe ist es jedenfalls, es mir wieder zurückzugeben.

Das würde ich auch von einem Lehrer erwarten, wenn ein Schüler den anderen bestiehlt."

Der Beamte schien endlich zu begreifen, dass sich Caroline nicht einfach so würde abspeisen lassen. „Gut", lenkte er ein, „mit dem Haus haben Sie Recht. Das werde ich überprüfen lassen. Aber das braucht natürlich einige Zeit." Und da er offenkundig nicht gewillt war, Caroline optimistisch ziehen zu lassen, fuhr er fort: „Das mit der Brauerei, da wäre ich an Ihrer Stelle nicht sonderlich optimistisch. Da wird es sicher einen Kaufvertrag gegeben haben, den Ihr Vater wahrscheinlich unterschrieben hat. Und wenn dem so ist, dann ist das wasserdicht, auch wenn er die Brauerei unter Marktwert verkauft hat. Niemand kann schließlich jemanden dazu zwingen, sich an die marktüblichen Preise zu halten, nicht wahr?"

Caroline biss sich auf die Lippen, um nicht laut herauszuplärren, was ihr durch den Kopf ging. Mit aller Beherrschung, zu der sie noch fähig war, erhob sie sich. „Bis wann können Sie mir Bescheid geben?", fragte sie kalt. „Kommen S' übermorgen wieder", entgegnete der Beamte nicht minder frostig.

Wien, Oktober 1946

Politisch waren die ersten drei Quartale des Jahres für Erwin, Hilde, Franz und Wickerl nicht sonderlich erfreulich gewesen. Allein die Rückkehr von Josef, der im schwedischen Exil den Krieg überdauert hatte, bot Anlass zu einem kleinen Fest. Josef schloss sich sofort der Sozialdemokratie an, engagierte sich aber im Gegensatz zu den anderen wieder bei den Jungsozialisten, wo ihm eine bezahlte Stellung angeboten worden war. Deshalb war er auch nicht anwesend, als die vier sich mit einigen anderen trafen, um sich auf den Parteitag der SPÖ vorzubereiten.

Naturgemäß führte Erwin das große Wort. Er wartete, bis alle etwas bestellt und auch bekommen hatten, dann breitete er seine Thesen aus. „Ihr alle wisst, dass der Wahlausgang vor zehn Monaten unsere Lage grundlegend verändert hat. Wenn wir ehrlich sind, hat niemand von uns damit gerechnet, dass die Christlichen eine absolute Mehrheit bekommen könnten. Wir haben aber auch nicht geglaubt, dass die Kommunisten so schwach sein könnten. Genau diese Schwäche aber verwendet die Rechte seitdem als Ausrede dafür, der Volkspartei in praktisch allen Dingen nachzugeben. Damit entfremden sie uns aber den Arbeitern, die überhaupt nicht verstehen, warum nur sie Opfer über Opfer bringen müssen, während die Fabrikherren, die Großbauern, die Kaufherren ein ums andere Mal ungeschoren bleiben. Hilde und ich haben versucht, den Parteivorstand auf eine unnachgiebigere Linie festzulegen, doch haben wir uns leider nicht durchgesetzt.“ Erwin hielt kurz inne, um den Zuhörern die Gelegenheit zu geben, das von ihm Gesagte zu verarbeiten. „Wir haben uns nicht durchgesetzt, weil die Rechte sich nicht an die Vereinbarungen gehalten hat. Als nämlich", erinnerte er die Anwesenden, „unsere Partei aus der Taufe gehoben wurde, da hieß es, die alten Sozialdemokraten einerseits und wir Revolutionäre Sozialisten andererseits besetzen die Funktionen zu gleichen Teilen. In weniger als einem Jahr haben es Schärf, Helmer und Konsorten zuwege gebracht, in den Gremien eine satte Mehrheit zu bekommen." Er erntete zustimmendes Gemurmel.

Hilde nutzte dies und fuhr an seiner Stelle fort. „Die Funktionäre, die neigen natürlich zu einem reformistischen Verhalten, das war ja zu erwarten. Aber die Basis, die ist nach wie vor revolutionär gestimmt. Und auf dem Parteitag werden wir daher die Mehrheit haben, wenn wir es nur verstehen, unsere Standpunkte klar und deutlich zu formulieren."

„Ja, es kann kein Zweifel daran bestehen, dass wir aus dieser unglückseligen Koalition raus müssen", äußerte ein Bezirksgenosse von Wickerl, der seit kurzem das Amt des Hernalser Bezirksvorstehers bekleidete. „Unsere eigenen Leute verstehen doch schon lange nicht mehr, warum wir da einen Kompromiss nach dem anderen machen." Einige weitere stimmten ihm zu und forderten, man solle einen diesbezüglichen Antrag einbringen. Wickerl räusperte sich und beugte sich nach vorne. „Darf ich auch einmal was sagen?" Erwin machte eine aufmunternde Handbewegung.

„Ich fürchte, ihr geht da von falschen Voraussetzungen aus. Die Wiener mögen größtenteils revolutionär gesinnt sein. Und meinetwegen gibt es auch in den Bundesländern ein paar, die keine lupenreinen Reformisten sind. Doch in Summe ist die Rechte im Vorstand deswegen in der Mehrheit, weil sie es auch in der Partei selbst ist." Mit erhobenen Händen wehrte er den einsetzenden Widerspruch ab. „Sie ist deshalb in der Mehrheit, weil viele Genossen glauben, dass wir Sozialisten es der Situation schuldig sind, dass wir das Land nicht im Stich lassen können, dass die Arbeiterbewegung zeigen muss, dass sie Verantwortung übernimmt, und dergleichen mehr. Diesen Glauben, liebe Genossen, müssen wir erschüttern."

Wickerls Worte hinterließen die Anwesenden ratlos. Es war Hildes Ehemann, der diese Verwirrung auch verbalisierte: „Und was soll das jetzt heißen?" Wickerl lächelte schmal, ehe er fortfuhr. „Wir müssen den anderen an einem konkreten Beispiel illustrieren, wie fatal die Einbindung in diese Koalition für uns ist. Und dazu sollten wir die Aufmerksamkeit auf jenes Mitglied der Regierung lenken, das sich in den vergangenen Monaten am weitesten von unseren Grundsätzen entfernt hat."

„Das kann nur der Helmer sein", platzte es aus dem Bezirksvorsteher heraus. „Ja, genau das meine ich", bestätigte Wickerl, „über den regen sich praktisch alle auf, sogar viele von den Rechten. Erinnerts euch, wie er diesen Austrofaschisten vor kurzem befördert hat, diesen Hüttl." Sofort erhielt Wickerl lebhafte Zustimmung. „Ja", meldete sich wieder der Bezirksvorsteher zu Wort, „wie der die ganzen Heimwehrler in den Dienst gstellt hat, da ist ein Sturm der Empörung durch die Sektionen gegangen. Der Schärf selber hat ausrücken müssen, um das halbwegs wieder zu kalmieren." Wickerl nickte. „Eben. Der Helmer ist so vielen unsympathisch, dass wir an seinem Beispiel demonstrieren können, wie fatal unsere Einbindung in diese Regierung ist."

„Du meinst also, wir sollten grundsätzliche Auffassungsunterschiede personalisieren?" Hilde sah Wickerl ungläubig an. „Glaub mir", hielt ihr Wickerl entgegen, „wenn du diesen Konflikt auf der theoretischen Ebene führst, wird dir die Hälfte der Delegierten nicht folgen können. Inhaltlich, meine ich. Und damit dann eben auch politisch nicht. Du wirst Recht haben, aber du wirst verlieren."

„Meinst nicht, dass das ein bisserl zynisch klingt", mischte sich Franz ein. „Kann sein. Aber mitunter muss man zu unorthodoxen Mitteln greifen, wenn man nicht sang- und klanglos untergehen will."

„Ich wäre an deiner Stelle nicht so pessimistisch", äußerte Erwin seine Zweifel, „Lenin und die Seinen waren vor 30 Jahren auch eine verschwindende Minderheit in der Arbeiterbewegung, und heute regieren ihre Erben ein Sechstel der Erde."

„Natürlich müssen wir unsere Kritik auch inhaltlich untermauern. Wir müssen gleichzeitig einen Antrag stellen, in dem wir unsere wesentlichen Forderungen formulieren. Aber Anträge wirken nie so sehr wie ein Fanal bei einer Wahl. Stellt euch einmal vor, der Helmer wird nicht wieder in den Parteivorstand gewählt. Dann spielt's bei den Rechten Granada."

Zwei Tage nach dem Parteitag saß dieselbe Runde wieder zusammen und hielt Rückschau. Alle waren noch schockiert von dem simplen Trick, mit dem die Parteiführung Helmer nach heftigster Kritik, die von allen Seiten, also auch von den Bundesländern und den Gewerkschaften, auf den Innenminister eingeprasselt war, den Kopf gerettet hatte. „Ich meine, wer konnte denn ahnen", fasste Hilde die Stimmung zusammen, „dass die den Vorstand plötzlich en bloc wählen lassen. Das war ja vollkommen statutenwidrig." Es war ihr deutlich anzusehen, dass sie immer noch empört war. Wickerl aber erinnerte sie daran, dass die Parteiführung schon einmal bei einem solchen Manöver Zuflucht gesucht hatte: „Im Vorjahr haben wir durchgebracht, dass kein Regierungsmitglied gleichzeitig im Parteivorstand sitzen darf. Und hat das was geändert? Die haben dann einfach flugs eine Ausnahmebestimmung beschlossen, wonach unter besonderen Umständen blablabla, und auf einmal saßen alle wieder im Vorstand, ganz so, als ob überhaupt nichts gwesen wär."

Erwin hingegen suchte das Positive in der Niederlage: „Aber dafür haben sie unseren Leitantrag angenommen. Wir haben es jetzt schriftlich, dass die Partei für die Planwirtschaft kämpft, dass sie für Sozialisierung, Verstaatlichung und Kommunalisierung der österreichischen Betriebe eintritt, dass sie das gesellschaftliche Leben im Interesse des Proletariats und unter maßgeblicher Mitwirkung desselben zu organisieren hat." Scharf lächelte breit: „Und mit dem Schlussteil haben wir sie jetzt genau da, wo wir sie haben wollten: Sie müssen uns regelmäßig über die Fortschritte bei der Umwandlung des Gesellschaftssystems zum Sozialismus Bericht erstatten. Wenn sie das nicht können oder gar wollen, dann setzen sie sich in bewussten Widerspruch zum Willen der Partei."

Wickerl konnte nicht mehr an sich halten: „Jetzt hör doch auf, dir die Sache schönzureden, Erwin. Nichts wird passieren. Der Antrag war in dem Moment vergessen, in dem er angenommen worden war. Und in den Gremien haben sie dafür gesorgt, dass nur noch ihre Leute drinnen sitzen." Er deutete auf Hilde: „Oder gehört die Hilde noch dem Parteivorstand an?" Und gleich darauf sah er wieder Scharf an: „Und pass auf, du wirst der Nächste sein. Dich werden s' unter irgendeinem Vorwand aus dem Sekretariat entfernen, und dann sind die Helmers, Schärfs und Renners ganz unter sich. Und die ganze Partei gehört ihnen."

Zwar versuchten einige bis zuletzt, Wickerl davon zu überzeugen, dass er die Dinge zu schwarz sah, aber als er spät in der Nacht in sein Kammerl zurückkehrte, da war er innerlich zutiefst davon überzeugt, dass er und die Seinen verloren hatten. Wieder einmal.

Wien, einige Zeit zuvor

Caroline war eine gute Weile vor der Zentrale der Bau- und Holzarbeiter auf und ab gelaufen. Sie rang mit sich. Sollte sie wirklich hineingehen und nach Turl fragen? Und wenn er wirklich da war, was sollte sie zu ihm sagen? Sie spürte, wie ihr neuerlich das Atmen schwerfiel, und so setzte sie sich auf ein Fensterbrett, um sich einigermaßen zu beruhigen.

Doch je länger sie sich dort aufhielt, desto unruhiger wurde sie. Es war eine Schnapsidee gewesen, schalt sie sich, überhaupt Kontakt mit ihrer Vergangenheit aufzunehmen. Turl und Wickerl, das waren ganz kurze Episoden gewesen, die vor einer Ewigkeit ihr Ende gefunden hatten. Wozu sollte sie also diese alten Geschichten wieder aufwühlen? Ihre ganze Aufmerksamkeit musste der Zukunft gelten. Sie hatte eine Tochter, die bald acht Jahre alt werden würde. Und wie sie selbst war Mary weder in Amerika noch hier in Österreich wirklich zu Hause.

Den vorangegangenen Tag hatte sie dazu benutzt, sich bei den verschiedensten Organisationen Rat zu holen. Es könne doch nicht sein, hatte sie argumentiert, dass eine Sache, die so sonnenklar sei wie die ihre, nicht zu einem guten Ende finden könne. Doch beim KZ-Verband hatte man sie an die IKG verwiesen, und dort sagte man ihr wiederum, dass ihr Vater ja bedauerlicherweise die jüdische Gemeinschaft freiwillig verlassen habe, weshalb man für sie leider nicht zuständig sei.

„Was heißt das jetzt", hatte sie erschöpft gefragt, „muss ich konvertieren, damit Sie mir helfen?" Die Dame von der Kultusgemeinde zeigte Mitgefühl: „Ich kann mir sehr gut vorstellen, wie es Ihnen geht. Aber in solchen Fällen sind uns von Regierungsseite her die Hände gebunden. Sie sollten sich einen Anwalt nehmen." Caroline kämpfte dagegen an, vor der Frau die Fassung zu verlieren. „Ich kann mir noch genau vier Tage die Pension leisten, in der ich abgestiegen bin. Und auch das nur, wenn ich in der Zeit praktisch nichts esse. Wovon soll ich bitte einen Anwalt bezahlen können? Meine Konten in der Schweiz sind gesperrt, meine Besitztümer hier in Wien in der Hand von Nazis. Ich weiß nicht einmal, ob ich überhaupt nach Brooklyn zurückkönnte." Eilig wischte sie sich eine Träne weg.

Die Vertreterin der IKG ließ ihren Blick eine Weile auf Caroline ruhen, dann griff sie zum Telefon. Sie redete mit jemandem in einer fremden Sprache, die Caroline als Hebräisch einstufte. Nachdem sie aufgelegt hatte, gingen ihre Mundwinkel leicht nach oben. „Zumindest Ihr Wohnungsproblem kann ich lösen. Wir haben ein Heim in der Otmargasse, da können Sie vorerst unterkommen. Gratis. Und ich werde mich umhören, ob es irgendeinen Anwalt gibt, der bereit wäre, Ihre Sache auch ohne Vorauskasse zu übernehmen."

Ohne die geringsten Vorzeichen begann Caroline ganz plötzlich bitterlich zu weinen. Sie krümmte sich zusammen und bebte am ganzen Körper. Sie brachte gerade noch ein „Danke" hervor, ehe sie von einem neuerlichen Tränenstrom gepeinigt wurde. Einige andere Aktivisten kamen ins Zimmer und nahmen sich ihrer an. „Es wird besser sein, wir bringen sie erst einmal ins Spital", beschied einer, „die Frau ist ja vollkommen fertig. Wahrscheinlich hat sie seit Tagen nichts mehr gegessen."

Zwei Wochen später war Caroline so weit wieder hergestellt, dass sie in den zwanzigsten Bezirk übersiedeln konnte. Sie versäumte es nicht, der Dame von der IKG zu danken, dass diese, während sie im Krankenhaus gelegen war, Carolines Sachen aus der Pension in die Otmargasse gebracht und auch gleich die ausständige Miete für die Unterkunft beglichen hatte. Die Frau hatte noch eine weitere gute Nachricht. Sie hatte einen jungen Anwalt gefunden, der bereit war, in ihrer Sache tätig zu werden. Diesen, einen Doktor Klinge, traf Caroline einige Tage später in dessen Büro.

„Schauen Sie, Frau Glickstein, ich hatte zwischenzeitlich Gelegenheit, mich mit Ihrer Sache vertraut zu machen, und ich hielte es für unredlich, in Ihnen falsche Hoffnungen zu schüren. Die Brauerei werden Sie abschreiben müssen. Es gibt diesen Kaufvertrag, und der ist natürlich weit unter Wert abgeschlossen worden, aber in diesem Fall müssten wir beweisen, dass Ihr seliger Herr Papa den Vertrag unter Zwang unterfertigt hat." Caroline wollte schon aufbrausen, doch Klinge gebot ihr Einhalt: „Keine Sorge, gnädiges Fräulein, das werden wir natürlich auch tun. Das sagen einem schon die vorliegenden Indizien. Jemand, der im Kerker schmachtet, unterliegt nicht dem freien Willen. Die Gegenseite aber wird dann ins Treffen führen, dass sie nichts von der Bedrängnis Ihres Vaters wusste, etc. pp, kurz gesagt, das wird ein langes Verfahren, das sich ziemlich sicher durch mehrere, wenn nicht gar alle Instanzen ziehen wird. Vor 1950 werden wir da kein verbindliches Urteil bekommen." Klinge seufzte leise. „So lange wollen oder, um ehrlicher zu sein, können Sie nicht warten. Daher würde ich vorschlagen, sich vorerst auf die Villa zu konzentrieren, bei der ich im Prinzip bessere Chancen sehe."

„Im Prinzip?" Auf Carolines Gesicht zeichnete sich ein Fragezeichen ab.

„Das Problem ist, dass Ihr Vater die Villa als Dienstwohnung klassifiziert hat, womit er quasi Steuern gespart hat. Dadurch war es den Ariseuren der Brauerei möglich, die Villa quasi gleich mit zu arisieren. Allerdings, und das ist unser Trumpf, steht die Brauerei erst seit Mai 1938 als Eigentümer im Grundbuch. Davor stand Ihr Vater dort. Und da können wir anknüpfen, denn im Kaufvertrag der Brauerei ist die Villa nicht angeführt. Sie wäre also rechtlich weiterhin sein Eigentum geblieben und ergo Erbmasse für seine einzige noch lebende Verwandte."

Caroline atmete tief ein. „Das ist endlich einmal eine gute Nachricht", sagte sie dann.

„Ja. Und aber auch wieder nein." Sie sah Klinge mit einem Ausdruck des Entsetzens an. „Wieso?" Der Anwalt räusperte sich. „Na ja, auch hier werden wir erst prozessieren müssen. Die Brauerei wird uns die Villa kaum einfach so retournieren. Sie wird argumentieren, guten Glaubens gehandelt zu haben, und wenn wir Pech haben, wissen die dort von der fiskalischen Finesse der Angelegenheit, und dann kriegen wir eine Steuernachzahlung aufgebrummt, noch ehe ein Urteil ergangen ist."

„Und was machen wir da, um Himmels willen?" Klinge bemühte sich um Optimismus. „Ich habe erst einmal einen Termin für uns im Bundeskanzleramt vereinbart. Wir beantragen Entschädigung für Ihre Vertreibung und die Inhaftierung Ihres Vaters. Auf diese Weise sollten Sie zu einer Summe kommen, die wenigstens einmal Ihre laufenden Ausgaben deckt."

„Da ist noch etwas", bemerkte sie nach einer kurzen Pause, „meine Tochter. Die habe ich in Brooklyn gelassen. Ich bin schon viel zu lange weg. Sie hat niemanden außer mir."

Klinge konnte ihre Verzweiflung keinesfalls entgehen. Der Anwalt nickte. „Gut. Ich kümmere mich darum. Geben Sie mir zwei Tage Zeit, dann habe ich eine Lösung für diese Frage.“

Als Caroline am fraglichen Tag in Klinges Kanzlei eintraf, überreichte er ihr ein Konvolut, das eine Schiffspassage nach New York und zwei Tickets von New York nach Europa beeinhaltete, verbunden mit entsprechenden Bahnbillets. Caroline nahm die Papiere schweigend entgegen, und in ihren Augen spiegelte sich stummer Dank. Klinge drückte ihr die Hand. „Wenn Sie wieder da sind und Ihre Tochter hier gut untergebracht haben, dann kommen S' wieder zu mir, und wir machen weiter wie besprochen.“ Sie nickte und verließ das Büro.

Caroline war schon fast bei der Tür, als sie von Klinges Sekretärin eingeholt wurde. „Sie wissen aber schon, dass sich der Herr Doktor Ihretwegen in Schulden gestürzt hat?“ Caroline zeigte sich verwundert. „Wie darf ich das verstehen?“ Die Sekretärin schenkte ihr einen tadelnden Blick. „Na was glauben S', wer diese Tickets da bezahlt hat? Der Figl vielleicht? Das hat alles der Herr Doktor bezahlt. Auf Heller und Pfennig. Sie könnten es ihm ruhig ein wenig danken.“ Caroline senkte den Kopf und verließ fluchtartig das Büro.

Wien, Anfang 1947

Eigentlich war sich Wickerl sicher gewesen, ohnehin keine Illusionen über den Gang der Ereignisse gehabt zu haben. Doch die Art, wie die rechte Regierungstruppe alle Beschlüsse ignorierte und sie sogar vor den eigenen Funktionären und Aktivisten geheim hielt, erstaunte ihn dann doch. In einem Anfall von Courage hatte er kurz nach Neujahr den Chefredakteur der „Arbeiter-Zeitung" diesbezüglich zur Rede gestellt und darauf hingewiesen, dass die AZ statutarisch dazu verpflichtet war, die angenommenen Anträge des Parteitages und die dort abgeführten Debatten zu publizieren. Pollak aber hatte nur lauthals gelacht, um Wickerl dann zu erklären, er, Pollak, führe hier eine Zeitung und kein Poesiealbum. Und wenn ihm, Wickerl, das nicht passe, dann stünde es ihm natürlich jederzeit frei, sich nach einem anderen Betätigungsfeld umzusehen. „Aber ich bin mir sicher, lieber junger Freund", ergänzte Pollak, „bei der ‚Volksstimme' wirst nicht so viele Freiheiten haben für deine journalistischen Extravaganzen wie bei uns. Also überleg dir lieber zweimal, wo du hingehörst."

Interessanterweise hörte Wickerl diesen Ratschlag wenig später erneut. Diesmal von Turl. Dieser war eben im Begriff gewesen, die elterliche Wohnung zu verlassen, als Wickerl von der Arbeit nach Hause kam. Für einen Moment waren beide ein wenig verlegen, als sie sich dergestalt gegenüberstanden. Dann aber brach Turl das Eis: „Wickerl, di hob i jo a Ewigkeit nimma gsehen. Wie geht's dir denn immer so? Host a wengerl Zeit? Dann lad i di auf a Seidl ein, was meinst?" Und ohne zu wissen, warum er dies eigentlich tat, nahm Wickerl die Einladung an.

Das Private war rasch abgehandelt, denn in dieser Hinsicht hatten beide nicht besonders viel vorzuweisen. Umso schneller kamen sie auf die politische Lage zu sprechen. Und während Wickerl gegen die zahlreichen Missstände vom Leder zog, sah sich Turl zu mehr oder weniger permanentem Nicken veranlasst, was Wickerl wiederum ermutigte, in seiner Kritik noch deutlicher zu werden. Sie hatten ein zweites Bier geordert, als Turl dem Freund erstmals Einhalt gebot. „Alles, aber auch wirklich alles, was du sagst, ist richtig. Nur nutzt dir das nix. Und deinen Spezi aa ned. Die Dinge san, wie sie san, des werden du und i ned ändern. Schau dir Amerika an. Da leben ein paar Leut in einem Luxus, denn können wir uns gar ned vorstellen, während die Neger im Süden immer noch Sklaven sind, die ned einmal in ein Restaurant gehen dürfen. Des is genauso wie seinerzeit bei uns mit die Juden." Turl bremste Wickerls geplante Replik mit einer schnellen Geste der rechten Hand. „Und bevorst di jetzt gfreist, weil i des gsogt hob, du brauchst ned glauben, dass es in deinem Russland besser is. Da gibt's vielleicht kane Millionäre, oba dafia leben dort olle vom Fensterkitt."

Turl zündete sich eine Chesterfield an, was Wickerl irritiert zur Kenntnis nahm. Turl fing den Blick seines Freundes auf. „Die san vom Chef", erläuterte er, „der kriegt die massenweis von die Amis, und es warat jo schod, wenn s' verkommen." Genussvoll blies er den Rauch aus. „Wurscht", fasste er dann zusammen, „die Frage is ned, wia mia die Gesellschaft gerechter machen, weil des spielt's sowieso ned, die Frage is, wia mia des Leben für uns gerechter machen."

Wickerl sah ihn entgeistert an: „Das ist jetzt aber nicht dein Ernst, oder?" Der andere winkte ab. „Na komm jetzt. Du kannst doch ned wirklich so naiv sein, zu glauben, dass das Paradies auf Erden möglich ist! Des is was für Backfisch wie dei Hilde." Er gluckste. „Obwohl, so simpel gstrickt ist die ja gar nicht, was man so hört." Wickerl gefiel der Unterton in diesen Worten nicht. „Was meinst?" Turl nahm einen weiteren Zug von seiner Zigarette. „Na ja, offenbar ist da eher der Franz der Trottel von die zwei." Turls genüssliches Lächeln changierte in ein schmieriges Grinsen. „Schau, mir is des wurscht, wer mit wem umadumpudert. Aber glaub jo ned, die Hilde und der Erwin diskutieren nur über Probleme des historischen Materialismus, wenn s' bis weit nach Mitternacht allein bei ihm in der Wohnung san."

„Turl! Des … wie kann man nur so schäbig sein?" Wickerl war wie vor den Kopf gestoßen angesichts der obszönen Bemerkungen seines Gegenübers. „Ah wos! Jetzt tua ned so gschamig. An deiner Stell tät i lieber drüber nachdenken, ob i mei Schicksal ausgerechnet an die zwei ketten will. Die werden nämlich absaufen. Alle beide. Und des bald. Siehst doch eh, wie's ausschaut. Die Amis pumpen Geld und Waren daher, die Russen leere Parolen. Na, was glaubst, wem die Leut nachrennen werden? Dem Stalin vielleicht? Sicher ned. Und dass der Scharf auf der Lohnlisten von die Russen steht, des waaß a jeder!"

Wickerl sprang abrupt auf: „I waaß des ned! Und an deiner Stell würd i mir eher überlegen, ob ned dei Chef auf der Lohnlisten von die Amis steht." Er atmete noch einmal kurz durch. „Danke für die Einladung", sagte er steif. „Schönen Abend noch!" Das „jetzt wart doch einmal" ignorierte er bereits.

Dem alten Fritz entging Wickerls Gemütslage keineswegs, und so fragte er ihn rundheraus, was ihn denn so echauffiere. „Ah, nix", replizierte der unwirsch, „mit dem Turl hob i grod gstritten." Und als sich der Vater partout nicht mit dieser lakonischen Antwort zufriedengeben wollte, erzählte Wickerl schließlich, was ihm eben widerfahren war. Fritz wiegte bedächtig den Kopf hin und her. „Ich fürchte, in einem Punkt hat der Turl leider ned so Unrecht. Die Zukunft ghört den Amis. Die haben einfach mehr Geld. Aber", und dabei klopfte Bielohlawek seinem Sohn begütigend auf die Schulter, „das soll dich nicht davon abhalten, weiter für das einzutreten, was du für richtig hältst. Oder glaubst du, es geht uns langsam endlich besser, weil die in Washington lauter Philanthropen sind? Die wissen schon genau, welchen Stellenwert die Existenz des Sozialismus in Europa und Asien hat."

Wickerl vermochte sich gleichwohl nicht zu beruhigen. „Aber was der über die Hilde und den Erwin gsagt hat. Ich mein, stell dir vor, zu welchen Mitteln die greifen. Des packst ja ned." Bielohlawek seufzte. „Ja, ich denk mir auch schon länger, es war ein Fehler, den Olah zum Obmann zu machen. Der Kerl hat so was Unheimliches. Würd mich nicht wundern, wenn wir mit dem noch unsere blauen Wunder erleben. Und der Turl, der wird sich auch noch wundern. Also vergiss die ganze Gschicht erst einmal. Spielen wir lieber a Runde Schnapsen."

„Antrag abgelehnt!" Fanny war eben bei der Tür hereingekommen und hatte die letzten Worte mitgehört. „Zerst wird was Gscheites gegessen, und dann tamma preferanzen."

Zwei Tage später traf sich Wickerl in der Innenstadt mit Josef, der seit seiner Rückkehr aus Schweden bei den Jungsozialisten arbeitete. „Der Pollak", begann er, „hat mich in die Außenpolitik versetzt, damit ich nicht mehr innenpolitische Forderungen formulieren kann. Jetzt muss ich über die Staatsvertragsverhandlungen schreiben. Als ob da was weiterginge." Josef wusste, worauf Wickerl anspielte. Nach den Unterredungen in London waren auch jene in Moskau ohne Ergebnis zu Ende gegangen. Gleichzeitig hatten die Amerikaner den Wienern eine weitere Nahrungsmittelspende zukommen lassen, durch die der tägliche Kalorienverbrauch endlich wieder auf über 1.500 Kalorien angehoben werden konnte. Für Unmut sorgte allerdings das Lohn-Preis-Abkommen der Regierung, welches eindeutig zum Nachteil der unselbständig Erwerbstätigen abgeschlossen worden war. „Kennst du nicht den Mantler von der Gwerkschaft?", fragte Josef daher. Wickerl bejahte die Frage. „Klar. Mit dem Karl bin ich in Buchenwald gsessen. Ohne ihm wär ich nie so schnell nach Wien kommen." Josef zeigte sich ob dieser Eröffnung erfreut: „Das ist gut. Der ist nämlich auch gegen diese dauernde Kapitulation unserer Partei vor der ÖVP. Zu dem müssen wir Kontakt aufnehmen, wenn wir am nächsten Parteitag eine Chance haben wollen, die Dinge endlich zu unseren Gunsten zu ändern. Könntest du das übernehmen?" Und Wickerl versprach, sein Bestes zu tun.

Wien, Sommer 1947

Fanny vermochte sich nicht mehr daran zu erinnern, wann sie zuletzt in einem richtigen Kaffeehaus gesessen war. Doch nun, da der Sommer endlich merkliche Entspannung auf dem Gebiet der Lebensmittelversorgung gebracht hatte, sperrten zahlreiche Lokale wieder auf, und darunter auch die alte *Aida*-Filiale, die sich schon vor dem Krieg nahe dem Elterleinplatz befunden hatte. Für Fanny eine willkommene Gelegenheit, sich einmal mit Fini etwas Besseres zu gönnen. Beinahe ehrfürchtig betrat sie das Lokal, das naturgemäß prall mit Gästen gefüllt war. Zu ihrer nicht geringen Erleichterung fand sie noch einen freien Tisch, an dem sie ohne Umschweife Platz nahm. Beinahe feierlich verkündete sie, sie wolle eine Schale Gold. Als jedoch die Kellnerin fragte, ob es auch etwas Süßes sein dürfe, war Fanny wie vom Donner gerührt. „Sagen S' bloß, Sie haben a Torte aa?" Die Bedienung nickte. „Viel haben wir noch nicht, aber eine Sacher wär da. Und Linzer Augen hamma", ergänzte sie. „Ma, meiner Seel, eine Sacher! Ich bitt gar recht schön", entfuhr es Fanny voller Demut. Und dennoch blieb sie noch so lange skeptisch, bis das Gewünschte tatsächlich vor ihr auf dem Tisch stand. Ein erster Impuls sagte ihr, sich sofort über die Süßigkeit herzumachen, doch gebot ihr der Verstand, den Moment zu zelebrieren. Argwöhnisch äugte Fanny nach links und nach rechts, so, als könnte ihr jemand im letzten Augenblick noch ihre Kostbarkeit rauben. Zur Beruhigung trank sie erst einen kleinen Schluck Kaffee, ehe sie langsam, beinahe behutsam, die kleine Gabel in die Hand nahm. Mit dem linken Zeigefinger gab sie dem Tortenstück einen leichten Stups, sodass dieses zur Seite fiel. Dann bohrte sich die Gabel ihren Weg zum Teller. Ein kleines Stück ward solcherart vom Rest der Köstlichkeit abgetrennt, aufgeladen und anschließend zum Mund geführt. Als Fanny spürte, wie sich das volle Aroma der Torte auf ihrem Gaumen entfaltete, da verdrehte sie die Augen und hatte Mühe, nicht lauthals zu stöhnen. Sie zwang sich zur Disziplin. „Ned hudeln“, sagte sie halblaut zu sich selbst, „immer schön langsam. Wer weiß, wann du so etwas wieder kriegst.“ Und das nächste Stück wanderte langsam in ihre Richtung.

Während sie selbst also ihr Stöhnen nach Tunlichkeit unterdrückte, hörte sie mit einem Mal jemand anderen neben sich keuchen. Sie blickte auf und sah Fini, die sich zwischen den anderen Gästen durchgezwängt hatte und nun schwerfällig ihr gegenüber Platz nahm. „I werd narrisch! A Tortn! Sag mir, dass i des ned tram!“, lauteten Finis erste Worte. Fanny, den Mund gefüllt mit einem weiteren Bissen, deutete wortlos auf die Kellnerin. Fini wirbelte herum und fuchtelte wild mit der rechten Hand durch die Luft: „Für mi aa!“, rief sie und deutete mit der linken Hand auf die Sacher. Nur wenig später schnurrte auch sie voller Wohlbehagen. Es brauchte nicht viel, um im Paradies zu sein.

Als die Torten aufgegessen waren, wurde Fini sachlich. „Ich mach mir Sorgen“, begann sie. „Is wieder wegen dem Hermann“, erkundigte sich die Freundin sofort. „Naa, wegen unsere Buben.“ Fanny war überrascht: „Was ist denn mit denen?“ Fini druckste ein wenig herum, dann beugte sie sich nach vor und senkte dabei ihre Stimme. „Du, die beiden werden jetzt bald einmal 33 und sind immer noch unverheiratet. Wenn das so weitergeht, dann können wir zwei uns unsere Enkerl aufzeichnen.“

Fini hatte ein Thema angesprochen, das auch Fanny schwer im Magen lag. Nicht nur, dass Wickerl noch nicht verheiratet war, er hatte noch nicht einmal eine Auserwählte, welche die Rolle der Schwiegertochter perspektivisch übernehmen konnte. Vor allem aber ging Wickerl dermaßen in seinem Beruf als Redakteur und seiner politischen Aktivität auf, dass er schlicht keine Zeit zu haben schien, sich auch nur annähernd für das andere Geschlecht zu interessieren. „Ich mein, der Turl, der turtelt zwar immer wieder mit irgendeinem Flitscherl herum", knurrte Fini derweilen, „aber zum Glück war das bisher nix Ernstes. Weil glaub mir, die waren alle ned astrein, wennst mi fragst." Fanny lächelte mitfühlend, ertappte sich jedoch bei dem Gedanken, dass sie bei Wickerl nicht mehr wählerisch sein würde. Hauptsache, er kam überhaupt einmal mit einer Frau zu Hause an.

„So geht das jedenfalls ned weiter", räsonierte Fini. „Jetzt hab i mir denkt", und dabei sah sie Fanny verschwörerisch an, „wir verzahn die beiden zum Heurigen. In Dornbach draußt gibt's nächste Wochen so a Art Erntedankfest. Mit Musik und Tanz, heißt's. Da müss ma dann halt schaun, dass wir die zwei mit irgendwem verkuppeln können. Weil von allein fallt denen das ja offensichtlich nicht ein."

Fanny bezweifelte, dass dies eine gute Idee war. Erstens würde sich Wickerl von vornherein weigern, zu so einer Veranstaltung überhaupt zu erscheinen, und zweitens fand er sicherlich niemanden attraktiv, der nicht aus einem politischen Umfeld stammte. „I glaub ned, dass des funktioniert", gab sie denn auch zu bedenken, „kennst die zwa Sturschädeln jo. Die kriegen doch sofort mit, was wir vorhaben, und dann können mir zwa goa ned schnö gnua schaun, wie die gemeinsam a Staubwolken sand."

Fini, eben noch euphorisch, wurde augenblicklich desperat. „Jo. Hast eh Recht. Des wird eh aa nix. Es is zum Ausderhautfahren mit denen!“ Sie starrte missmutig auf die Tischplatte. „Ehrlich, Fanny, i waaß mir nimmer zum Helfen! Jetzt gangert's endlich wieder aufwärts, und daun denkst dir: Wozu, hat eh alles keinen Sinn!“ Und beinahe schien es, als würden Fini tatsächlich Tränen über die Wangen rinnen.

„Komm, Fini, des wird scho. Waaßt eh, des wird ganz automatisch passieren, und grad dann, wenn mir gar ned damit rechnen. Da kommt dann plötzlich irgendeine daher, und genau die ist es dann auch. Was glaubst, wie ich zu meinem Fritz kommen bin.“

Fini kaute an ihrer Unterlippe. „Im vorigen Sommer, da warat eh ane da gwesen. Aber ich alter Depp hab des z' spät kneißt und hab s' weggschickt. Und des hab i jetzt davon.“ Fanny wurde neugierig. „Davon hast mir ja gar nix derzählt. Wer war leicht da?“ Die Freundin druckste ein wenig herum. „Du, i hob die ned kennt. Aber sie hat sich nach dem Turl erkundigt, hat gsagt, sie kennt eam von früher. A recht a bakschierliches Mensch eigentlich. Hat fast ausgschaut, als warat's was Besseres. Aber ziemlich mager gleichzeitig.“ Fanny wurde von einer Idee gestreift. „Heast, vielleicht war des die klaane Glickstein. Weißt eh, die Tochter vom seinerzeitigen Chef von unsere Männer. Ob die wieder da ist?“ Fini zuckte nur mit den Schultern. „Ka Ahnung. Seitdem hob i sie jedenfalls nimmer gsehn.“

Wien, August 1947

„Ist des wirklich wahr, was in der Zeitung steht? Das können die doch nicht machen!“ Fritz war überrascht über die Gruppe von Arbeitern, die plötzlich unangemeldet in seinem kleinen Büro auftauchte. Vor allem brauchte er eine gute Weile, bis er begriff, was die Männer so erregte. Tatsächlich hatte die Regierung ein Abkommen getroffen, wonach die Preise und Löhne gesetzlich geregelt werden sollten. Dabei freilich blieben die Löhne hinter den Preisen zurück, was real einen massiven Nachteil für die Arbeiterschaft bedeutete. Bielohlawek hatte daher schon am Vortag in der Sektion seinen Unmut über diese Maßnahme kundgetan, war aber von Minister Maisel dahingehend belehrt worden, dass die wirtschaftlichen Notwendigkeiten diesmal keine andere Möglichkeit zugelassen hatten.

„Genossen, ich bitte euch“, begann Fritz daher, „ich verstehe eure Enttäuschung. Ich find selber auch, dass das eine Sauerei ist. Aber die Krot müssen wir diesmal schlucken.“ Er hatte Mühe, gegen den Lärm anzureden, doch schließlich gelang es ihm, die Arbeiter dazu zu bringen, dass sie ihn anhörten. „Schauts, ihr wisst selber, dass unsere Wirtschaft erst ganz langsam wieder in Schwung kommt. Noch vor ein paar Monaten haben wir phasenweise nicht einmal Verkehrsmittel fahren lassen können, und zu Ostern, daran erinnert ihr euch auch sicher alle noch, haben wir grade einmal 15 Deka Fleisch pro Person bekommen. Jetzt sind wir endlich in einer Situation, wo sich die Lage nach und nach normalisiert. Grade wird die Ernte eingefahren, unsere Züge fahren wieder und können das Getreide und die Feldfrüchte nach Wien bringen. Dann regeln sich die Preise von selber wieder. Das schaut derzeit nur deshalb so schlecht für uns aus, weil halt Brot und Milch und Fleisch noch derart Mangelware sind. Aber ich versichere euch, in ein paar Wochen schaut das alles ganz anders aus, und dann wird auch dieses Abkommen nicht mehr so giftig sein, wie es uns jetzt vorkommt."

„Du hast leicht reden, Fritz", drang es unvermittelt an sein Ohr. „Du sitzt da in deinem komfortablen Büro und verdienst das Drei- oder Vierfache von uns. Wir verdienen einen Nasenrammel und kriegen einen Schaaß dafür." Fritz wollte sich eben rechtfertigen, als ihm ein anderer Arbeiter zur Seite sprang: „Des war jetzt ungerecht. Der Fritz hat schon da ghackelt, da warst du no gar ned auf der Welt. Und ohne ihm schauert's da no viel, viel schlimmer aus." Fritz erhob sich aus seinem Sessel und breitete die Arme aus. „Ganz abgesehen davon, dass ich bei weitem ned so viel verdien, wie anscheinend manche von euch glauben, wo nix is, hat auch der Kaiser sein Recht verloren. I leb genauso von Suppe und Roggenbrot wie ihr aa. Aber es is nun einmal so, dass die Schwarzen die Mehrheit haben im Land. Gegen das kommen wir halt nicht an. Vorläufig. Unsere Aufgabe muss es also sein, bei der nächsten Wahl die Mehrheit …"

„Geh, hör auf mit der Propaganda. Von der hamma die letzten Jahre genug ghabt. Wir wollen was Gscheites zum Essen, endlich wieder a schöne Wohnung und uns im nächsten Winter ned wieder den Oasch abfrieren, nur weil deine saubere Regierung kein Heizmaterial auftreibt." Fritz umrundete seinen Schreibtisch und kam auf den Redner zu. „Dir ist aber schon klar, dass wir einen Krieg gehabt haben, oder? Und dass es ausschaut, wie es ausschaut, daran sind die Nazis schuld, die uns erst in diese Lage gebracht haben. Und du! Du hast no vor drei Jahr fürs Winterhilfswerk gsammelt. Also halt du mir bloß die Pappn, gell, auch wennst hundertmal Mitglied bei uns worden bist. Solche Genossen wie dich, auf die kann ich nämlich verzichten."

„Des is eine Frechheit", brauste der so Angesprochene auf, „i war immer ein Sozi. Immer!" Er sah sich nach Unterstützung um. „Zwischendurch halt ein wenig national", dabei grinste er schief, erntete jedoch, anders als von ihm erwartet, keine Unterstützung. „Weißt was, Genosse", setzte Fritz nach, während er das letzte Wort bewusst dehnte, „geh doch zu deinem Strecha. Der gibt dir sicher was von seinem Eintopf ab." Die Anspielung hatte gesessen. Die anderen Arbeiter, die bislang abgewartet hatten, brachen in Gelächter aus, während der Jungspund mit hochrotem Kopf das Weite suchte. Fritz nutzte die Gelegenheit, noch einmal an das Verantwortungsgefühl der Kollegen zu appellieren. „Schauts, Freunde, dieses Mal müssen wir halt noch einmal zrückstecken, aber ich verspreche euch, was heißt, ich garantiere euch, das wird das letzte Mal gewesen sein. So ein Lohn-Preis-Abkommen gibt's kein zweites Mal mehr. Beim nächsten Mal sind wir dran. Ihr werdets schon sehen."

Fritz quittierte den Umstand, dass er die Situation entschärft hatte, zunächst mit Genugtuung. Doch konnte er nicht umhin, sich einzugestehen, dass ihm die Sache keine Ruhe ließ. Beim Abendessen sprach er seinen Sohn darauf an. „Ich sag dir's, unter den Genossen gärt's ziemlich. Wenn wir nicht bald einmal einen nennenswerten Fortschritt erzielen, dann sind wir ordentlich petschiert." Wickerl legte den Löffel beiseite. „Mir sagst das? Ich hab dir schon vor einem Jahr Bescheid gestoßen und gmeint, in der Koalition gehn wir ein. Die Schwarzen benutzen uns wie 1918, damit auf der Straße eine Ruh ist, und wenn die Arbeiter gnua angfressen sind, dann setzen die Schwarzen uns wieder auf die Oppositionsbank und erledigen ihr Gschäft so wie im 20er Jahr."

Die Erinnerung an die Erste Republik war kein so untreffender Vergleich, musste sich Fritz eingestehen. Auch damals hatten die Sozialdemokraten de facto die Revolution für das Bürgertum verhindert, ohne dass die Gegenseite ihnen das auch nur im Geringsten gedankt hätte. Aber damals hatte man immerhin etliche langjährige Forderungen umsetzen können, was nunmehr nicht der Fall war. „Ja. Diese Koalition bringt uns gar nichts", resümierte er, „ich werde am Parteitag für ihre Beendigung stimmen." Wickerl musste lachen: „Dazu muss aber erst einmal jemand einen Antrag auf Beendigung der Koalition einbringen." Nun lachte auch Fritz: „Na dafür habe ich ja dich."

Wien, Herbst 1947

Monate waren vergangen, seit Klinge zuletzt von seiner Mandantin gehört hatte, und es gab Tage, da studierte er die Zeitungen, ob vielleicht ein Dampfer im Atlantik gesunken sei. Auch fragte er immer wieder bei der IKG nach, ob man von der Frau Glickstein etwas gehört habe, was dort stets abschlägig beschieden wurde. Irgendwann begann er sich mit dem Gedanken vertraut zu machen, dass Glickstein einfach in Amerika geblieben war und die beiden Retourtickets versilbert hatte.

Umso erstaunter war er daher, als Anfang September seine Sekretärin ziemlich verdattert eine Besucherin meldete, die keinen Termin habe. Klinge nahm zuerst ein Mädchen von etwa acht Jahren wahr, das sich neugierig in seinem Büro umsah, ehe er schließlich auch Caroline bemerkte. Umgehend erhob er sich. „Fräulein Glickstein, welch unerwartete Freude", rief er aus, während er seine rechte Hand ausstreckte. Gleich danach wandte er sich dem Mädchen zu. „Und du bist sicher die kleine Mary, gell? Wie geht es dir denn?" Mary zuckte nur wortlos mit den Schultern und steuerte direkt auf den wuchtigen Schreibtisch zu, den sie sofort näher zu untersuchen begann.

„Es tut mir aufrichtig leid, dass ich erst jetzt wieder zu Ihnen kommen kann, aber die Dinge haben sich allerorten als überaus kompliziert herausgestellt. Zuerst war ich in New York in Quarantäne, dann wollten sie uns in Hamburg nicht an Land lassen, dann wiederum hatten wir für die Franzosen nicht die richtigen Visa, kurz, es war eine einzige Plage, die ich Mary gerne erspart hätte. Aber sie hat sich tapfer gehalten, die Kleine."

Klinge hielt es für angebracht, Mary an dieser Stelle sanft über den Kopf zu streichen, was diese widerstandslos über sich ergehen ließ. Sie hatte ein Buch entdeckt, das sie nun aufmerksam studierte. „Ich habe Ihnen damals gar nicht richtig gedankt. Aber das lag nur daran, dass ich so verlegen war. Ich …“ Klinge machte eine wegwerfende Geste mit der rechten Hand. „Vergessen Sie es. Das war doch selbstverständlich. Wichtig ist, dass wir jetzt in Ihrer Causa endlich weitermachen können. Ich habe zwar in Sachen der Villa schon entsprechende Eingaben gemacht, aber klagen kann ich natürlich nur mit Ihrer persönlichen Ermächtigung. Das werden wir aber jetzt gleich nachholen. Und außerdem gehen wir das mit der Entschädigung an.“

Im BKA sah man die Dinge gleichwohl wesentlich weniger rosig, als von Klinge prognostiziert. Dem Vater, so ließ der zuständige Oberrat verlauten, wäre natürlich Entschädigung zugestanden, doch der sei nun einmal tot. Sie selbst habe ja das Land zeitgerecht verlassen, weshalb der Tatbestand der Verfolgung gar nicht erst habe eintreten können. Selbst Klinge blieb ob dieser Rechtsauffassung der Mund offen. Als er sich wieder gefangen hatte, führte er ins Treffen, dass die Familie durch die Nazis um ihr ganzes Vermögen gekommen sei, was doch durchaus als Verfolgung angesehen werden müsse. Der Oberrat war anderer Ansicht.

„Bitte schön“, begann er, „es hat ja ein großer Teil der österreichischen Bevölkerung, darunter zahlreiche NS-Opfer, die keine Juden waren, aufgrund der nationalsozialistischen Enteignung seinen gesamten Besitz verloren. Österreich ist überhaupt nicht in der Lage, alle diese Verluste zu entschädigen, und Sie werden verstehen, dass wir nicht eine ganz bestimmte Gruppe, die noch dazu ohnehin in der Lage war, einen nennenswerten Teil ihrer Vermögenswerte zu retten, einseitig bevorzugen können. Damit würden wir nur die Volksmeinung gegen genau diese Gruppe aufbringen, und das können Sie doch nicht ernsthaft wollen." Der Beamte sah Klinge und Caroline erwartungsvoll an, so als ginge er davon aus, dass die beiden Verständnis für seine Erklärung haben mussten. Klinge setzte eben zu einer Widerrede an, als er ebenso wie der Staatsdiener von einem schrillen Schrei Carolines erschreckt wurde. Sie war von ihrem Sessel aufgesprungen. „Hört denn dieser Irrsinn niemals auf? Das ist alles ein einziger Alptraum." Sie griff sich plötzlich mit beiden Händen an die Schläfen, verdrehte dann die Augen und fiel der Länge nach auf den Boden. Während Klinge sofort über ihr war, ihr frische Luft zufächelte und ihr sanft die Wange tätschelte, beobachtete der Oberrat die Szene von seinem Stuhl aus und meinte trocken, etwas weniger Theatralik wäre an dieser Stelle wohl hilfreicher.

Wütend fixierte ihn Klinge: „Holen Sie lieber Riechsalz oder noch besser einen Arzt, Sie selbstgefälliger Pfau." Der Oberrat erhob sich pikiert: „Mit Verbalinjurien erweisen Sie Ihrer Klientin aber keinen guten Dienst." Klinge war sich im Klaren darüber, dass ihm noch eine ganze Menge mehr zum Verhalten des Beamten einfiel, doch all das wäre kaum druckreif und schon gar nicht hilfreich gewesen. So kümmerte er sich um Caroline und beschloss, den Staatsdiener vorerst zu ignorieren.

Wien, November 1947

Wickerl wähnte sich in einem Déjà-vu. Wie ein Jahr zuvor saßen er und seine Freunde nach dem Parteitag in einem kleinen Lokal zusammen und leckten ihre Wunden. Diesmal hatten sie auf allen Ebenen verloren. Ihr Antrag auf eine grundlegende Umgestaltung der Parteipolitik war mit Pauken und Trompeten durchgefallen, und unmittelbar danach war Erwin als Parteisekretär gefeuert worden. Franz hatte seinen Posten bei der AZ verloren, und Hilde war als Einzige noch im Vorstand der Partei verblieben, und auch dies nur, weil der Versuch der Parteiführung, sie von der Liste zu streichen, zu plump ausgeführt worden war. Vor allem aber gab es nun keinerlei Grund zu Illusionen mehr. Ihre Linie würde sich in der SPÖ niemals durchsetzen. Und wie vor 15 Jahren musste Wickerl mit ansehen, wie sich allerorten Gesinnungsfreunde ins Privatleben zurückzogen, weil sie der Oppositionsarbeit müde waren. Wenn er ehrlich zu sich selbst war, dann erkannte er diesen Drang ja auch an sich selbst. Es war noch keine 30 Monate her, da er voller Optimismus nach Wien zurückgekehrt war. Und nun saß er da und fühlte sich alt und nutzlos. Pollak hatte ihn gleich nach dem Parteitag in die Chronik versetzt, sodass er jetzt statt politischer Artikel kleine Miniaturen über Unfälle, Diebstähle und Wetterkapriolen verfasste. Erbschleicherei am Bezirksgericht Simmering, 30 Zeilen. Er fühlte sich wie ein Rennpferd, das man zum Ackergaul gemacht hatte. Aber wenigstens kam er oft aus dem Redaktionsgebäude und musste die missgünstigen Figuren rund um den Chefredakteur nicht die ganze Zeit über sehen.

Und so saß er nun bei einer überaus langweiligen Verhandlung über einen windigen Schlurf, der, um an das Vermögen seiner Großmutter zu gelangen, diese zu ermorden versucht hatte. Dass er dabei überaus stümperhaft vorgegangen war, wurde durch den Umstand belegt, dass die alte Dame in Person gegen ihren Enkel aussagte. Unterstützt wurde sie dabei von mehreren Zeugen, was Wickerl mehr im Halbschlaf wahrnahm. Plötzlich aber ließ ihn eine Stimme aufhorchen. Sie klang so anheimelnd angenehm und warm, dass er unbedingt wissen wollte, wem sie gehörte. Das Gesicht der Person, die da im Zeugenstand saß, kam ihm merkwürdig bekannt vor. Warum, so schalt er sich, hatte er nicht aufgepasst, als ihr Name aufgerufen worden war. Der Richter stellte einige Zusatzfragen, die Wickerl allesamt banal und irrelevant vorkamen. Warum, so fragte er sich, hatte der Mann denn keine Manieren. Eine Dame sprach man doch mit dem Namen an und nicht mit „die Zeugin". Am liebsten hätte er den Kollegen, der neben ihm saß, gefragt, ob er denn mitbekommen habe, wie die Frau hieß, doch damit hätte er sich wohl nur blamiert. „Frau Glickstein, ich danke Ihnen. Sie sind entlassen."

Wickerl war wie vom Donner gerührt. Glickstein. Das war doch nicht die Möglichkeit. Sollte das wirklich Caroline sein? Seit wann war die wieder in Wien? Und warum hatte sie sich nicht bei ihm gemeldet? Wickerl war der Fortgang des Prozesses rechtschaffen gleichgültig. Er erhob sich eilig von seinem Sitz und flitzte zum Ausgang, in der hektischen Bemühung, Caroline noch zu erwischen.

Im Korridor angelangt, blickte er nach links und nach rechts, konnte jedoch weit und breit niemanden sehen. Geschwind nahm er die Stufen abwärts und gelangte zum Ausgang des Gebäudes. Dort saß eine junge Frau in der Portierloge. „Entschuldigung, aber ist da gerade eine Frau von etwa 30 Jahren bei Ihnen vorbeigekommen?", fragte er sie. „Schwarzer Mantel und, nun, eher modischer Hut?" Die junge Beamtin lächelte ihn an. „Es tut mir leid, Herr Bielohlawek, aber hier war niemand. Weder hat jemand das Gebäude betreten, noch hat es jemand verlassen." Wickerl schluckte seine Enttäuschung hinunter und wollte sich eben mit einem unbestimmten Nicken bedanken, als ihm dämmerte, dass die Frau ihn mit seinem Namen angeredet hatte, ohne dass er sich zuvor vorgestellt hätte. Neugierig geworden, musterte er die Person und stellte dabei fest, dass sie ausgesprochen hübsch war. „Verzeihen Sie meine Impertinenz, gnädige Frau, aber woher wissen Sie, wer ich bin?" Die junge Dame zuckte mit den Schultern. „Wie sollte ich das nicht wissen! Ihre Artikel in der AZ waren immer wieder ein Quell stimulierend neuer Erkenntnisse für mich. Sie haben mir ein Verständnis für politische Zusammenhänge vermittelt und mir die große weite Welt nach Hause gebracht. Zu schade, dass Sie nicht mehr auf den Politikseiten zu Hause sind, wenn ich mir diese Bemerkung erlauben darf."

„Sie dürfen. Sie dürfen", beeilte sich Wickerl, den Komplimenten adäquat zu begegnen. „Es ist mir Freude und Genugtuung zu erfahren, dass meine Zeilen geschätzt wurden. Zumal von jemandem wie Ihnen." Dabei bemühte er sich, besser auszusehen als er sich fühlte. „Wie Sie das sagen, Herr Bielohlawek. Als ob ich etwas Besonderes wäre." Dabei meinte Wickerl, ein zartrosa Glühen auf den Wangen der Frau zu registrieren. Er atmete tief durch. „Sie müssen mir glauben, gnädige Frau ..." „Fräulein", korrigierte sie ihn, ehe er weitersprechen konnte. Die Unterbrechung freilich ermutigte ihn umso mehr. „Sie müssen mir glauben, gnädiges

Fräulein, was ich jetzt sage, das sage ich zum allerersten Mal in meinem Leben: Wann haben Sie Dienstschluss?“

„Klara.“

„Wie bitte?“

„Klara. So heiße ich. Klara Jahrmann. Bevor Sie mich um ein Rendezvous fragen, sollten Sie schon wissen, wie ich überhaupt heiße, meinen S' nicht, Herr Bielohlawek.“ Das verschmitzte Lächeln und die witzige Bemerkung imponierten Wickerl beinahe noch mehr als die anmutige Erscheinung der Klara Jahrmann. Er zeigte seine Zähne. „Gut gebrüllt, Löwin. Also, Fräulein Klara, wollen Sie mir die Ehre geben, nach Abschluss Ihres Dienstes mit mir eingehender über die große weite Welt zu philosophieren?“

„4 Uhr.“

Anscheinend war Klara eher von der kreativen Sorte. Doch das hatte Wickerl eigentlich immer schon imponiert. Er blickte auf die große Amtsuhr, die direkt über der Portierloge angebracht war. „Ich werde in zwei Stunden und 27 Minuten vor dem Eingang auf Sie warten, wenn's genehm ist.“

Klara räusperte sich. „Und Sie müssen mir glauben, was ich jetzt sage, das sage ich zum allerersten Mal in meinem Leben: Das Angebot nehme ich gerne an.“

Zwei Stunden brachte Wickerl in dem kleinen Tschocherl neben dem Gerichtsgebäude zu und verschwendete keinen einzigen Gedanken an die 30 Zeilen, die er dem Pollak abzuliefern hatte. Vielmehr fühlte er sich von einer bislang völlig unbekannten Nervosität durchdrungen, die er nicht einmal in fernen Schultagen empfunden hatte. Mit wachsender Unruhe überlegte er, wie er Klara gegenüber auftreten sollte. Vor allem aber wunderte es ihn, wie jemand auf ihn in so kurzer Zeit einen so tiefen Eindruck machen konnte. War die Phrase von der Liebe auf den ersten Blick vielleicht doch kein schaler Witz aus dem Trivialroman?

Und als er gegen Mitternacht nach Hause ging, da spürte er die Novemberkälte nicht, und auch keine Müdigkeit. Er fühlte sich so leicht wie eine Feder, und ihm schien, als schreite er nicht aus, sondern schwebe über dem Boden. Er entdeckte unbekannte Empfindungen in sich. Diese Lebendigkeit, diese Wachheit, diese Unmittelbarkeit der Wahrnehmungen. All das war ihm fremd gewesen. Seit er aus dem KZ zurückgekommen war, hatte er stets mit einem unbändigen Schlafbedürfnis zu kämpfen gehabt. Die meiste Zeit, die für ihn selbst reserviert war, sah ihn dösen oder ins Nichts starren. Nur in der Redaktion oder in der Gesellschaft von Hilde, Erwin und den anderen war er wach, sonst schien er mehr oder weniger in einer Art Dämmerzustand zu sein. Und jetzt, da er sich mit einem langen Händedruck und einem ihm endlos erscheinenden Blick in Klaras Augen von ihr verabschiedet hatte, jetzt war ihm, als bräuchte er niemals wieder auch nur eine Sekunde zu schlafen. Und er ertappte sich dabei, wie er keck über einen Kanaldeckel hüpfte, als wäre er ein junger Spund, den der Hafer stach.

Was waren das für unglaubliche sieben Stunden gewesen. Als Klara aus dem Gerichtsgebäude gekommen war, da hatte er sich noch gesagt, ein gemeinsamer Kaffee, und wenn er hundertmal nur aus Eichel oder Malz sein sollte, wäre bereits ein durchschlagender Erfolg. Doch dann wurde es noch einer. Und ein dritter. Und dann sogar ein Bier. Und dabei redeten sie über Politik, über Kunst und schließlich sogar über sich selbst. Wickerl fand heraus, dass Klara auch kein leichtes Leben gehabt hatte. Ihre Eltern waren Kommunisten gewesen, und während ihr Vater im KZ zugrunde gegangen war, hatte ihre Mutter einen Bombenangriff der Amerikaner nicht überlebt. Verwandte besaß sie keine, und so musste Klara frühzeitig lernen, für sich selbst zu sorgen. So gesehen war es ein Glück gewesen, dass im April 1945 so viele Gemeindebedienstete das Weite gesucht hatten, denn auf diese Weise war sie auch ohne spezifische Fähigkeiten aufgenommen worden und tat nun schon seit drei Jahren Dienst in dem Gerichtsgebäude.

An dieser Stelle hatte Wickerl natürlich widersprochen. Von jemandem, der Andersen-Nexö ebenso kannte wie Maxim Gorki, konnte man schwerlich behaupten, er sei ohne Fähigkeiten. Klara hatte daraufhin eingewandt, dass Literatur immer schon ihre Leidenschaft gewesen sei, aber im Gegensatz zu ihm, Wickerl, könne sie eben nichts vorweisen, was als Leistung anerkannt werden würde. Da hatte Wickerl nur gelacht und gemeint, das komme schon noch, und zwar noch weitaus früher, als sie sich vorstellen könne.

Sie hatten noch ein zweites Bier getrunken, und vielleicht lag es daran, dass dieses an Wickerl seine Wirkung tat, denn er stellte eine Frage, die er unter normalen Bedingungen wohl niemals laut formuliert hätte. Wie es denn komme, dass ein so hübsches Mädchen wie sie niemanden habe, der auf es warte. Klara hatte ihm daraufhin tief in die Augen geschaut und nach einer unangenehm langen Pause gemeint, sie sei sich ziemlich sicher, dass der Richtige irgendwo auf sie warte. Sie wisse eben nur noch nicht, wo. Und Wickerl verfluchte sich dafür, noch nicht betrunken genug gewesen zu sein, um an dieser Stelle zu sagen, er warte genau hier vor ihrem wunderschönen Gesicht.

Aber vielleicht war dieser kurze Augenblick der Feigheit auch ganz gut gewesen, denn sonst hätte ihn Klara vielleicht für einen Schlawiner gehalten, der es nicht ernst und aufrichtig mit ihr meine. Jedenfalls hatten sie noch ein drittes Bier getrunken, und trotz seiner leichten Benebelung entging Wickerl nicht, dass der Abstand zwischen ihren Köpfen immer geringer wurde. An einer Stelle hatte er sich gefragt, ob sie von ihm erwarte, dass er sie küsse. Doch das war nicht seine Art. Und eigentlich war er sich sicher, dass sie ihn genau dafür mochte, dass er eben nicht so war wie die anderen Männer, die nur auf einen schnellen Erfolg aus waren. Und so hatte er dann auch keine Fragen gestellt, als der Wirt unwiderruflich die Sperrstunde ausrief und sie hinauskomplimentierte. Er hatte lediglich gemeint, er habe seit Ewigkeiten keinen so schönen Abend mehr verbracht, um dann hinzuzufügen, er könne sich nicht erinnern, überhaupt je eine so wunderbare Zeit mit jemandem verbracht zu haben, und dieses Zartrosa, das daraufhin ein zweites Mal an diesem Tag Klaras Wangen aufleuchten ließ, galt ihm als Bestätigung dafür, dass sie die gemeinsamen Stunden auch nicht gerade als verschwendet einstufte. Er bot ihr an, ihr ein Taxi zu rufen, doch sie hatte abgewunken und gemeint, sie wohne praktisch um die Ecke, sodass er sich ihretwegen nicht verschulden müsse. Er versicherte sich, dass sie keinerlei Sorge habe, wohlbehalten bei sich zu Hause anzukommen, und verabschiedete sich dann von ihr, wobei er die Bemerkung fallen ließ, er werde künftig wohl weitaus öfter Artikel über gerichtsanhängige Fälle übernehmen, wenn diese in ihrem Gebäude abgehandelt würden. Klara hatte daraufhin gelächelt und gemeint, es genüge durchaus, wenn er gegen 16 Uhr dort erscheine, denn da gäbe es möglicherweise einen noch viel interessanteren Fall zu studieren. Sein etwas unbeholfenes „Du meinst …“ hatte sie mit einem „Ja, ich würde dich gerne wiedersehen“ quittiert. Und deswegen schwebte Wickerl nun auf Wolken.

Ein paar Tage später sahen sie sich gemeinsam eine Ausstellung an, wieder einige Zeit später gingen sie in ein Konzert, und schließlich ließen sie es sich an einem Samstag nicht nehmen, durch die nebelig kalte Prater Hauptallee zu spazieren. Am darauf folgenden Sonntag fragte Wickerl seine Mutter so beiläufig wie möglich, ob sie sich noch an diesen Heurigen-Abend erinnere, an dem sie und Fini versucht hatten, ihn und Turl mit irgendjemandem zu verkuppeln. Fanny hatte daraufhin nur die Augen verdreht und gemeint, er solle sie bloß nicht an ihr ganz persönliches Waterloo erinnern. Aber immerhin habe sie ihre Lehren daraus gezogen. „Es ist halt einmal so, dass du mit deiner Idee verheiratet bist. Das muss ich halt hinnehmen. Hauptsache, du bist glücklich“, resümierte sie und kniff ihn dabei schelmisch in den Oberarm. „Ja, Mutter, ich bin glücklich“, entgegnete er. Und an der Art, wie er sie ansah, erkannte Fanny, dass Wickerls Idee durchaus aus Fleisch und Blut war. Sie schlug sich mit den Handflächen auf die Wangen und riss die Augen auf. „Pomali, pomali“, bremste er sie, „nur nix verschreien. Aber die ersten zwei, drei Wochen haben sich ganz gut angelassen. Wenn das jetzt über Weihnachten so weitergeht, dann werde ich sie fragen, ob sie nicht einmal zu uns kommen mag. Und ich weiß, du wirst sie mögen, Mama.“

Ich mag jede, die meinen Wickerl mag, dachte sich Fanny, hütete sich jedoch penibelst, dieses Satz laut auszusprechen. Und ganz gleich, was Fritz und Wickerl sich ausgedacht hatten, um sie an Weihnachten zu erfreuen, sie war sich dessen bewusst, dass sie ihr bestes Geschenk schon jetzt bekommen hatte.

Wien, Mai 1948

Wickerl waren die vergangenen Monate wie ein Tag vorgekommen, und er konnte nicht umhin, einen Vergleich zwischen dem Wiederaufbau Wiens und seiner eigenen Situation zu ziehen. Wie Wien hatte er aus 100 Stellen geblutet, war kaum mehr gewesen als eine ausgebrannte Ruine, die sich gespenstisch durch die Trümmer der Stadt bewegte. Doch mit jeder Stunde, die Klara an seiner Seite war, wuchs er zu alter Herrlichkeit empor. Wenn er sich fragte, was ihn am meisten an ihr beeindruckte, dann waren es ihre Sanftheit, ihre Empathie und ihre schier endlose Geduld, die sie mit ihm hatte. Sie waren schon einige Wochen ein Paar, als er zum ersten Mal wagte, bei ihr zu übernachten. Wie groß war seine Furcht, er mochte sich bei dieser Gelegenheit bis auf die Knochen blamieren. Eilig war er unter die Bettdecke geschlüpft, während sie noch in der Küche die Gläser abgewaschen und das Licht gelöscht hatte.

Dann kam sie zurück in den einzigen anderen Raum ihrer Wohnung und legte im Halbdunkel ihre Bluse ab. Wickerls Augen hatten sich mittlerweile an die Dunkelheit gewöhnt und erkannten Klaras Umrisse klar und deutlich. Ihr Rock rutschte zu Boden und gab ihre Schenkel preis, die Wickerl überaus wohlgeformt erschienen. Und nachdem sie ihr Negligé auf die Sessellehne drapiert hatte, da vermochte er selbiges auch über ihren Bauch und ihre Brüste zu sagen, die, so sehr Mann war Wickerl immer noch, für ihren schlanken Körper bemerkenswert groß waren. Doch er vermochte sich nicht allzu lange mit solchen Gedanken zu befassen, denn in ihm stieg die Panik auf. Was, so fragte er sich voller Bangigkeit, würde nun geschehen. Zog sie einfach ein Nachthemd an und legte sich auf ihrer Seite nieder, auf dass sie einschliefen wie Brüderlein und Schwesterlein, oder kam da noch etwas. Etwas, dass nach seiner vollen Manneskraft verlangte?

Klara hakte den Büstenhalter auf, und Wickerl registrierte, dass ihre Brüste tatsächlich noch größer waren, als er vermutet hatte. Deutlich zeichneten sich deren Linien im Halbdunkel des milchigen Lichts ab, das von der einzigen Straßenlaterne, die sich direkt vor ihrer Wohnung befand, durch das Fenster geworfen wurde. Doch Klara ging noch weiter. Endlich fiel auch ihre Unterhose, und Wickerl erhaschte einen Blick auf ihr üppiges Schamhaar, ehe sie einem jungen Kätzchen gleich aufs Bett gesprungen und unter der Decke verschwunden war. Wickerl spürte ihre Nähe und sehnte sich danach, sie einfach streicheln und küssen zu dürfen. „Na, da hat aber jemand noch ziemlich viel an. Is des ned a bisserl unfair?“ Völlig unerwartet für ihn war Klaras Hand an seiner Hüfte aufgetaucht und schob sich geschwind unter sein Unterleibchen. In seinem Kopf war Wickerl erregt wie seit zehn Jahren nicht mehr, doch regte sich absolut nichts in seinem Genital. Innig hoffte er, sie möge nicht dorthin wandern, denn wenn sie erst einmal bemerkte, dass er keine Erektion bekommen hatte, würde sie maßlos enttäuscht sein und von jedem Versuch, mit ihm intim zu verkehren, Abstand nehmen. Er schloss die Augen und visualisierte in seinem Gedächtnis noch einmal ihren enormen Busen, wobei er sich auf die dicken Brustwarzen konzentrierte, die steil vom Körper abgestanden waren. Endlich konstatierte er mit großer Erleichterung, dass sein Penis leicht zu zucken begann.

Klara war in der Zwischenzeit ganz nah an ihn herangerückt und drückte ihm einen sanften Kuss auf den Halsansatz. Er drehte sich zu ihr und legte seinen Arm auf ihren Bauch. Ihre Lippen fanden sich, und für eine gute Weile küssten sie sich innig und selbstvergessen. „Oha", schnurrte Klara, „da ist aber wer ziemlich neugierig, gell?" Ohne es zu merken, hatte Wickerl einen veritablen Ständer bekommen, der nun stürmisch an Klaras Körpermitte anklopfte. Nun galt es, die Gelegenheit beim Schopf zu packen, denn wer vermochte zu sagen, wie lange seine Erektion vorhalten würde. Wickerl wuchtete sich über Klara und suchte hektisch den Eingang zu ihrer Vagina. Zwei Versuche schlugen kläglich fehl, und schon nahm in ihm die Angst überhand, sein Glied würde schlaff, ehe es sich Zugang zu Klaras Körper verschafft hatte. Er verlagerte sein Körpergewicht auf die linke Seite, sodass er die rechte Hand freibekam, mit der er nun den Schaft seines Gemächts packte, um selbigen manuell einzuführen.

Klara aber entging seine zunehmende Nervosität nicht. Sie legte ihren Zeigefinger auf Wickerls Lippen und machte ein sanftes „Schsch", ihn damit zu beruhigen. „Nur keine Eile, wir kommen schon ans Ziel. Mach dir keine Sorgen." Zärtlich drückte sie Wickerls Hand weg, schnappte seinen Penis und steckte ihn sich gekonnt selbst hinein. Wickerl spürte, dass er endlich am Ziel war, und seufzte glücklich. Doch sofort wurde er wieder angespannt, getrieben von der Sorge, er könnte sich vorschnell entladen. Immerhin vermochte er sich nicht mehr daran zu erinnern, wann er zuletzt ejakuliert hatte. In seinen Hoden musste es quasi einen Rückstau bis 1939 geben, und wenn die Dämme erst einmal brachen, dann half selbst der allerprofanste Gedanke nicht mehr. Schreckensstarr hielt Wickerl inne und wagte nicht, sich rhythmisch in ihr zu bewegen.

Klara schenkte ihm ein begütigendes Lächeln. „Es ist wunderschön, dich in mir zu spüren. Aber wennst jetzt nichts machst, dann werde ich dich nicht allzu lange in mir spüren, wenn du verstehst, was ich meine.“ Wickerl keuchte gequält: „Aber wenn ich mich jetzt beweg, dann kommt's mir sicher gleich, und dann hast auch nichts davon.“ Klaras Hände landeten auf seinen Hinterbacken und drückten seinen Leib fest an sich. „Fürs Erste reicht's, wenn du etwas davon hast. Ich bin da nicht egoistisch“, hauchte sie, während sie sich selbst gegen ihn presste. Er erwiderte ihr Tun und schob sich so weit, wie es ihm möglich war, in sie hinein. Gleich danach wich er zurück. Und dann wieder nach vorn. Und das immer schneller. „Lass dir Zeit“, hörte er sie sagen, doch er kam sich vor, wie eine Lokomotive, die ultimativ den Bahnhof verlassen hatte. Wie deren Pleuelstange wurde seine Rotation immer hurtiger, untermalt von einem tiefen Stöhnen, das nur allzu schnell in ein Gurgeln überging. Einen Moment lang bäumte er sich auf, erstarrte zu einer Statue, dann entlud er sich einer Eruption gleich, ehe er in sich zusammenbrach.

Für eine kleine Weile lag er vollkommen ermattet auf Klara, ehe ihm bewusst wurde, dass sein Gewicht für sie nicht gerade angenehm sein konnte, und so rollte er sich zur Seite, während er ein wohliges Grunzen von sich gab. Er spürte ihre Hand auf seiner Schulter und streichelte sie mit der seinen, ehe er den Kopf zu ihr drehte und ein seliges Lächeln zeigte.

„Das war schön“, sagte sie leichthin, „aber ich hoffe, dass d' weißt, was du jetzt machen musst.“ Die Formulierung brachte ihn wieder zu sich, da sie ihn nachhaltig verwirrte: „Und zwar was?“ Klara fuhr damit fort, ihn zu streicheln.

„Na mich heiraten. Oder willst, dass ich einen Bankert großzieh?“ Wickerl fuhr abrupt hoch: „Wie kommst denn jetzt bitte auf das?“ Klara lachte laut auf: „Hast in Naturkunde gefehlt oder was? Du“, sie sah ihn mit funkelnden Augen an, „die Kinder, die bringt nicht der Storch. Die werden gemacht. Und zwar genau so!“ Wickerl verzog den Mund. „Das weiß ich auch. Aber woher weißt du, dass ausgerechnet das jetzt gleich eingschlagen hat?“ Klara setzte sich nun ebenfalls auf und begann, ihn stürmisch auf den Mund und das übrige Gesicht zu küssen. „Weil ich dich so lieb hab'“, murmelte sie zwischen den Liebkosungen, „drum bin ich mir sicher.“ Wickerl ließ den Gedanken für eine kurze Weile in sich einsickern, dann packte er Klara mit beiden Armen und erwiderte ihre Zärtlichkeiten mit ansteigender Hingabe.

Und als draußen allmählich das erste Morgenlicht die Oberherrschaft über die Dunkelheit der Nacht gewann, da sank Wickerl endlich in einen tiefen, erholsamen Schlaf, während er sich immer noch darüber wunderte, wie man dreimal in einer Nacht miteinander so innig und erfüllend Verkehr haben konnte.

Naturgemäß kam er am nächsten Morgen ein wenig verkatert in der Redaktion an. Er setzte sich hinter seinen Schreibtisch und nahm die Akten zur Hand, die ihm für den aktuellen Artikel zur Auswahl standen. Zwischen den Deckeln lag eine Broschüre, deren Titel sofort seine Aufmerksamkeit erweckte, da er so sichtbar nichts mit seinem Ressort zu tun hatte.

Mit wachsender Neugier blätterte er sie durch. Karl Czernetz, der ihm lose von diversen Parteiveranstaltungen bekannt war, zog gegen Erwin, Hilde und die anderen vom Leder. Er kannte ihn als einen unsicheren Kantonisten, der im kleinen Kreis gerne revolutionäre Phrasen drosch, während er so sicher wie das Amen im Gebet vor den Helmers und Schärfs kuschte. In seinem Pamphlet wimmelte es, wie Wickerl schnell herausfand, von Ausdrücken wie „Liquidatoren", „Kapitulanten" und „Agenten". Offenbar hatte da jemand seinen Stalin ganz genau studiert, wenn er ihn auch – welche Ironie – gegen diejenigen einsetzte, die er selbst als Kommunisten hinstellte. Hilde und Erwin wollten, so der Tenor der Schrift, den Sozialismus als Idee liquidieren und die Arbeiterschaft an die Kommunisten verkaufen. Aber das, so lautete Czernetz' Resümee, sei auch nicht anders zu erwarten bei gekauften Agenten der Sowjetunion.

Wickerl wollte die Schmähschrift schon achtlos dem Papierkorb überantworten, denn immerhin hatte er ähnlich lautende Pasquinati schon von anderen Rechtssozialisten gelesen, als sein Blick auf das Vorwort der Broschüre fiel. Dieses enthielt ebenfalls eine satte Menge an Verbalinjurien, war jedoch, und an dieser Stelle stockte Wickerl der Atem, von Josef unterzeichnet. Er rieb sich die Augen und führte das Papier ganz knapp vor sein Gesicht. Kein Zweifel. Der Autor des Vorworts war sein alter Schulfreund, der noch vor wenigen Monaten mit ihnen gemeinsam einen Antrag gegen die Parteiführung mitgetragen hatte. Josef bezeichnete es als Unfug, Leute wie ihn, Wickerl, als Linke zu apostrophieren, denn in Wahrheit wollten diese Apostel der sowjetischen Sklaverei nur die Partei zerstören. Sie müssten daher im Interesse der Klarheit und Sauberkeit der Bewegung aus selbiger entfernt werden.

Er brauchte eine gute Weile, bis er das Gelesene halbwegs verdaut hatte. Lebhaft hatte er die Debatten mit Georg und Josef in Erinnerung, als diese als Anhänger Trotzkis mit dem Kommunismus gebrochen hatten. Damals war gerade Josef nachhaltig über den Ton entsetzt gewesen, mit dem die Mehrheit in der KP Abweichler aus der Partei geprügelt hatte. Nun aber kamen haargenau dieselben Formulierungen aus seiner eigenen Feder.

Wickerl erhob sich und verließ, die Broschüre immer noch in der Hand, die Redaktion. Es war kein weiter Weg zum Sekretariat der Sozialistischen Jugend, in dem Josef seine Brötchen verdiente. Während er mit der rechten Hand anklopfte, öffnete er auch schon mit der Linken die Tür zu Josefs Büro, warf dem verdutzt aufschauenden Freund die Broschüre auf den Schreibtisch und sah ihn durchdringend an. „Kannst du mir einmal erklären, was das soll?"

Josef, den ersten Schrecken überwunden habend, lehnte sich zurück. „Das weißt du so gut wie ich. Wir haben im Vorjahr verloren, nun müssen wir die Konsequenzen daraus ziehen. Der Scharf, die Krones, ja alle deine Freunde sind politisch tot. Und wenn wir nicht mit ihnen untergehen wollen, dann müssen wir uns beizeiten von ihnen distanzieren." Josef bemühte sich um ein freundliches Gesicht: „Und das solltest du auch tun, lieber Wickerl, weil sonst liegst du bald neben ihnen am Friedhof der Gescheiterten."

„Das wäre wahrscheinlich immer noch besser als im Bett mit der Reaktion", gab Wickerl zurück, „aber dessen ungeachtet: Es gibt einen Unterschied zwischen politischer Distanzierung und politischem Fememord." Wickerl kämpfte immer noch gegen seinen Zorn an und hatte sichtlich Mühe, sich zu beherrschen. Josef aber schien gänzlich in sich zu ruhen: „Ich weiß ja nicht, ob du es schon mitbekommen hast, aber gegen deinen Erwin ist ein Parteischiedsgericht eingesetzt worden. Was man so hört, wird es auf jeden Fall ein Funktionsverbot für ihn geben. Das heißt, wenn er nicht gleich ausgeschlossen wird. Was mit dem Franz passiert ist, das ist dir ohnehin bekannt, und glaub mir, die Hilde, die wird sich auch nicht mehr lange halten."

„Ein Grund mehr zu nobler Zurückhaltung. Du selbst hast dich damals lautstark über Stalins Adepten aufgregt, die einem Bucharin, einem Trotzki, einem Rykow ins Grab nachgespuckt haben. Jetzt bist du nicht viel besser als die." Es war Josef deutlich anzusehen, dass die verbale Ohrfeige gesessen hatte. Alles in ihm versteifte sich. „Ich werde auch morgen noch Politik mit der Arbeiterschaft für die Arbeiterschaft machen können", sagte er kalt, „aber ob du morgen noch eine Randnotiz zu irgendeiner Hendlfangerei verfassen darfst, das bleibt abzuwarten."

„Ah, da schau her. Hast schon meinen Namen in die Scherbe geritzt für den großen Ostrakismus oder wie?" Josef legte seine Hände auf die Schreibtischplatte. „Ich würde gerne sagen, das haben schon längst andere getan. Aber die Wahrheit ist: Das tust du selbst. Indem du dein Schicksal mit diesen Kryptokommunisten verbindest. Es gibt einige, die sagen, du bist nur deswegen noch nicht aus der Redaktion geflogen, weil du deines Vaters Sohn bist. Aber wenn es nach deinem Bezirksobmann geht, dann bist du die längste Zeit Vertrauensmann gewesen." Josef richtete sich kerzengerade auf: „Und das sieht der Turl übrigens nicht anders."

Wickerl erkannte, dass jedes weitere Wort Verschwendung war. „Weißt was, blas mir den Hobel aus", knurrte er noch, ehe er auf dem Absatz kehrtmachte und sich wieder in die Redaktion begab.

Dort freilich konnte er die ganze Zeit über keinen klaren Gedanken fassen. Alles in ihm drängte danach, sich mit Hilde und Franz zu besprechen, und so erklärte er beiläufig, er sei auf Recherche und verließ das Redaktionsgebäude erneut. Er begab sich in die Innenstadt und traf wie erhofft Hilde in ihrem Büro an. „Wir müssen reden", sagte er, ehe er vor ihrer Tür darauf wartete, dass sie ihre Sprechstunde beendet hatte. Neugierig geworden, kam Hilde auf ihn zu und fragte unumwunden, worum es denn ginge.

„Hast du gewusst, dass gegen den Erwin ein Schiedsgericht einberufen worden ist." Hilde reagierte erschrocken: „Ich hab schon so etwas befürchtet. Aber bis jetzt habe ich mich geweigert, das für tatsächlich möglich zu halten."

Wickerl nahm sie bei der Hand: „Die räumen anscheinend jetzt echt mit uns auf. Wenn das so weitergeht, dann sind wir bald alle politisch heimatlos. Vor allem, weil es niemanden mehr gibt, der mit uns zieht. Sogar die Jungsozis haben schon kapituliert." Und er berichtete ihr von der Broschüre, die ihm in die Hände gefallen war.

Hilde brauchte eine gute Weile, bis sie sich halbwegs gefangen hatte. Und da Wickerl nicht wusste, was er sonst tun sollte, legte er einfach seinen Arm um sie und hielt sie für eine gute Weile fest. „Vielleicht", meinte er dann, „sollten wir tatsächlich für eine Weile leiser treten. Die Zeit, denke ich, arbeitet ohnehin für uns, also brauchen wir uns nicht vor der Zeit aufzureiben."

„Das sagt sich so leicht", seufzte Hilde, „wir sind doch den Leuten verpflichtet. Die können wir nicht im Stich lassen, indem wir stillhalten. Es wird noch so ein Lohn-Preis-Abkommen geben, da werden wieder die Arbeiter draufzahlen, und unsere Großkoalitionäre machen da einfach mit. Verstehst du?" Wickerl las nichts als Verzweiflung in ihren Augen.

Abrupt wandte sie sich ab und starrte tonlos vor sich hin. Ein solches Verhalten von ihr war ihm neu. Hilde war immer das sonnige Gemüt der Gruppe gewesen, die ewige Optimistin, diejenige, die die anderen mit ihrer Energie ansteckte. Nun aber wirkte sie ausgebrannt und leer, und Wickerl ahnte, warum.

„Sag, Hilde, magst du reden?" Sie sah ihn befremdet an: „Worüber reden?"

„Schau, ich bin nicht blöd. Ich hab Augen im Kopf. An mir sind die letzten drei Jahre nicht spurlos vorübergegangen." Hildes Züge verhärteten sich: „Jetzt fängst du auch schon so an!" Er beschwichtigte sie. „Ich fang überhaupt nichts an. Ich urteile auch nicht. Es ist, wie es ist. Und es kann sein, dass dir das vielleicht gerade jetzt zu viel wird und du deswegen jemanden zum Reden brauchst. Das ist alles. Nicht mehr und auch nicht weniger."

Hilde biss sich auf die Lippe, sagte aber auch weiterhin nichts. „Schau, dir wird nicht entgangen sein, dass ich seit ein paar Wochen auch jemanden habe. Ich weiß also durchaus, was Liebe ist. Und ich halte es durchaus für möglich, dass man auch zwei Menschen lieben kann. Warum nicht? Aber vielleicht empfindet man dann auch die doppelte Verantwortung, wenn es beiden geliebten Menschen gleichzeitig dreckig geht."

Und als hätte Wickerl „Sesam, öffne dich!" gerufen, kam plötzlich Bewegung in Hilde. „Ich mag sie wirklich beide. Aber den Erwin, den versteh ich nimmer. Immer, wenn wir zusammen sind, baut er nur noch Luftschlösser. Er glaubt, wir stehen ganz kurz vor dem endgültigen Sieg. Wie s' vor ein paar Wochen in der Tschechoslowakei die Arbeitermacht errichtet haben, da hat er zu mir gsagt, die Nächsten sind wir. Und, Wickerl, er glaubt das wirklich. Dabei haben die Arbeiterparteien in der ČSR zwei Drittel der Stimmen bekommen und bei uns gerade einmal 45 Prozent."

Eine einzelne Träne, die sich anschickte, ihre Wange abwärtszufließen, machte Hilde verlegen, und eilig wischte sie sie weg. „Weißt du, er träumt davon, so wie der Friedrich Adler damals die Proletarier aufzurütteln. Aber er übersieht vollkommen, dass sich die Geschichte nicht wiederholt. Zumindest nicht so." Wickerl ahnte, dass es vernünftig wäre, einfach ruhig zu sein, doch er konnte einfach nicht aus seiner Haut, und so hörte er sich die Frage stellen, was Franz zu all dem sage.

„Der leidet still vor sich hin. Im doppelten Sinn. Er leidet um der Sache willen, aber auch um meinetwegen. Und ich kann ihm einfach nicht helfen. Ich ..." Ihr versagte die Stimme, und sie machte eine wegwerfende Handbewegung. „Manchmal denk ich mir, es wird mir einfach ... zu viel."

„Weißt was? Warum nimmst dir nicht einfach den heutigen Abend frei. Geh mit mir und der Klara in das Konzert im Vierten. Die Klara will dich eh schon ewig lang kennenlernen. Die würde sich echt freuen. Und du kommst endlich einmal auf andere Gedanken." Gegen ihren Willen musste Hilde, die sich neuerlich Tränen aus den Augenwinkeln wischte, lachen. „Als ob das so einfach wär! Ich hab doch heute einen Vortrag in Ottakring." Wickerl nahm sie beim Arm, führte sie wieder in ihr Büro, griff dort nach dem Telefonhörer. Verlangte von der Vermittlung, mit der BO Ottakring verbunden zu werden. „Die Genossin Krones ist unpässlich. Ihr müssts leider für heute Abend einen Ersatz finden. Ich bring sie jetzt heim. Grüß euch, Genossen." Er legte auf und schleppte Hilde, die nur noch hinhaltenden

Widerstand leistete, auf die Straße. „Jetzt kommst einmal mit zu mir nach Haus. Meine Mutter macht dir ein ordentliches Papperl, dann legst dich ein bisserl nieder, und dann schaut die Welt schon wieder ganz anders aus, wirst sehen. Und am Abend gemma in die Philharmonie."

Wien, 1. Juli 1948

Es hatte seine Zeit gedauert, doch dann hatte Turl von seiner Mutter erfahren, dass Wickerl ein Gspusi hatte. Und es schien, so berichtete sie ihm jedenfalls, etwas Ernstes zu sein. War er ihm schon wieder die entscheidende Nasenlänge voraus, dachte Turl bitter. Dementsprechend missmutig traf er in seinem Büro ein. „Was schaust denn drein wie drei Tag Regenwetter", hörte er seinen Chef fragen, „heut is doch ein Tag zum Feiern!" Turl verspürte keinerlei Lust, Optimismus zu versprühen. „So? Ned, dass i wissert." Olah klopfte ihm derb auf die Schulter. „Aber sicher! Gestern haben s' dem Scharf Redeverbot erteilt. Daran halt sich der Trottel nie. Und dann müssen s' ihn raushauen, ob s' wollen oder ned. Und dann, dann muss er natürlich sei Mandat hergeben. Und wer ist der Nächste auf der Liste? Ha? Wer?" Turl seufzte: „Du, Chef." Olah signalisierte umfassende Zufriedenheit. „Genau", polterte er. „Und weißt, im Prinzip könnt mir das ja alles wurscht sein", fuhr Olah fort, „aber mir gehn diese ganzen Blaser so auf den Zeiger, das kann ich dir gar ned sagen." Olah blies gepresst Luft aus: „Schau dir nur einmal den Parteivorstand an. Da sitzen nur alte Deppen, hysterische Weiber und sonstige Oaschlöcher. Und im Parlament is ned anders. Aber gut, des is sowieso alles ein Witz."

Turl magerlte immer noch Wickerls Erfolg, und so verspürte er Lust, beim Chef ein wenig wider den Stachel zu löcken: „Wenn das eh alles ein Witz ist, warum willst dann unbedingt dort rein. Die quatschen doch eh nur deppert umadum in einer Tour." Olah taxierte Turl einen Moment lang und schien einschätzen zu wollen, ob Turl ihn provozierte oder ob er es tatsächlich nicht besser wusste. „Schau", sagte er dann, nachdem er zu dem Schluss gekommen war, er müsse Turl Aufklärung verschaffen, „so ein Parlamenterl, des ghört halt einfach dazu. Ohne dem kommst nicht aus. Kommt keiner aus, nebenbei bemerkt. Schau dir die Nazis oder die Kummerln an, die haben auch beide ein Parlament. Die Leut wolln das halt so." Olah lachte auf. „Und Wahlen, die wollen s' auch, die Leut. Da sind s' ganz narrisch drauf. Sogar beim Hitler ham s' gwählt. Obwohl das Ergebnis eh klar war. Aber bitte, sie wollen halt gfragt werden, die Leut, gell."

Turl stand nicht der Sinn nach philosophischen Diskursen. „Na, eh, und?" Olah schüttelte mitleidvoll den Kopf: „Du verstehst es wirklich ned, oder? Dieses ganze Zeug, mit die Abgeordneten und die Minister und all dem, des erwarten si die Leut, also muss man es ihnen auch bieten. Und wenn man scho so a Remasuri macht, dann doch bitte mit die richtigen Leut. Also mit mir." Olahs Gesicht wechselte den mimischen Ausdruck zu einem Grinsen. „Also simma dann einmal eine Weile Abgeordneter, ned wahr, und dann werma Minister. Und wieder ein bisserl später werma dann Kanzler. Hast du's jetzt verstanden?"

„I bin ja ned blöd. I versteh nur ned, was das Eine mit dem Anderen zu tun hat." Olah legte ihm die Hand auf die Schulter. „Drum bin aa i der Chef und ned du. Diese Laufbahn is nötig, damit si die Leut an mich gwöhnen. Nur so kommt man ganz rauf." Olah lächelte verschlagen: „Und bleibt dann auch ganz lang oben." Turl hatte genug gehört. „Na mir soll's recht sein. Und was liegt sonst noch an heute?" Ihm entging Olahs Enttäuschung über sein Verhalten nicht, doch er hatte nicht den Nerv, jetzt auch noch Begeisterung zu heucheln. „Tut mir leid, Chef", sicherte er sich dennoch ab, „aber mir geht's heut ned so gut. Ich glaub, i muss mi niederlegen." Olah gab ein knurrendes Geräusch von sich. „Heut derfst des. Aber wehe, du bist ned gstellt, wenn ich anglobt werd. Da spielt's dann nämlich Granada." Turl signalisierte, dass er verstanden hatte, und sah zu, dass er aus Olahs Blickfeld kam.

Wien, August 1948

„Wickerl, ich glaub, wir müssen reden." Sofort verkrampfte sich alles in ihm, als Klara diese Worte aussprach. Wenn Frauen so anfingen, dann konnte das nur bedeuten, dass man den Weisel bekam. Fieberhaft überlegte er, was er falsch gemacht haben konnte, wobei er sich nicht erklären konnte, worin überhaupt ein Problem liegen sollte, denn nach wie vor, so meinte er jedenfalls, verstanden sie sich hervorragend. Vor allem in den letzten Tagen hatten sie mehrmals das schöne Wetter genutzt, um ein wenig im Freien zu liegen und sich zwischendurch im nahe gelegenen Ziegelteich abzukühlen. Sie hatten viel gelacht und Spaß zusammen gehabt. Umso unerklärlicher war jetzt Klaras ernste Miene. Vorsichtig setzte er sich und wartete auf ihre Erklärung.

„Glaub mir! Ich hab das überprüft. Zweimal. Es gibt praktisch keinen Zweifel mehr. Du wirst Vater." Wickerl saß einige Sekunden mit offenem Mund da, dann begann er zu lachen. Ganz laut zu lachen. So sehr, dass Klara irritiert einen Schritt zurückwich. Er aber sprang auf und umarmte sie fest und innig. „Du hast mich ja schon bisher zum glücklichsten Mann der Welt gemacht. Aber damit machst du mich noch glücklicher. Ich könnt narrisch werden vor Freud."

„Das heißt, das macht dir nix aus?" Klaras Stimme klang unsicher. „Ja, spinnst denn du!!! Mein Herz! Mein ein und alles! Was heißt da ausmachen. Ich freu mich wie ein Schneekönig!!! Das müssen wir gleich den Eltern sagen." Er griff sich ihre Hand. „Das ist wirklich ganz sicher?" Sie nickte. „Ganz sicher. Ich war auch schon beim Doktor. Viertes Monat." Wickerl hielt inne, grinste breit: „Das heißt, es war wirklich die erste Nacht, damals bei dir in deiner Wohnung!

Du hast es damals schon gespürt." Sie klopfte ihm neckisch auf die Brust. „Einen Blödsinn hab ich gwusst." Um nach einer kurzen Pause „Aber gwunschen hab i's mir" hinterherzuschicken.

„Du, mei Mutter wird si an Haxn ausgfrein!" Seine Euphorie färbte endlich auf Klara ab, und auch sie begann aus voller Brust zu lachen. Sie waren beinahe bei der Wohnung seiner Eltern angekommen, als er abrupt innehielt. Er schob sie in den Gang, der zum Innenhof führte, schloss das Haustor und sank auf sein linkes Knie. „Bevor wir es meinen Eltern sagen, muss ich eines von dir wissen. Tätest du mich heiraten?" Sie wurde neuerlich von einem Lachanfall geschüttelt. „Aber nur", kicherte sie, „wennst aufhörst, am Boden herumzurutschen, hörst." Er stand wieder auf und putzte sich die Hose ab. „Wieso? Ich hab glaubt, das ghört so", rechtfertigte er sich. „Ja, wennst beim Elmayer warst und zum CV willst. Dann schon. Aber unter uns, da genügt's, wenn wir uns normal fragen, oder?" Und noch ehe er etwas einwenden konnte, sagte sie laut und deutlich „Ja, ich will."

Wien, Oktober 1948

Zwei Monate waren vergangen, seit Wickerl seiner Klara den Antrag gemacht hatte. Und wenn auch die Hochzeit wenig später nicht ganz so spektakulär ausgefallen war, wie er sich das vielleicht gewünscht hätte, so hatte er sich doch sehr darüber gefreut, dass wirklich alle Freunde gekommen waren. Das Wetter hatte sich gnädig mit ihnen gezeigt, und so war es möglich gewesen, bis gegen Mitternacht im Gastgarten des *Finken* zu sitzen und zu feiern. Der alte Fritz hatte Tränen in den Augen gehabt, als er seinem Buben das Allerbeste wünschte, und selbst Hilde konnte an jenem Abend wieder lachen, und das, obwohl sie buchstäblich zwischen Franz und Erwin gesessen war. Am meisten freilich hatte Wickerl erstaunt, dass kurz nach Einbruch der Dunkelheit sogar Turl aufgetaucht war, um ihm zu gratulieren. Gleichzeitig aber hatte dieser ihn zur Seite genommen und ihn davor gewarnt, dass es bald ein veritables Donnerwetter geben werde, da Erwin eine Dummheit plane.

Nun lag die Hochzeit schon wieder vier Wochen zurück. Hilde kam ziemlich aufgeregt zu Wickerl in die Redaktion und meinte, sie müsse sofort mit ihm reden. Sie begaben sich in das kleine Beisl bei der Pilgramgasse, und Wickerl meinte, er sei ganz Ohr.

„Du weißt ja, dass Erwin Redeverbot bekommen hat im Frühjahr", begann sie. Wickerl nickte. „Offenbar will er das umgehen, indem er eine Broschüre veröffentlicht. Darin will er, so wie seinerzeit Friedrich Adler, mit der Parteiführung abrechnen." Wickerl machte große Augen: „Das ist jetzt nicht dein Ernst, oder?" Hilde schluckte: „Leider doch. Der Franz hat es mir gestern erzählt. Der Franz, wohlgemerkt.

Der Erwin hat mir bis jetzt kein Wort gesagt." Deutlich war ihr anzusehen, dass sie über diesen Vertrauensbruch immer noch entsetzt war. „Wieso weiß dann der Franz das?", wollte Wickerl wissen. „Weil er ihn im Gegensatz zu mir ins Vertrauen gezogen hat. Gemeinsam mit dem Friedl von der KPÖ wollte er den Franz davon überzeugen, dass diese Broschüre der Auftakt zu einer Revolution in der SPÖ sein wird."

Wickerl blies Luft aus. „Anscheinend hat der Erwin wirklich das Sensorium für die Partei verloren. Wenn diese Broschüre wirklich erscheint, dann werden sie ihn sofort ausschließen, und die Genossen an der Basis werden stillhalten. Da wird gar nichts passieren, außer, dass wir wahrscheinlich mit ihm abgeschossen werden."

„Genau das fürchte ich auch. Das ist der absolute Wahnsinn. Auf so etwas warten der Helmer und der Schärf doch nur." Für Wickerl bestand kein Zweifel mehr: „Das müssen wir ihm ausreden. Sofort. Weißt du, wo er grade ist?" Hilde war sich sicher, dass man Scharf im Parlament finden würde, war doch für jenen Tag eine Parlamentssitzung anberaumt, zu der sie ohnehin auch eilen müsse. Sie kamen also überein, dass sie mit Erwin einen Termin verabreden und anschließend Wickerl in der Redaktion anrufen würde, damit sie Scharf gemeinsam von seinem Plan abbringen konnten.

Als aber der Anruf erfolgte, da klang Hilde regelrecht hysterisch: „Der Depp hat die Broschüre heute schon verteilt. Die Parteigranden haben für morgen ein neues Schiedsgericht einberufen. Da wird er mit Sicherheit ausgeschlossen", platzte es aus ihr heraus. „Und mich haben s' gschnitten, als wäre ich eine Aussätzige. Als ich gsagt hab, ich weiß von nix, hat der Helmer nur gmeint, das soll ich der

Jetti-Tant erzählen. Und weißt, was das Schlimmste war?" Wickerl wusste es nicht. „Er hat mich ganz schmierig angschaut und dann verlauten lassen, Verräter würden doch immer ihre Pläne ihrem Liebchen flüstern. Und alle um ihn herum haben glacht." Es war offenkundig, dass Hilde weiterreden wollte, aber nicht konnte, weil sie vom Gedanken an die Szene überwältigt wurde. Wickerl blieb nichts anderes übrig, als sie zu trösten und ihr anzubieten, den Abend bei Klara und ihm zu verbringen. Hilde hielt dem entgegen, die Sitzung sei noch nicht zu Ende, und außerdem müsse sie anschließend eine offene Aussprache mit Franz führen. „Das habe ich viel zu lange hinausgeschoben. Jetzt aber führt kein Weg mehr daran vorbei." Wieder rang sie um Fassung. „Ich kann nur hoffen, dass der Franz mich versteht und bereit ist, was war, zu vergessen. Aber dem Erwin verzeih ich das nie. Mit dem bin ich fertig."

Wickerl verstand ihre Erregung. Nicht nur, dass Erwin die Linkssozialisten mit seiner unbedachten Aktion politisch in die Luft gesprengt hatte, er war auch höchst unehrlich gegenüber seiner intimsten Freundin gewesen. Und für beides gab es keine Entschuldigung.

Als er gegen 20 Uhr zu Hause eintraf, da konnte er nicht umhin, Klara von den Ereignissen des Tages zu berichten. Anstatt etwas zu sagen, kam sie einfach auf ihn zu, nahm seinen Kopf in ihre Hände und streichelte sein Haar. „Das alles haben wir hinter uns", erklärte sie schließlich, „das geht uns nichts mehr an. Was wir jetzt brauchen, ist eine eigene Wohnung, damit unser Bauxerl nicht hier auf zehn Quadratmetern aufwachsen muss."

Wickerl entwand sich ihr. „So einfach, wie du denkst, ist das nicht. Ich kann nicht einfach alles, woran ich die letzten Jahre geglaubt habe, über Bord werfen." Sie trat einen Schritt zurück und fing seinen Blick auf: „Genau so einfach ist das. Als du dich für mich und für das Kleine entschieden hast, da hast du Verantwortung übernommen. Und der musst du dich jetzt stellen. Dein sauberer Erwin soll den Blödsinn, den er angestellt hat, selbst ausbügeln, das ist nicht deine Aufgabe. Du musst dich jetzt um wichtigere Dinge kümmern." Und noch ehe er ein weiteres Argument vorbringen konnte, war Klara in die Küche gegangen, um Fanny beim Kochen zu helfen.

Eine kleine Weile gelang es Wickerl, stillzuhalten. Doch beim Essen musste er das Thema neuerlich aufs Tapet bringen, wobei er diesmal seinen Vater zum Adressaten seiner Worte machte. Fanny wollte die sich anbahnende Debatte mit dem Hinweis unterbinden, jetzt solle man doch einmal in Ruhe essen, zum Diskutieren sei nachher immer noch Zeit, doch Fritz bestand darauf, Wickerl reden zu lassen. „Wenn der Bub etwas auf dem Herzen hat, dann soll er das uns auch mitteilen können." Wickerl ignorierte das belustigte Lächeln von Klara, die sich darüber amüsierte, dass ein Mann von 33 Jahren immer noch als Bub bezeichnet wurde, und wiederholte, was er zuvor schon seiner Frau gesagt hatte. Fritz hörte sich alles ganz genau an. Als Wickerl geendet hatte, nahm er sich noch ein kleines Stück Brot, an dem er eine gute Weile herumkaute, ehe er zu einer Antwort ansetzte.

„Ich glaube, für dich sind jetzt andere Fragen wichtig. Natürlich kannst das letztlich nur du entscheiden, aber wenn du meinen Rat hören willst, dann lass die Finger von der Sache. Du wirst", dabei sah er demonstrativ Klara an und lächelte, „bald Vater, damit übernimmst du Verantwortung. Kümmere dich lieber darum."

Wickerl war seine Überraschung überdeutlich ins Gesicht geschrieben. Er hatte die Thematik ja überhaupt nur deshalb nochmals aufs Tapet gebracht, weil er der Überzeugung gewesen war, sein Vater würde seinen Standpunkt teilen. Nun aber riet ihm auch der, er solle schweigen? „Was soll das heißen, Vater? Soll ich gar nicht erst zum Parteitag gehen oder wie?“ Fritz zündete sich eine Zigarette an. „Natürlich gehst du zum Parteitag. Du bist Bezirksdelegierter, auch das ist eine Verantwortung. Und natürlich werden sie dort über die Causa deines Freundes reden. Aber du wirst dich dort zurückhalten. Zumindest, wenn du meinem Ratschlag folgst.“

„Aber siehst du nicht, was da vor sich geht? Das ist doch auch ein Verrat an deinen Idealen, was der Helmer und diese Hansln machen“, warb Wickerl nochmals um des Vaters Unterstützung. „Diese Koalitionspolitik goutiere ich tatsächlich nicht, das ist wahr. Aber so etwas kritisiert man intern, nicht öffentlich.“ Fritz nahm einen Zug von seiner Zigarette. „Was der Scharf gemacht hat, das tut man einfach nicht, verstehst! Wir Sozialdemokraten, wir sind eine Familie, und da wäscht man die Dreckwäsche zu Hause.“ Durch Fritz ging ein regelrechter Ruck, und er richtete sich vollends auf seinen Sohn aus. „Weißt du, wem dein Erwin mit diesem Heftl nützt? Nicht der Sache, das kann ich dir sagen! Nur der Reaktion! Die wartet doch nur darauf, dass wir uns spalten und noch schwächer werden. Grad er hätt das wissen müssen. Immerhin war er lang genug Zentralsekretär.“

„Tschuldige, Papa, aber so kannst das nicht sagen. Mit der Argumentation hättest auch dem Fritz Adler seine Kritik an der Parteispitze vor dem Ausnahmegericht als Bärendienst für die Arbeiterschaft bezeichnen können. In Wirklichkeit aber war seine Rede die Ehrenrettung unserer Bewegung." Wickerl lehnte sich zurück, wobei ihm der Stolz über das eben gefundene Argument deutlich anzusehen war. Sein Vater aber schüttelte einfach nur den Kopf. „Das kannst du überhaupt nicht vergleichen. Damals war eine Diktatur, und die Partei hat stillgehalten. Die musste wachgerüttelt werden. Heute ist das ganz anders. Da ..."

„... hält die Partei wieder still. Schau dir doch einmal an, wer die ganze Last des Wiederaufbaus trägt? Die Preise steigen, die Löhne stagnieren. Wir haben zwar immer mehr Lebensmittel, die wieder auf dem Markt sind, aber wir können sie uns nicht leisten. Und die feinen Herren von der Wirtschaft, die schauen munter, dass sie auf ihre Kosten kommen. Der Arbeiter hingegen ..."

„Jo, eh!" Fannys Stimme tönte mit voller Lautstärke durch den Raum. „Jetzt ist's aber einmal vorbei mit der Diskutiererei. Wir haben gegessen, und das besser als noch vor einem Jahr. Und vor einem Jahr haben wir besser gegessen als vor zwei Jahren. Es mag nicht alles perfekt sein, aber es geht unverkennbar aufwärts. Also tamma ned sudern in einer Tour, sondern freun wir uns darauf, dass wir jetzt zur Feier des Tages noch einen Eichelkaffee kriegen." Die beiden Männer akzeptierten das Machtwort und verharrten in brütendem Schweigen.

Erwartungsgemäß war Erwin schon am nächsten Tag im Schnellverfahren aus der Partei ausgeschlossen worden. Als Wickerl an jenem Abend in die Sektion kam, war die Sache zu seiner großen Bestürzung nicht einmal Thema. Als er am Ende der Tagesordnung von selbst auf die Causa zu sprechen kam, winkten die Genossen nur ab. Einer meinte sogar, er verstehe gar nicht, wieso Scharf angekündigt habe, an den Parteitag zu appellieren, seinen Ausschluss zu revidieren: „Der hat es sich ganz allein zuzuschreiben, dass sie ihn rausgeworfen haben. Als Sekretär ist man Sekretär und nicht Chef. So gsehen sind s' ja eh noch kulant mit ihm umgegangen." Und Wickerls Stimmung besserte sich auch nicht, als ihm in den folgenden Tagen ähnliche Aussagen aus Ottakring und selbst Scharfs Heimatbezirk Penzing zu Ohren kamen.

Dementsprechend gedämpft begab er sich schließlich zum Parteitag, wo er im Block der Hernalser Platz nahm. Bezirksobmann Olah sonnte sich in der allgemeinen Aufmerksamkeit, hatte doch just er das Nationalratsmandat von Scharf übernommen. Wickerl vermisste seinen Vater, der auf eine Delegierung verzichtet hatte. Und so sah sich Wickerl nur von Leuten umgeben, mit denen ihn eigentlich nichts verband. Ganz am Ende seiner Reihe saß Turl, aber viel mehr als ein wechselseitiges Kopfnicken hatten sie nicht füreinander übrig.

Noch mehr freilich traf Wickerl, dass ausgerechnet Sepp die Bühne erklomm, um eine wüste Hetzrede gegen Erwin zu halten. Wörtlich nannte er ihn einen kommunistischen Agenten, und unter dem frenetischen Applaus der Helmers und Schärfs statuierte er, dass Scharf mit dem Sozialismus nichts gemein habe. Bitter konstatierte Wickerl, dass Josef seine stalinistischen Phrasen gut gelernt hatte. Aber augenscheinlich hatte Josef erkannt, dass er nicht ewig Jungfunktionär bleiben konnte. Er war nun auch schon weit über 30 und hatte zeitlebens nichts gelernt. Wollte er also auch in Zukunft ein finanzielles Auslangen finden, dann musste er darauf hoffen, dass die Partei ihn versorgte. Und wess' Brot man aß, dessen Lied man eben sang. Da unterschied sich ein Sepp nicht von einem Wyschinski. Und da er dieses Scherbengericht einfach nicht mehr ertrug, verließ Wickerl den Saal, um im Freien ein wenig frische Luft zu schnappen.

In ermüdender Monotonie ging die Parteitagsinszenierung weiter. Einer nach dem anderen verurteilte Scharf, kein Einziger meldete sich zu seinen Gunsten. Und Wickerl war sich dessen bewusst, dass dies wohl auch klüger war. Denn wer zu diesem Zeitpunkt für Scharf in die Bresche sprang, würde fraglos gleich ihm in den Abgrund gerissen werden.

Und als es schien, dass die Rednerliste endlich geschlossen wurde, da ging plötzlich einen Raunen durch den Saal. Wickerl sah sich automatisch um, wollte er doch wissen, wem diese Bekundung galt. Entsetzt registrierte er, dass Hilde, von ihrem Franz noch am Arm zurückgehalten werdend, aufstand. „Ich bitte ums Wort", klang es aus ihrem Mund. Und Wickerl flüsterte noch ganz leise „Tu's nicht."

Tatsächlich entwickelte sich ihre kurze Rede, die sich nicht einmal mit Scharf im Speziellen auseinandersetzte, zu einem Spießrutenlauf. Immer wieder unterbrach man sie mit Rufen wie „USIA, USIA" oder „Geh zur KPÖ", und es war Hilde anzusehen, dass sie bei jeder Schmähung körperliche Schmerzen empfand. Mehrmals schien es, als würde sie hinter dem Pult ohnmächtig, und ihre Finger krampften sich an die Paneele, während sie sichtlich nur noch darum bemüht war, halbwegs in Würde mit ihrer Rede zu einem Ende zu kommen. Als sie schließlich wieder auf ihren Platz schlich, wurde sie von Buhrufen und bösartigem Zischen begleitet.

Und ohne, dass er wusste, warum er es überhaupt tat, meldete sich Wickerl zu Wort. Es ging ihm dabei gar nicht mehr so sehr um Erwin, er wollte einfach nicht, dass Hilde weiter im Zentrum dieser Anfeindungen stand. Und so marschierte er nach vorne und stellte sich hinter das Rednerpult.

Die nächsten Minuten erlebte er wie in Trance. Er hatte sich nicht im Geringsten vorbereitet, und so bekam er den Eindruck, er rede zusammenhanglos, ja beinahe wirr, springe vom Hundertsten ins Tausendste, pendle erratisch zwischen verschiedensten Themen hin und her, wobei ihm, während er so sprach, auffiel, dass er auf einmal eine Lanze für die Sowjetunion brach. „Es muss uns klar sein", hörte er sich selbst verkünden, „dass allein die Existenz Sowjetrusslands dafür sorgt, dass der Sozialismus weltweit Erfolge erzielen kann. Auch hier bei uns wagen es die Kapitalisten nicht, uns bis aufs Blut auszubeuten, weil sie Angst haben, es könnte ihnen dann auch, wie im Osten, an den Kragen gehen. Glaubt ihr denn wirklich, Genossen, dass die Bourgeoisie uns auch nur zuhören würde, wenn nicht das große Experiment jenseits unserer Grenze bewiese, dass es eine Alternative zu ihrer Tyrannei gibt?"

Die zahlreichen Zwischenrufe irritierten ihn, machten es ihm schwer, seine Gedanken zu entwickeln. Vor allem aber erkannte er selbst, dass er sich vergaloppiert hatte. Er schloss auch für das eigene Empfinden ziemlich abrupt mit einem Appell, Scharf nicht aus der Bewegung auszuschließen und sich stattdessen damit zu begnügen, ihn ohne Führungsposition in der Partei zu belassen. Als er von der Bühne hinunterkletterte, hörte er keinen einzigen Menschen applaudieren.

Nicht viel anders als vordem Hilde kam auch er sich vor wie jemand, der versuchte, möglichst unbemerkt ein Versteck aufzusuchen. Er ging ganz eng an der Wand entlang und richtete dabei seinen Blick starr auf den Boden vor seinen Füßen. Plötzlich wurden da in seinem Blickfeld Schuhe sichtbar. Wickerl hob den Kopf an. „Du KP-Agent", schrie ihn ein bulliger Mann in viel zu engem Anzug an, „geh einmal nach Sibirien, da wirst sehen, was dein Sowjetrussland wert ist!" Wickerl ging nicht auf diese Anwürfe ein, sondern trachtete danach, den Widersacher zu umrunden, um dergestalt an seinen Platz zurückzugelangen. Der andere aber redete sich gerade erst in Rage. „Solche Gestalten wie dich braucht es nicht bei uns. Schleich dich doch mit deinem Scharf auf den Höchstädtplatz, du Nestbeschmutzer!" Wickerl entgingen die geballten Fäuste des Gegners nicht. Wollte der Bulle bei einer Widerrede gar handgreiflich werden.

„Gusch!" Verwirrt sah Wickerl zur Seite und erkannte ausgerechnet Turl neben sich, der offenbar von hinten an die beiden herangetreten war. Der Provokateur freilich wollte sich nicht beirren lassen und setzte zu einer weiteren Schimpfkanonade an. „I hob gusch gsagt", knurrte Turl mit überdeutlich bedrohlichem Unterton. „Wer hat di gfrogt?", zischte der Vierschröter in Turls Richtung, als er plötzlich ein Ziehen an seinem Ärmel verspürte. „Sei stad, heast", vernahm er von einem seiner Kollegen, die die Szene bislang schweigend beobachtet hatten, „des is der Buckel vom Chef." Augenblicklich erstarrte der Mann, murmelte etwas, das nach einer Entschuldigung klang, und zog sich spornstreichs zurück.

Wickerl wusste nicht, ob er Turl für diese Aktion dankbar sein sollte. Doch der nickte nur ein weiteres Mal und ging zurück zu seinem Platz. Wickerl sah noch einmal zu den Ottakringern hinüber, wo Hilde ganz verloren dasaß. Er gestand sich ein, nicht über den Magen zu verfügen, den er brauchen würde, um das Kommende zu überstehen, und so begab er sich ohne Umschweife auf den Ausgang zu. Er ließ einfach seine Unterlagen im Saal zurück und hielt auf die nächste Straßenbahnhaltestelle zu.

Wien, Ende November 1948

Zwei Wochen waren seit dem Parteitag vergangen. Wickerl hatte sich einfach am nächsten Tag in der Redaktion krankgemeldet und war dann um Urlaub eingekommen. Er zweifelte nicht daran, dass ihm Pollak früher oder später erklären würde, seine Dienste würden in der Zeitung nicht länger gebraucht, doch wenigstens bis Weihnachten wollte er das Unvermeidliche hinauszögern. Klaras Bauch war nun schon erkennbar rund, und Wickerl hoffte, dass Bezirksvorsteher Pernerstorfer, der mit Scharf offen sympathisiert hatte, ihm endlich eine Gemeindewohnung zuweisen konnte, damit sein Kind, nachdem Klara ihre Wohnung aufgelassen hatte, nicht in einem Kabinett aufwachsen müsse.

Die Wohnungsnot war allerdings immer noch signifikant. Zwar war es der Wiener Gemeindeverwaltung gelungen, die meisten Bombenruinen zu reparieren, aber der Andrang auf neue, beziehbare Wohnungen war ungebrochen groß. Und so erschien es Wickerl als ein Licht in dunkler Nacht, als Fritz am letzten Tag des Novembers beschwingt nach Hause kam und verkündete, er habe für Wickerl und Klara endlich eine eigene Bleibe aufgetrieben.

Sofort versammelte sich die ganze Familie um ihn. „Ihr kennts doch sicher alle den Gemeindebau draußen in Dornbach“, begann er endlich, nachdem er seine Rolle als Bote der guten Nachricht zur Genüge ausgekostet hatte, „wissts eh, glei neben der Waldschnepfe.“ Alle nickten, denn der markante Bau, der in seiner Form an eine Trutzburg erinnerte, war beinahe markanter als das ehedem beliebte Heurigenlokal zu seiner Rechten. „Den haben s’ jetzt endlich fertig saniert. Und dadurch sind hofseitig, also dort, wo die

Bama stehn, ein paar neue Wohneinheiten bezugsfertig. Es is ned viel, Zimmer, Kuchl, Kabinett halt, aber sicher eine Weil was besser, als da auf die zehn Quadratmeter."

Und während Wickerl nicht wusste, wie er dem Vater danken sollte, fiel Klara Fritz bereits um den Hals und küsste ihn. Fanny schloss sich der allgemeinen Begeisterung an, bewies aber gleichzeitig Sinn für das Praktische: „Wann dürfen s' rein?"

„Der Poldl hat gsagt, zu Weihnachten. Der Mietvertrag fangt mit 1. Jänner an." Und als wäre es eine besonders wertvolle Trophäe, zog Fritz die entsprechenden Papiere aus seiner Manteltasche, um sie auf den Küchentisch zu legen. „Brauchts nur noch zu unterschreiben."

Trotz ihres markanten Bauchumfangs hüpfte Klara vergnügt durch den Raum wie ein kleines Kind. Fritz wartete ein wenig, bis sich die Begeisterung ein bisschen legte. Dann hob er beschwörend den Zeigefinger. „Das Beste kommt aber noch", ließ er verlauten und hatte damit neuerlich exklusiv alle Aufmerksamkeit. „In der Brauerei steht ein Haufen Möbel herum, die keiner braucht. Schränke, Tische, Sessel und so weiter. Der Krieger hat mir schon zugesagt, dass wir uns dort bedienen dürfen. Und transportieren können wir's mit einem Firmenwagen. Des geht an einem Nachmittag. Wenns also wollts, dann könnts ihr schon den Silvester in den eigenen vier Wänden verbringen."

Wickerl gingen so viele Gedanken gleichzeitig durch den Kopf, dass er sie nicht zu ordnen vermochte. Und so tat er das Naheliegendste. Er trat ganz eng an Klara heran, umarmte sie und küsste sie lange und innig.

Am nächsten Morgen beschloss er, Hilde von seinem Glück zu berichten. Er wagte sich erstmals wieder in die Redaktion, war verwundert darüber, dass er kein Kündigungsschreiben vorfand, erledigte, was zu tun war, und fuhr nach der Arbeit hinaus nach Ottakring, um Franz und Hilde einen Besuch abzustatten. Er fand lediglich Franz vor. „Wo ist denn die Hilde?“, fragte er diesen und hoffte dabei, er würde nicht „beim Erwin“ als Antwort bekommen.

„Die Hilde is auszogen“, hörte er die matte Stimme des Freundes, was ein betroffenes Gesicht bei Wickerl bewirkte. „Was ist denn um Himmels willen gschehn?“ Franz schlurfte wie ein alter Mann in seine Küche, wo er sich schwerfällig auf einem wackeligen Stuhl niederließ. „Sie muss nachdenken, hat s' gsagt. Über uns und über alles. Und dafür muss sie allein sein, hat s' gsagt.“ Franz klang vollkommen benommen, und der fiebrige Glanz in seinen Augen verriet, wie sehr ihn die Situation mitnahm. „Sie wohnt jetzt in Sandleiten draußen, in einem Kammerl, das Küche, Wohn- und Schlafraum in einem is. Ich weiß auch nicht, was sie sich davon verspricht.“

„Na ja“, gab Wickerl zu bedenken, der es für klüger hielt, den eigentlichen Grund seines Kommens zu verschweigen, „es waren auch nicht gerade einfache Tage für sie …“

„Glaubst du, für mich war es einfach?“ Franz rieb sich die Schläfen und sah einfach nur unendlich müde aus. „Es ist schlimm genug, wenn du zusehen musst, wie deine Idee stirbt. Aber wenn dir dann auch noch bewusst wird, dass dein ganzes Leben in Stücke fällt … das ganze Leben, verstehst du!“

Es war immer wieder erschütternd, dachte Wickerl, wie nahe Glück und Elend beieinander lagen. Da hatte er sich eben noch darüber freuen können, dass seine eigene Existenz endlich eine Wendung zum Guten nahm, da musste er mitansehen, wie seine Freunde dem Untergang entgegenblickten. „Glaubst du, es bringt etwas, wenn ich mit ihr rede?“ Wickerls Frage war eher seiner Verlegenheit geschuldet, als dass sie einen konkreten Lösungsansatz beinhalten sollte. Doch Franzens mattes „Nein“ entledigte Wickerl aller weiteren Überlegungen in diese Richtung. „Sie würde dir wahrscheinlich nicht einmal die Tür aufmachen. Sie macht nämlich niemandem die Tür auf.“

Auf dem Weg nach Hause war sich Wickerl dessen bewusst, dass er Klara gegenüber in Feierstimmung sein sollte, doch die Lage von Franz und Hilde ging ihm nicht aus dem Kopf. Und auch, dass Erwin sich seit dem Parteitag nicht einmal mit einer Postkarte oder dergleichen bei ihm gemeldet hatte, fiel ihm plötzlich ein. Es hieß, er arbeite irgendwo im Verborgenen an der Gründung einer neuen Partei. Doch damit, so wusste Wickerl aus Erfahrung, konnte er nur scheitern. In Österreich war ja nicht einmal Platz für eine starke KP, wo sollte sich da noch eine zweite SP etablieren können?

Wickerl gestand sich ein, dass er sich das alles ganz anders vorgestellt hatte, als er im KZ ums Überleben gekämpft hatte. Er hätte nie gedacht, dass er sich Turl so entfremden würde, dass Sepp zu einem Stalinisten reinsten Wasser mutieren könnte, dass vom Sozialismus in Österreich weiter nichts blieb als ein paar vergilbte Plakate. Eigentlich stand auch er vor den Trümmern seiner Träume.

Aber es gab einen wesentlichen Unterschied, rief er sich in Erinnerung, als er durch das Haustor trat. Er hatte Klara gefunden. Und dank ihr eine eigene Familie. Vielleicht war Glück tatsächlich der Zustand innerfamiliärer Harmonie. Dem stand die Politik im Wege. Und vielleicht sollte er sie gerade deswegen gänzlich meiden. Unter Umständen erwies es sich als sinnvoll, ganz aus dem politischen Bereich auszuscheren. In der „AZ" würde er täglich nur daran erinnert werden, was hätte sein können, aber niemals sein würde. So gesehen konnte es durchaus eine gute Idee sein, von selbst den Hut zu nehmen, noch bevor ihn Pollak aus der Redaktion entfernte.

Er betrat die Treppe, die zur elterlichen Wohnung führte. Ja. Ein vollkommen neues Leben beginnen. „Willkommen, Genosse Biedermeier", sagte er scherzhaft zu sich, ehe er mit einem betont freundlichen Lächeln in die Küche trat.

Als Wickerl nach dem Essen neben dem Vater auf dem Diwan saß, hörte er sich selbst dabei zu, wie er seinem Vater gegenüber eine gewagte Idee entwickelte. Ein gewichtiges Unternehmen wie die Hernalser Brauerei, das verfügte doch nicht nur über eine erkleckliche Zahl an Mitarbeitern, das hatte doch sicher auch den Wunsch, diese über firmenrelevante Themen zu informieren. Sein Vater verstand zunächst nur Bahnhof, doch je länger Wickerl redete, umso deutlich entstand vor seinem geistigen Auge die Idee einer Zeitung, welche die Brauerei-Familie über alles in Kenntnis setzen konnte, was für sie von Bedeutung war. „Eine Art Hauszeitung", meinte Fritz unsicher. Wickerl aber lächelte. „Genau. Ein Familienblatt für die Hernalser Bräu."

Wien, einige Tage später

Wickerl war rundum mit dem Lauf der Dinge zufrieden. Sein Vater hatte tatsächlich mit Schulz und Krieger gesprochen, und Krieger war sofort von der Idee begeistert gewesen. Er habe gehört, dass das in Amerika alle modernen Firmen so machten. Auf diese Weise binde man die eigene Belegschaft stärker an das Unternehmen und sorge dafür, dass der Zusammenhalt untereinander gestärkt würde. Fritz war sich zwar nach der Unterredung nicht mehr ganz so sicher, ob er von einer Hauszeitung begeistert sein sollte, denn ihm schien, als ginge es dabei primär darum, die Arbeiter ruhig zu halten, doch schließlich tröstete er sich mit dem Gedanken, es gab auch in diesen Tagen wesentlich ausbeuterischere Betriebe, und wenn es seinem Sohn half, sich auf neue Beine zu stellen, dann sollte es eben so sein.

Tatsächlich war Wickerl zwei Tage später in der Brauerei erschienen, und man kam erstaunlich schnell zu einer Einigung. Er würde mit Jahresbeginn bei der Brauerei anfangen und dort kaum weniger verdienen als zuvor als Redakteur bei der AZ. Beschwingt marschierte er unmittelbar darauf in die Redaktion, wo er sich einen Termin bei Pollak geben ließ.

„Na, sind Sie endlich zur Vernunft gekommen, Bielohlawek“, empfing ihn der. Wickerl bestätigte diese Vermutung mit einem Kopfnicken. „Ja, Herr Chefredakteur, das bin ich. Ich möchte daher gerne zum Jahresende kündigen.“ Pollak riss die Augen auf: „Sie wollen was?“ Wickerl lehnte sich zurück. „Sie haben richtig gehört. Ich beende meine Tätigkeit hier.“ Pollak schlug mit der Faust auf den Tisch. „Das ist doch wirklich die Höhe. Nach all der Geduld, die wir mit Ihnen gehabt haben! Immer wieder waren wir nachsichtig, haben Ihre politischen Extravaganzen ignoriert und Sie nicht hochkant rausgeworfen, und das ist jetzt der Dank?" Wickerl zuckte nur mit den Schultern. „Es ist schon so, wie es ist. Es wurden beide Seiten nicht glücklich, so gesehen ist es doch das Vernünftigste, dieses Arbeitsverhältnis zu beenden."

Pollak gab sich nicht die geringste Mühe, seinen Unmut zu verhehlen. „Aus Ihnen wäre ohnehin nie ein guter Journalist geworden", belferte er, „erwarten Sie keinesfalls irgendwelche Gratifikationen, dazu war Ihre Leistung nicht annähernd akzeptabel genug." Wickerl verspürte keine Lust, sich länger als nötig vorführen zu lassen, und stand auf: „Ich leere jetzt meinen Schreibtisch, und ich wäre Ihnen sehr verbunden, wenn Sie mir meine Papiere am Empfang hinterlegen lassen würden. Frohe Weihnachten übrigens." Und noch ehe Pollak ein weiteres Wort an ihn richten konnte, war er auch schon bei der Tür hinausgegangen.

Als er das Gebäude an der Wienzeile verließ, empfand Wickerl unendliche Erleichterung. Ihm war, als erwache er jetzt erst aus einem langen, tiefen Dämmerschlaf, und was wie ein Alp auf ihm gelegen war, fiel nun mit einem Mal von ihm ab. Er begab sich mit der Stadtbahn zum Karlsplatz, marschierte hinüber zum Ring, ließ sich mit der Tramway zur Universität führen und nahm dort eine Straßenbahn nach Hernals. Seine gute Laune konnte nicht einmal der Umstand trüben, dass gerade, als er das Fabrikstor passierte, der alte Strecha des Weges kam. Beide folgten ihrer alten Tradition und ignorierten sich. Als er bei Fritz im Büro angekommen war, nahm der ihn mit ins Lager, und gemeinsam suchten sie ein paar brauchbare Möbel zusammen, die sie dann gleich in die neue Wohnung transportierten. Wickerl stand in seinen eigenen vier Wänden und imaginierte eine Zukunft, die nur noch rosa sein würde. „Wenn die Klara das erst einmal sieht, dann wird sie weinen vor Glück“, prophezeite er.

Doch abermals, wie schon so oft in diesen launischen Tagen, wurde seine Euphorie bereits am nächsten Morgen grundlegend gestoppt. Er war eben erst aus dem Haus gegangen, um einen Freund seines Vaters aufzusuchen, der angeblich ein altes Doppelbett abzugeben hatte, als er vor der Haustür Franz auf ihn warten sah.

„Ja, Franz! Was machst denn du da? Und warum bist ned reinkommen? Meine Eltern und die Klara hätten sich gfreut.“ Franzens Miene aber bedeutete Wickerl rasch, dass es sich nicht um einen Freundschaftsbesuch handelte. Wickerls Ton changierte daher ins Besorgte: „Was ist denn um Himmels willen? Du schaust aus, als hättest den Leibhaftigen gesehen.“ Franz begann am ganzen Körper zu zittern. „Die Hilde“, brachte er mühsam hervor. „Was ist denn mit ihr?“, fragte Wickerl, von bösen Ahnungen getrieben.

Franz aber hielt nichts mehr. Er begann wie ein kleines Kind zu weinen. „Schlafmittel“, presste er hervor, „die Hilde hat Adalin gnommen. In rauen Mengen.“ Franz wollte weitersprechen, doch versagte ihm die Stimme. Dicke Tränen befeuchteten seine Wangen. „Ich hab s’ gestern gfunden, weil ... sie sich ... gar nicht mehr ... gmeldet hat.“ Und wieder eine Pause. „Ich hab ... die Rettung ... ins Hanusch ... war aber ... schon zu spät.“

Wickerl meinte, einen Schlag in die Magengrube erhalten zu haben. „Was sagst du da?“ Franzens neuerlicher Heulkrampf war Antwort genug. Wickerl wollte fragen, wie sie auf die völlig abwegige Idee hatte kommen können, sich mit 38 das Leben zu nehmen. Doch die Trauer übermannte nun auch ihn mit voller Wucht. Er nahm Franz in den Arm und weinte gleich diesem. Und als sähe der Himmel die Dinge nicht anders als sie, fielen schwere Regentropfen auf sie hernieder.

Wien, Neujahr 1949

Wiewohl der erste Tag des Jahres der Tradition gemäß arbeitsfrei war, hatte sich Klinge in seine Kanzlei begeben. Ein weiteres Mal brütete er über dem niederschmetternden Urteil, das wenige Tage vor Weihnachten in der Sache Glickstein ergangen war. Das Gericht hatte es darin als gegeben angenommen, dass die Villa von Anfang an als Wohnsitz des jeweiligen Brauereibesitzers gedacht gewesen sei, weshalb sie sich im rechtmäßigen Besitz des Herrn Schulz befinde, welcher die Hernalser Bräu durch Erbschaft, nicht aber durch einen erzwungenen Kauf erworben habe.

Lebhaft stand Klinge die Szene noch vor Augen, als der gegnerische Anwalt plötzlich mit dem Testament irgendeiner alten Vettel wedelte und die Behauptung aufstellte, die betagte Dame habe die Brauerei nach dem Krieg von jenen erworben, die ursprünglich das Unternehmen von Glickstein gekauft hätten. Und bei ihrem Tod habe sie ihren gesamten Besitz dem Direktor der Brauerei vermacht, wodurch dieser nun der legale Besitzer von beiden Immobilien sei. Frau Glickstein, so hieß es weiter, könne allfällige Schadenersatzforderungen daher nicht an die gegenwärtige Führung der Hernalser Bräu stellen, sondern müsse sich an die Vorbesitzer wenden, wobei in einem separaten Verfahren festzustellen wäre, ob hier allfällige Ansprüche der Frau Glickstein zu Recht bestünden.

Klinge war wie vor den Kopf gestoßen und in der Folge ziemlich niedergeschlagen gewesen. Doch für Caroline war dieses Urteil einem tödlichen Schlag gleichgekommen. Den ganzen Weg zurück zu seiner Kanzlei hatte er auf sie eingeredet und versucht, sie davon zu überzeugen, dass dies nur die Meinung der untersten Instanz gewesen sei. Man werde selbstverständlich in Berufung gehen, und schon die nächste Instanz könne ganz anders, nämlich in ihrem Sinne, entscheiden. Doch Caroline war nur wie in Trance neben ihm hergegangen und hatte kein einziges Wort erwidert.

Die ganzen Feiertage hatte ihm der Fall keine Ruhe gelassen. Immer wieder nahm er Bücher zur Hand, suchte nach einem Ansatz, mit dem er den Standpunkt des Gerichts aushebeln könnte, vor allem aber machte er sich Sorgen um Caroline, die nach dem Urteil so richtig niedergeschlagen und gebrochen gewirkt hatte. Ja, er sorgte sich so sehr, dass er sogar in Erwägung zog, in die Brigittenau zu fahren, um dort persönlich nach dem Rechten zu sehen. Immerhin aber schrieb er ihr eine Postkarte, wonach er sie unmittelbar nach „Heilig 3 König" aufsuchen werde, um die Berufungsverhandlung durchzugehen. Und er wertete es als gutes Zeichen, dass sie nicht ablehnte.

Seine Idee ging dahin, dass Schulz quasi Rechtsnachfolger eines Diebes war. Wenn jemand etwa ein Bild stahl, das er später an jemanden verkaufte, so blieb das Kunstwerk Diebesgut, und der Besitzer musste es dem rechtmäßigen Eigentümer retournieren. Ihm, also dem geprellen Käufer, blieb nur der Weg der Schadensersatzklage gegen den Dieb, der ihn getäuscht hatte. Auf diese Weise, so dachte Klinge, müsse man auch im Fall der Brauerei vorgehen. Schulz hatte etwas geerbt, was er rechtmäßig nicht erben konnte, weil es dem Vorbesitzer nicht legal gehört hatte. Ergo war die Erbschaft ungültig, und Schulz war es, der sich an die Bayern wenden musste, nicht Caroline. Die musste man einfach nur wieder in ihre angestammten Rechte einsetzen, das war alles. Weiter ging sie die Sache eigentlich gar nichts an.

Klinge war mit seiner Lösung sehr zufrieden. Er konnte es kaum mehr erwarten, Caroline damit zu konfrontieren. Am Morgen des 7. Jänner fuhr er mit der Straßenbahn zur Friedensbrücke und machte sich dann zu Fuß auf den Weg zu ihrer Adresse. Federnden Schritts ging er in den zweiten Stock und klopfte an die Wohnungstür. Zu seiner Überraschung tat sich nichts. Er horchte am Holz, hörte aber nicht das geringste Geräusch. Klinge klopfte noch einmal, diesmal lauter. Beim dritten Versuch hämmerte er schon regelrecht an die Türfüllung, doch dahinter blieb alles ruhig. „Suchen S' die Frau Glickstein?" Ohne dass er es bemerkt hätte, war die Hausmeisterin an ihn herangetreten. Er wandte sich ihr zu und bejahte die Frage. „Sind Sie zufällig der Rechtsanwalt? Der …", sie sah auf einen Briefumschlag, den sie aus der Tasche ihrer Schürze geholt hatte, „Herr Klinge." Abermals bestätigte er. „Dann ist das da für Sie." Sie händigte ihm das Schreiben aus, nickte kurz und machte sich wieder an den Abstieg zu ihrer Kammer im Erdgeschoß. Klinge aber riss ungeduldig den Umschlag auf und zog ein Blatt Papier hervor, das mit krakeligen Lettern beschrieben war.

Hektisch überflog er die Zeilen, starrte dann eine ganze Weile ins Leere, ehe er sich zwang, sie noch einmal zu lesen. „Sehr geehrter Herr Doktor, lieber Freund", stand da, „das Urteil in unserer Angelegenheit war der letzte Tropfen, der berühmte letzte Tropfen, der ein Faß zum Überlaufen bringt. Ich denke, ich habe nie an so etwas wie Gerechtigkeit geglaubt, und ich war auch nie der Auffassung, Österreich könnte es gut mit mir meinen. Aber bis zu diesem Verfahren fehlte mir der endgültige Beweis für meine Annahme. Nun habe ich ihn." Klinge rieb sich die Augen, er fand es unendlich traurig, dass Caroline derart enttäuscht worden war. Gerne hätte er ihr gut zugeredet, hätte sie davon überzeugt, dass noch nicht alles verloren war, ja, dass es doch Gerechtigkeit gebe, doch der Brief war mit jenen Worten noch nicht zu seinem Ende gekommen. Und so nahm er die Lektüre wieder auf.

„Ich fühlte mich hier nie heimisch. Aber auch in der Schweiz und in den Staaten konnte ich niemals das Gefühl entwickeln, dort hinzugehören. Vielleicht aber haben meine Vorväter Recht, und deshalb gehe ich mit Mary nach Palästina. Wie Sie sicher wissen, haben die Juden dort vor einigen Wochen ihren eigenen Staat begründet, und vielleicht ist in einem solchen Neuanfang auch für Mary und mich Platz. Es heißt, sie weisen anderen Juden nicht die Tür, und so werde ich in das Land meiner Ahnen gehen, um dort für mich Frieden und für Mary eine Zukunft zu finden. Wenn Sie, werter Freund, diesen Brief ausgefolgt bekommen, sollte ich schon an Bord eines Schiffes sein, dass am Sechsten dieses Monats von Triest aus in See gestochen ist. Ich danke Ihnen für alles, was Sie für uns getan haben, und behalte Sie in dankbarer Erinnerung. Ihre Caroline Baronesse Glickstein."

Das war es also. Caroline war zum zweiten Mal aus Österreich vertrieben worden. Klinge fühlte sich ohnmächtig, aber auch wütend. Die Ariseure lebten munter in diesem Land, die SS-Männer bekamen ihre Rente, und die Opfer mussten erniedrigende Befragungen über sich ergehen lassen, um dann in den seltensten Fällen eine Art milde Gabe zu erhalten. Er hatte nicht Recht studiert, um dann mitanzusehen, wie die Falschen gewannen. Doch so lange er auch darüber nachdachte, ihm fiel kein Ansatz ein, mit dem er dem Lauf der Dinge eine positive Wendung geben konnte. Für einen Augenblick überlegte er, ob man Caroline noch irgendwie von Bord holen könnte, doch sehr rasch gestand er sich ein, dass sie hinsichtlich der Daten sicher nicht gelogen hatte. Mutmaßlich war sie jetzt schon irgendwo bei Korfu, und wenn die See ruhig war, dann landete sie in einer Woche in Tel Aviv. Ihm blieb nur, ihr von ganzem Herzen zu wünschen, dass sie wenigstens dort ihr Glück fand. Gemessenen Schritts verließ er das Gebäude und hielt wieder auf den Alsergrund zu. Nahe dem Franz-Josefs-Bahnhof fand er ein kleines Café, in dem er sich einen Mokka und einen Rum bestellte. Er hob das Glas an, hielt es einen Moment in der Luft und prostete Caroline im Geiste zu: „Lechaim."

Wien, Februar 1949

Mit jedem Tag, der verging, war sich Wickerl sicherer, die richtige Entscheidung getroffen zu haben. Er stellte fest, dass ihm die ewig langen Sitzungen in der Partei überhaupt nicht fehlten, und das war auch weiter nicht verwunderlich. Er war vollauf damit beschäftigt, in der Brauerei das Projekt einer Firmenzeitung auf die Beine zu stellen, und wenn er nach einem langen Arbeitstag das Gelände verließ, dann begab er sich nach Dornbach, um dort die Wohnung weiter zu verbessern. Die Weihnachtsfeiertage hatte die Familie schließlich dazu genützt, endgültig in die neue Bleibe zu übersiedeln. Die Küche war vielleicht noch etwas spartanisch eingerichtet, aber es gab einen Herd, einen Tisch mit vier Sesseln und eine Kredenz. Vielleicht, so hatte er scherzhaft zu Klara gemeint, werde man eines Tages sogar einen Kühlschrank hier aufstellen, doch dazu müsste erst einmal ein reicher Erbonkel aus Amerika auftauchen und auch gleich das Zeitliche segnen, damit man sich so ein exklusives Produkt leisten könnte. Vorerst musste man das Auslangen mit der Fensterbank finden, wo sich verderbliche Produkte doch entscheidend länger hielten als in der Wohnung.

Und diese Produkte nahmen nun endlich zu. In den Läden gab es wieder Wurstwaren zu kaufen. Vorerst noch eher bescheidener Qualität, aber immerhin. Im Jänner waren schließlich auch Eier und Kaffee wieder ohne Bezugsscheine zu erhalten, wenngleich echter Kaffee ein wahrer Luxus blieb. Doch Bürgermeister Körner machte den Menschen Mut und signalisierte, im Frühjahr würden auch Erdäpfel und Milch wieder frei erhältlich sein. Und da die Getreidelieferungen endlich ohne jede Behinderungen nach Wien gelangten, gab es praktisch jeden zweiten, dritten Tag frisches Brot, das auch tatsächlich genießbar und vor allem leistbar war.

Im Wohnzimmer hatte Wickerl ein wirres Sammelsurium an Möbeln aufgestellt. Seines Vaters altes Bücherregal stand in der Mitte der Wand, und Wickerl wusste genau, welchen Stellenwert dieses Geschenk besaß, denn der Vater hatte Jahre von einem solchen Möbelstück geträumt und es schließlich unter zahlreichen Mühen selbst gebaut. Dass er es nun an den Sohn weiterreichte, war wie die Übergabe der Krone vom König an den Prinzen. Der schwere Besprechungstisch, den Wickerl mit Fritz aus der Brauerei nach Dornbach gebracht hatte, passte irgendwie so gar nicht zu dem grazilen Diwan, der hinter dem Tisch beinahe verschwand. Doch fürs Erste mochte es angehen, und wenn er erst einmal ein wenig gespart hatte, dann würde er die Einrichtung Stück für Stück erneuern. Das galt auch für das Schlafzimmer, denn das alte Doppelbett, das Wickerl von einem Kollegen seines Vaters bekommen hatte, nahm fast den gesamten Raum des Kabinetts ein. Links und rechts hatten eben noch zwei schmale Nachtkästchen Platz, doch für einen Kleiderschrank hatte es einfach keine Möglichkeit mehr gegeben, sodass dieser nun ebenfalls im Wohnzimmer aufgestellt war. Nicht sehr dekorativ, aber effizient, befand Wickerl, der besonders stolz auf die Wiege war, die er bei Bekannten erstanden hatte. Die besaß nämlich Räder, sodass es Klara keine Mühe bereiten würde, das kleine Bauxerl überall hin mitzunehmen.

Vorerst freilich war mit Klara wenig anzufangen. Ihr Bauch war rund wie ein Ballon, und die meiste Zeit lag sie entweder im Bett oder auf dem Diwan und stöhnte vor sich hin. Wickerl entwickelte eine immer größer werdende Ungeduld, denn er wurde das Gefühl nicht los, dass Klara mit jedem Tag, der anbrach, nur noch mehr litt. Und so war er unermüdlich am Werken, stets in der Hoffnung, Klara damit ein wenig Ablenkung zu bieten.

Von der hohen Politik drang kaum etwas an sein Ohr. Irgendjemand hatte ihm erzählt, dass Erwin tatsächlich eine neue Partei gegründet hatte, die er „Vereinigung fortschrittlicher Sozialisten“ nannte. Angeblich plante er für März einen Parteitag, doch Wickerl kannte niemanden, der sich ihm bislang angeschlossen hätte. Es hieß zwar, dass Bezirksvorsteher Pernerstorfer überlege, Scharf zu folgen – dies vor allem deshalb, weil er in permanentem Streit mit Parteiobmann Olah stand –, doch nicht einmal Franz wollte sich von der SPÖ trennen.

Auch Wickerl verspürte nicht die geringste Lust auf eine neue Partei. Immerhin hatte er die Sozialdemokratie nicht einmal in Zeiten der Diktatur verlassen, weshalb sollte er es also jetzt tun. Aber weiter in der SPÖ aktiv zu sein, kam genauso wenig in Frage, was Klara in einem der raren Momente, in denen es ihr gutging, scherzhaft damit kommentiert hatte, ihr Mann sei jetzt ein Taufschein-Sozi. Dabei, aber eben nicht aktiv.

Die Tage wurden endlich wieder länger, und auch die Temperaturen stiegen langsam an. Wickerl lag immer öfter im Bett, ohne elendiglich zu frieren, und fand erholsamen Schlaf. Aus eben diesem wurde er just am 12. Februar gerissen. Er erwachte, weil er einen Schlag abbekommen hatte. Und noch einen. Entsetzt fuhr er hoch, wähnte sich in seinem Dämmerzustand wieder im KZ, doch je mehr sein Bewusstsein wieder in den Wachzustand gelangte, desto deutlicher wurde ihm klar, dass Klara um sich schlug. Sie keuchte, heulte, seufzte, und der Schweiß stand ihr wie ein wahrer Bach im Gesicht. Er rüttelte sie. „Klara, was hast denn?“ Doch die Antwort wusste er auch so. Fieberhaft überlegte er, ob er sie ins Spital schaffen oder aber seine Mutter holen sollte, damit sie mit der Hebamme dem Kleinen auf die Welt half.

Doch es brauchte kein langes Abwägen. Die Krankenanstalt „Zum göttlichen Heiland“ war keine 500 Meter von ihrer Wohnung entfernt, die Mutter aber einen guten Kilometer weiter. Also kleidete er die stöhnende Klara so gut es eben ging an und begab sich mit ihr auf die Straße. Hektisch blickte er nach links und nach rechts. Doch naturgemäß gab es keine Fahrgelegenheit. Ihm blieb nichts anderes übrig, als Klara zur gegenüberliegenden Straßenbahnstation zu manövrieren und dabei zu hoffen, dass diese nicht allzu lang auf sich warten ließ.

Die beiden hatten eben die Straßenmitte erreicht, als hinter ihnen hektisches Gebimmel einsetzte. Wickerl drehte sich um und sah tatsächlich eine Tramway auf ihn zuhalten. Sofort deutete er auf den dicken Bauch seiner Frau und signalisierte dem Fahrer, er müsse unbedingt auf sie warten. Dann gab er die Schienen frei, und die Straßenbahn schlich im Zeitlupentempo an ihnen vorbei, um tatsächlich in der Station auf sie zu warten.

Damit freilich war noch nichts gewonnen. Es galt, die hochschwangere Klara irgendwie in den Wagen zu bekommen, und einmal mehr verfluchte Wickerl die Tatsache, dass alle Züge, ob nun kommunal oder bei der Eisenbahn, so extrem hoch gebaut waren, dass man sie buchstäblich hochalpin erklettern musste. Zum Glück aber hatte der Schaffner ein Einsehen mit Wickerl und verließ seine Kabause, um Wickerl zu helfen. Mit vereinten Kräften wuchteten sie die vor Schmerz schreiende Klara ins Wageninnere, und Wickerl orderte keuchend zwei Fahrscheine, wobei er ergänzte, zurück brauche er hoffentlich drei. Der Schaffner lächelte gutmütig und fragte, wohin sie denn wollten. „Zum Heiland. Es is so weit." Der Schaffner winkte ab und beugte sich gleichzeitig vor. „Geh, Gustl, bleib beim Spital stehn. Die zwa do hom's gnädig." Und so kam es, dass Wickerl quasi im Taxi zur Geburt seines Kindes geführt wurde.

Und doch schien es, als ob Klara nicht einmal mehr die wenigen Meter bis zum Spital überstehen könnte. Sie schrie aus Leibeskräften und hielt sich dabei den Bauch, beugte sich vor und wäre fraglos zu Boden gestürzt, wenn Wickerl sie nicht gestützt hätte. Es gelang ihm unter Aufbietung all seiner Kraft, sie sicher über die Straße zum Gehsteig zu bringen, wo er sie sachte auf einen Sockel setzte, um unmittelbar danach ins Spital zu hetzen und um Hilfe zu bitten. Eine Nonne reagierte prompt und organisierte zwei Krankenpfleger mit einer Bahre, die Klara vor dem Gebäude aufluden und ohne Umschweife in den Kreißsaal trugen. Wickerl wollte mit ihnen mitgehen, doch die Nonne wehrte ihn schroff ab und hieß ihn zu warten.

Und so lief Wickerl nervös auf und ab, wie ein Tiger im Käfig, und jede Minute kam ihm wie eine ganze Stunde vor. Permanent blickte er auf die Uhr und wunderte sich, dass deren Zeiger wie festgeschraubt auf ihrem Platz blieben. Immerhin bot ihm die Nonne schließlich eine Tasse Tee an, und die half ihm dabei, sich halbwegs in Geduld zu fassen.

Dennoch war er mehrmals knapp daran, den Verstand zu verlieren, und er fragte sich, wie andere Menschen mit dieser

Tortur klarkommen konnten. Endlich kam Bewegung in den Trakt. Die Tür zum Kreißsaal ging auf, ein Arzt erschien auf der Bildfläche und verschwand sofort wieder in einem Nebenraum. Wickerl blickte Hilfe suchend um sich und beobachtete, wie die Nonne, die ihn vor einer halben Ewigkeit, wie ihm schien, Tee angeboten hatte, ins Geburtszimmer ging. Er folgte ihr einige Meter und blieb dann unschlüssig draußen stehen. „Was ist denn nun?“, fragte er halblaut ins Nichts. Wie zur Antwort steckte die Nonne ihren Kopf aus der Tür. „Gehn S’ noch eine rauchen! Wir richten einstweilen alles her. In ein paar Minuten können S’ zu Ihrer Frau und Ihrem Kind.“ Wickerl wollte noch nachfragen, ob alles in Ordnung sei, doch die Tür war schon wieder geschlossen. Er stand da wie festgeschraubt und ballte die Hände zu Fäusten. Gleich darauf führte er seine rechte zum Mund und biss mit aller Kraft in den Zeigefinger, um solcherart einen mehr als ungebührlichen Schrei zu unterdrücken.

„So, Sie dürfen jetzt rein. Aber üben Sie bitte Zurückhaltung. Ihre Frau ist naturgemäß sehr erschöpft, und das Kleine, na ja, das ist eben noch sehr klein, nicht wahr.“ Wickerl hörte der Kirchendienerin schon nicht mehr zu, sondern eilte schnellen Schrittes zu seiner Klara. Die lag da, ermattet, aber glücklich, und hielt das Kind, in Decken eingewickelt, wie ein Paket in ihrem Arm. Als sie Wickerl sah, lächelte sie. „Fritzi“, flüsterte sie halblaut, „das ist dein Papa.“ Wickerl strahlte. „Fritzi? Hamma einen Stammhalter?“ Klara bewegte langsam den Kopf von links nach rechts und wieder zurück. „Eine Stammhalterin. Und sie soll Friederike heißen. Nach deinem Papa.“

Wickerl gefiel dieser Gedanke. Er schnappte sich einen Sessel und rückte ihn ganz nahe an Klaras Bett heran. Dann suchte sein Zeigefinger ganz behutsam den Weg zu Friederike. So sorgsam, wie es ihm nur möglich war, schob er die Decke ein kleines Stück zur Seite, sodass Friederikes Nase sichtbar wurde. Er konstatierte, dass seine Tochter ruhig und entspannt schlief, auch wenn sie ihre winzigen Fäustchen geballt hatte. Aber das, so wusste er aus Erzählungen, hatte bei Neugeborenen nichts zu bedeuten. Er streichelte ganz sanft über die Wange des Mädchens und wandte sich dann an Klara: „Wie geht es dir?“, fragte er leise. Sie nickte und formte ihre Lippen zu einem Kuss. „Aber ich glaube, wir beide müssen jetzt ein wenig schlafen. Vielleicht kommst du später wieder, hmm? So gegen Abend.“

Wickerl ging zu Fuß zur Brauerei, meldete dort, dass er Vater geworden sei, woraufhin er den Tag von Krieger frei bekam. Er eilte weiter, besorgte unterwegs eine Flasche Wein und sah zu, dass er zur elterlichen Wohnung kam. Geschwind nahm er die Stufen, flog über den Gang und öffnete auch schon die Tür. „Wir ham ein Madel“, rief er, als er seiner Eltern ansichtig wurde. „Und das Madel wird Fritzi heißen.“

Wien, Herbst 1949

Runde drei Jahre machte Hermann Strecha Schulz nun schon den Buchhalter. Nach Meinung des Direktors durchaus zur beiderseitigen Zufriedenheit. Tatsächlich sorgte die kreative Art, wie Strecha so manches Geschäftsgebaren in den Büchern vermerkte, für einen flotten Extraschilling, der Schulz immer reicher werden ließ, Strecha wenigstens das eine oder andere kleine Luxusgut bescherte. Eines aber bekam er nach wie vor nicht: Respekt und Anerkennung, wie er nicht müde wurde, Fini gegenüber zu betonen. „Ich scheffel für die Millionen, und was krieg ich? Einen feuchten Nasenrammel." Fini hatte es längst aufgegeben, ihren Mann zu begütigen. In diesem Leben, so wusste sie, würde er sich nicht mehr ändern. Und wenn er wieder einmal mit dem Lamento begann, er sei zeitlebens und unter allen Systemen immer nur Opfer gewesen, dann verdrehte sie heimlich die Augen, schützte Müdigkeit vor und legte sich ins Bett, um dieses ewig gleiche Wehklagen nicht mehr hören zu müssen.

Immerhin registrierte Strecha mit Genugtuung, dass die junge Republik nicht mehr auf die Nazis losging. Die sogenannten Minderbelasteten waren bereits im Vorjahr pardoniert worden, nun, im Vorfeld der zweiten Nationalratswahl, fielen auch sämtliche Restriktionen gegen jene wenigen, die nach 1945 als schwerer belastet eingestuft worden waren. Und auf einmal sah man sie wieder auf der Straße, die ehemaligen Blockwarte, die Rotten- und die Sturmbannführer, die Kreisleiter und die Führer von DAF, NSKK und Winterhilfe. Sie setzten sich in die Gasthäuser und schwadronierten über ihre Heldentaten. Und Strecha, der froh war, nicht länger bei den Sozis herumsitzen und so tun zu müssen, als sei er für Freiheit, Gleichheit und Brüderlichkeit, suchte die Nähe der ehemaligen Parteigenossen.

So blieb es ihm nicht verborgen, dass diese begannen, eine eigene Kandidatur bei den Wahlen vorzubereiten. Naturgemäß fiel ihnen das in den Ländern der amerikanischen und der britischen Besatzungszone leichter, da man dort ihr Treiben sogar mit einem gewissen Wohlwollen verfolgte, schienen sie doch eine wertvolle Hilfe im Kampf gegen den vordringenden Kommunismus zu sein. In Wien hörte man hingegen längere Zeit nichts von ihnen. Und Strecha witterte seine Chance.

Er hatte von einem ehemaligen Gesinnungsgenossen gehört, die entscheidende Figur in Wien sei ein ehemaliger Schriftsteller namens Stüber, der nun Leute für eine Wiener Landesgruppe, die zu den Wahlen antreten könne, sammelte. Man treffe ihn in der Regel in einem kleinen Café nahe der Universität an. Und schon machte sich Strecha auf den Weg.

Der Mann, so befand Strecha, nachdem er ihn ausfindig gemacht hatte, sah wenig gewinnend aus. Obwohl erst Mitte 40, hatte er eine Glatze und einen verbitterten Blick. Und er wirkte reichlich unnahbar. Unmöglich, mit einem solchen Naturell andere mitzureißen, dachte Strecha. Doch das mochte für ihn selbst kein Nachteil sein. Vielleicht beschied sich der Herr Schriftsteller ja mit einer Rolle im Hintergrund, dann blieb umso mehr Platz für ihn, für Hermann Strecha, Kandidat für die Wahl zum Nationalrat. Er räusperte sich und sprach Stüber dann an.

Beinahe wäre er entsetzt zurückgefahren, so brüsk belferte Stüber ihn an: „Was wollen Sie? Ich gebe nichts!“ Strecha brauchte geraume Zeit, bis er verstand, dass Stüber ihn für einen Bettler hielt. „Was fällt Ihnen ein, in mir einen Bettler zu vermuten? Ich bin eine durchaus respektierte Person des Wiener Geschäftslebens. Und ich war mutmaßlich schon bei der Partei, da haben Sie noch studiert, junger Freund." Strecha fand, ein wenig militärische Strenge konnte nicht schaden, und tatsächlich gab es Stüber gleich etwas billiger. „Verzeihen Sie, aber Sie haben mich erschreckt, wie Sie sich hier so angeschlichen haben. Ich wollte Sie keinesfalls in Ihrer Ehre kränken, nur bin ich es nicht gewohnt, im Kaffeehaus angesprochen zu werden." Strecha quittierte die Entschuldigung mit einem Lächeln. „Es ist gestattet?", fragte er mehr pro forma und setzte sich. „Ich habe gehört, Sie suchen Leute für eine Kandidatur einer vierten Partei. Nun, ich wäre nicht abgeneigt", erläuterte er, während er versuchte, möglichst einnehmend zu wirken.

„So, wo haben Sie das gehört?" Stüber blieb reserviert. „Das ist ja wohl nicht von Belang. Wichtig ist, dass Sie Leute wie mich gut brauchen können. Ich komme aus der Wirtschaft, bin, wie Sie wohl bemerken werden, gebildet, habe meinen Dienst am Vaterland geleistet. Zweimal übrigens. Und ich bin der Auffassung, dass dieser Staat endlich für uns Frontgeneration einstehen muss. Wenn Sie das ähnlich sehen, dann gibt es keinen Grund, warum wir uns nicht einig werden sollten."

Stüber wirkte überrascht und versuchte, diesen Umstand dadurch zu überspielen, dass er erst einmal einen Schluck aus seiner Kaffeetasse nahm, um Zeit zu gewinnen. „Wenn Sie wirklich an unserer neuen Bewegung interessiert sind, dann kommen Sie morgen um 19 Uhr in unser Parteiheim in der Westbahnstraße. Dort können wir dann über alles

Weitere reden." Na bitte, dachte Strecha. Endlich kamen die Dinge ins Rollen.

Am nächsten Abend wusste Strecha nicht wirklich, was er von dieser merkwürdigen Ansammlung an Männern halten sollte. Einerseits wurde ihm wohlig warm ums Herz, als er erkannte, dass sich da kaum ein Dutzend eingefunden hatte, was seine Chancen, einen vorderen Listenplatz zu erhalten, doch deutlich steigerte, andererseits musste man befürchten, dass diese trostlose Truppe kaum bei einer Wahl reüssieren würde. Stüber selbst ergriff alsbald das Wort, und Strecha langweilte sich bereits nach einer Minute. Lauter salbungsvolle Phrasen voller Pathos, kaum geeignet, enttäuschten Männern einen Grund zu geben, für diese neue Bewegung eine Stimme abzugeben. Der zweite Redner war vielleicht noch peinlicher. Ein hochgeschossener ehemaliger Universitätsprofessor, der es auch viereinhalb Jahre nach Kriegsende nicht verwunden hatte, dass er nicht mehr in Amt und Würden war.

Dementsprechend verhalten war die Reaktion der Zuhörer. Tatsächlich schickten sich einige bereits an, wieder zu gehen. „Wartet einen Moment", rief Strecha, zur Verblüffung des Professors mitten in dessen Rede hinein. „Wer seid ihr, und warum seid ihr hier?" Die Männer musterten Strecha überrascht und warteten erst einmal ab. „Ich bin der Hermann Strecha", begann er, nicht länger auf den eigentlichen Redner achtend, „und ich bin hier, weil in dieser Republik bislang für mich kein Platz war. Ich habe zweimal für das Vaterland meine Knochen hingehalten, im ersten und im zweiten Krieg. Und beide Male hat es mir das Vaterland nicht gedankt. Und ich werde den Eindruck nicht los, dass es euch genauso ergangen ist." Stüber und der Professor waren vergessen. Die Männer scharten sich um Hermann, und bald zirkulierten die verschiedensten Geschichten, die von der Brussilow-Offensive anno 17 bis zur Ardennen-Offensive anno 44 reichten. Es war schon beinahe Mitternacht, als sie auseinandergingen. Von Stüber hingegen war nichts mehr zu sehen.

Strecha glaubte einige Zeit, den nötigen Eindruck gemacht zu haben. Doch als er sechs Wochen vor der Wahl zu der Wählerversammlung der „Wahlpartei der Unabhängigen", wie die vierte Partei sich nun nannte, erschien, da suchte er seinen Namen auf der Liste vergeblich. Er glaubte an einen Irrtum und versuchte, zu Stüber durchzudringen, um diesen zur Rede zu stellen. „Was ist mit mir?", fragte er, als er endlich an das Präsidium herangekommen war. Stüber musterte ihn kalt. „Wir sind eine ernst zu nehmende politische Kraft. Sentimentalen Kriegsveteranen gehört das Gestern, uns aber das Morgen." Strecha schluckte, meinte, sich verhört zu haben. „Aber ich verdiene es, auf dieser Liste zu stehen", beharrte er, „ich kann die Menschen führen, ihr habt es selbst gesehen!" Stüber schürzte spöttisch seine Lippen. „Hier, Kamerad, führen wir!" Strecha wollte eben antworten, als der Professor auch schon sagte: „Wer für die vorgeschlagene Liste ist, der hebe die Hand." Und Strecha musste zur Kenntnis nehmen, er war Kandidat a. D.!

Mühsam würgte er all seinen Stolz hinunter. „Dann wenigstens auf die Gemeinderatsliste", bettelte er, als auch diese unverändert angenommen wurde. Strecha funkelte Stüber wütend an, schüttelte seine Faust in dessen Richtung und stürzte fluchtartig aus dem Versammlungssaal. Kaum wieder an der frischen Luft, meinte er zu kollabieren. Er musste ganz tief Atem holen und fühlte Schwindel. Und während er alle Mühe hatte, seine aufsteigende Panik in den Griff zu bekommen, wanderte sein Blick hektisch über die Szenerie. Endlich stießen seine Augen auf ein Wirtshaus. Ohne Umschweife hielt er darauf zu, und wie in seinen alten Tagen betrank er sich rasch und konsequent.

Lange nach Mitternacht bugsierte ihn der Wirt unfreundlich aus dem Lokal, und Strecha torkelte, sinnlos betrunken, in jene Richtung, in der er Hernals vermutete. „Die Fahne hoch", grölte er, „die Reihen dicht geschlossen, SA marschiert, mit ruhig festem Schritt." Er hielt inne, horchte in sich hinein, ob er möglicherweise kotzen musste, schob sich dann weiter. „Die Kameraden, die Rotfront und Reaktion erschossen, marschieren im Geist …" Ein Fenster ging auf. „Eine Ruh is da unten! Trottel, bsoffener!" Strecha drehte sich, so gut er es vermochte, um und machte mit seinen Händen so, als hielte er ein Gewehr in ihnen. „Di mach ich auch noch tot, du Sau!", schrie er. „Euch alle mache ich tot! Hört ihr, ihr Lumpenpack! Ihr roter Abschaum! Ich bring euch alle, alle um!"

„Gar niemanden bringst du um! Du kommst erst einmal mit." Ohne dass er es bemerkt hätte, war ein Polizist an ihn herangetreten und legte ihm die Hand auf die Schulter. Strecha riss sich los. „Los mi aus, du Spinatwachter. Ich hau dir ane in die Goschn, du". Tatsächlich ballte Strecha seine rechte Hand zur Faust und versuchte, den Ordnungshüter zu treffen. Der aber wich mit einem schnellen Schritt nach links aus, sodass Strechas Faust ins Leere fuhr. Und durch die Kraft, die Strecha in den Schlag gelegt hatte, bekam er Übergewicht und fiel der Länge nach auf den Bürgersteig. Ehe er noch den Schmerz des Aufpralls fühlen konnte, waren seine Hände schon nach hinten gebogen und in Handschellen gelegt. Dann wuchtete der Beamte ihn hoch und verfrachtete ihn aufs Revier.

Am nächsten Morgen erwachte er mit schwerem Schädel in einer Ausnüchterungszelle. Der Inspektor verhängte ein sattes Bußgeld, und Strecha musste seine Uhr als Pfand zurücklassen, um den Kotter verlassen zu dürfen. Verkatert und auch ein wenig zerschunden kehrte er nach Hause zurück, wo er Fini vollkommen ignorierte. Er wusch sich eilig, zog ein neues Hemd und einen neuen Rock an, ehe er zur Brauerei weitereilte, wo er mit einer satten Verspätung eintraf. Er hatte noch nicht an seinem Schreibtisch Platz genommen, als man ihn davon in Kenntnis setzte, dass Schulz ihn zu sprechen wünsche.

„Strecha, Strecha, Strecha", begann der und schüttelte dabei mit Trauermiene den Kopf. „Was muss man alles über Sie hören? Zuerst legen Sie sich mit honorigen Politikern an, dann randalieren Sie auf offener Straße und schließlich landen Sie sogar noch im Gefängnis. Sie glauben doch wohl nicht ernsthaft, dass Sie nach diesem Auftritt noch länger hier tätig sein können. Oder sehen Sie das anders?"

Strecha fragte sich, woher Schulz das alles schon wusste, ehe ihm dämmerte, dass er offenbar gerade gekündigt wurde. Er straffte seinen Körper und versuchte, so weit es seine derangierte Erscheinung zuließ, einen gebieterischen Eindruck zu machen. „Soll das heißen, Sie wollen mich rauswerfen?" Schulz lächelte schmal. „Dafür sind Sie zu alt, Strecha. Nein, wir pensionieren Sie. Mit 31.12.! Wie den Herrn Bielohlawek auch. Das ist doch passend, meinen Sie nicht." Strecha verspürte den dringenden Wunsch, dem Direktor eine zu kleben. „Das können Sie nicht machen, Schulz", knurrte er. „Oh doch. Und wie ich das mache. Und wenn wir schon davon reden. Am besten ist, Sie gehen Ihren Resturlaub und so weiter konsumieren. Es wäre schön, Sie hier nicht mehr sehen zu müssen. Haben wir uns verstanden?“

„Wenn Sie das machen, dann bin ich gleich wieder bei der Polizei. Diesmal aber bei der Finanz. Da wird mir dann viel einfallen, Herr Direktor.“ Er bemühte sich um ein zynisches Lächeln. „Mich speisen Sie nicht mit einer goldenen Uhr ab.“ Schulz irritierte Strecha mit einem munteren Nicken. „Richtig. Eine goldene Uhr ist nicht vorgesehen. Auch keine Abschiedsfeier oder sonst irgendein Hokuspokus. Sie verschwinden einfach ganz unauffällig durch die Hintertür. Und“, winkte Schulz mit einigen Papieren, „sollten Sie wirklich auf die Schnapsidee kommen, den Behörden irgendetwas erzählen zu wollen, dann bedenken Sie bitte, dass unter allen fraglichen Unterlagen immer nur eine Unterschrift steht, nämlich Ihre. Und dass alle fraglichen Konten immer nur einen Inhaber haben, nämlich Sie.“

Strecha war vollends verwirrt. Das war unmöglich. Er hatte zwar die Bilanzen geschrieben, aber die waren immer vom Direktor und vom Aufsichtsrat gegengezeichnet worden. Und die Konten konnten unmöglich auf seinen Namen lauten, sonst hätte er sich ja all die Jahre weitaus mehr beiseiteschaffen können. Er wollte etwas erwidern, doch ihm blieb einfach nur der Mund offen.

„Sie glauben mir nicht? Sehen Sie selbst!“ Schulz schleuderte die Papiere in Strechas Richtung, der ob seines Zustands Mühe hatte, sie aufzuhalten. Mit wachsender Besorgnis blätterte er sie durch. Ohne dazu eingeladen worden zu sein, setzte er sich. Rieb sich die Augen. Das war doch nicht die Möglichkeit. Überall stand sein Name. Als Buchhalter, als Prokurist, als Mitglied des Aufsichtsrates. Fassungslos blickte er in Schulzens Richtung.

„Sie fragen sich jetzt sicher, wie das denn alles möglich ist. Und sehen Sie, genau das werden wir uns auch fragen, wenn erst einmal die Polizei da ist. Und der Herr Krieger wird so wie wir alle bestätigen, dass Sie eine separate Buchhaltung an uns vorbeigeführt haben, die nur durch seine akribischen Nachforschungen aufgedeckt werden konnten. Sie sehen also, es ist besser für Sie, wenn Sie sich ganz still und leise zurückziehen."

Fieberhaft bemühte sich Strecha um einen Ausweg. Doch da ihm partout nichts einfiel, was er dagegenhalten konnte, blieb ihm nichts anderes übrig, als sich wie in Trance zu erheben und grußlos das Büro des Direktors zu verlassen. Während er in unvorstellbarer Langsamkeit zu seinem Platz zurückschlich, bat er innerlich um einen gnädigen Schlaganfall. Doch der blieb ebenso aus wie der Deus ex machina, der ihn aus seiner trostlosen Lage gerettet hätte.

Wien, Weihnachten 1949

Die Weihnachtsfeiertage waren vorüber. Fritz und Fanny hatten ein wunderschönes Fest verbracht, beinahe wieder so wie in den guten alten Tagen, wobei es Fanny wohl als das schönste Geschenk empfunden hatte, die kleine Fritzi, die jetzt freilich allgemein Ricki gerufen wurde, auf dem Schoß schaukeln zu dürfen. In Wickerls ehemaligem Kabinett stand ein Christbaum, der in jenem Jahr sogar mit ein wenig Naschwerk geschmückt war. Er glitzerte und strahlte, was die kleine Ricki trotz des Umstandes, dass sie noch kein Jahr alt war, ziemlich beeindruckte, wie man an ihren leuchtenden Äuglein ablesen konnte. Vor allem aber erwiesen sich jene Tage als ungemein friedvoll. Über Politik wurde, sehr zu Fannys Freude, praktisch gar nicht gesprochen, dafür machte man Pläne. Allen war bewusst, dass Fritz am Ende des Jahres in die Pension verabschiedet werden würde, und so fand Wickerl, es konnte nicht schaden, ihn ein wenig aufzumuntern.

„Jetzt wirst du endlich die Zeit finden, all die Bücher zu lesen, die du immer schon einmal lesen wolltest", hatte er statuiert und dies auch gleich durch entsprechende Weihnachtsgeschenke unterstrichen. Fritz aber schien die Perspektive, mit einem Mal untätig und müßig zu sein, nicht wirklich zu behagen, und so stellte er in den Raum, er werde die neue Freizeit dazu benützen, die Wohnung grundlegend zu renovieren. So schlug er vor, die Wände des Wohnzimmers neu zu weißigen, und ergänzte, er könne sich eine Walze besorgen und auf die Grundierung ein Muster anbringen, eine Idee, die Fanny gar nicht einmal so abwegig fand. „Und den Wickerl sein Kabinett, da könnten wir doch jetzt einen

Tisch reinstellen, an dem du Handarbeiten machen kannst, wenn du willst“, fügte er in Fannys Richtung hinzu. „Aha, und was soll ich an dem Tisch machen? Vielleicht Socken stopfen?“ In Fritzens Augen blitzte etwas auf. „So in der Richtung“, sagte er, während er aufstand und aus der Küche trat. Neugierig sahen die anderen ihm nach, während er offensichtlich auf dem Pawlatschengang herumrumorte. Ein knarzendes Geräusch ließ die Bohlenbretter ächzen, dann ging abrupt die Tür auf, und Fritz stand mit einer neuen Singer-Maschine in der Tür. „Die war zu groß, um sie unter den Baum zu stellen, hab ich mir denkt.“ Fanny erschrak und schlug die Hände zusammen. „Ja, bist du denn narrisch worden! Wo hast denn das Geld dafür her. Die muss ja ein Vermögen gekostet haben.“ Fritz winkte ab. „Halb so wild. Außerdem, so etwas hast dir ja schon immer gewünscht, also bitte, da ist sie.“

„Na, so ein Wahnsinn!“ Sie sah, Unterstützung heischend, in die Richtung von Wickerl und Klara. „Verschuldet sich das Mannsbild bis über beide Ohren, nur damit's mir a Freud machen kann!“ Sie beugte sich vor und legte Klara die Hand auf den Unterarm. „Und wie stangert i jetzt da mit meine mickrigen Socken und dem gstrickten Pullover, die was er zerst unterm Baum gfunden hat.“ Dann begann sie ebenfalls zu lächeln. „Aber i kenn ihn ja, den alten Schlawiner. Und drum …“ Auch sie stand nun auf und ging zur Kredenz. Sie räumte einige Töpfe beiseite und zog ein kleines Etui hervor. „Alles Gute zu Weihnachten“, raunte sie, während sie es Fritz in die Hand drückte. Der öffnete es neugierig. Es waren prunkvolle Manschettenknöpfe. „Die goldene Uhr, die wirst eh von der Brauerei kriegen, hab i mir denkt. Und jetzt hast passende Knöpf dazu.“ Fritz hatte es buchstäblich die Rede verschlagen. Nur Wickerl war um einen Kommentar nicht verlegen: „Und hätt er die auch ohne Singer-Maschin kriegt?" Dabei zwinkerte er blitzschnell mit dem rechten Auge und grinste von einem Ohr zum anderen. Fanny fiel in sein Lachen mit ein: „Na ja, hin werden s' ja ned, solche Manschettenknöpf, vielleicht hätt i dann halt noch ein bisserl gwartet."

Klara und Wickerl sahen sich an, dann nickten beide gleichzeitig. Wickerl griff in seine Jackentasche und zog einen Umschlag hervor, den er vor seinen Eltern auf den Tisch legte. „Wir zwei hätten da auch noch eine Kleinigkeit." Fritz und Fanny zögerten erst, nach dem Papier zu greifen, und taten es dann beide gleichzeitig, was neuerlich für Heiterkeit sorgte. Schließlich ließ Fanny Fritz den Vortritt. Er öffnete das Kuvert und machte große Augen, die immer größer wurden. „Das ist jetzt aber echt zu viel", sagte er, während er den Inhalt an Fanny weiterreichte. „Eine Woche Urlaub in Reichenau", las sie laut, ehe sie aufblickte: „Ja spinnts es denn? Wir sind ja ned die Grafen Bamsti." Wickerl aber beruhigte seine Mutter sofort. „Du, das ist heutzutage keine große Sache mehr. Die Gwerkschaft hat gute Konditionen, da kriegst so eine Halbpension zu einem wirklich vernünftigen Preis. In der Vorsaison halt", fügte er halb entschuldigend hinzu. „Zugsbillets sind auch dabei", ergänzte Klara, um den Moment der Stille zu übertünchen.

„So, und wozu haben wir dann überhaupt die Bescherung gemacht, wenn wir uns die wirklichen Geschenke jetzt beim Essen überreichen?" Fritz hatte den Satz in getragener Ernsthaftigkeit vorgebracht, doch seinen Augen war anzusehen, dass ihn dieses Faktum nachhaltig amüsierte. „Genau", griff Wickerl den Gedanken auf, „vielleicht sollten wir das künftig immer so machen. Wir legen ein paar nette Kleinigkeiten unter den Baum und geben uns die wirklich schönen Sachen erst danach."

„Apropos nette Kleinigkeiten. Ich hätt noch ein paar Keks. Will wer welche?" Und als Wickerl und Klara samt Ricki der eigenen Wohnung zustrebten, da fühlten sie sich rundum satt und zufrieden.

Wenige Tage später freilich erwachte Fritz mit einem Gefühl nachhaltiger Nervosität. Viereinhalb Jahrzehnte war er praktisch Tag für Tag aufgestanden, um sodann in die Brauerei zu gehen. Nun aber war unwiderruflich jener Zeitpunkt gekommen, wo er diesen Weg ein allerletztes Mal zurücklegen würde. Und es kam ihm vor, dass er seinerzeit, als er an der Seite des alten Myslivski erstmals das Portal zur Hernalser Bräu durchschritten hatte, kaum nervöser gewesen war. Er benötigte mehrere Anläufe, um den Krawattenknoten zu binden, und seine Beine wirkten ziemlich unsicher, als er die Stufen zum Innenhof nahm. Fanny begleitete ihn und überprüfte vor dem Firmentor noch einmal seine Garderobe, ehe sie gemeinsam die letzten Meter zurücklegten.

Im großen Saal der Brauerei warteten bereits Schulz, Krieger und zahlreiche Kollegen, die Fritz unisono mit großem Beifall empfingen. Fritz war sichtlich gerührt und vermochte sich nicht einmal auf Schulzens Rede zu konzentrieren. Dementsprechend kursorisch fielen seine Dankesworte aus, nachdem ihm Schulz heftig die Hand geschüttelt und die von Fanny erwartete goldene Taschenuhr überreicht hatte. „Ihr wissts alle, ich war mit Leib und Seele Arbeiter der Hernalser Bräu, und ich sag nicht zu viel, wenn ich sag, ihr werds mir alle fürchterlich abgehen. Ich dank euch für eure Freundschaft, eure Kollegialität und für die vielen guten

Jahre, die wir gemeinsam verbracht haben. Und glaubts mir, ich werd viel öfter an euch denken, als sich irgendeiner von euch vorstellen kann." Er musste verschämt eine Träne aus dem Augenwinkel wischen und war richtig erleichtert, als Krieger das kleine Buffet für eröffnet erklärte. Und freute sich dann, dass so viele Kollegen wesentlich länger blieben, als es nötig gewesen wäre, sodass es draußen bereits dunkel war, als er mit Fanny den Heimweg antrat.

Den auf seine Verabschiedung folgenden Silvester verbrachten sie wieder mit Wickerl und Klara, diesmal in deren Wohnung, und am Neujahrstag schlief Fritz sich erst einmal gründlich aus, ehe er den Rest des Tages damit verbrachte, ein wenig zu lesen und zwischendurch Radio zu hören. Somit fing ihn die Tristesse erst am zweiten Jännertag ein, einem Montag, an dem er wie gewohnt zu früher Stunde erwachte und geraume Zeit brauchte, um zu erfassen, dass er liegenbleiben konnte.

Wien, September 1950

„Ihr miaßts noch Linz kommen. Ganz dringend. Da braut si was zsamm!" Turl blickte den Telefonhörer noch eine Zeitlang konsterniert an, ehe er ob des penetranten Tut-Tons auflegte. Kurz rang er mit sich, ob er den Chef wirklich mit diesem Anruf behelligen sollte, doch da er nur zu gut wusste, wie Olah reagierte, wenn man in seinen Augen einen Fehler begangen hatte, beschloss er, sicherheitshalber Bericht zu erstatten.

Eigentlich, so dachte er, während er sich auf dem Weg in den Thronsaal, wie Olahs Büro hinter vorgehaltener Hand genannt wurde, befand, war der Zorn der Arbeiter überaus verständlich. Die Neuregelung der Preise und Löhne war ein weiterer Schlag ins Gesicht der Werktätigen, wurden die Preise doch durchschnittlich um 25 Prozent, die Löhne aber nur um 14 Prozent im Schnitt erhöht, womit die Regierung eine Politik fortsetzte, die schon im Vorjahr zu umfangreichen Protesten geführt hatte.

Beim Chef angelangt, ließ er sich mit der Bemerkung anmelden, er habe wichtige Nachrichten aus Linz. Anstandslos ließ man ihn durch. Er klopfte sicherheitshalber, wartete auf das schnarrende „Herein" und trat dann durch die Tür, um am anderen Ende des riesigen Raumes Olahs ansichtig zu werden.

„Turl, oida Schneebrunzer, was host für mi", fragte der Chef, ohne von seiner Zeitung aufzusehen. Turl rapportierte in kurzen Worten den Inhalt des Telefonats. „Und so hat der Betriebsrat in der VÖEST für heut um drei eine Betriebsvollversammlung angesetzt, wo über das weitere Vorgehen beratschlagt werden soll", endete er. Diese Nachricht schien

Olah denn doch wichtig genug, um die Lektüre des Blattes vorerst ruhen zu lassen. „Die wolln in der Provinz den starken Mann markieren?" Er schmunzelte spöttisch. „Des schaut denen ähnlich, denen Safensiedern."

„Na ja", druckste Turl herum, „es hat schon so geklungen, als meinten die es ernst."

„Na sicher meinen die das ernst. Aber genau deswegen müssn mia denen zeigen, wo's langgeht." Olah blickte auf seine Armbanduhr. „Kurz nach elfe", murmelte er, „des geht si aus." Dann sah er Turl an: „Du schnappst da den Knierlinger, gehst zur Fahrbereitschaft und foast mit denen noch Linz. Du erstattest mir persönlich Bericht, was da vor sich geht, verstanden?" Turl nickte nur, und noch ehe er ein „Jawohl" zustande gebracht hätte, sah er sich schon auf dem Weg zum Wagen.

Ob der Uhrzeit kamen sie in der Tat rasch voran. Kurz nach 12 Uhr hatten sie bereits St. Pölten hinter sich gelassen. Knierlinger phantasierte von einem Mittagessen, doch Turl wollte nicht riskieren, dadurch etwa zu spät bei der VÖEST einzutreffen. „Essen können wir später aa no. Jetzt miass ma amoi schaun, dass wir nach Linz kommen."

Als sie schließlich am Werksgelände einlangten, war es kurz vor halb drei. Turl überlegte, ob er vor der Versammlung noch mit jemandem reden sollte, kam dann aber zu dem Schluss, das könnte seine Beobachterposition in Frage stellen. Er gestattete Knierlinger daher, aus der Kantine ein paar Brote zu holen, und während sie selbige aßen, schlenderten sie zum Ort der Veranstaltung.

Dort war wenig später die Stimmung tatsächlich am Kochen. Ein Arbeiter nach dem anderen grub lautstark das Kriegsbeil aus. So konnte es Turl kaum überraschen, dass der Streikbeschluss einhellig gefällt wurde. Er hatte genug gehört und machte sich auf die Suche nach einem Telefon. Als er dem Chef in knappen Worten berichtete, was sich bei der VÖEST zugetragen hatte, erhielt er den Auftrag, vorerst in Linz zu bleiben und so oft wie möglich Meldung zu machen. Er suchte sich daher eine billige Pension und legte sich erst einmal aufs Ohr.

Am nächsten Morgen glich die Stadt einer belagerten Festung. Die ganze Einwohnerschaft schien auf den Beinen zu sein. „Was meinst, Knierlinger", sagte er zu seinem Kollegen, „wie viele werden das sein? 12.000? 15.000?" Knierlinger schnalzte mit der Zunge. „Mehr. Eher 20.000, würd ich sagen. Wenn nicht noch mehr." Und tatsächlich glich der Zug der Demonstranten einem endlosen Strom, dessen Ende nicht absehbar war. Und die Nachrichten, die sie zwischenzeitlich aufschnappten, belegten, dass ein Betrieb nach dem anderen dem Streikaufruf folgte. Bald waren es nicht nur die VÖEST, die Stickstoffwerke und die Chemie Linz, sondern auch kommunale Betriebe, die E-Werke, die Linzer Verkehrsbetriebe, und die Belegschaften zahlreicher kleinerer Unternehmen schlossen sich ihnen an. Der Linzer Hauptplatz quoll über vor Menschen, als einer der Anführer des Zuges vorschlug, man solle zum Landhaus ziehen und die Politiker dort dazu zwingen, die Forderungen der Arbeiter aufzugreifen.

Turl hatte sich in den ersten Stock eines Hauses begeben und von dort einen guten Blick auf die Szene. „Weg mit dem Schandpakt" las er auf einem Transparent, „Genug ist genug" auf einem anderen. In der Tat musste es den Arbeitern als eine grobe Provokation erscheinen, dass die Waren, die seit diesem Jahr erstmals gänzlich ohne Bezugsscheine erworben werden konnten, plötzlich unerschwinglich waren. Die Wut der Menschen war daher nachvollziehbar.

Er öffnete das Fenster, um hören zu können, was der Versammlungsredner, der auf den Balkon des Landhauses getreten war, zu sagen hatte: „Die Großkopferten in Wien wollen, dass wir ab nächster Woche fast das Doppelte fürs Mehl zahlen. Sogar Brot wird um 50 Prozent teurer. Die wollen uns verhungern lassen", schrie er und erntete lautstarke Pfui- und Buhrufe. „Doch sie haben die Rechnung ohne uns gemacht. Wir wehren uns!" Tosender Beifall folgte prompt. „Und ich kann euch sagen, wir werden stündlich mehr!" Er kramte in einem Stapel Papiere, den er in den Händen hielt. „Die Postler haben sich uns angeschlossen!" Jubel. „Die Eisenbahner auch!" Neuerlicher Jubel. „Steyr, Gmunden, Lenzing, Attnang-Puchheim! Alle sind auf unserer Seite." Grenzenloser Jubel. „Und, liebe Kollegen, der Landtag auch!" Auf sein Zeichen schubsten einige Gewerkschafter ein paar Politiker auf den Balkon, die sichtlich eingeschüchtert wirkten. Einer von denen wurde nach vorne an die Brüstung geschoben, und der Redner forderte ihn offensichtlich auf, sich zu deklarieren. „Der Landtag hat", sagte der Politiker mit zittriger Stimme, „beschlossen, das Lohn-Preis-Abko...", er erhielt von hinten einen Rempler, „... den Preistreiberpakt ... abzulehnen. Das geben wir auch so nach Wien weiter."

Turl hatte genug gehört. Von seiner Pension aus rief er in der Zentrale an und ließ sich mit Olah verbinden. Der lachte erst einmal laut auf. „Das sieht diesen Hosenscheißern ähnlich. Kaum sehen sie einmal Volk auf sich zumarschieren, fangen s' zum Weinen an wie kleine Madeln. Na ja, da in Wien ist alles ruhig. Aber es heißt, es gibt eine zentrale Betriebsrätekonferenz bei euch in Linz in der Arbeiterkammer. Dort soll angeblich ein landesweiter Streik beschlossen werden. Schauts euch das noch an, dann meldets euch wieder."

Turl zog Erkundigungen ein und erfuhr, dass diese Sitzung für den folgenden Tag anberaumt war. Die Auskunft genügte ihm. Er blieb gleich in der Pension und legte sich nieder.

Am nächsten Morgen registrierte er überrascht, dass die Straßenbahn nicht fuhr. Er musste zu Fuß zur Arbeiterkammer marschieren, um solcherart festzustellen, dass es praktisch unmöglich war, auch nur in deren Nähe zu kommen. Zigtausende belagerten das Gebäude, und ohne Unterlass skandierten sie „Weg mit dem Schandpakt" und ähnliche Parolen. Turl brauchte eine gute halbe Stunde, um sich so weit durch die Leute durchzuzwängen, dass er endlich den Eingang des riesigen Hauses vor sich sah.

Direkt oberhalb von ihm befand sich der Balkon der Arbeiterkammer, und auf jenem erschien jemand, der lauthals rief, der AK-Präsident sperre sich gegen den Generalstreik. Sofort wurden links und rechts neben Turl Rufe laut, dem Manne müsse man Manieren beibringen. Und noch ehe irgendjemand etwas dagegen unternehmen konnte, stürmten die Demonstranten das Bauwerk. Turl stemmte sich anfänglich gegen die Masse, sah aber bald die Aussichtslosigkeit seines Unterfangens ein und ließ sich mit dem Strom mittreiben. Nur wenig später sah er sich auf den Stufen, dann im ersten Stock und schließlich im Sitzungssaal, wo einige 100 Arbeiter das Präsidium des lokalen Gewerkschaftsbundes buchstäblich in die Ecke drängten.

Ganz an der Wand erkannte Turl die greisenhafte Erscheinung des AK-Präsidenten Kandl, den er schon in Wien einige Male gesehen hatte. Er stand da wie ein Schüler, dem gerade von einem Lehrer ordentlich die Leviten gelesen wurden. „Du gehst da jetzt raus und sagst denen das draußen, dass du den Weg frei machst für echte Arbeitervertreter, sonst nimm i di und hau die übers Glander. Hast mi!!“, schrie ein vierschrötiger Kerl auf ihn ein. Kandl stand die nackte Angst deutlich ins Gesicht geschrieben. Heftig nickte er und bat mit seinen Händen flehentlich darum, körperlich unversehrt bleiben zu dürfen. Seine Widersacher ließen ihm gerade so viel Platz, dass er auf den Balkon treten konnte. Ob er dort allerdings tatsächlich seinen Rücktritt verkündete, vermochte Turl ob des tosenden Lärms nicht zu hören. Er kämpfte sich zurück auf den Korridor, wo er einige Männer dabei beobachtete, wie sie das Interieur zerlegten. Etwas weiter hinten vermöbelten einige Demonstranten eine schmächtige Figur, die wie ein abgestochenes Schwein quiekte. Turl eilte den Flur hinab und wollte dem Männlein zu Hilfe eilen. „Was ist denn da los“, fragte er so unbefangen wie möglich. „Die Sau wollt die Schmier holen“, rief einer und ballte abermals die Faust zu einem weiteren Schlag. „Kollegen“, mengte Turl sich ein, „für so vü Bledheit kamma nix. Lassts eam in Ruh, der hot doch eh schon gnua.“ Einer der Streitlustigen wandte sich ihm zu: „Wos haaßt do Bledheit?“ Turl zuckte mit den Schultern. „Ois ob die Kiwarer bei der Masse, die mia san, durchkumman taten. Der hot si doch des bissl Hirn, des er vielleicht amoi ghobt hot, längst schon weggsoffn, der Trottel. Lossts eam. Gehts lieber ume ins Präsidium. Dort rennan a poa Großkopferte umadum, denen vü eher der Schädel gwaschen ghört.“ Die Männer sahen sich an, nickten und ließen von dem Unglückswurm ab, der auf dem Boden liegen blieb und sich vor Schmerzen wand. Turl schickte ihm noch einen letzten Blick. Mit einem „Du bist oba echt a fester Trottel“, ließ er ihn liegen und sah zu, dass er irgendwie aus dem Gebäude kam.

Es benötigte große Umwege, um irgendwie in die Pension zurückzufinden, was Turl nachhaltig erschöpfte. Er fand Knierlinger nicht an, und so aß er erst einmal etwas, ehe er sich auf das Zimmer begab, um dort auf den Kollegen zu warten. Als dieser endlich eintraf, gab Turl Order aus. „Ich sag dir's, genau so stell ich mir eine Revolution vor. Wenn die Russen da jetzt auch noch eingreifen, und so schaut's aus, wenn man sieht, mit welch breiter Brust die Kummerln da herummarschieren, dann war's das mit dem freien Österreich.“ Knierlinger stimmte ihm zu und ergänzte, er habe auf der Straße beinahe so etwas wie Angst empfunden. „Du, die wollten echt Blut sehen, sag ich dir. Wenn die glaubt hätten, du bist ein Regierungsvertreter, die hätten dich glatt auf die Gaslatern ...“

„Ja, ich weiß. Die haben Leut wegen weit weniger aufgmischt. Ich sag, es reicht. Wir schaun, dass wir zu unserem Auto kommen, und dann nix wie nach Wien. Soll sich der Chef mit der Sache herumschlagen. Wir haben da nix mehr verloren. Aber wir könnten viel verlieren.“

Eine gute Stunde später befanden sie sich auf der Straße Richtung Osten. An der Donaubrücke wurden sie angehalten. Ein Gendarm trat auf sie zu: „Ihr könnts da nicht rüber. Die Brücke ist gesperrt.“ Turl grinste schief. „Glaub mir, wir können“, schmatzte er und hielt seinen Gewerkschaftsausweis aus dem Fenster. Der Gendarm starrte auf das Papier, dann auf Turl und machte ein ratloses Gesicht. „Und? Wos genau soll mi da jetzt beeindrucken an dem Fetzn? Beim ÖGB bin i selber aa. Und deswegen kommt trotzdem kana in die Russenzone.“ In Turl wuchs der Unmut. „Sog amoi, du

Spargel, hot dei Hirn grod Ausgang oder wos? Wir san vom Chef, verstehst! Oiso putz di.“ Der Gendarm war sichtlich der Ansicht, es seiner Uniform schuldig zu sein, sich nicht so behandeln zu lassen. „Und wennst vom Renner persönlich der Sekretär warst, mir is des wurscht. Du drahst dei Tschesn jetzt um, sunst kastl i di ei. Host mi?“

Turl sah Knierlinger an. „Der wü si partout unglücklich mochn!“ Dann wandte er sich wieder an den Ordnungshüter. „Wie haaßt du? Nur, damit ma des dem Chef sogn können. Der ruft dann dein Chef an, und dann gehst nach Suben. Mit Glück ois Schliesser, mit Pech ois Häftling. Oisdern, suach da’s aus.“ Das betonte Selbstbewusstsein, mit dem Turl seine Sätze vorbrachte, verunsicherten den Gendarmen schließlich doch. „Da muss i Rücksprache mit meinem Vorgesetzten ...“ Turl aber war des Disputs müde und gab Gas. Der Uniformierte konnte gerade noch zur Seite springen, um zu verhindern, dass die Räder über seinen Fuß rollten. Seine Kameraden rissen die Waffen hoch, doch er winkte ab. Wenn die zwei sich unbedingt unglücklich machen wollten, dann sollten sie daran nicht gehindert werden, sagte er sich.

Am anderen Ende der Brücke waren die sowjetischen Soldaten überrascht, dass jemand den Weg auf ihre Seite fand. Neugierig studierten sie die Papiere, befanden sie für in Ordnung und ließen den Wagen passieren. Eine Stunde später durchquerten sie St. Pölten, eine weitere Stunde danach erreichten sie die Vororte von Wien.

Obwohl der Tag schon recht weit fortgeschritten war, hielt es Turl für geboten, sofort in die Zentrale der Bau- und Holzarbeiter zu fahren. Selbst wenn der Chef nicht mehr anwesend sein sollte, so wusste man dort sicherlich, wo man ihn finden würde. Und so war es auch. Olah hielt sich, so hieß es, in der Army-Bar im achten Bezirk auf. Turl brachte Knierlinger nach Hause und fuhr dann in die Josefstadt, um Olah persönlich über die jüngsten Ereignisse in Kenntnis zu setzen.

Die GIs musterten ihn kurz, erkannten ihn dann aber als jemanden, der schon öfter im Schlepptau des österreichischen Gewerkschafters Zutritt erhalten hatte. Also nickten sie nur nachlässig und ließen ihn ein. Turl sah sich zunächst im Barbereich um, konnte Olah jedoch nicht entdecken. Also musste er, nach langjähriger Erfahrung, im Hinterzimmer sein, wo er sich regelmäßig mit amerikanischen Agenten austauschte. Turl ging nach hinten, wurde dort aber doch angehalten. Der hünenhafte Gunny drückte ihm einfach die Hand auf die Brust und schob ihn zurück. „But my boss. In there. Important“, radebrechte Turl, „please“, fügte er hinzu. Der Sergeant rang kurz mit sich, befand dann, ihn gehe das eigentlich nichts an, und wies mit dem Kopf hinter die Tür.

Tatsächlich saß Olah, wie üblich, breitbeinig am Tisch und lachte gerade übertrieben belustigt über einen Kommentar des Anzugträgers, der ihm gegenübersaß. Als er Turl bemerkte, verfinsterte sich seine Miene. Er bat den Amerikaner um Entschuldigung für die Störung und herrschte Turl dann an: „Wos wüst du do?“ Turl räusperte sich. „Chef, es warat wichtig. Wegen Linz und so weiter.“ Widerwillig erbat sich Olah einen Augenblick und versicherte seinem Gesprächspartner, es werde nicht lange dauern. Dann hakte er Turl bei sich unter und schleifte ihn hinaus zur Bar.

„Oisdern, wos is?“, fragte er barsch. Und Turl schilderte, so gut er es vermochte, was sich in Linz zugetragen hatte.

Je länger er sprach, desto nachdenklicher wurde sein Chef. „Wenn das auf Wien übergreift, dann hat ned nur die Regierung ein Problem, dann haben wir auch eines." Turl versuchte, zu erahnen, was Olah durch den Kopf ging. Doch wie immer, wenn der am Überdenken einer Lage war, trachtete er danach, sich von niemandem in die Karten blicken zu lassen. „Es heißt, am Samstag soll's eine große Betriebsräteversammlung in Wien geben", wand Turl daher ein, „es könnt also schon sein, dass in Wien auch gestreikt wird." Olah rieb sich die Nasenwurzel, dann klopfte er Turl auf die Schulter. „Das hast gut gmacht, Bua! Geh heim und ruh dich aus. Am Samstag brauch ich dich dort. Du wirst noch einmal meine Augen und Ohren sein. Und es wird sich für dich lohnen." Ohne eine Reaktion von Turl abzuwarten, verschwand Olah wieder im Hinterzimmer. Turl bestellte sich, wenn er schon einmal da war, einen Whiskey und fuhr dann, ganz so, wie es ihm aufgetragen worden war, nach Hause.

Wien, Oktober 1950

Am letzten Tag des September hatte in der Floridsdorfer Lokomotivenfabrik eine gesamtösterreichische Betriebsrätekonferenz stattgefunden, welche die Fortsetzung der Streiks und deren Ausweitung auf ganz Österreich beschloss, sollte das Lohn-Preis-Abkommen tatsächlich mit 1. Oktober in Kraft treten. Die Regierung zeigte sich unbeeindruckt und setzte ihre Politik um, was dazu führte, dass in den kommenden Tagen zahlreiche Ausstände begannen, diesmal eben auch in Wien und Niederösterreich, während jene in Oberösterreich und der Steiermark anhielten. Nachdem am 4. Oktober die Wiener Arbeiter sich harte Kämpfe mit der Exekutive geliefert hatten, holte Olah seine Getreuen zu sich in sein Büro.

„So, Freunderln, die Hackler haben ihren Spaß ghabt, aber jetzt is gnua. Wir müssen der Regierung, die ja offensichtlich ned in der Lage is, Ordnung zu schaffen, demonstrieren, wer in diesem Land wirklich das Sagen hat. Und daher werden wir morgen mit den Protestierern aufräumen", verkündete er. Naturgemäß wollten einige wissen, was sie sich konkret darunter vorstellen sollten. Und der Chef erläuterte seinen Plan, in dem auch für Turl eine nicht unwesentliche Aufgabe enthalten war.

Und so kam es, dass Turl am nächsten Morgen im Führerhaus eines Steyr-Diesel saß und eine Kolonne mehrerer LKW anführte, die langsam über den Ring fuhren, den Karlsplatz querten und schließlich in die Wiedner Hauptstraße einbogen. Sie parkten in der Nähe der Paulanerkirche und warteten. Wie prognostiziert, strömten bald schon Demonstranten die breite Straße herunter, die offensichtlich beabsichtigten, auf den Stalinplatz zu gelangen, wo sie vor dem Haus der

Industrie ihre Meinung kundzutun beabsichtigten. Turl hatte den Auftrag, genau dies zu verhindern.

Als er die Menschenmenge auf sich zukommen sah, stieg er aus dem Wagen, griff sich seine Trillerpfeife und blies mit aller Wucht hinein. Aus den übrigen Fahrzeugen sprangen jeweils 40 bis 50 Mann heraus, die eine beeindruckende Menschenmauer quer über die Straße bildeten. Die Streikenden kamen bis auf etwa zehn Meter an sie heran. „Genossen", rief einer, „ihr steht auf der falschen Seite! Diese ungerechte Politik betrifft euch genauso wie uns! Hindert uns nicht, sondern schließt euch uns an."

Doch Olahs Männern fehlte der Sinn für politische Betrachtung. Sie holten aus ihren Mänteln Gummiwürste und Schlagstöcke hervor, und ohne dass irgendjemand einen diesbezüglichen Befehl gegeben hätte, stürmten sie auf die andere Gruppe zu, wobei sie auf alles einprügelten, was sich in ihrer Nähe befand. Einer der Nachzügler drückte Turl einen Schlagstock in die Hand: „Fallst auch Lust hast", kicherte er, ehe er sich mit lautem Geschrei ins Getümmel warf. Turl aber beobachtete die Szene mit einer Mischung aus Befremdung und Abscheu. Wie immer man auch politisch denken mochte, hier gingen Kollegen auf Kollegen los, schlugen sich Leute den Schädel ein, die eigentlich denselben Hintergrund, dieselben Interessen und dieselbe Überzeugung hatten. Was auch immer sich sein Chef dabei dachte, es konnte eigentlich nicht richtig sein.

Direkt vor ihm kam ein Demonstrant zu stehen, der eben einem Schläger nur knapp entkommen war. Angstverzerrt starrte er Turl an, blickte erst auf den Schlagstock, dann wieder auf Turl, und seine Miene formulierte die unausgesprochene Bitte, ihn nicht zu verprügeln. Turl fühlte eine ungekannte Scham in sich aufsteigen und hielt dem Blick des Mannes nicht stand. Betreten sah er zu Boden, weshalb es ihn umso mehr verwunderte, als dort plötzlich das Gesicht seines Gegenübers auftauchte. Die Stirn war blutverschmiert, aus dem Mund floss eine dunkle, zähe Flüssigkeit, die sich langsam auf dem Straßenpflaster verteilte. „Wos is? Bist haklich? Hindreschen! Afoch nua hindreschen!", hörte Turl einen stiernackigen Kerl schreien, der ganz offensichtlich zu seinen Leuten gehörte. Turl drehte sich weg und hielt sich den Magen. „Schauts euch den an", brüllte der Stiernacken, „da saubere Herr Sekretär speibt si an."

Turl konnte sich nicht sicher sein, wie viele der Männer ihn beobachteten, aber es konnte kein Zweifel darüber bestehen, dass er sich zum Gespött der ganzen Gewerkschaft machte, wenn er weiter abseits stand. Er hielt die Luft an, wirbelte herum, riss den Arm hoch und ließ ihn auf den nächstbesten Kopf niedersausen. Dem Streikenden knickten sofort die Beine weg, und ein weiterer Demonstrant lag bewusstlos und wohl auch verletzt auf dem Boden. Turl beachtete ihn weiter nicht. Wie ein Pflüger zog er eine tiefe Furche durch das Feld der Widersacher, und nach einer geraumen Weile konnte er beim besten Willen nicht mehr sagen, wie viele Menschen er solcherart gefällt hatte. Und da seine Truppe ihm nicht nachstehen wollte, setzten auch die anderen nach, und nach einem kurzen Scharmützel wandte sich alles, was bei den Streik-Befürwortern noch laufen konnte, zur Flucht. Der Demonstrationszug hatte sich aufgelöst, und in wilder Panik stob alles davon, was den Schlagstöcken gerade noch entrinnen konnte.

Allmählich vermochte Turl wieder klar zu denken. Er besah sich das Schlachtfeld, auf dem sich mehrere Dutzend

Personen vor Schmerzen wanden. Einige lagen wie tot auf dem Boden, und Turl konnte sich keineswegs sicher sein, dass sie es nicht tatsächlich waren. Ihn wunderte, dass weit und breit keine Polizei auftauchte. Er wandte sich wieder seinen Männern zu. „Aufsitzen“, befahl er barsch. Dann trug er einem Geschäftsmann, der die Schlägerei in der Tür seines Etablissements mitverfolgt hatte, auf, die Rettung zu rufen. Schließlich kletterte er in das Führerhaus des ersten LKW und gab dem Fahrer die Order, wieder zum Ausgangspunkt zurückzukehren.

Am nächsten Morgen las er in der Zeitung, dass der Streik zusammengebrochen war. Überall, so hieß es, waren Olahs Männer den Kommunisten, wie die Streik-Befürworter in der Presse unisono genannt wurden, entgegengetreten und hätten sie vernichtend geschlagen. Es gab sogar ein Interview mit dem Chef, in welchem dieser behauptete, seine Männer hätten einen Putschversuch vereitelt. Und tatsächlich bedankte sich die Regierung artig bei Olah, dem sie attestierte, das Land vor dem Sozialismus gerettet zu haben.

Turl aber saß da wie das sprichwörtliche Häuflein Elend. Er brauchte mehrere Anläufe, um sich zu erkundigen, ob die Auseinandersetzungen des Vortages Todesopfer gefordert hatten. Immerhin, so erfuhr er, war niemand durch ihn gestorben. Aber es war gut möglich, dass er in seiner Rage jemanden zum Krüppel geschlagen hatte. Ihm war schlecht, und er meldete sich krank. Doch Olah ließ ein Kneifen nicht gelten. Er schickte extra einen Wagen zu Turls Adresse, und wenig später saß der ramponierte junge Strecha in der Gewerkschaftszentrale und musste dort mitanhören, wie Olah ihn einen Helden nannte. Unmittelbar nach seiner Rede klopfte Olah Turl derb auf die Schulter und eröffnete ihm, er habe seine Bewährungsprobe mit Bravour bestanden. „Solche Leut wie dich braucht's. Solche, die sich nix scheißen! Jetzt schlafst di einmal aus, und ab nächster Woche sitzt bei mir im Vorzimmer. Du bist mei rechte Hand. Mehr denn je."

Wien, November 1950

Dass ihn der Chef um diese Uhrzeit zu sich bestellte, erstaunte Turl nicht wenig. Noch dazu an einem Sonntag. Und nicht in die Gewerkschaftszentrale in der Schottenfeldgasse, sondern zu sich nach Hause in Hernals. Wenigstens, so dachte Turl, war dann der Weg nicht so weit. Und doch war er ziemlich aufgekratzt, denn in all den Jahren war er noch kein einziges Mal vom Chef in dessen Privaträume eingeladen worden. Mit pochendem Herzen klopfte er schließlich an die Pforte zum Reich des großen Präsidenten. Und seine Überraschung wuchs noch einmal an, als Olah selbst ihm öffnete. „Komm eine do", hörte er die dröhnende Stimme des Gewerkschaftsführers, während Olah schon wieder zu seinem Tisch zurückkehrte und Platz nahm. Er hatte vor sich ein durchaus mondänes Frühstück stehen, an dem er sich nun erneut delektierte. „Hock di her", forderte ihn Olah auf, „und horch mir zu." Und Turl tat, wie ihm geheißen.

„Schau", begann Olah, nachdem er in aller Ruhe eine halbe Semmel verspeist hatte, „wos i dir jetzt sog, des bleibt klarerweis unter uns." Turl nickte eifrig. „Die Gschicht do mit dem Streik, die zwingt uns, beim nächsten Mal besser vorbereitet zu sein." Olah schenkte sich Kaffee ein, der verführerisch bis zu Turl hinüberduftete. „Ich mein, es ist ja nicht so, dass ich das alles nicht schon längst vorhergesehen hätt, und drum hab ich ja auch schon früher entsprechende Maßnahmen ergriffen. Aber jetzt, jetzt müssen wir das professionell angehen."

In Turl wuchs die Spannung. Worauf wollte der Chef hinaus. Der trank abermals aus seiner Tasse, schmatzte dann und richtete sein Blickfeld endlich auf Turl selbst aus. „Alles musst nicht wissen, Bua, nur so viel: Ich hab da mit den Amerikanern was rennen. Die sind genauso wie ich daran interessiert, dass der Kommunismus ned noch mehr Länder überrennt. Und darum, na ja, sind s' a bisserl hilfreich, wennst verstehst, was ich mein." Turl verstand nichts, hielt es aber für klüger, einfach zu nicken. „Schon vor drei Jahren haben mir die Amis Zugang zu ihren Sendern ermöglicht. Von dort könnt ich jederzeit zum Widerstand gegen den Kommunismus aufrufen, wenn's nötig wär. Aber", und an dieser Stelle hob Olah mahnend den Zeigefinger, „das allein genügt natürlich nicht." Olah begann zu grinsen. „Wir brauchen eine Art Gewerkschaft in der Gewerkschaft, verstehst? Leut, die nur auf uns hören und ned auf die alten Deppen im Vorstand. 100 Prozent loyal, die keine blöden Fragen stellen, ned erst groß diskutieren, sondern einfach machen, was man ihnen sagt." Turl war sich nicht sicher, ob er richtig gehört hatte. Wollte Olah eine Privatarmee aufstellen? „Ich hab das drüben in Amerika gelernt. Dort machen das die Transportarbeiter sehr effizient. Mit denen legt sich niemand an. Das müssen wir auch haben. Und ich hab auch schon eine Idee. Hör dir das an."

Olah erläuterte Turl die Grundzüge seines Projekts. Ein nach außen hin vollkommen harmloser Verein sollte die Tarnung für schlagkräftige Rollkommandos sein, die sich allein Olah verpflichtet fühlten. „Die drillen wir umfassend. Einige Leut bilden wir im Funkwesen aus, damit sie die Verbindung zwischen den einzelnen Gruppen halten können. Dann formieren wir Spezialtruppen, die im Gebrauch von Schusswaffen und Sprengstoff unterwiesen werden. Ich hab auch schon ein paar Lastautos organisiert, die bauen wir zu Mannschaftswägen um, damit wir mobiler sind."

„Das kostet doch alles ein Vermögen“, entfuhr es Turl, „und vor allem, wie wollen wir das denn geheim halten?“ Olah lachte grunzend. „Da mach dir einmal keine Sorgen, Bua. Wir haben einige Millionen zur Verfügung. Woher das Gerstl kommt, kannst dir eh denken, aber du brauchst es nicht zu wissen. Das ist besser für dich. Und damit die Nasenbohrer von der Exekutive oder der Justiz keine blöden Fragen stellen, hab ich mir gedacht, wir machen das über diverse Tarnfirmen. Denen gehören dann die Autos, die diversen Werkzeuge“, an dieser Stelle lachte Olah nochmals laut auf, sichtlich belustigt über seine Metapher, „und die Leut, die sind halt offiziell bei diesen Firmen beschäftigt, ned wahr. Und an dieser Stelle“, fuhr Olah fort, indem er sich über den Tisch beugte und mit dem Finger auf Turl zeigte, „kommst du ins Spiel.“

„Ich?“

„Genau, mei Bua. Du wirst eine dieser Firmen leiten. Darfst dir's aussuchen: Entweder du machst in Holzhandel, oder du wirst Kaufmann. Wie du willst.“ Und Turl erfuhr, dass Olah zwei Firmen, die „Atlanta“ und die „Omnia“, gegründet hatte, welche die Tarnung für Olahs Privatarmee bilden sollten. Erstere war, wie der Chef angedeutet hatte, offiziell eine Firma, die sich mit Holz befasste. Das gab es in ganz Österreich, weshalb die „Angestellten“ dieser Firma überall tätig werden konnten, ohne Neugier zu erwecken. Die zweite Firma sollte mit Waren aller Art zu tun haben, weshalb Olah auch auf den Namen „Omnia“ gekommen war. Auch hier schien es relativ leicht möglich, die einzelnen Mitarbeiter ohne Aufsehen von einem Ort zum anderen zu transferieren.

„Und dann haben wir natürlich noch unseren eigentlichen Verein“, fuhr Olah in seinen Erklärungen fort, „da hab ich mir was Besonderes ausgedacht. Den nennen wir ‚Österreichischer Wander-, Sport- und Geselligkeitsverein'. Wie gfallt dir das?" Olah kam aus dem Lachen gar nicht mehr heraus. Er hatte Mühe, einen weiteren Schluck zu trinken, weil er immer wieder von neuem zu lachen begann. „Wirst sehen, die Republik wird gar ned groß vor uns zittern. Weil sie überhaupt ned merken wird, wie wir den Laden übernehmen. Und dann sind wir die Herren." Turl fühlte sich wie von einem Schwindel befallen. Entweder war sein Chef ein politisches Genie, oder er war schlicht wahnsinnig geworden. Olah aber kramte in seinem Jacket, holte ein Bündel Banknoten hervor und warf sie Turl hinüber. „Da. Kauf dir eine standesgemäße Garderobe. Und überleg dir, was d' machen willst. Holz oder Waren." Olah griff nach der Tageszeitung und begann zu lesen. Nach einigen Augenblicken tauchte sein Gesicht aus der Zeitung wieder auf. „Das war's", sagte er in neutralem Tonfall, „du kannst gehen."

Wenn Turl die Idee, Geschäftsführer einer Firma zu werden, durchaus gefallen haben mochte, so musste er sich rasch eingestehen, sich das Ganze völlig anders vorgestellt zu haben. Den ganzen Winter über stand er jeden Tag an irgendeinem anderen wetterzerzausten Ort und drillte, wie in den fernen Zeiten der Wehrmacht, junge Burschen in diversen Kampftaktiken. Er brachte ihnen bei, wie man mit Gewehren und wie man mit Faustfeuerwaffen schoss, weihte sie in den Gebrauch von Granaten ein und ließ sie anschließend stundenlang durch die Wälder laufen. Abends suchte er in den Arbeiterheimen nach vertrauenswürdigen Männern, trieb Mechaniker, Funker und Elektriker auf, warb sie für den Geselligkeitsverein an, wobei nicht selten weitaus mehr Alkohol floss, als er vertrug. So fiel er schließlich hundemüde ins Bett und gestand sich ein, das Einzige, was er als Geschäftsführer nicht machte, waren Geschäfte.

Und wenn doch, dann war ihm von Anfang an klar, dass es sich um krumme Geschäfte handelte. So erwarb er in großem Stil Lastkraftwagen der Type Steyr Diesel, die zu Mannschaftstransportern umgerüstet wurden. Sie erhielten blickdichte Plachen und wurden mit Bänken bestückt. Dann erhielt der Verein Jeeps und Landrover von US-Quellen und kaufte zusätzlich noch ein paar Geländefahrzeuge. Olah schickte ihn immer wieder einmal zu einem geheimem US-Waffendepot, wo er sich nach Nennung des Namens seines Chefs an Schnellfeuerwaffen, Plastiksprengstoff und Munition mitnehmen durfte, so viel er nur zu tragen verstand. In Golling richtete der Verein ein „Geselligkeitsheim" ein, das bis unter das Dach mit Uniformen, Schnürstiefeln, Pelzhauben und Schlafsäcken vollgeräumt wurde, sodass man damit eine Armee von 200 Mann nach modernsten Grundlagen adjustieren konnte. Die Organisation selbst wuchs so rasch an, dass sich Turl bald nicht mehr um den Drill zu kümmern brauchte, weil es andere gab, die sich dieser Aufgabe mit Hingabe widmeten. Wenn Turl danach in Golling oder anderswo vorbeikam, dann erregte es ihn beinahe ein wenig, wenn die Männer vor ihm strammstanden und salutierten, ganz so, als wäre er ein General auf Inspektion.

Hin und wieder rief ihn Olah in sein Büro, warf ihm absurd hohe Summen auf den Schreibtisch und wies ihn an, das Geld auf dieses oder jenes Konto einzuzahlen. Außerdem bekam er ein eigenes Konto, das auf seinen Namen lief, was Turl nicht gerade ein gutes Gefühl vermittelte. Wenn die ganze Sache irgendwann aufflog, dann mochte sich jemand wie Olah damit rechtfertigen, dass keine einzige Spur dieses ganzen Netzes zu ihm führte. Turl aber hing deutlicher als alle anderen mit drinnen, eine Erkenntnis, die er nur allzu gern verdrängte.

Doch die Organisation wuchs unaufhaltsam an, und seine Stellung in ihr gab ihm doch auch Selbstbewusstsein. Er ertappte sich bei dem Gedanken, dass sein alter Herr gegen seinen Willen stolz auf ihn wäre, vor allem dann, wenn Turl Olah zu wichtigen Besprechungen begleitete und quasi als seine rechte Hand neben ihm saß.

Das war auch in der Gewerkschaft nicht anders. Turl saß im Vorzimmer des Chefs, und ausnahmslos alle Anrufe landeten zuerst bei ihm auf dem Schreibtisch, egal, wie offiziell sie waren. Selbst Minister, ja sogar der Herr Bundespräsident persönlich, hatten zu warten, bis er, Arthur Strecha, sie mit dem Chef verband. So auch an jenem Morgen, als sich eine Stimme meldete, die Turl entfernt bekannt vorkam. „Wen darf ich melden?", fragte er geschäftsmäßig. „Den Innenminister", kam es unwirsch zurück. „Einen Augenblick, ich verbinde", blieb Turl unbeeindruckt. Einige Zeit später öffnete sich die große Bürotür, und Olah erschien formatfüllend in ihrem Rahmen. „Das war grad der Helmer, der alte Depp", kam es aus seinem Munde. „Anscheinend waren seine Schantis scho wieder ein wengerl übereifrig. Des miass ma korrigieren. Hol mir den Peterlunger her."

Turl verkniff sich ein Schmunzeln. Peterlunger war immerhin Chef der Staatspolizei und kein Laufbursche, den man eben so mal zu sich einbestellte. Aber Befehl war Befehl, und so rief Turl den Peterlunger an, der zu seinem nicht geringen Erstaunen versicherte, sich umgehend auf den Weg zu machen. In der Tat stand Peterlunger nur wenig später in Turls Zimmer und wartete darauf, von Olah eingelassen zu werden. Schließlich ließ der Präsident bitten und forderte Turl auf, gleich da zu bleiben. „Sie wissen, worum's geht?", begann Olah.

„Ja, um diese Sender in Troifach. Der Herr Bundesminister hat mich informiert. Sind das Ihre?"

Olah grunzte. „Na sicher sind das unsere." Peterlunger wartete offenbar auf eine längere Erklärung Olahs, doch die unterblieb. „Und was soll jetzt geschehen?“, fragte der Staatspolizist schließlich, um die unheimliche Stille zu brechen. „Na was schon! Sie lassen unseren Mann frei und geben uns die Geräte zurück.“

Allmählich begann Turl zu begreifen, worum es überhaupt ging. Der Verein hatte im Laufe der Zeit an mehreren Stellen Abhörstationen errichtet, um im Bedarfsfall über jede Bewegung der Kommunisten im In- und Ausland informiert zu sein. Manche behaupteten sogar, Olah sei technisch weiter als die Exekutive und so manche Geheimdienste. Turl hatte nur einen ungefähren Überblick, wo sich die diversen Stationen befanden, doch im steirischen Troifach musste es offenbar eine gegeben haben, die anscheinend von der Polizei, die in Olahs Aktionen natürlich nicht eingeweiht war, ausgehoben worden war. Daher hatte Helmer bei Olah angerufen, da der wohl gleich einen einschlägigen Verdacht gehegt hatte. Und nun sollte offenbar die Staatspolizei die Sache wieder in Ordnung bringen.

„Bügeln S’ das, Peterlunger, und die Gschicht is erledigt.“ Peterlungers Kiefer mahlten nervös, doch schließlich beschränkte sich der Hofrat auf ein Nicken und verließ beinahe fluchtartig Olahs Büro. Der Präsident aber nickte zur Tür, durch die Peterlunger eben entflohen war, und sagte in Turls Richtung. „Siehst, Bua. So geht des.“

Turl setzte zu einem Lachen an, doch die ernste Miene des Chefs ließ ihn abwarten. „Du fahrst da jetzt runter und schaust nach, ob die Kieberer alles so machen wie ausgmacht. Nimm dir einen Fahrer, und der soll anzahn, dann seids in zwa bis drei Stund unt.“ Turl unterdrückte ein Schnauben. Schon wieder ein Abend, der im Eimer war. Außerdem bestand die reale Gefahr, dass sie es nicht mehr rechtzeitig zurückschaffen würden, dann musste er in der Pampa sogar noch übernachten. Was für eine Perspektive. Am liebsten hätte er laut geflucht.

Aber Turl schluckte seinen Stolz einmal mehr hinunter und begab sich zum Fuhrpark, neben dem sich der Aufenthaltsraum der Fahrer befand. „Wer von euch hat heut noch nichts vor?", begann er jovial und erntete erwartungsgemäß verdrehte Augen und allgemeines Schweigen. „Na kommts! Ned alle auf einmal." Und als sich immer noch niemand erbarmte: „Is a Anweisung vom Chef!" Auch diese Ansage wirkte noch nicht wirklich motivierend, aber endlich erhob sich einer, den Turl von einer früheren Fahrt kannte. Der Mann war nicht sehr gesprächig, aber ein ebenso guter wie schneller Fahrer. Mit ihm schien es immerhin möglich, noch vor Mitternacht wieder in Wien zu sein.

Tatsächlich kamen sie gut voran, und zufrieden registrierte Turl, dass die Tachonadel selten unter 70 sank. Auf diese Weise ließen sie die Ebene rasch hinter sich, und nach einer guten Stunde begann der Chauffeur, die Limousine in die gewundene Bergstraße zu lenken, die auf den Semmering führte. In Gloggnitz machten sie kurz Station, um sich ein wenig die Beine zu vertreten. Doch schon zehn Minuten später trieb der Fahrer Turl wieder in den Wagen und setzte die Fahrt fort. Bei Mürzzuschlag nickte Turl ein wenig ein, doch wurde er relativ unsanft durch ein Rempeln geweckt. „Do samma", statuierte der Mann neben ihm, und Turl kletterte verschlafen aus dem Wagen, der direkt vor dem Gendarmerieposten zum Stehen gekommen war.

„Tag", sagte er gedehnt, nachdem er die Wachstube betreten hatte, „da müsste irgendwo ein Versuchssender herumliegen, der uns ghört. Und jemand, den ihr einkastelt habts, obwohl der aa zu uns ghört." Der Gendarm nickte gottergeben. „Wir san scho instruiert worden. Den Sender hamma zruckbracht in die Scheune. Aber auslassen hamma niemand können, weil wir nämlich aa niemanden mitgnommen ham."

Diese Nachricht erstaunte Turl. Wozu war er dann überhaupt hierher gefahren, wenn ohnehin alles schon geregelt war? Aber, so sagte er sich, auf diese Weise konnte er sogleich überprüfen, ob alles wieder so wie zuvor war. Er ließ sich also die Adresse geben und fuhr zu dem Sender.

Die Scheune machte einen ziemlich heruntergekommenen Eindruck. Turl zögerte ein wenig, schickte sich dann aber doch an, sie zu betreten, als er von hinten angesprochen wurde. „Bin i frouh, dass es do seids. Die Troutln von Schantis houm des Kloumpat afouch dou heagleagt. I woaß ned, wia des zsaumgheat." Das freilich wusste auch Turl nicht. Und so blieb ihm nichts anderes übrig, als zum nächsten Gasthof zu gehen, um von dessen Telefonapparat den Chef zu kontaktieren, damit dieser neue Anweisungen geben konnte.

Die freilich gefielen ihm nicht. Olah erklärte, er werde am nächsten Tag mit einer Technikertruppe selbst nach Troifach kommen, bis dahin solle Turl die Stellung halten. Also hieß es, dort zu übernachten. Er fragte den Gastwirt, ob er auch Fremdenzimmer vermiete. Dieser bejahte, und so verschwand der Chauffeur im zweiten Stock, um in der Folge nicht mehr gesehen zu werden. Turl aber blieb in der Gaststube und erkundigte sich, nachdem er ein Gösser bestellt hatte, nach der Speisekarte. Der Wirt lachte. Laut und lang. „A Koatn? Jo moanan S', mia san des Sacha ouder wous?" Immerhin aber zählte ihm der Mann alles auf, was seine

Küche zu bieten hatte. So war es Turl möglich, zwischen Schweinsbraten und Sterz zu wählen. Er entschied sich für Ersteres und sah sich dann nach einer Lektüre um, mit der er die Wartezeit überbrücken konnte. Auch hier erwies sich die Wahl eher als beschränkt. Die „Südost-Tagespost“ blieb die einzige Alternative zum Pfarrblatt. Der Wirt hatte sich in die Küche verzogen, und so war Turl allein in dem riesigen Gastraum und wartete auf sein Bier.

Dass ihm die Spucke wegblieb, lag allerdings nicht an dem ausbleibenden Getränk. Sondern an der Kellnerin, die eben dieses endlich zu seinem Tisch brachte. Sie trug ein ortstypisches Dirndl, das ihre opulente Oberweite extra betonte, dazu verfügte sie über strohblondes Haar, das links und rechts zu Zöpfen geflochten war. Mit einem berückenden Lächeln stellte sie das Glas vor Turl ab, sah dann geschwind nach links und rechts, um sich dann leicht zu ihrem Gast hinunterzubeugen. „Sein Se aus Wean?“ Turl bestätigte die Vermutung. „Ma, so scheen, wous?“ Turl fiel nichts ein, was dagegengesprochen hätte. Die Kellnerin stellte sich als Gretl vor und bat Turl, ihr alles, was er über die Hauptstadt wisse, zu erzählen. Turl erklärte sich nur zu gerne dazu bereit, gab aber zu bedenken, dass es ein wenig ungemütlich sei, zu jemandem zu sprechen, der die ganze Zeit vor einem stand, während man selbst auf einer Bank saß. Gretl hielt dem entgegen, dass an diesem Tag ohnehin keine Gäste mehr kämen, sodass sie sich, nachdem er gegessen habe, in Ruhe unterhalten könnten. Zudem gehe ihr Vater, der Wirt, mit den Hühnern zu Bett, sodass sie ungestört sein würden. Turl sandte noch einen sehnsuchtsvollen Blick in die Richtung ihres Dekolletés und stimmte ihrem Plan zu.

Der Schweinsbraten erwies sich als erstaunlich schmackhaft, und doch hatte es weder mit dessen Qualität noch mit Turls Hunger zu tun, dass der Teller so schnell geleert war. Vielmehr konnte er es nicht erwarten, sich endlich mit der schönen Gretl gemütlich an einem Tisch zu sehen. Diese gab ihm, als sie das Geschirr abservierte, zu verstehen, eine halbe Stunde werde es noch dauern, bis der Vater abgesperrt habe und schlafen gegangen sei, dann komme sie umgehend zu ihm. Und Turl wartete ein weiteres Mal.

Kurz vor Mitternacht gingen ihm die Geschichten aus. Seine Kehle war staubtrocken, er räusperte sich zum wiederholten Male, denn er war es nicht gewohnt, so viel zu reden. Gretl hatte während der gesamten Zeit kaum mehr als 20 Worte gesagt, und selbst die lauteten mehr oder weniger ähnlich. „Na ja, spät is worden“, resümierte er. „Du musst sicher auch früh raus. Es ist also besser, wenn wir schlafen gehen.“ Sie zuckte einfach nur mit den Schultern und stand wortlos auf. Sie nahm ihre Strickjacke vom Sessel, dann ging sie zur Tür der Schankstube, wo sie auf ihn wartete. Kaum befand Turl sich auf der Treppe, löschte sie das Licht und sperrte ab, was Turl mit einer gewissen Neugier mitverfolgte. Ganz langsam ging er die Stufen aufwärts, und das Knarzen des Holzes verriet ihm, dass sie dicht hinter ihm war. Merkwürdig, dachte er sich, bewohnte sie etwa eines der Gästezimmer? Als Wirtstochter? Doch vielleicht, so sagte er sich dann, war das ganze Haus für diesen wirtschaftlichen Zweck umgestaltet worden, sodass die Wirtsstube quasi das Wohnzimmer abgab, während man sonst in Räumen hauste, die man zur Not jederzeit an Touristen vermieten konnte.

Er hatte den zweiten Stock erreicht, stand vor einer hölzernen Tür mit der Nummer 22. Er holte den Schlüssel aus seiner Hosentasche und drehte sich um. Sie stand direkt hinter ihm. Turl wollte ihr eben eine gute Nacht wünschen, als sie ihm den Schlüssel aus der Hand nahm und die Tür aufsperrte. Sanft drängte sie ihn hinein. Vorsichtig ging er die wenigen Meter rückwärts, bis seine Unterschenkel an der Bettkante anstießen. Genau in diesem Augenblick gab sie seinem Oberkörper einen kleinen Schubs, und Turl landete rücklings auf der Matratze. Sie öffnete die Knöpfe ihres Kleides und ließ es ansatzlos zu Boden gleiten. Mit flinken Handbewegungen streifte sie die Träger des Büstenhalters ab, ehe sie selbigen aufhakte. Turl starrte tonlos auf die prallen, milchig-weißen Brüste, die sich ihm nun in völliger Nacktheit darboten, und seine Kehle fühlte sich noch trockener an als eben noch.

Nur noch mit ihrer Unterhose bekleidet, setzte sie sich rittlings auf ihn, nestelte mit der rechten Hand an seinen Hemdknöpfen herum, während die Linke zeitgleich an seinem Gürtel zerrte. „Meinst nicht, dass ich das besser selber mach'?", rang er sich schließlich ab. Sie ließ sich seitlich auf die andere Hälfte des Bettes fallen, hob ihr Hinterteil an und zog nun auch den Slip aus. Turl brauchte eine Weile, bis er sich vom Anblick ihres üppigen Schamhaars losriss und endlich daranging, sich selbst seines Gewandes zu entledigen. Kaum war er nackt, schnappte sie nach seinem Penis und begann an ihm zu ziehen, als gelte es, eine Kuh zu melken. Sachte drückte er ihre Hand weg und legte sich neben sie. Er fand, es war keine schlechte Idee, sie erst einmal mit Küssen zuzudecken, während seine rechte Hand ihr zart über die Brüste strich. Ganz langsam wanderte er abwärts, begann, ihren Bauch zu liebkosen, während er weiterhin jeden ihrer Versuche abwehrte, selbst bei ihm aktiv zu werden.

Turl brauchte keinen Pegelstandsanzeiger, um zu bemerken, wie seine Erregung mehr und mehr anwuchs. Seine Finger glitten von ihrem Bauch abwärts zu ihrer Spalte, und zu seiner Zufriedenheit registrierte er dort eine markante Feuchtigkeit. Mit einer schnellen Bewegung war er über ihr, und noch ehe sie irgendetwas sagen konnte, drang er in sie ein. Ihre verträumten Augen wurden größer und größer, während ein leises Seufzen seine Bewegungen begleitete.

Für seinen Geschmack ergoss er sich viel zu früh in sie, was ihm vor Augen führte, wie lange er schon keinen Geschlechtsverkehr mehr gehabt hatte. Aber wenigstens war sie voller Ekstase mitgegangen, und als es ihm gekommen war, da hatte sie aus Leibeskräften „Ja, ja" geschrien, was er als gutes Zeichen zu deuten beschloss. Er küsste sie auf die Stirn und bemühte sich um ein Lächeln, während sein Keuchen allmählich wieder in ein normales Atmen überging. Er rollte sich ab und sah für einen Moment auf die Decke. Als er sich wieder ihr zuwandte, da stellte er fest, dass sie sich in eine Seitenlage begeben hatte und tatsächlich eingeschlafen war. Er befand, er sei es ihr schuldig, Kavalier der alten Schule zu sein, und so überließ er ihr die Decke. Dann drehte er sich um und versuchte gleichfalls einzuschlafen.

„Nimmst mich mit?" Turl brauchte eine Weile, um zu begreifen, dass Gretl ihn eben geweckt hatte. „Wohin?", fragte er ein wenig verwirrt. „No, nach Wean!" Er rieb sich erst die Augen, dann die Schläfen, schließlich sah er sie an: „Machst du Witze?" Gretl zeigte einen strengen Gesichtsausdruck. „I moan's ernst!" Turl setzte sich auf, versuchte, einen klaren Kopf zu bekommen. „Wie alt bist du überhaupt?", stellte er eine Frage, von der er wusste, er hätte sie eigentlich in der Nacht stellen müssen. „Im Frühjahr 18", entgegnete sie mit unschuldiger Miene und weckte damit Turls Lebensgeister mehr, als es ein Eimer kalten Wassers vermocht hätte. Als ob er von einem Skorpion gestochen worden wäre, sprang er auf und drückte seinen Rücken an die Wand. „Spinnst?", brachte er endlich hervor. Grete schlug die Decke zurück, zeigte ihm noch einmal ihren betörenden, nackten Körper. „Mogst no amol?" Turl begann zu schwitzen. „Minderjährig", sagte er mehr zu sich selbst als zu ihr. „Na und", antwortete sie und spreizte die Beine, sodass er ihre Scham beinahe so formatfüllend vor sich hatte wie ein Gynäkologe, der selbige zu untersuchen angehalten war. „Dann macht's doch noch mehr Spaß", proklamierte sie, während ihre Finger begannen, über ihre Schamlippen zu streichen.

„Ja bist du denn wahnsinnig? Warum hast du mir das denn ned gsagt?" Aus Turls Worten war deutlich seine aufsteigende Verzweiflung herauszuhören. „Du hast ned gfragt", war ihre entwaffnend entlarvende Antwort. „Wenn das dein Vater spitzkriegt, der kastriert mi wie einen von seine Stier." Die Verzweiflung erhielt eine neue Note. „Jetzt kumm scho, i brauch's." Turl sah Gretl mit wachsender Befremdung an. Die Kleine war gerade einmal der Kindheit entwachsen und benahm sich derber als die Huren in den amerikanischen Klubs in der Josefstadt. „Jetzt reiß dich gfälligst zsamm!", zischte er und schickte ein „Machst du des eigentlich mit einem jeden?" hinterher.

Diesen Satz bereute er gleich wieder, denn er klang unzweifelhaft verletzend. Doch die Kleine reagierte gar nicht darauf. „I wü weg vo do. Do is sooo saufad. I traam von Wean! Oiso? Nimmst mi mit?" Sie richtete sich auf und griff sich Turls Genital, wogegen der sich umgehend wehrte. Nun, zumindest zu Anfang. „Verstehst du denn nicht", wiederholte er, während sie ihre Hand auf seinem Schaft auf und ab gleiten ließ, sodass sein Glied merklich anwuchs, „dass das nicht geht", fuhr er mit immer krächzenderer Stimme fort. Sie nahm seinen erigierten Penis, zog an ihm und brachte damit den Mann, der an selbigem hing, mit in ihrer Nähe. Durch den Bettrand bekam Turl Übergewicht und kippte nach vorne zurück ins Bett.

„Ich kann dich wirklich nicht mitnehmen", griff er den ursprünglichen Gedanken wieder auf, nachdem er sich neuerlich in ihr entladen hatte, „und das weißt du genau. Dein Vater würde es niemals zulassen. Ich müsste dich schon heiraten, um ..."

„Dann heirat mich", sie kuschelte sich eng an ihn und schlang beide Arme um seinen Hals. „Gretl!" Er sah sie beinahe mitleidig an: „Was redest denn da? So verzweifelt kann keine sein, dass sie mich heiraten tät." Grete drückte ihre Lippen immer wieder auf seine Wangen. „Ich aber schon." Turl musste glucksen, da ihre Küsse kitzelten. „Na ja", kicherte er schließlich, „ich muss zugeben, du hast recht überzeugende ... Argumente." Sie presste ihren Körper noch enger an den seinen, wobei sie es zuwege brachte, dass ihre Füße bei seinem Gemächt landeten. Ganz wie von selbst begannen diese, selbiges zu reiben. Turl ließ seinen Blick nach rechts oben ausbrechen und sank ein weiteres Mal auf das Bett, wobei er sie mitnahm.

Beim dritten Mal hielt er schon länger durch, und ihr enthusiastisches Quieken deutete er als wonnigliches Glücksgefühl, sodass er sich schließlich nach einer geraumen Weile gestattete, ebenfalls zu kommen. Und mitten in seiner Ejakulation pochte es an die Tür. „Waunst fertig pudert host, daun kumm owe. Da Chef is do!"

Turl hätte sich einen etwas entspannteren Orgasmus gewünscht, doch die Stimme durch die Tür bereitete jeglicher Sinnlichkeit ein jähes Ende. Hektisch suchte Turl seine Kleidung zusammen und hieß Gretl, unbedingt auf dem Zimmer auf ihn zu warten. Dann eilte er auf den Gang und die Stufen abwärts, um an der Tür zur Gaststube in den Wirt hineinzulaufen, der ihn fragte, ob er seine Tochter gesehen habe. Turl ignorierte ihn und hielt auf Olah zu, ihm übertrieben freundlich die Hand schüttelnd. „Nau, hot da a Flitscherl den Verstand …", begrüßte ihn Olah derb, und Turl hoffte inständig, dass der Wirt, auf der Suche nach Grete, diesen Satz nicht mehr gehört haben mochte. Was der Chef hingegen weiter zu verkünden wusste, das nahm Turl nur halb wahr. Wie in Trance folgte er den anderen Männern und sah sich genötigt, einzelne Teile der Sendeanlage aus der Scheune auf einen Lastwagen zu verladen. Als er dann endlich wieder auf sein Zimmer kam, um dort, wie ihm aufgetragen, seine Sachen zu holen, da war Gretl nicht mehr da. Doch die ganze Heimfahrt über ging sie ihm nicht mehr aus dem Kopf.

Nicht zu Unrecht, wie sich zeigen sollte. Er hatte sie schon beinahe wieder vergessen, als ihm aus der Zentrale ein Gespräch durchgestellt wurde. Nichtsahnend nahm er ab und hörte ganz plötzlich und unerwartet ihre Stimme. Sie klang belegt, und in den wenigen Worten, die an sein Ohr drangen, schwang Verzweiflung mit. Ob er sie denn ganz vergessen habe, fragte sie. Ob er sie wirklich ins Elend stoßen wolle. Ob ihr tatsächlich nur das Wasser bleibe.

Er fragte seinerseits, ob sie denn nicht doch ein wenig übertreibe, und musste umgehend den Hörer weit vom Ohr weghalten, weil sie auf einmal aufheulte wie ein angeschossener Tiger. Schwanger sei sie von ihm! Im vierten Monat schon! Bald werde sie es nicht mehr verbergen können. Und dann bleibe ihr nur der nasse, kalte Tod, wenn er sich nicht erbarme und ihre Ehre bewahre.

Sie brauchte eine gute Weile, diese Sätze auszusprechen, denn immer wieder musste sie unterbrechen, da ihre Tränen sie am Weitersprechen hinderten. Turl wusste nicht, was er sagen sollte. Konnte das die Wahrheit sein? Woher wusste sie, dass er der Vater war? „Wos fia a Sau bist du? Glaubst, i treib's mit an jeden?“ Und neuerliches Aufheulen. Turl biss sich auf die Zunge. War er eben tatsächlich so taktlos gewesen, diese Frage laut auszusprechen? „Nein, natürlich nicht, mein Schatz. Ich weiß auch nicht, was … So hör doch bitte auf zu weinen. … Alles wird gut …, glaub mir! Ich geh gleich und nehme mir für morgen frei. Ich komme … ja, ich komme, gleich morgen früh. … Ja, sicher! Keine Sorge. Dann reden wir über alles … und mit deinem Vater, ja!“ Mit ihrem Vater? Den Bruchteil einer Sekunde zu spät wurde ihm bewusst, wozu er eben Ja gesagt hatte. Am anderen Ende der Leitung war es schlagartig ruhig geworden. In beiläufig sachlichem Ton, so, als wäre rein gar nichts gewesen, flötete Gretl, sie erwarte ihn morgen in der Gastwirtschaft zum gemeinsamen Mittagessen, bei dem man dann gleich die Hochzeit planen könne. „Meinst du wirklich, dass wir das gleich morgen … nein, … ja, Schatz, … natürlich … kein Grund, gleich wieder zu weinen … Jaha! Jaha, habe ich gesagt.“ Turl atmete tief durch und war beinahe ein wenig beruhigt, dass der zweite Heulkrampf gerade noch im Ansatz gestoppt worden war. Gretl verabschiedete sich vergnügt von ihm und legte auf. Turl aber hielt noch eine ganze Weile den Hörer in der Hand und wusste nicht, wie ihm geschehen war.

Zu Mittag des folgenden Tages saß er dem Gastwirt gegenüber und stocherte lustlos in einem Sterz. Gretl kam hüpfend und springend in die Gaststube, umfasste seinen Kopf mit beiden Händen und drückte ihm einen kindlichen Kuss ins Haar. Dann setzte sie sich genau zwischen die beiden auf einen Sessel. Die Miene des Vaters verhieß nichts Gutes, und Turl war sich sicher, dass dieser bei einem einzigen falschen Wort handgreiflich werden würde. Als er fertiggegessen hatte, schob der Mann den Teller von sich und richtete sein Antlitz auf Turl aus. „Se wouln olso mei Touchta heiratn." Von Wollen konnte keine Rede sein! Hatte er eine Wahl? Turl schielte auf Gretl, die mit kindlicher Hingabe eine Kerze malträtierte. „Ja", kam es rau und ungelenk aus seinem Mund. Wie aufs Stichwort sprang Gretl auf und küsste ihn auf die Wange, dafür einen tadelnden Blick des Vaters erntend.

Dessen Kiefer mahlten noch eine gute Weile, dann verkündete er, die Hochzeit werde am Sonntag in vier Wochen in der örtlichen Kirche geschlossen. Als Mitgift gäbe es aber bloß Einrichtungsgegenstände, mehr sei nicht drinnen. Turl bekannte wahrheitsgemäß, dies sei nicht seine vordringliche Intention.

Die Hochzeit selbst erlebte Turl wie in einer Art Traum. Er sah sich vor einem Altar sitzen, hörte, wie er an einer bestimmten Stelle das Wort „Ja" sagte, registrierte, wie ihm Gretl einen Ring über den Finger stülpte, und spürte, wie danach unzählige Hände seine schüttelten. Er war froh, dass man für ihn die alte Tradition aufgehoben hatte, dass die Hochzeitsgäste des Bräutigams auf der einen, die der Braut auf der anderen Seite der Kirche saßen, denn außer seiner Mutter war von ihm niemand zur Hochzeit erschienen. Er entschuldigte seinen Vater mit dessen Krankheit, was nicht einmal allzu weit von der Wahrheit entfernt war. Fini fand Gretl süß und schien glücklich darüber, nun doch noch ein Enkelkind zu bekommen, und Turl wunderte sich direkt ein wenig, dass er in das Gasthaus seines neuen Schwiegervaters ein Telegramm zugestellt bekam, in dem ihm Wickerl zur Hochzeit gratulierte. Einmal übernachteten sie dann noch in Troifach, ehe er mit seiner neu angetrauten Gattin und seiner Mutter am folgenden Tag nach Wien zurückkehrte. Dort fand er vor der Wohnungstür ein kleines Paket, das er umgehend öffnete, noch ehe er Gretl in die Wohnung bat. Er fand einen Satz Wohnungsschlüssel und dazu ein paar hingekritzelte Zeilen, in denen Olah ihm als Hochzeitsgeschenk eine 80 Quadratmeter große Wohnung in der Kalvarienberggasse übereignete. Damit gelang es ihm dann auch, Gretls Enttäuschung über seine „Höhle", wie sie sich ausdrückte, zu überwinden. Sie gingen ohne weitere Verzögerung hinüber in die Kalvarienberggasse und fanden dort eine helle Bleibe vor, die neben einer Küche und einem Badezimmer auch drei echte Wohnräume aufwies, die, so beschied Gretl umgehend, als Wohn-, Schlaf- und Kinderzimmer dienen würden. Turl aber suchte das nächste Gasthaus auf, rief von dort Olah an und bedankte sich überschwänglich für das großartige Geschenk. Olah ließ einen seiner üblichen Grunzer vernehmen und meinte dann, er würde in der kommenden Woche ein paar Handwerker vorbeischicken, damit die Wohnung Ende des Monats bezugsfertig sei. Und Turl blieb nur, sich ein weiteres Mal wortreich zu bedanken.

Die Geburt von Schorschi, wie Turl seinen Sohn nach dem ehemaligen Freund, der schon seit Jahren in Paris lebte, nannte, verlief ohne Komplikationen, was freilich weit weniger verwunderte als der Umstand, dass zu seiner Taufe alle

Strechas und alle Bielohlaweks ohne Ausnahme den Weg in die Kalvarienbergkirche fanden. So stand Wickerl mit einem Mal vor Turl, die beiden blickten sich lange schweigend an, dann umarmten sie sich, was Fini und Fanny simultan Tränen in die Augen trieb. Die zu wahren Sturzbächen wurden, als sie Zeugen einer Szene wurden, die niemand jemals mehr für möglich gehalten hätte. Der alte Bielohlawek bewegte sich gravitätisch auf den alten Strecha zu und hielt ihm wortlos die Rechte entgegen. Hermann zögerte einen kurzen Augenblick, dann ergriff er sie blitzschnell und schüttelte sie mit all der Kraft, die ihm noch geblieben war. Klara attestierte Gretl, dass Schorschi wirklich ein rundum herziges kleines Bauxerl sei, und sogar Ricky machte große Augen angesichts des neuen Erdenbürgers. Fini und Fanny vermochten nicht länger an sich zu halten und fielen einander heulend in die Arme. Mochte Österreich auch im achten Jahr weiter von den Amis und den Russen besetzt sein, die Strechas und die Bielohlaweks waren frei. Wenigstens an jenem Nachmittag.

2. Nachmittag (1955–1970)

Wien, Mai 1955

Doch auch für Österreich verzogen sich die dunklen Wolken der Geschichte. Stalin hatte im fernen Moskau seinen letzten Seufzer getan, und die neue politische Führung wollte sich ein wenig konzilianter geben, als es der alte Grusinier gewesen war. So kam endlich Bewegung in die seit Jahren festgefahrenen Verhandlungen, eine österreichische Delegation reiste nach Moskau, und als sie am Flughafen in Bad Vöslau landete, da wusste die ganze Welt, Österreich würde seine Souveränität endlich zurückerhalten.

Trotz ihres hohen Alters ließen es sich die Bielohlaweks nicht nehmen, an einem strahlenden Maitag in den Garten des Belvedere zu pilgern, um dort Zeugen der Unterzeichnung eines eigenen Staatsvertrags für Österreich zu werden. Sie hatten Fini mitgenommen, nachdem Hermann unter Hinweis auf seine maroden Beine erklärt hatte, er werde sich das ganze „Remasuri" dann in der Wochenschau ansehen. Fanny war dankbar über Wickerls Einfall gewesen, beim Russendenkmal einen exakten Treffpunkt vereinbart zu haben, denn bei den anwesenden Massen hätten sie sonst Turl und Wickerl, Klara und Gretl niemals gefunden. So aber drängten sie sich in den Garten und kamen recht nahe an das Schloss, sodass sie mit freiem Auge Außenminister Figl, Molotow und Dulles, Pinay und MacMillan ausmachen konnten. Als Figl das dicke Buch hochhielt, in dem Österreichs Freiheit festgeschrieben stand, da brandete lauter Jubel aus, und Menschen, die sich noch nie zuvor gesehen hatten, umarmten und beglückwünschten sich. Turl und Wickerl sahen sich an und wussten, ein wesentliches Kapitel ihres Lebens hatte das gefunden, was die Amerikaner ein „Happy End" nannten.

Die Stürme der Geschichte hatten sich verzogen. In Österreich kehrte Ruhe ein. Die alliierten Soldaten verließen einer nach dem anderen das Land, zuletzt marschierten die Briten aus Kärnten ab, und erstmals seit 17 Jahren war Österreich frei von fremden Uniformträgern. Dafür bekam es wieder eine eigene Armee, und nicht wenige meinten, es liege eine gewisse Ironie in der Tatsache, dass mit Bundespräsident Körner ausgerechnet ein Generalstäbler des Kaisers Oberbefehlshaber des demokratischen Heeres wurde. Im darauf folgenden Winter holten die österreichischen Sportler olympisches Gold en masse, und niemand schien sich mehr daran zu erinnern, dass die Welt noch vor kurzem ganz anders ausgesehen hatte.

Für Fanny waren die Tage endlich leichter geworden. Sie musste sich nicht mehr täglich Sorgen machen, woher das Essen kam, was sie Fritz vorsetzen konnte, wie sich ihr Sohn machen würde, was die Zukunft bringen mochte. Alles schien auf Schiene zu sein, und sie lag nicht mehr die halbe Nacht wach und dachte über zahllose Probleme nach. Sicher, der Haushalt wurde für sie nicht leichter. Sie kam öfter ins Schnaufen, musste innehalten, und die zahlreichen kleinen Wehwehchen des Alters warfen unfreundliche Schatten in ihren Alltag. Aber sie registrierte mit Erleichterung, dass die schönen Momente die Oberhand hatten. Sie ging regelmäßig mit Fini in die *Aida* beim Elterleinplatz, wo es mittlerweile echten Kaffee und wirklich gute Torten gab, die sich Fanny nur selten versagte. Sicher, Finis Wehklagen über Hermanns Tiraden wurde nicht weniger, doch Fanny fand, sie war es ihrer Freundin schuldig, dass sie sich bei ihr ausweinte, dies umso mehr, als sie selbst derlei zu keiner Zeit miterleben musste. Und wenn es bei Fini wieder einmal besonders zum Argen stand, dann belohnte Fanny sich eben mit einem zweiten Stück Torte. Und dankte der Tatsache, dass in ihrer Wohnung der einzige Spiegel auf einem brandneuen Allibert angebracht war, den Wickerl ihnen zu Weihnachten geschenkt hatte. Dieser befand sich über dem neuen Waschbecken, sodass Fanny sich strecken musste, wenn sie wenigstens ihr Gesicht sehen wollte. Durch diesen Umstand aber blieb ihr optisch verborgen, was sie tief in ihrem Inneren ohnehin wusste: dass sie mittlerweile eine Gleichenfeier abhalten konnte, da sie ebenso breit wie hoch geworden war. Doch wozu, so beruhigte sie sich dann immer, sollte sie sich noch die lukullischen Genüsse versagen? In ihrem Alter konnte man nicht wissen, wie viel Zeit einem noch blieb, und da war Genuss keineswegs ein Fehler.

Einmal die Woche ging Fanny hinüber in die Kalvarienberggasse, um sich im dortigen Kino die Wochenschau und anschließend einen Spielfilm anzusehen. Auch dies tat sie meist mit Fini, doch wenn diese wieder einmal von Hermann am Verlassen des Hauses gehindert wurde, dann sprang Fritz ein und sah sich mit ihr den feschen Peter Alexander oder den witzigen Gunther Philipp an. Fanny besaß eindeutig ein Faible für die zahlreichen Historienfilme, welche die Wien-Film haufenweise produzierte. „Kaisermanöver" fand sie ebenso charmant wie „Kaiserwalzer" oder „Kaiserjäger", was Fritz dann damit kommentierte, dass Fanny auf ihre alten Tag zur Monarchistin mutiere. Doch Fannys cineastische Begeisterung wies auch eine andere Seite auf. Wie hatte sie seinerzeit sehnsuchtsvoll nach Italien geschmachtet, als sie die wunderbare Silvana Mangano in „Bitterer Reis" gesehen hatte – und wie sehr hatte sie mit ihr gelitten, als sie in „Anna" auf ihren geliebten Raf Vallone verzichtete, um statt des privaten Glücks für jenes der Allgemeinheit zu kämpfen. Filme wie diese, aber auch die fünf Streifen mit Don Camillo und Peppone, machten ihr schmerzlich bewusst, dass sie niemals im Ausland gewesen war, ja nicht einmal in jenen Ländern, die einst zu Österreich gehört hatten. Und daher hatte sie auch beinahe der Schlag getroffen, als sie von Wickerl und Klara zu ihrem 75. Geburtstag eine Urlaubsreise nach Bibione geschenkt bekam, eines jener Dörfer, die gerade frisch für den Sommertourismus erschlossen worden waren. Mit der Bahn waren sie und Fritz zunächst nach Kärnten gefahren, von dort war es mit dem Postbus nach Italien gegangen. Und Fanny hatte wie ein kleines Kind gestaunt, als sich diese völlig neue Welt vor ihr auftat. Und das Rauschen des Meeres begleitete sie noch eine gute Weile in den Schlaf, auch, als sie schon lange wieder zurück nach Wien gekommen war.

Die große weite Welt hatte Fanny zwar nicht bereist, doch 1962 kam sie zu ihr nach Hause. Fritz hatte sich nicht lumpen lassen und in dem neuen Elektronikfachgeschäft in der Hernalser Hauptstraße ein Fernsehgerät erstanden, das nun im Wohnzimmer zwischen den beiden Fenstern thronte. Bekrönt war der Apparat mit einer Gondel aus Plastik, die Fanny bei dem Tagesausflug nach Venedig erstanden hatte. Und es machte Fanny abends beinahe mehr Vergnügen, die kleine Glühlampe, die sich in der Gondel befand, einzuschalten, als dann das TV-Programm zu konsumieren.

Fritz hatte das Gerät ja nur Fannys wegen gekauft. Er selbst war mit seinem Radioapparat ganz zufrieden gewesen. Die Pensionierung erwies sich keineswegs als Schock für ihn, denn es gab auch als Rentner noch genug für ihn zu tun. Woche für Woche ging er in die Sektion, wo eifrig wie eh und je über politische Fragen debattiert wurde. Jede zweite Woche traf er sich im Kaffeehaus mit seinen Freunden von den Arbeiterphilatelisten und freute sich wie ein Kind, wenn ihm für seine Sammlung ein guter Tausch gelang. Und weil Fritz die Auffassung vertrat, dass er nach beinahe sechs Jahrzehnten sein Tschechisch fast völlig verlernt hatte, begab er sich auch wieder zu den „Tschechischen Sozialisten", um dort in privater Atmosphäre seine Sprachkenntnisse ein wenig aufzufrischen, auch wenn ihm bewusst war, dass er seine alte Heimat angesichts der politischen Rahmenbedingungen wohl kaum mehr wiedersehen würde.

Fini wiederum litt wie ein Schlosshund unter ihrer persönlichen Situation. Turl war andauerend auf Achse, Gretl hielt sich von ihr fern, sodass sie auch ihr Enkelkind kaum zu Gesicht bekam. Zwischen den Treffen mit Fanny blieb Hermann ihr einziger menschlicher Umgang, und sie ertappte sich immer öfter bei der Frage, was sie in einem früheren Leben verbrochen hatte, dass sie vom Schicksal derart gestraft wurde. Hermann war kurz nach dem Abschluss des Staatsvertrages noch ein letztes Mal hoffnungsfroh gewesen, als sich nämlich zeigte, dass der Verband der Unabhängigen nach dem Abzug der Alliierten seine liberalen Aushängeschilder nicht mehr benötigte. Die Gruppe benannte sich in „Freiheitliche Partei Österreichs" um, in der alte Nazis durchaus wohlgelitten waren. Und so bemühte sich Hermann 1956 noch einmal um ein politisches Mandat, schaffte es dabei sogar auf die Kandidatenliste, doch das Wahlergebnis der FPÖ war so desaströs, dass sogar viele Abgeordnete keinen Sitz errangen. In Hermann steigerte sich darob die Verbitterung ein weiteres Mal, und er wurde nun überhaupt nicht mehr müde, rund um die Uhr über alles und jeden zu schimpfen.

Und beinahe schien es, als trübte jede positive Entwicklung seine Stimmung nur noch mehr, da sie ihm die Diskrepanz zwischen dem, was war, und dem, was hätte sein können, nur noch drastischer vor Augen führte. Seine Tobsuchtsanfälle, etwa als Fini beiläufig erwähnte, die Bielohlaweks hätten sich eine dieser modernen Duschkabinen der Firma Capri angeschafft, waren derart laut, dass man sie wahrscheinlich noch im Bezirksamt hören konnte. Wenn Fini nicht mehr konnte, und das war in steigender Regelmäßigkeit der Fall, flüchtete sie zu Fanny, die für sie immer einen Kamillen- oder Johanniskrauttee parat hatte, damit sich die arme Fini wieder ein wenig beruhigen konnte.

Und so war es dann auch nicht sonderlich verwunderlich gewesen, dass Hermanns Sarg kaum jemand folgte. Fanny hatte selbst Fritz mehrere Tage lang zureden müssen, damit der sich schließlich überwand und sich in die kleine Schar einreihte, die Hermann das letzte Geleit gab. Das Begräbnis verlief bewusst schlicht, man verzichtete auf einen Priester, auch hielt niemand eine Rede. Was hätte man auch sagen sollen über diesen Unglückswurm, der ein Produkt seiner Zeit gewesen war. Fini lud zu einem Leichenschmaus und blieb beinahe ganz allein, da sich die Trauergäste nur allzu schnell verliefen. Selbst Turl und Gretl aßen in Windeseile ihre Frankfurter und verschwanden dann in Blitzesschnelle. Fanny blieb allein zurück, die Freundin zu trösten, wobei es ein zweifelhafter Zuspruch blieb, dass Fini allein wohl besser dran sei als mit dem alten Grantscherm.

Auch für Wickerl und Klara hatten sich die Stürme der Zeiten verzogen. Wickerl ging Tag für Tag seiner Arbeit nach, die ihn kaum sonderlich forderte. Er hielt sich von der Politik und damit auch von den alten Freunden fern, verlor Franz und Erwin, über den er noch ab und zu in der Zeitung las, aus den Augen und widmete sich mit Hingabe der Erziehung von Ricky. Die berechtigte auch zu den größten Hoffnungen, entwickelte sie sich doch zu einem ausgesprochen aufgeweckten und klugen Mädchen, das 1960 sogar die Aufnahme ins Gymnasium schaffte. Wickerl war zwar ein wenig darüber irritiert, dass Ricky so gar kein Interesse an Geisteswissenschaften zeigte, doch ihre Erfolge in Mathematik und später in Chemie und Physik nötigten ihm nicht nur Respekt ab, sie machten ihn auch ziemlich stolz auf seine Tochter.

Turl wiederum verblieb als Einziger weiterhin auf der Brücke des Weltgeschehens. Vier Jahre nach Abschluss des Staatsvertrags wurde sein Chef Zweiter Präsident des Nationalrats, und mit einem Mal vertauschte Turl sein muffiges Büro in der Gewerkschaftszentrale mit den pompösen Zimmerfluchten im Hohen Haus. Offiziell wirkte er als politischer Referent, doch real änderte sich kaum etwas an seiner Arbeit. Er blieb Olahs Mann fürs Grobe, wobei es sich freilich keineswegs als Nachteil erwies, nunmehr mit einem Dienstausweis der Parlamentsdirektion wedeln zu können.

Das deutlich angestiegene Gehalt ermöglichte es ihm, mit Gretl in die Josefstadt zu ziehen, wobei er es durchaus als Ironie empfand, dass sich die neue Wohnung in unmittelbarer Nähe seines alten Gymnasiums befand. Zu Gretl meinte er nur, wenigstens werde Schorschi keinen weiten Schulweg haben. Hernals war zwar nur einen Steinwurf weit entfernt, doch alsbald schien dieser Bezirk Turl wie eine Mär aus alten Zeiten, und stets fand er einen anderen Grund, warum er nicht hinaus zu seiner Mutter fahren konnte. Selbst zu

Weihnachten beschränkte er sich auf eine Grußkarte, die zudem von Gretl beschrieben und abgeschickt wurde.

Gretl erwies sich als propere Hausfrau, die Turl den Alltag weitgehend fernhielt. Hie und da verlangte sie von ihm ein paar Scheine für eine, wie es dann hieß, unbedingt nötige Anschaffung, und einige Tage später konnte Turl sich dann über ein neues Ungetüm wundern, das Platz in seiner Bleibe verstellte.

Aber Turl hatte sich kaum an das schöne Leben als Parlamentsbeamter gewöhnt, als sein Chef mit einer neuen Idee zu ihm kam. Mit ein paar Freunden, so meinte Olah launig, habe er vor, eine Tageszeitung zu gründen, und da brauche er jemanden, der dort für ihn Augen und Ohren war. Vergeblich wandte Turl ein, dass er von Journalismus nichts verstand. Knall auf Fall sah er sich in die „Kronen Zeitung" versetzt, wo er, wie er schließlich bemerkte, als Strohmann für Geldflüsse diente, die er nicht einmal annähernd durchschaute. In guten Momenten amüsierte es ihn, dass er nun genau dort gelandet war, wo Wickerl, den er freilich aus der Ferne weiterhin keinen Moment aus den Augen ließ, seinerzeit begonnen hatte. Doch Turls Engagement beschränkte sich darauf, irgendwelche Rechnungen zu unterschreiben, Überweisungen vorzunehmen und eine Handkassa zu führen, deren Summen freilich unvergleichlich höher waren als alles Geld, das er seinerzeit für Olahs private Truppe bewegt hatte. Gretl verstand nicht, weshalb Turl oftmals missmutig nach Hause kam, fürchtete sogar, er könne so werden wie sein dahingegangener Vater, doch Turl wachte so manche Nacht durch, beständig in Angst, er habe sich selbst mit seinen Unterschriften dem Kriminal überantwortet.

Just aber, wenn seine Furcht übermächtig zu werden drohte, dann nahm ihn Olah zu irgendeiner wichtigen Veranstaltung mit, wo man ihm, Turl, fast dieselbe Ehrfurcht wie seinem Chef entgegenbrachte, und bei diesen Gelegenheiten fühlte er sich dann unbesiegbar, unverletzlich und unantastbar. An solchen Tagen kam er dann vollkommen aufgekratzt nach Hause, riss Gretl förmlich die Kleider vom Leib und schlief mit ihr in einer Intensität, die einem Jüngling wesentlich mehr angestanden wäre als einem ergrauten Mann von beinahe 50 Jahren, dessen Bauchumfang im selben Ausmaß wuchs wie der Kranz seines Haupthaares zurückwich. Gretl ließ dies willig über sich ergehen, konnte sie doch jedesmal sicher sein, dass Turl sich in weniger als fünf Minuten entladen und dann völlig erschlagen neben ihr in tiefen Schlummer sinken würde. Sie wartete dann stets, bis sein monotones Schnarchen selbst in der Nebenwohnung wahrnehmbar war, und besorgte es sich anschließend selbst, die Zähne fest zusammengepresst, damit man sie nicht stöhnen hörte, und träumte, während sie kam, von Marlon Brando, Rock Hudson oder wenigstens Charlton Heston.

Turls Laune besserte sich erst, als Olah abermals ein neues Ziel verfolgte. Nach den Wahlen des Jahres 1962 beschloss er, selbst in die Regierung einziehen zu wollen, und setzte bei den Genossen durch, ihm das Innenministerium zu überlassen. Umgehend rief er Turl zu sich, der nun im Kabinett sitzen sollte. Strecha war unendlich erleichtert, wieder Staatsdiener sein zu können, denn als solcher wähnte er sich vor den Abgründen sicher, die ihn die vergangenen Jahre geplagt hatten. Allerdings fand er rasch heraus, dass seine neue Arbeit noch eintöniger war als jene, der er in der Zeitung nachgegangen war. Tag für Tag schickte Olah ihn in die Keller des Ministeriums, wo er nach Akten politischer Widersacher suchen und selbige für Olah entsprechend aufbereiten musste. Gelang Turl dabei ein kleiner Coup, indem er etwa aufdeckte, dass der eine oder andere Politiker aus früheren Zeiten Dreck am Stecken hatte, dann jubilierte Olah und gewährte Turl Sonderurlaub. Und Turl durfte sich als Teil eines Staates im Staate fühlen, als eine Art Prätorianer, der mehr als die eigentlichen Herrscher das Land regierte. Vor allem aber teilte er mit Olah die Gewissheit, dass ihr Aufstieg noch lange nicht zu einem Ende gekommen war. Nicht nur Olah selbst sah sich als zukünftiger Bundeskanzler, auch Turl hegte keinen Zweifel daran, dass ihn sein Weg an der Seite des Chefs ganz an die Spitze führen würde.

Und Turl wurde für Olah noch wertvoller, als sich dessen toter Vater als Entree bei Verhandlungen mit den Freiheitlichen gut einsetzen ließ. Turl spielte diese Trumpfkarte überlegt aus, und einiges deutete darauf hin, dass die schwarze Dominanz in der Republik alsbald durch eine rot-blaue Koalition mit Olah an der Spitze abgelöst werde, die noch dazu durch die „Kronen Zeitung" auch journalistisch gestützt werden konnte. Wenn Turl mit Gretl wieder einmal in einem Luxushotel am Land den Grandseigneur gab, dann malte er sich aus, wie es sein würde, an der Seite des Bundeskanzlers das Ausland zu bereisen und auf Du und Du mit den Mächtigen der Welt zu sein. Und wenn ihn der Hafer besonders stach, dann ertappte er sich bei der Frage, was dagegensprach, dass Olah ihn für seine treuen Dienste mit einem Ministeramt belohnte.

Der Sturz kam abrupt und völlig unerwartet. Natürlich war Turl bewusst gewesen, dass die Partei Olah nicht freiwillig aufs Schild heben würde. Doch dass seine Rivalen gleich Olah selbst belastendes Material gesammelt hatten, kam überraschend. Turl saß in seinem Büro in der Herrengasse, als er Besuch von einem Staatspolizisten bekam, der ihn aufforderte, mit ihm zu kommen, da es, wie er sich ausdrückte, einen Sachverhalt zu klären gelte Natürlich protestierte Turl umgehend, verwies auf den Umstand, dass er als Kabinettsmitarbeiter des Innenministers über der Stapo stehe, doch als der Beamte eine richterliche Anordnung vorlegte, begann Turl unwillkürlich zu transpirieren. Er erbat sich – forderte also nicht länger –, ein Telefonat mit seinem Chef führen zu dürfen, doch dieser erwies sich als nicht erreichbar. Turl blieb nichts anderes übrig, als Olah eine Notiz auf dessen Schreibtisch zu hinterlassen, dann folgte er dem Polizisten auf den Schottenring.

Dort wollte man von Turl wissen, ob die Unterschrift unter einer Überweisung von einer Million Schilling auf ein Konto, welches der FPÖ zugeordnet werden könne, die seine sei. Turl wand sich wie ein Aal und brauchte an die 20 Minuten, um zuzugeben, dass er dieses Papier unterfertigt hatte. Sogleich kam die nächste Frage: wer ihn dazu autorisiert habe. Natürlich war es Olah gewesen, doch wenn er den Namen des Chefs nannte, dann lieferte er diesen zeitgleich ans Messer, da Olah keine Legitimation besessen hatte, diese Transaktion durchzuführen. Turl flüchtete sich also in das Naheliegende. Er erklärte, er unterzeichne täglich derart viele Schriftstücke, dass von ihm keinesfalls erwartet werden könne, sich in jedem einzelnen Fall an den genauen Hintergrund erinnern zu können. Die Beamten quittierten dies mit dem Vorschlag, Untersuchungshaft könnte seinem Gedächtnis möglicherweise auf die Sprünge helfen. An dieser Stelle ersuchte Turl, man möge ihm zwei Bitten erfüllen. Zum einen ein Glas Wasser, zum anderen wolle er gerne noch einmal versuchen, den Innenminister zu erreichen. Beides wurde ihm gewährt.

Olah freilich blieb für Turl unerreichbar, und noch ehe ihm bewusst wurde, wie ihm geschah, schloss sich eine schwere Metalltür hinter ihm. Er war immer noch in der Josefstadt, doch die Bleibe, die er nun bewohnte, war unvergleichlich kleiner.

Es dauerte drei Tage, bis sich für Turl die Kerkertüren wieder öffneten. Olah hatte, wie sich zeigte, ganz andere Sorgen gehabt, als dass er sich um seinen Mitarbeiter hätte kümmern können. Auf Vorschlag des Bundeskanzlers war er als Innenminister abberufen worden, zeitgleich hatte ihn die Partei ausgeschlossen. Als Turl, abgekämpft, enttäuscht und wohl auch innerlich gebrochen, endlich in seiner Wohnung eintraf – der Fußmarsch von knappen zwei Kilometern war ihm wie ein Marathonlauf erschienen –, da hörte er von den tumultartigen Szenen, die sich vor der SPÖ-Zentrale abgespielt hatten, doch alle Proteste von Olahs Anhängern änderten nichts daran, dass der Chef gefallen war. Und dass gegen ihn nicht gleich Turl ermittelt wurde, lag nur daran, dass dieser weiter Abgeordneter und damit immun vor Strafverfolgung war.

Turl aber blickte in einen unendlichen Abgrund. Es rächte sich, dass er im Ministerium nicht in den Beamtenstatus übernommen worden war, sodass man ihm einfach kündigte. Gretl erlebte diese Tage in einer Schockstarre, und für eine gute Weile war sich Turl sicher, dass sie ihn verlassen würde. Sie aber entwickelte just in dieser Ausnahmesituation ungeahnte Qualitäten und war Turl dabei behilflich, seine Verteidigung aufzubauen. Die Verteidigung für einen Prozess, der freilich vorerst gar nicht kam. Turl saß tagein, tagaus in seiner Wohnung und wartete. Worauf, das wusste er selbst nicht. Da sie Olahs nicht habhaft werden konnte, schien die Staatsanwaltschaft auch an Turl das Interesse verloren zu haben. Und der wiederum staunte nicht schlecht, als plötzlich Wickerl vor seiner Tür stand.

Er fragte, ob er eintreten dürfe, ein Begehr, dem von Turl umgehend stattgegeben wurde. Viel sei es nicht, begann Wickerl, was er dem Freunde bieten könne, doch er habe mit der Leitung der Brauerei gesprochen, und die sei der Ansicht, dass in solchen Zeiten Werbung nötiger denn je sei. Selbst Bier erweise sich nicht länger als Selbstläufer, und wenn man angesichts einer gestärkten Konkurrenz nicht untergehen wolle, dann müsse man den potentiellen Kunden die Vorzüge der eigenen Produkte mehr denn je vor Augen führen. Daher habe die Konzernleitung ihn, Wickerl, mit dem Aufbau einer, wie es hieß, PR-Abteilung betraut, und da Turl nun ja ohne Arbeit dastehe, würde es ihn sehr freuen, wenn Turl sich ihm anschließe.

Turl war sprachlos gewesen. Als es rund um ihn am dunkelsten war, da kam Hilfe ausgerechnet aus einer Richtung, aus der er sie nie vermutet hätte. Freudig sagte er zu und fing im Januar 1965, jenem Jahr, in dem sie beide 50 wurden, ausgerechnet dort zu arbeiten an, wo schon die Väter ihr Leben verbracht hatten.

Dreieinhalbtausend Kilometer weiter östlich spuckte zu dieser Zeit Caroline wieder einmal Blut. Sie wusste schon lange, dass sie es tatsächlich bewerkstelligt hatte, sich mit Tuberkulose anzustecken, doch das trockene und warme Klima in dem Kibbuz nahe Tel Aviv half ihr dabei, ihre Krankheit in die Schranken zu weisen. Sie war zwar weitaus öfter müde, als ihr lieb war, aber allein schon der Umstand, endlich einen Platz gefunden zu haben, wo sie gebraucht und vor allem wo sie geschätzt wurde, ließ sie die Mühsal früherer Jahre vergessen. Ab und zu freilich stach sie der Hafer, und sie schrieb wieder einmal einen Brief nach Wien, allein schon, um die dortigen Behörden zu ärgern. Eine gute Weile hatte sie noch Post von Klinge erhalten, doch der Optimismus, der aus seinen Schreiben sprach, wurde immer leiser, ehe er ganz verstummte. Caroline verfiel deswegen jedoch nicht in Wehmut. Sie hatte mit Wien abgeschlossen. Für sie zählte allein der Umstand, dass Mary in Israel eine vielversprechende Zukunft hatte. Mit einem Stipendium schickte die israelische Regierung sie an die Universität, und 1961 durfte sich Caroline darüber freuen, dass es erstmals jemanden mit dem Namen Glickstein gab, der einen akademischen Grad erlangt hatte. Und dann war dieser Glickstein auch noch eine Frau. Mary hoffte dennoch, dass es ihre Mutter mit dem „Jetzt kann ich beruhigt sterben" nicht gar so eilig hatte.

Wenig später ging Mary nach Jerusalem, und es gelang ihr immer weniger, die Augen vor der dortigen Realität zu verschließen. Und spätestens nach dem Sechstagekrieg wurde ihr bewusst, dass ihre Zukunft nicht in der Heimstätte lag. Es bedurfte langer und nervenraubender Debatten mit der Mutter, diese davon zu überzeugen, dass Mary ein Recht darauf hatte, die Welt zu sehen, und Caroline stimmte letztlich den Plänen Marys nur unter der Bedingung zu, dass sie nach geraumer Zeit zu ihr zurückkehren würde, was Mary – und in diesem Moment glaubte sie auch, dass sie ihr Wort halten würde – versprach.

Was Mary ihrer Mutter dabei wohlweislich verheimlichte, war freilich das Faktum, dass sie ausgerechnet nach Wien ging. Sie begab sich auf eine lange Schiffsreise, die sie von Zypern nach Griechenland und von dort nach Triest führte. Mit dem Zug überwand sie dann die Alpen und landete schließlich an einem milden Herbsttag des Jahres 1967 in Wien, wo sie als Erstes den Bezirk Hernals aufsuchte. Zu ihrer Überraschung stand die Villa noch. Im Vorgarten saß ein alter Mann in einem Liegestuhl und bemühte sich, seine Knochen durch die milchige Herbstsonne wärmen zu lassen. Mary sah sich um und entdeckte an der nächsten Ecke ein Milchgeschäft. Sie hielt darauf zu, kaufte sich fünf Deka Extra in einer Semmel und fragte dabei so beiläufig wie möglich, wer denn der alte Herr sei, der da in dem Vorgarten der gegenüber liegenden Villa vor sich hin döse. Sie erfuhr, dass es sich um einen Marmeladinger namens Schulz handelte, der einmal Chef der Hernalser Bräu gewesen sei. Eigentlich, so fuhr die Milchfrau fort, habe die Villa ja der Brauerei gehört, doch niemand von der neuen Chefetage habe es übers Herz gebracht, den Piefke vor die Tür zu setzen, seit er durch einen Schlaganfall vor einigen Jahren gesundheitlich schwer beeinträchtigt war. Mary dankte für die Semmel und die Information und verließ das Geschäft. In betonter Langsamkeit schlenderte sie hinüber zu dem Prunkbau, den ihr Urgroßvater hatte errichten lassen, und stellte sich breitbeinig vor den Alten hin.

Dieser brauchte eine Weile, bis er zu sich kam. Unsicher blinzelte er in Marys Richtung, und sie registrierte den dünnen Faden Speichel, der sich seinen Weg vom Munde abwärts bahnte. Sie trat noch näher, beugte sich über Schulz, sodass ihr Gesicht dem seinen bis auf wenige Zentimeter nahe kam und Schulz gänzlich die Sonne raubte. Deutlich erkannte sie die aufsteigende Angst in dem Greis, und das undeutliche Wimmern, das sich seiner Kehle entrang, bestätigte ihre Annahme. „Na, du Schwein", zischte sie gerade so laut, dass sie sich verstanden fühlen konnte. „Du weißt, was jetzt kommt, oder?" Schulz riss die Augen auf, wollte um Hilfe schreien und die Hände zur Abwehr heben. Doch sein Körper gehorchte ihm nicht. „Du sitzt in meinem Garten", grollte sie, „aber nicht mehr lange."

In Schulzens Blick zeigten sich große Fragezeichen. „Ja, ja", nickte Mary, „noch weißt du nicht, wie dir geschieht. Aber dem kann abgeholfen werden. Der Tag der Rache ist gekommen. Du büßt jetzt für die Verbrechen, die du begangen hast. An meiner Familie und vor allem an Baron Friedrich Wilhelm Glickstein."

Die letzten Worte hatte sie eine Nuance lauter ausgesprochen, und sie verfehlten ihre Wirkung nicht. Schulz atmete heftiger, begann zu transpirieren, seine lahmen Finger schienen sich in die Lehne seines Sitzes zu verkrampfen. Abrupt fuhr Mary ihre rechte Hand aus, ganz so, als wolle sie Schulz schlagen. Der riss den Mund auf, durch seinen Körper ging ein merkwürdiger Ruck, dann sackte er in sich zusammen. Schulzens Blick ging ins Leere.

Mary wartete noch eine kleine Weile, beobachtete den Alten ganz genau. Sein Leib hob und senkte sich nicht mehr, kein Atmen war erkennbar. Sie lächelte, aß den letzten Rest ihrer Semmel und schlenderte dann langsam die Straße hinab.

Epilog

Am 21. April 1970 nahm sich Wickerl frei. Der Zeitung hatte er entnommen, dass für diesen Tag die Angelobung der ersten sozialistischen Regierung seit 1945 in Aussicht genommen worden war. Und so fand er sich mit Tausenden anderen auch auf dem Ballhausplatz ein und wartete darauf, Kreisky und sein Team zu sehen, wie sie zum Bundespräsidenten marschierten. Kreisky selbst schritt vorneweg, er trug einen Mantel und winkte freundlich mit einem Hut. Neben ihm ging Rudolf Häuser, der neue Vizekanzler, der mit seinem Anzug das Auslangen gefunden hatte. Hinter den beiden kamen Hertha Firnberg in ihrem noblen Nerz und Ingrid Leodolter, die künftig für die Gesundheit des Landes zuständig sein sollte. Danach dann alle anderen. Wickerl ließ sich vom Moment mitreißen und winkte heftig mit den Armen, fiel in den allgemeinen Jubel mit ein. Naturgemäß dachte er an jenen kalten Februartag vor 36 Jahren, als er Kreisky unter gänzlich anderen Umständen gegenübergestanden war. Und als ob das Schicksal Sinn für höhere Gerechtigkeit besaß, machte Kreisky ganz plötzlich einen Schritt in seine Richtung. „Servus, Wickerl. Freut mich, dass d' da bist." Und schon war der Kanzler weitergegangen.

Wickerl war sich sicher, dass er diesen Moment nur geträumt hatte, doch die Ehrfurcht, mit der ihn die Umstehenden musterten, überzeugte ihn davon, dass er Wirklichkeit gewesen war. Er hielt es nicht mehr aus. Mit für sein Alter erstaunlicher Geschwindigkeit querte er den Ring, nachdem er gesehen hatte, dass sich aus der Kurve eine Straßenbahn näherte. Er nahm Schwung auf und wuchtete sich über die zwei hohen Stufen in den Vorplatz des Triebwagens. Jetzt erst wagte er durchzuatmen. Er öffnete die Schiebetür, die ins Innere des Gefährts führte und orderte beim Schaffner einen Fahrschein. Dann ließ er sich erschöpft in einen Sitz fallen und versuchte, das eben Erlebte zu verarbeiten.

Wenige Tage später erlebte er auf der Zuschauertribüne Kreiskys Vorstellung des Regierungsprogramms. Dass er zu diesem Zeitpunkt nicht mehr ganz so enthusiasmiert war, lag allerdings nur an der Tatsache, dass ihn zwischenzeitlich Fanny kontaktiert und ihm mitgeteilt hatte, dass es dem Vater alles andere als gut ging. Die gute Nachricht, endlich eine Regierung des Volkes für das Volk zu haben, so dachte Wickerl, könnte dem alten Herrn vielleicht doch noch einmal auf die Beine helfen.

Tatsächlich bekamen Fritzens Augen einen merkwürdigen Glanz. Wickerl schien es, als wäre sein Vater mit einem Mal total vergeistigt. Vor ihm befand sich scheinbar nicht mehr der alte, gebrochene Mann von knapp 87 Jahren, sondern der junge Enthusiast, der Fritz einmal gewesen war. Umständlich versuchte Fritz, sich in eine sitzende Position aufzukämpfen. „Mei Bua“, röchelte er, „mei Bua!“ Dabei breitete er seine Arme in der unverkennbaren Absicht aus, den Sohn zu umarmen. „Das i des no dalebn derf. Is des wirklich wahr?“ „Aber wenn ich dir’s sag, Vater! I woa dabei, wie der Bruno sei Regierungserklärung abgeben hat. Sehr würdevoll hat er gredt. Und die Genossen sind links und rechts neben ihm auf der Regierungsbank gsessen. Der Broda und der Staribacher, der Häuser und der Moser. Sogar der junge Androsch. Weißt eh, der aus Floridsdorf. Der is jetzt für die Finanzen zuständig.“

Es entging Wickerl nicht, wie selig der Vater lächelte. Ihm schien, als hätten acht Jahrzehnte des Kampfes und der Entbehrung, des Aufstiegs und des Rückschlags mit einem Mal ihren tieferen Sinn gefunden. Unwillkürlich musste Wickerl an den Text der Victor-Adler-Plakette denken, die sein Vater vor einigen Jahren erhalten hatte: „Im Befreiungskampf des Proletariates mitgewirkt zu haben, gibt dem Leben Sinn und Weihe.“ Die großen Ziele, für die Fritz und seine Genossen in jenen fernen Tagen, da in der Hofburg noch der Kaiser logiert hatte, angetreten waren, sie schienen nun endlich zum Greifen nah. Die Bestimmung des alten Bielohlawek, sie hatte sich erfüllt. Und als ob Fritz exakt denselben Gedanken hegte, hörte Wickerl plötzlich ein heiseres „Es ist vollbracht.“ Er nickte eifrig und setzte sich an den Bettrand, bereit, die väterliche Umarmung zu empfangen. Doch genau in diesem Augenblick ging ein Ruck durch den alten Fritz. Sein Blick brach nach rechts oben aus, und in unendlicher Langsamkeit sank der Vater zurück auf seine Bettstatt. Seine Arme sackten seitlich weg und kamen weit abgespreizt links und rechts vom Körper zu liegen, während das Licht der Nachttischlampe Fritzens Kopf wie eine Gloriole umkränzte. Wickerl brauchte kein Mediziner zu sein, um zu wissen, sein Vater war nicht mehr. Ganz so, als hätte er seine allerletzten Kräfte angespannt, um diesen einen Moment der Erlösung noch zu erwarten. Dann, als er die gute Botschaft endlich vernommen hatte, war er einfach gegangen.

Wickerl erhob sich ganz langsam. Für eine gute Weile ließ er seinen Blick auf dem Leichnam ruhen. Wie der Gekreuzigte liegt er da, kam es ihm in den Sinn. Und dieses Bild kam ihm passend vor. Es hieß ja, Jesus sei für das Wohl der Menschheit gestorben. Sein Vater jedenfalls hatte für das Wohl der Menschheit gelebt und gewirkt. Und zu seiner eigenen Überraschung kam ein einziges Wort aus Wickerls Mund: „Freundschaft.“

ENDE ZWEITER TEIL

Andreas Pittler
Wiener Himmelfahrt
ISBN 978-3-903113-44-2
ca. 400 Seiten, geb.
Erscheint März 2019

Die große Saga geht weiter.

Wien 2018. Die Glicksteins, Bielohlaweks und Strechas haben ihren Weg ins 21. Jahrhundert gefunden. Die guten Zeiten sind vorbei, ihnen bläst der raue Wind der ökonomisch-politischen Krise ins Gesicht, der Armut, Existenzangst und wieder einmal nationalistische Rülpser aufwirbelt. Eine neue Generation muss die ewig gleichen Probleme auf ihre Weise lösen und sucht nach Antworten. Auch in der Vergangenheit. Zum Beispiel jene auf die Frage, wer nun wirklich Marys Vater ist.

Mehr Informationen unter www.echomedia-buch.at

Andreas Pittler
Wiener Kreuzweg
ISBN 978-3-903113-12-1
368 Seiten, geb., € 19,80

Der Beginn der großen Saga.

Der große Jahrhundertroman über Wien und seine Bewohner. Glanz und Untergang der Donaumonarchie, Hoffnung und Enttäuschung der Ersten Republik, Terror und Verderben durch die einmarschierenden Nazis. All das spiegelt sich im Leben und Streben dreier Wiener Familien – einer Unternehmer-, einer Kleinbürger- und einer Arbeiterfamilie – wider. Ein Kaleidoskop großer Ereignisse, die nicht minder große Auswirkungen auf die Stadt und ihre Menschen haben.

Mehr Informationen unter www.echomedia-buch.at

Glossar

a, aa	auch
a poa	ein paar
amol/amoi	einmal
jm. angehen	hier: jm. um etwas bitten
aufmucken	wider jemanden aufbegehren
ausgschamt	unverschämt, durchtrieben
bakschierlich	ansehnlich, schön
Bankert	uneheliches Kind
Bassena	öffentliche Wasserstelle in alten Mietshäusern
Bauxerl	kleines Kind, Schätzchen
bisserl	bisschen
Blaser	Angeber, Wichtigtuer
Buckel	eigentlich Rücken, hier: Untergebener, Gefolgsmann
Budel	Schank, Tresen
derrisch	taub sein
eam	ihn
Eine Ruh is da!	Ruhe!
einkasteln	einsperren
es gnädig haben	es eilig haben
expedieren	wegschicken
extrig	extra
Flasche	ungeschickte, unwissende Person
Flitscherl	leichtes Mädchen, leichtlebige Frau
Gell/gelt?	Nicht wahr?
Gemma!	Gehen wir!
Gerstl	Geld
Goscherl	Mund (Gosche), aber auch: eine Miene ziehen
Grantscherm	missmutiger Mensch
Großkopferter	Bonze
jm. die Gschicht bügeln	für jm. etwas in Ordnung bringen
Gschloder	undefinierbare, geschmacklose Flüßigkeit
Gspusi	Liebschaft
Hackn	Arbeit
Hefn	Gefängnis

hamma	Haben wir
Hawara/Haberer	Freund, Kumpel
heit	heute
Herst/heast	Hör mal, hörst du
herumnutscherln	sexuell tätig werden (im Sinne der Laute eines Schweins)
Hirnhappler	nicht sehr intelligenter Menschden
Hobel ausblasen	Variation des Götz-Zitats
hudeln	(zu große) Eile an den Tag legen
i	ich
I maan, i traam	Ich meine, ich träume
in die Goschn hauen	jemanden auf den Mund schlagen
ka	kein/-e
keppeln	zetern, lamentieren, lautstark Kritik üben
Kummerl	Kommunist
largieren	Anstrengung oder Arbeit vermeiden, faulenzen
magerln	etwas liegt einem im Magen, wegen etwas bedrückt sein
Marmeladinger	(despektierlich für) Deutscher, bes. Norddeutscher
na/naa	nein
Nasenrammel	eingetrockneter Nasenschleim
einen Nasenrammel verdienen	ganz wenig verdienen
Nebbich	Nichtigkeit
ned	nicht
Oide	Ehefrau
oisdern	also
palessiert sein	geflüchtet, weggelaufen sein
pampfert	hochtrabend, arrogant, provokativ
paniert sein	erledigt sein
Papperl	Speise, Mahlzeit
Papperlapapp	Rede keinen Quatsch
Pappn	Mund
parabern	(schwer) arbeiten
Paradeiser	Tomate
Pawlatsche	hier: hölzerner überdachter Gang

petschiert sein	in einer misslichen Lage sein oder in eine solche kommen
PG	Parteigenosse (der NSDAP)
pomali	gemütlich, nichts überstürzend
Das ist mir Powidl	Das ist mir egal
pressieren	etwas ist eilig
pudern	koitieren
Puffn	Hand-/Faustfeuerwaffe
Remasuri	Durcheinander, aber auch feuchtfröhliches Fest
Rotz	Schleim, der durch die Nase abgesondert wird
Safnsieder	schwacher, dümmlicher Mensch
san	sind
Schanti	Polizist
Schickse	unsaubere oder moralisch fragwürdige Frau
Schmier	Polizei, Gendarmerie
Schneebrunzer	Schwächling
sempern	unzufrieden sein, wehklagen, lamentieren
Servus/servas	Hallo
simma	Sind wir, sind mir
Spargel	Polizist (wegen der grünen Uniformfarbe)
Spezi	Freund, Kumpel
Spinaterer	Polizist (nach der spinatgrünen Uniform)
tamma	tun wir
Tschick	Zigarette
Tschocherl	kleines Lokal meist minderen Standards
Tuberer	Husten, der von TBC (Tuberkulose) herrührt
mit an jeden umadumpudern	mit jedem schlafen
vernadern	jm. verpetzen, verpfeifen
Vettel	alte Frau
von Fensterkitt leben	bettelarm sein
es warat	es wäre
den Weisel kriegen	gekündigt, verlassen werden
wengerl	bisschen
werma	werden wir
(Das ist) wurscht	Das ist egal
Zausel	alter Mann
Zeitungsschmierer	Schimpfwort für Journalisten

Bisher von Andreas Pittler im echomedia buchverlag erschienen:

3. Aufl.

Goodbye
ISBN 978-3-902900-74-6
336 Seiten, geb., € 19,80

Charascho
ISBN 978-3-902900-52-4
376 Seiten, geb., € 19,80

Der Fluch der Sirte
ISBN 978-3-902900-20-3
320 Seiten, geb., € 19,80

Als Taschenbuch erschienen sind:

Nominiert für den Friedrich-Glauser-Preis 2012!

Tinnef
ISBN 978-3-902672-35-3
272 Seiten, brosch., € 9,90
Titel auch als E-Book erhältlich.

4. Aufl.

Tacheles 6. Aufl.
ISBN 978-3-901761-87-4
304 Seiten, brosch., € 9,90
Titel auch als E-Book erhältlich.

Ezzes 4. Aufl.
ISBN 978-3-902672-08-7
288 Seiten, brosch., € 9,90
Titel auch als E-Book erhältlich.

Chuzpe 4. Aufl.
ISBN 978-3-902672-22-3
320 Seiten, brosch., € 9,90
Titel auch als E-Book erhältlich.

Zores 4. Aufl.
ISBN 978-3-902672-82-7
248 Seiten, brosch., € 9,90
Titel auch als E-Book erhältlich.

Goodbye 3. Aufl.
ISBN 978-3-903113-11-4
336 Seiten, brosch., € 12,90

Charascho 3. Aufl.
ISBN 978-3-903113-10-7
376 Seiten, brosch., € 12,90

Mehr Informationen unter www.echomedia-buch.at